深海的女兒

DAUGHTER OF THE DEEP

Rick Riordan

雷克・萊爾頓　著

王心瑩　譯

推薦文

不只是科幻與冒險——從凡爾納到萊爾頓

冬陽（小說評論家）

我要以拉幫結派、邀請加入祕密社團的口吻，來推正在閱讀這篇文章的你進《深海的女兒》的坑。

一切的根源，要歸咎於儒勒·凡爾納（Jules Gabriel Verne）這位法國人身上。他活躍於十九世紀歐洲，是詩人、小說家、劇作家，是現代科幻小說重要的先行者，《環遊世界八十天》（*Around the World in Eighty Days*）、《地心歷險記》（*Journey to the Center of the Earth*）、《海底兩萬里》（*Twenty Thousand Leagues Under the Sea*）更是經典到無人不知無人不曉——先把維基百科式的資訊拋一邊吧！對我而言，凡爾納是誘使我半夜窩在棉被裡開手電筒嗜讀小說的元凶之一，這書偶爾還會被我拿教科書密密實實地遮掩（就別問我在什麼時候讀了）、在顛簸搖晃的公車上被我的手指翻動，總之很可能在令父母師長皺眉的各種場合中出現，我卻想像自己是個執行機密任務的偉大英雄，同時陶醉在虛構故事與現實生活中刺激無比的精彩歷險。因此養成一種「癮」、成爲一種「癖」，於是我懂得有效率地把該完成的功課家事做好做滿，用最歡愉且不被打擾的方式悠閒享受閱讀時光，全心全意探究情節深處那新奇的科學幻想以及高明的敘事口吻而樂此不疲——這股力量，我在雷克·萊爾頓的《深海的女兒》中再次感受到了。

過去閱讀【波西傑克森】、【混血營英雄】系列時，我就對萊爾頓嫻熟多個神話系統與各種奇幻元素的能力折服不已，還能與複雜多元的現代知識巧妙融合，雖然主打青少年閱讀，仍讓我這個老書棍讀得津津有味。脫胎自凡爾納《海底兩萬里》的新作《深海的女兒》就更有趣了，一方面喚起我兒時回憶，一方面不時驚嘆「哇噢，我小時候怎麼沒這樣想過」。即便文明發展至今，人類原始的好奇與冒險天性依然驅策著你我去探索未知和開創未來，而人性難解的矛盾複雜、良善邪惡兼有的內在衝突，也在每天的日常之中不斷上演。一百五十年前凡爾納就將這些寫進尼莫船長的傳奇裡了，一百五十年後萊爾頓續寫新的篇章，承接的不只是科幻和冒險而已，還有讓分處童年與中年的我相互對話的思緒情感，以及貫穿時空文化的恆久價值。

歡迎進入這奇特的歷險世界與閱讀行列。

推薦文

超乎想像的冒險故事

張東君（科普作家、推理評論家）

寫推薦文或導讀最麻煩的事就是不能破哏、爆雷，但這樣一來就很難把自己看書最有共鳴或覺得超讚的部分與人分享。我被潑過的最大一次冷水，是多年前在看完一本書後很興奮地想講給同事聽的時候，沒想到我第一句還沒講完就遭打斷：「我不喜歡看書。」這讓我每次只要有機會推薦新書時就會很開心，因爲可以和這麼多人說這本書有多好看的感覺超棒。

我熱愛法國小說家儒勒·凡爾納的書，他的科幻小說眞的非常經典，而且多次改拍成爲電影或影集。從《環遊世界八十天》、《海底兩萬里》、《神祕島》、《地心歷險記》等科幻小說，到我最愛書之一的《十五少年漂流記》，在經過一百多年之後仍然受到讀者熱愛，也一直在各種作品或現實生活中受到致敬，甚至連潛水艇都有呢。

你可能會覺得：「等一下，現在要講的是《波西傑克森》的作者耶，爲什麼會扯到凡爾納？」當你讀著《深海的女兒》這本書，你就會知道了。或許你會以爲萊爾頓只是在對《海底兩萬里》致敬、對許多海洋科學家致敬，但其實也是在對《十五少年漂流記》致敬，雖然《深海的女兒》這本書出現的不只少年還有少女，人數也比十五多了一些。

好書，就是會讓你在閱讀時想要一口氣讀完，然後在有空時一再重讀回味。接下來，把作者提到的書全部看過一遍，試圖多找出一些作者隱藏在字裡行間的彩蛋。對我來說，《深海的女兒》裡四個以動物爲名的學舍名稱固然讓我覺得超有趣，沒事會想想作者對各學舍的學生個性設定和那些動物之間的關聯性，但更開心的是，看到學生宿舍的樓名不只有鄭和，還有庫斯托這位無論是他的裝備或船隻都讓我爸羨慕（研究經費）不已的海洋生物學家。

這本書有不少註釋，不看也沒關係，但看了會更了解作者埋的哏且更懂他的心。也許你會認爲這只是一本把場景換到深海、對經典致敬的冒險科幻小說，但其實它遠遠超過你的想像，你看了就知道。

推薦文

傳奇故事的新詮釋

余小芳（暨南大學推理研究社指導老師）

構想來自法國經典科幻著作《海底兩萬里》，雷克・萊爾頓推出精粹幻想力作《深海的女兒》，透過簡練的文筆、奔馳的想像，刻劃出海中世界華美壯觀的場景及戰鬥畫面，讓讀者見證災難倖存者的毅力、謀略與精神，並充分領略大海和傳說的迷魅。

從沉睡的鸚鵡螺號潛艇暗藏巨大謎團，尼莫船長的傳奇故事被新時代轉譯，萊爾頓以一群哈丁—潘克洛夫學院的少年少女為主角，探索海洋生物、航運技術、潛艦科技的奧祕。當中安插親情羈絆、血脈傳承、友情締結、跨世代糾葛等，情節層層翻轉且張力十足，是探險、尋寶類型的成長冒險小說，不容錯過。

推薦文

從奇幻到科幻，向大海致敬

邢小萍（臺北市永安國小校長）

如果你還沒讀過美國暢銷作家雷克．萊爾頓的【波西傑克森】、【混血營英雄】等奇幻小說，那麼萊爾頓的新書《深海的女兒》可千萬不能錯過！因爲這是他初次挑戰科幻小說，剛出版就登上了全美各大書店暢銷榜第一名！

科學幻想（Science fiction）簡稱「科幻」，是有關科學的想像性內容。萊爾頓說，大海的重要性以及想像中新奇科技的各種元素，都是充滿樂趣的。在《深海的女兒》這本書中，《海底兩萬里》的故事到了二十一世紀，萊爾頓透過這個故事，邀請我們和主角安娜一起展開想像的海底冒險之旅！

安娜身爲尼莫船長的子孫及繼承人，她與潛水艇鸚鵡螺號之間有哪些關聯呢？一連串驚心動魄的難關隨之而來，安娜和同學要如何突破困境呢？緊張、刺激、跨越世代的解謎之旅，再加上台灣版封面視覺邀請金漫獎漫畫家 BARZ 操刀，愛書的朋友一定要先睹爲快！

推薦文

可以軟弱、也果敢向前的新英雄

陳之華（作家）

精彩、緊張、刺激，具人性的冒險故事，一個看似平凡、憂傷、不強悍的鄰家高一女孩安娜，以自我獨特的柔和、同理、暖心，卻又不掩其慌張、恐懼的性格，帶領和自己同年級的團隊，勇敢接受了一場突如其來、驚恐未知的世紀挑戰。

雷克．萊爾頓爲我們形塑出屬於安娜特有的親切「英雌」模樣，她豪不掩飾自己的女孩特質，既可以疲累、可以自我懷疑、可以不用僞裝強大厲害，也可以不避諱內心的畏懼和軟弱面向，從而也能果斷地勇往直前。在她行動執行中，雖時而帶點笑料，時而有著不確定性，但溫和、良善與同理心，以及不過於急迫莽撞、強出頭的性格，反而使她有機會去看清事物的本質，如此才能跨越內心深處的障礙，在充滿挑戰的當下，做出了圓滿感人的決定！

推薦文

令人驚豔的作品

陳郁如（奇幻小說作家）

雷克．萊爾頓的作品總是讓人驚豔！這是一部以海爲主題的科幻小說，在我學會潛水後，發現這類題材的故事並不多，因此看到這本書讓我覺得特別親切，深深被豐富的故事內容吸引。

主角安娜跟一群高中同學在遇到某個驚人慘烈的事件後，必須同心協力找到一個身世大祕密，還要找出一本經典小說《海底兩萬里》所遺留下來的潛艇及不爲人知的先進科技。

除了主角跟同學們互相幫助、協調、共同冒險犯難的精彩情節外，潛艇上的主廚是個可愛的小亮點，身分讓人猜想不到，但絕對印象深刻。我先不破哏，希望大家也在這本書中找到閱讀的樂趣。

推薦文

從海洋中淬鍊出生命新方向

黃淑貞（小兔子書坊店主）

潛身於光影斑斕的海水中時，首當其衝的視覺敲擊著我的感官與認知。海底二十公尺下的世界是如此靜默與孤寂，牽引出內在的騷亂動盪，而海洋總是溫柔地聆聽著、撫慰著，也回應著我們受傷的心靈。如同《深海的女兒》中痛失家人與朋友的安娜，內心的痛楚就在時間的齒輪中慢條斯理地無情輾壓著。

廣袤的海洋抵擋著安娜情感的波濤，療癒了她的心靈；在深海中找到家族的祕密，卻也發現原以爲兄妹關係是無比堅定的鐵板，竟在不知不覺中鏽跡斑駁。而一幕幕的情節，淬鍊出自然與科學、現代與經典、個人與團隊、共融與對立、同理與復仇、人類與海洋的彼此對話與思辨。即使深邃的海洋中看不見陽光，安娜仍在自我與團隊的協助下，得以在海洋瑰麗的景致中聆聽海洋生物、鸚鵡螺號、自己內心的聲音，宛如管風琴輕盈的琴聲，輕輕柔柔的提醒，流淌到每個人心裡，轉化成一道微光，讓我們和安娜一樣更有力量探索生命的新方向。

《深海的女兒》之所以能如此引人入勝，在於其迷人精彩又難以置信的創意細節，宛如一場嘉年華會，處處有煙火綻放，熱鬧非凡，絕無冷場。現在，讓我們一起隨著雷克．萊爾頓的妙筆引領，在鸚鵡螺號上和安娜勇敢對抗邪惡勢力，願意爲了更有正義感、更有愛的世界奮力而戰。

深海的女兒

DAUGHTER OF THE DEEP

大自然的創造力量，遠超過人類的毀滅天性。

——儒勒．凡爾納，《海底兩萬里》

序

不要從海星的腕足把牠拎起來

洛希妮・查克西（Roshani Chokshi，【般度戰士】作者）

你可知道，海洋裡仍然有百分之八十以上的部分不曾有人去探索過？各位，百分之八十耶！此時此刻，很可能有一隻美人魚和一隻大王烏賊正在嚼著大型藻類通心粉，同時好奇想著，人類什麼時候才會恍然大悟，發現「亞特蘭提斯」只是出了嚴重差錯的主題公園。誰知道呢？

沒有人能夠講得很肯定，因爲海洋有那麼多地方仍屬未知。而我很怕未知的事物，因此不用說，我眞的很怕海洋。也許是，從十歲的時候開始吧，我捏著一隻海星的腕足，把牠拎起來……然後很快就發現，我只拎著一條孤零零扭來扭去的附肢。當時我並不知道海星的腕足可以再生。我深信自己是海星殺手。我跪倒在地，嚇得大吼大叫。（眞該死，可惡的老天爺！我毀了這麼無辜的生命！這樣表示我可以永遠不要去上體育課嗎？）

可是，事情愈讓我害怕，我就愈是念念不忘。而自從那次與海星的命運般邂逅之後，海洋，以及住在海裡的奇怪居民（沒錯，我說的就是你們，各式各樣的棘皮類和蛇尾類動物），那樣的海洋在我心裡顯得好巨大，那樣的地方擁有未知的力量、難以想像的美麗，以及未曾開發的無窮潛力。

雷克．萊爾頓的《深海的女兒》，寫下了我那份敬畏與驚駭的每一分每一毫。

如果你曾經渴望讀到一個故事讓你心跳加速，情節的各種糾結和轉折讓你喘不過氣，你的心情認眞跟隨一組角色的遭遇而高低起伏，其中還包括小不拉嘰、製作精巧而且可能很殘忍的肉桂捲（噢，還有一種巨大無比的深海生物，牠呢，說眞的，只是渴望得到愛），你會發現接下來的書頁充滿這所有的元素。

故事一開始，有兩所彼此敵對的學校，以及一場驚天動地的大災難，把充滿菁英氣息的「哈丁—潘克洛夫學院」的高一新生班級送去執行一項致命的任務，準備揭開一個祕密，找到一種能夠改造世界的科技力量。我在整個閱讀過程中深受情節的吸引，看著全體組員駕馭著高科技的熱鬧場面、深海的難解謎題，以及各式各樣的軍事戰術，讓我覺得自己好像變聰明多了，雖然我根本大半天都舒舒服服裹著柔軟的毛毯。

除了優秀的安娜．達卡之外，我無法想像會有更厲害的船長能指揮這樣的水域探險。我十五歲時，完全就是希望自己成爲安娜這樣的人。勇敢無畏，優秀傑出，語言天才，與名叫「蘇格拉底」的海豚是好朋友，而且……對於愛作白日夢的青少女洛希妮來說，最重要的是，安娜背負著一段古老的傳承，充滿了傳奇色彩。

告訴你喔，安娜是尼莫船長最後的子孫之一，情節也在這裡變得更複雜。身爲達卡家族最後一位成員，安娜不只發現自己掌握了一份遺產，可以改變整個世界對科技的了解；她也要設法解決一些更重大的問題，像是我們應該做什麼？我們又該爲其他人做什麼？在全世界眾目睽睽的狀況下，你很容易就能做出正確的決定；但等到進入深邃的海洋，到了太陽看不見你的地方，你就是很有可能做出自己從來沒想過的事……

對我來說，這個故事與海洋非常相似，同樣都有令人興奮又驚駭的部分，而且，無論你從哪個角度看，全都超酷的。好好享受吧！而且不要吃太多肉桂捲喔。

前言

雷克・萊爾頓

我的海底之旅是從義大利內陸的波隆那展開的，當時是二〇〇八年。我去那裡參加一場兒童書展，剛好是《波西傑克森：迷宮戰場》和《三十九條線索：骨頭迷宮》預定出版前夕。我在一間餐廳地下室吃晚餐，與會者有迪士尼出版公司的十四位高層人士，這時部門的總管轉過來對我說：「雷克，迪士尼目前擁有的智慧財產權中，有沒有你很想寫的？」我毫不遲疑就說：「《海底兩萬里》。」我花了十二年的時間才準備開始動筆，如今我寫的故事版本就在你手中。

尼莫船長是什麼人？（不是，不是卡通裡的「尼莫」那條魚。）

如果你對原本的尼莫船長不熟悉，他是法國作家儒勒・凡爾納在十九世紀創造的一個人物。凡爾納在兩本小說裡寫到他，《海底兩萬里》（一八七〇年）和《神祕島》（一八七五年），尼莫在小說裡指揮全世界最先進的潛水艇，鸚鵡螺號（Nautilus）。

尼莫船長很聰明，受過良好教育，謙恭有禮，而且擁有巨大的財富。他同時也是滿心憤怒和仇恨的危險人物。不妨想像蝙蝠俠、鋼鐵人和雷克斯．路瑟❶的綜合體。尼莫的本名是達卡王子，曾在印度對抗英國殖民政府。英國爲了報復，殺了他的妻子和孩子。這便是達卡身兼「超級大反派」和「超級英雄」雙重面貌的故事起源。他幫自己改名爲尼莫（Nemo），這個拉丁字的意思是「沒有人」。（希臘神話的粉絲：這是隱藏版彩蛋，與奧德修斯❷的故事有關，也是向其致敬；奧德修斯曾對獨眼巨人波呂斐摩斯❸說，他名叫「沒有人」。）尼莫的餘生都致力於對歐洲的殖民政權發動恫嚇攻擊，在公海掠奪他們的船隻並使之沉沒，讓他們畏懼這無從阻擋的「海怪」，也就是鸚鵡螺號。

誰不想擁有那樣的力量呢？小時候，每次我跳進湖泊或甚至游泳池，都喜歡假裝自己是尼莫船長。我可以讓敵艦沉沒而有恃無恐，神不知鬼不覺地通行全世界，前去探索從來沒有人探訪過的深邃海域，發現許多驚人的殘骸和無價的寶藏。我可以潛入自己的祕密領域，再也不回到水面上的世界（有點恐怖就是了）。等到我後來寫「海神之子」波西．傑克森的故事，你可以猜到，我以前對於尼莫船長和鸚鵡螺號所作的白日夢，正是我選擇讓波西身爲海洋半神半人的重大原因。

如今，我會坦白說，小時候我覺得凡爾納的小說情節進展緩慢。不過我眞的很喜歡叔叔家那套陳舊的「經典插畫」（Classics Illustrated）版本，也很愛看迪士尼的《海底兩萬里》電影版，雖然有些部分很遜，像是寇克．道格拉斯（Kirk Douglas）的歌舞場面，還有巨大的橡膠烏賊攻擊船隻。等到年紀大一點，我才體會到原著小說有多麼豐富和複雜，尼莫這個人物遠比我的想像更加有趣。於是，我開始在行文敘事中看出一些小小的機會，覺得凡爾納留下了伏筆，可能要寫續集……

爲什麼還要拿尼莫船長當做主題呢？

凡爾納是很早期書寫科幻小說的作家，從二十一世紀回顧當時，我們很難體會他的種種想法有多麼創新，但他所想像的那些科技是往後的數百年間都不會存在的。一艘自己提供動力的潛水艇，可以持續不斷地繞行全球，永遠不必靠岸補給？不可能！在一八七〇年，潛水艇仍是新奇的發明，只是危險的錫製金屬容器很可能會炸開，讓船上所有人都沒命，不可能完成繞行全球一周的壯舉。凡爾納也寫了《環遊世界八十天》，當時要以這麼短的時間完成旅程是不可能的；他還寫了《地心歷險記》，這樣的壯舉至今仍遠遠超出人類的科技能力之外，不過有朝一日，誰知道呢？

最好的科幻小說能夠塑造人類對自己未來的看法，凡爾納比所有人都寫得更好，回溯到一八〇〇年代，他提議一些有可能發生的事，於是人類挺身迎向那樣的挑戰。人們討論著飛機或船隻能以多快的速度繞行世界一周時，仍然以《環遊世界八十天》作爲基準。要環航全球一周，「八十天」曾經實在太短了，難以企及。如今，我們利用飛機可以在八十小時內完

---

❶雷克斯．路瑟（Lex Luthor）是美國DC漫畫裡的大反派，極度聰明且研發先進科技，但迷戀權力，是超人的死敵。

❷奧德修斯（Odysseus），希臘神話中的英雄人物，個性勇敢、忠誠且寬厚仁慈。荷馬長篇史詩《奧德賽》即以他為主角，描寫他的流浪故事與收復國土的冒險經歷。

❸波呂斐摩斯（Polyphemus）是最著名的獨眼巨人，平常以島上動物和自己養的羊為食，也會吃人。

成，利用船隻也不會超過四十天。

凡爾納的《地心歷險記》，啓發了一代代的洞穴探勘愛好者前去探索地球的洞穴系統，也激勵地質工程師努力研究地球的各個地層如何運作。

另一方面，尼莫船長引發大眾的注意，意識到海洋對於地球未來的重要性。我們都知道，水覆蓋了大半的地表，而海洋還有百分之八十沒人探索過，如果能找出方法開發大海的力量，並在氣候變遷的過程中與大海的力量共存，也許正是人類生存的關鍵。凡爾納在他的書中想像著這一切。

尼莫和他的船員能夠自給自足，根本不需要碰觸陸地。海洋提供他們一切所需。在《海底兩萬里》書裡，尼莫對博物學家皮耶．阿隆納斯（Pierre Aronnax）說，鸚鵡螺號完全依靠電力，而所有的電力都來自海洋。在《神祕島》書中，賽勒斯．哈丁（Cyrus Harding）推測等到煤炭用完，人類會學習從海洋富含的氫元素獲取能源。時至今日，這仍是人們致力達成的目標，也因如此，我判斷尼莫一定早已解開「冷融合」的祕密。

在《海底兩萬里》書中，尼莫的船員使用萊頓電擊槍，比起標準槍枝更有效率也更優雅。多虧一直以來強占許多沉船的寶藏，他們幾乎有無窮多的財富。他們發現了水下農耕的祕訣，於是食物永遠不是問題。最重要的是，他們自由自在。他們獨立於所有國家的法律之外，隨心所欲地來來去去。除了尼莫之外，他們無需回應任何人。這樣到底是好是壞……我想，那要看你對尼莫有什麼樣的看法而定！

大海的重要性，以及想像中新奇科技發展的重要性，這些都是繼續閱讀凡爾納作品的大好理由。不過，還有一件更重要的事情要考慮。凡爾納讓尼莫船長身爲印度王子，他的子民深受英國殖民政策之苦。他描寫的角色在維多利亞時代探索的議題，其實到了現代也一樣重要。如果你身處的社會讓你沒有自由發聲和行使權力的基本權利，你要怎麼辦呢？你要怎麼對抗不公不義？誰有權書寫歷史，決定哪些人是「好人」和「壞人」？尼莫是亡命之徒，是叛亂份子，是曠世天才，是科學家，是探險家，是海盜，是紳士，是「復仇天使」。他是很複雜的人，也因此閱讀他的故事充滿樂趣。我對以下的點子深深著迷：把他的傳奇故事快轉到二十一世紀，看看這麼多年之後，他的後代子孫會面臨什麼樣的處境。

如果你有能力指揮「鸚鵡螺號」，你會怎麼做呢？我希望《深海的女兒》會對你有所啓發，開始想像你自己的冒險旅程，如同凡爾納對我的啓發。準備下潛。我們要鑽進遙遠的深海裡了！

哈丁——潘克洛夫學院

海豚學舍

重點訓練課程：通訊、勘測、密碼學、反情報。

一年級重要成員：安娜·達卡（班長）、黎安·貝斯特、佛吉爾·艾斯帕薩、哈莉瑪·納瑟、吳傑克

鯊魚學舍

重點訓練課程：指揮、戰鬥、武器系統、後勤

一年級重要成員：傑米尼・吐溫（班長）、德魯・卡蒂納斯、庫柏・鄧恩、基婭・簡森、埃洛伊絲・麥克馬努斯

頭足學舍

重點訓練課程：工程學、應用力學、技術創新、防禦系統

一年級重要成員：提亞・羅梅洛（班長）、羅比・巴爾、聶琳達・西爾瓦、梅朵・紐曼、凱伊・蘭西

虎鯨學舍

重點訓練課程：醫藥、心理學、教育、海洋生物學、集體記憶

一年級重要成員：富蘭克林・考區（班長）、伊絲特・哈丁、黃琳奇、萊絲・莫羅、布莉姬特・沙爾特

第一章

生活分崩離析的日子就像這樣。

剛開始的時候與其他日子沒什麼兩樣。你沒有意識到自己的世界即將爆炸，變成一百萬塊冒煙的悲慘碎片，直到一切都已太遲。

高一新生學年的最後一個星期五，我在宿舍房間裡醒來，清晨五點，一如往常。我悄悄起身以免打擾到室友，換上比基尼，然後前往海邊。

我很愛清晨時分的校園。在晨曦之中，建築物的白色混凝土立面染上粉紅色和青綠色。中庭的綠油油草地空無一人，只有海鷗和松鼠進行著無止盡的戰爭，搶奪我們學生留下的點心碎屑。空氣中飄蕩著海鹽和桉樹的氣息，以及餐廳烘焙的新鮮肉桂捲香氣。南加州的涼爽微風讓我的手臂和雙腿冒出雞皮疙瘩。就是像這樣的時刻，我不敢相信自己如此幸運，能夠就讀哈丁—潘克洛夫學院。

當然，這是假定能夠通過這個週末的考驗而存活下來。我可能會失敗而搞得很丟臉，或者在某個水下的障礙賽場底部纏住網子而死翹翹……不過呢，那樣還是比較好，因爲學期末就不必參加什麼「州立標準考試」、寫一堆數不清的複選題了。

我沿著碎石步道走向海邊。

經過海軍作戰大樓走了一百公尺，峭壁陡直墜入太平洋。在下方遠處，大海呈現鐵青色，周圍點綴著白色浪花。沿著海灣的曲線，海浪隆隆作響、反覆迴盪，很像巨人的鼾聲。

我哥哥，戴夫，正在峭壁邊緣等我。「你遲到了，安娜芭娜娜。」

他明知道我超討厭他這樣叫我。

「我眞的會把你推下去喔。」我警告說。

「嗯，你可以試試看。」戴夫嘻嘻笑著，這種時候他會瞇起一邊眼睛，活像是一邊耳朵的壓力無法達成平衡。其他女生對我說那樣好可愛喔，我才不相信。他前面的黑髮尖尖豎起，很像一顆海膽。他宣稱那是他的「造型」。我想，那只是因爲他睡覺時把臉壓在枕頭上吧。

一如以往，他穿著標準的哈潘學院黑色潛水衣，正面有銀色的鯊魚標誌，顯示他所屬的學舍。戴夫認爲我穿比基尼去潛水根本是瘋了。大部分情況下，他是很強悍的傢伙，但是一碰到寒冷的溫度，他實在很像小嬰兒。

我們做著潛水之前的伸展動作。在加州沿岸，這裡是少數可以自由潛水的地點，不會一頭撞擊底下的岩石而粉身碎骨。峭壁非常陡峭，筆直插入海灣深處。

早晨的此時，氣氛安靜祥和。儘管戴夫擔負著學舍隊長的責任，他也從來不曾忙到忘了我們的晨間習慣。我很愛他這一點。

「你今天帶什麼東西給蘇格拉底？」我問。

戴夫作勢指著附近。兩隻死掉的烏賊躺在草地上，閃閃發亮。身為高年級學生，戴夫可以取得水族館的餵食餌料。這表示他可以幫海灣下方我們的朋友偷取一點零食。烏賊從尾部到觸手約有三十公分長，黏黏滑滑的，身體的銀色和棕色很像氧化的鋁片。乳光槍烏賊。生命期六到九個月。

我無法阻止腦中資料流動。我們的海洋生物學教授，法瑞茲老師，她把我們訓練得太好了。你學習記住很多細節，因為每一件事，真的是每一件事喔，全都會出現在她的考題裡。

在蘇格拉底眼裡，乳光槍烏賊有另一個名稱。牠稱之為「早餐」。

「很好。」我拎起那兩隻烏賊，仍然因為冷凍過而冰冰的，然後我把一隻遞給戴夫。「你準備好了嗎？」

「喂，我們潛水之前……」他的神情變得嚴肅。「我有件事想要告訴你……」

我不知道他講的是不是實話，不過我老是上了他的當而分心。他一吸引到我的注意力，就立刻轉過去，縱身跳出懸崖。

我咒罵一聲。「噢，你這個小……」

無論是誰先跳下去，那人都比較有機會搶先一步找到蘇格拉底。

我深吸一口氣，跟在他後面，一躍而出。

懸崖跳水是極高速的衝墜。我以自由落體之姿墜落十層樓的高度，風勢和腎上腺素在我耳裡呼嘯尖叫，接著撞穿冰冷的水域。

我很享受全身承受的衝擊：瞬間的冰寒，鹹鹹的海水刺痛我身上的割傷和擦傷。（身為哈潘學院的學生，如果你身上沒有割傷和擦傷，就表示沒有正確執行戰鬥練習。）

我筆直衝進一大群銅平鮋之中，數十隻橙白相間的彪形大魚頂著巨型背鰭，看起來很像演出龐克搖滾樂的鯉魚。不過牠們的冷酷外表其實只是做做樣子而已，只見牠們突然大規模地四散奔逃，彷彿大喊著「哎喲喂呀」！下方十公尺處，我看到戴夫吐出的氣泡拖成一條閃閃發亮的流動軌跡。我隨之向下潛去。

我的靜態閉氣紀錄是五分鐘。一旦全身出力，我顯然沒辦法閉氣那麼久，不過這裡依舊是我的場子。在地面上，戴夫擁有力氣和速度的優勢。而到了水下，我擁有耐力和敏捷度。至少我對自己這樣說。

我哥哥漂浮在砂質海床的上方，雙腿盤起，活像在那裡冥想了好幾個小時之久。他把烏賊藏在自己背後，因爲蘇格拉底已經來了，用吻部頂著戴夫的胸口，彷彿說著：「好了啦，我知道你帶了什麼東西給我。」

蘇格拉底是絕美的動物。而我這樣說，不只因爲我隸屬於海豚學舍。牠是年輕的雄性瓶鼻海豚，體長兩百七十公分，藍灰色的皮膚，背鰭有明顯的深色條紋。我知道牠不是眞的面帶微笑，牠那長長的吻突形狀只是剛好很像微笑。不過我覺得牠超可愛，簡直難以置信。

戴夫拿出他的烏賊。蘇格拉底立刻叼起，整隻吞下去。戴夫對我笑得開懷，一串氣泡從他唇邊溜出來。他的表情訴說著：「哈哈，海豚最喜歡我。」

我拿著烏賊遞給蘇格拉底。看到第二份早餐，牠實在太高興了。牠讓我搔搔牠的頭，摸起來像水球一樣光滑又緊緻；接著我又摸摸牠的胸鰭。（海豚超愛胸鰭按摩。）

然後，牠做了我意想不到的事。牠突然拱著背，用吻突把我的手往上推，我把那樣的動作解讀成「走吧」或「快點」。牠轉過身，匆匆游開，激起的尾流擊打我的臉。

我看著牠消失在昏暗中。我等待牠游回來。但牠沒有。

我不懂。

通常牠不會吃完就跑，牠很喜歡待一會兒。海豚天生善於社交。多數的日子，牠會跟著我們游到海面，然後從我們頭頂上一躍而過，或者玩起捉迷藏遊戲，或者對我們來上一段連珠砲般的吱嘎聲和喀噠聲，聽起來很像提問一堆問題。正因如此，我們才叫牠「蘇格拉底」。牠從來沒有給過答案，只是一直問問題。

但今天，牠似乎激動又焦慮……幾乎像是非常擔心。

在我視線的最遠處，安全網的藍色燈光延伸跨越整個海灣口，過去兩年來，我已經很習慣那個發亮的鑽石形狀。在我的注視下，那些燈光熄滅了，然後閃爍幾下又亮起來。我以前從沒看過它們這樣。

我看了戴夫一眼。他似乎沒注意到安全網的變化。他指著上面。「比賽看誰快。」

他踢水往海面游去，在我周圍激起一大團沙子。

我想要在水底下停留久一點。我很好奇，想看那些燈光是否再次熄滅，或者蘇格拉底有沒有回來。但我的肺快要燒起來了。我心不甘情不願，跟隨著戴夫的腳步。

我到水面和他會合，呼吸逐漸平復後，我問他有沒有看到安全網的燈光熄滅了。

他瞇眼看我。「你確定不是自己昏過去？」

我朝他的臉潑水。「我是說真的啦。我們應該找個人報告一下。」

戴夫抹掉眼裡的水。他還是一臉狐疑。

坦白說，我一直不懂，爲什麼我們要在海灣口設置那種最先進的水下電子障礙物。我知道，那可能是要保護海洋生物的安全，免於受到其他事物的干擾，像是非法捕魚的人、休閒潛水客，還有一些惡作劇的傢伙，來自我們的對手高中，蘭德學院。不過呢，對於我們這種培養出全世界最優秀海洋科學家和海軍軍官的學校來說，那樣感覺有點小題大作。我不知道安全網究竟是怎麼運作的。然而，我確實知道它不該閃爍明滅。

戴夫一定是看出我眞的很擔心。「好啦，」他說，「我會提出報告。」

「還有，蘇格拉底表現得怪怪的。」

「有隻海豚表現得怪怪的。好，我也會提出報告。」

「我可以去報告，不過就像你老是說的，我只是低年級新生。而你是鯊魚學舍有權有勢的隊長，所以……」

他潑水回敬我。「如果你的疑神疑鬼發作完了，我還眞的有東西要給你。」他從潛水腰帶的袋子裡拿出一條閃閃發亮的鍊子。「安娜，提早祝你生日快樂。」

他把項鍊遞給我：單獨一顆黑珍珠固定在金項鍊上。我花了一秒鐘才明白他給我的是什麼。我胸口一緊。

「媽咪的？」我幾乎說不出這句話。

珍珠位於媽咪那條印度式婚鍊的正中央。這也是我們唯一留存的媽咪遺物。

戴夫面帶微笑，不過他的眼裡流露著熟悉的憂鬱神色。「我把珍珠重新鑲上去。你下個星期就十五歲了。她會希望你戴這條鍊子。」

這眞是他對我做過最貼心的事。我都快哭了。「可是……爲什麼不等到下個星期？」

「你今天要離開去參加高一新生試驗。我希望你戴上這顆珍珠求好運……你也知道，只是萬一啦，怕你來個驚人大慘敗或之類的。」

他眞的很懂得怎麼潑冷水。

「喔，閉嘴啦。」我說。

他笑起來。「我當然是開玩笑的。你一定會表現得很棒。安娜，你永遠都很棒。只是要小心一點，好嗎？」

我覺得自己臉紅了。這麼溫暖又深情的時刻，我實在不知道該怎麼辦才好。「嗯……項鍊很漂亮。謝謝你。」

「當然啦。」他凝視著地平線，深棕色的眼睛閃過一絲憂慮。也許他想著安全網的事，或者對我的週末試驗眞的很緊張。也說不定他想著兩年前發生的事，當時我們的父母最後一次越過那道地平線。

「走吧。」他再次擠出令人安心的微笑，他爲了我常常這樣。「我們吃早餐要遲到了。」我的哥哥，永遠吃不飽，而且永遠主動積極，最優秀的鯊魚人隊長。

他朝岸邊游去。

我看著我母親的黑珍珠……她的護身符，理應保佑她長壽，保護她遠離邪惡。不幸的是，她和父親在這兩方面都沒能達成。我掃視著地平線，不禁納悶蘇格拉底跑去哪裡了？牠又想告訴我什麼事呢？

接著，我游在哥哥後面，因爲突然間，我不想要獨自一人待在水裡。

第二章

在餐廳裡，我狼吞虎嚥一大盤豆腐炒海帶……像平常一樣美味。接著，我衝去宿舍，抓起我的旅行袋。

我們高一新生住在「薛克頓樓」❹的二樓，在八年級學生的樓上。我們的房間不像「庫斯托樓」❺的高二和高三學生宿舍那麼寬敞，也絕對沒有「鄭和樓」❻的高四學生套房那麼好，但是遠比八年級時，我們在哈潘學院的「寄宿生」那一年好太多了，當時大家只能擠在狹窄

❹薛克頓（Ernest Henry Shackleton, 1874-1922）是愛爾蘭探險家，以一九一四到一六年的南極探險而聞名。

❺庫斯托（Jacques-Yves Cousteau, 1910-1997）是法國探險家，也是海軍軍官和海洋生物學家，一九四三年發明水肺，對人類潛水影響深遠。

❻鄭和（1371-1433）是明朝航海家，七次率領大規模船隊下西洋，比西方早了兩個半世紀。

的營房裡。

我想，我應該先把這件事講清楚。哈丁—潘克洛夫學院是五年制的高級中學。根據性向測驗的結果，將所有學生分成四個學舍。我們把學院簡稱為「哈潘」。嗯，對啦，我們聽過所有牽扯到「哈利波特」的笑話❼。眞是謝謝喔。

我到達宿舍房間時，室友正陷入大混亂。

聶琳達正把各式各樣的工具、額外的服裝和化妝品塞進她的行囊。伊絲特則是瘋狂整理索引卡片。她大概有……十二疊吧，全都用顏色編碼、標示和強調。她的狗，多普，高聲吠叫又跳上跳下，很像毛茸茸的彈跳桿。

其實平常就這麼混亂，但我忍不住笑出來。我好愛這些同學。謝天謝地，宿舍沒有按照學舍分配，否則我永遠都會覺得沒有下課，沒辦法與好姊妹一起放鬆心情。

「寶貝，不要打包太多東西啦。」聶琳達對伊絲特說，同時塞了更多套筒扳手和睫毛膏到自己的袋子裡。（聶琳達對每個人都叫「寶貝」。那只是她的作風。）

「我很需要索引卡片啊，」伊絲特說：「還有多普的食物。」

汪！多普吠叫一聲表示同意，同時盡全力讓鼻子碰到天花板。

聶琳達對我聳聳肩。你能怎麼辦呢？

她今天打扮成「鉚釘女工」的造型❽，濃密的棕髮用綠色大手帕固定在腦後。短袖丹寧布工作上衣的衣襬打個結，露出腹部的深色肌膚。她的卡其七分褲永遠沾染了機油，但她的妝容呢，與平常一樣，十分完美。我敢打賭，聶琳達絕對可以爬過水族館的幫浦系統，或者修理船隻的引擎，同時還能保有時尚的外表。

她看到我喉嚨底部的黑珍珠，瞪大了雙眼。「漂亮！那東西是從哪裡來的？」

「戴夫提早送的生日禮物，」我說：「這是，呃……是我們媽咪的。」

她的嘴唇構成「噢」的形狀。我的兩位室友聽過我家所有的悲慘故事。在聶琳達、伊絲特和我之間，我們的宿舍房間是全世界最大的悲慘故事製造地點之一。

「嗯，」她說，「我有完美的裙子和上衣可以搭配那條項鍊。」

聶琳達眞是大好人，她會分享衣服和化妝品。我們的身材差不多，膚色也相同（她是巴西的帕度人❾，我的祖先是印度的邦德利人❿），所以碰到學校有舞會或者星期六放假去鎮上時，她經常幫我打扮得美美的。但今天不是那樣的日子。

「聶琳達，我們要去船上生活一個星期耶。」我提醒她。

「我知道，我知道啦。」那女孩說著，她這樣盛裝打扮，只是爲了上船之前這段巴士行程而已。「那就等我們回來。也許等期末舞會的時候！」

伊絲特把最後一袋狗餅乾塞進她的圓筒旅行袋。

---

❼ 哈丁—潘克洛夫學院（Harding-Pencroft Academy）簡稱「HP」，哈利波特（Harry Potter）的簡稱也是「HP」。

❽ 二次大戰時期有六百萬名美國女性進入工廠，從事傳統上男性的工作，後來「鉚釘女工」（Rosie the Riveter）圖像成為女性主義和女性擁有經濟力量的象徵。

❾ 巴西有百分之四十以上的人口是混血族群，膚色為棕色，稱為帕度人（Brasileira pardo）。

❿ 邦德利人（Bundeli）居住在印度中部的邦德肯地區（Bundelkhand），使用的語言是印度—雅利安語支的邦德利語。

「很好。」她朗聲說道。她轉了一圈，檢視宿舍房間，看看有無遺漏任何東西。她穿著藍色的「虎鯨學舍」T恤，以及花朵圖案的短褲，裡面則是連身泳衣。她整張臉紅通通的，一頭金色鬈髮往三個不同方向蓬鬆炸開。我看過她嬰兒時期的照片，吹彈可破的胖嘟嘟臉頰，大大的藍眼睛，一臉驚嚇表情，很像是說：「我到底在這世界上幹嘛？」她其實沒什麼變。

「我準備好了！」她終於說。

「寶貝，別那麼大聲。」聶琳達說。

「抱歉，」伊絲特說：「出發吧！我們會錯過巴士！」

伊絲特討厭遲到。多普可以幫助她控制這種焦慮。多普到底是怎麼讓所有人覺得比較不焦慮，我永遠無法理解，不過牠絕對是你所遇過最可愛、最能讓你振作精神的動物。牠有點像傑克羅素㹴犬，有點像約克夏㹴，也有點像龍捲風。

牠要跟著伊絲特出去時，聞了聞我的手。也許我指甲底下的烏賊汁液沒有完全洗淨。

我抓起昨天晚上打包的旅行袋。我沒帶太多東西：換洗衣物，溼式潛水衣，潛水刀，潛水錶。我們所有人都不知道週末的考驗會採取什麼形式。主要是在水裡（廢話），但高年級學生不會告訴我們詳情。連戴夫也不會。他們發誓要守口如瓶，態度非常認眞。眞是煩死了。

我連忙跟上朋友的步伐。

要前往中庭，我們得先下樓，穿過八年級的翼樓。有很長一段時間，我以爲這是很討厭的室內設計缺陷。後來我才明白，宿舍一定是刻意安排成這樣。這樣表示寄宿生每一天有好幾次要讓路給我們通過，以恐懼和敬畏的神情看著我們這些高一學生。至於我們這邊，每一次穿過宿舍，心裡就會想，就算我們動作再怎麼慢，至少也不像眼前這些可憐的笨蛋。他們全都看起來好小一隻、好年輕，而且嚇呆。我不免心想，去年我們看起來是不是也像這副模樣。或許在高年級學生眼中，我們看起來也還是像這樣。我想像戴夫一臉嘲弄的神情。

到了外面，好天氣愈來愈熱了。匆匆穿過校園的時候，我想著因為這趟行程而錯過的所有課程。

體育館：六道攀岩牆；兩條索道；熱瑜伽和冷瑜伽教室；籃球場、壁球場、排球場，以及彈力繩球的場地（這是我的最愛）。不過每個星期五有武術課。演練印度式摔角期間，我花了整個早上的時間讓別人把我摔到一面牆上。我不會說我很想念那種課啦。

水族館：我聽說這是全世界最大的私人研究設施，此處海洋生物的多樣性遠遠勝過美國舊金山的蒙特利灣水族館、中國珠海的長隆海洋王國，或者美國亞特蘭大的喬治亞水族館。我們為稜皮龜、海獺和海獅（牠們全是我的珍貴寶貝）組成了救援和復原小組，但今天是我負責刷洗鰻魚水缸的日子，那就掰掰啦！

游泳池：三個泳池，包括「藍洞」，它的廣度和深度足以進行潛水艇的模擬航行。全世界只有一個泳池比它大，位於美國航太總署NASA。就像我熱愛室內潛水課，我也隨時會投入開放的大海。

最後，我們穿過凡爾納樓，「黃金等級」的研究大樓。我實在搞不清楚那裡有什麼玄機。學生要到三年級以上才獲准進入。在校園內的眾多白色建築物之間，凡爾納樓的鍍金立面顯得相當突出，很像一顆鑲金的牙齒。它的深色玻璃門彷彿永遠嘲笑著我：「如果你夠酷，像你哥哥一樣，也許就能進來這裡面。哈哈哈哈。」

你想到那四十位高年級學生，說不定有某個人願意對那些「黃金等級」課程透露一丁點生動有趣的小道消息，但是別想了。就像我說的，他們嚴守祕密，眞是煩死了。坦白說，等我變成高年級學生，不知道自己的口風能不能守得這麼緊，不過那是以後才要煩惱的問題。

在大中庭裡，四年級學生在草地上懶洋洋的。他們的全部課程都上完了，只等著期末考試和畢業，幸運的傢伙啊。接著他們離開學校，進入頂尖大學，開創前途遠大的職業生涯。我沒看到戴夫，不過他的女朋友，艾美莉亞．萊西，我的學舍隊長，從草地的另一端對我揮揮手。她比劃著手語：「祝好運。」

我以手語回應：「謝啦。」

我對自己說：「我很需要這個。」

我不該太擔心的。我們班已經減少到剩下二十人，而最多就只能允許二十個人晉級。我們在寄宿生那一年少了十位學生，今年到目前爲止又少了四位。理論上，剩餘的我們這些人可以全部留下，不再砍人。況且，我的家族成員每一代都就讀哈潘學院。而且我是海豚學舍的高一班長。我得搞砸到非常徹底，才會被學院踢出去……

我、伊絲特和聶琳達算是最早到達巴士的幾個人。可是，當然囉，傑米尼．吐溫比我們更早到那裡。他拿著寫字夾板站在車門邊，準備點名，並且把需要踢掉的東西全部踢掉。

這位鯊魚學舍的班長既高大又黝黑，而且身材瘦長。大家在背地裡都叫他「蜘蛛人」，因爲他看起來很像動畫電影《蜘蛛人：新宇宙》裡的邁爾斯．莫拉雷斯⓫。可是呢，他根本沒有那麼酷。我們從去年開始達成停戰協議，但我還是不喜歡他。

「聶琳達．西爾瓦。」他在她的名字上打了勾，但沒有與她眼神接觸。「伊絲特．哈丁。班長安娜．達卡。歡迎登艦。」

他說這話的語氣，彷彿我們的接駁巴士是一艘戰艦。

我對他微微一鞠躬。「謝謝你，班長。」

他的一邊眼睛抽跳一下。不管我做什麼，他似乎都覺得很困擾。我是沒關係啦。我們身爲寄宿生的那一年，這傢伙把聶琳達弄哭了，那件事我絕對不會原諒他。

我們今天的司機是伯尼。他是個老好人，從海軍退役。他一微笑就露出咖啡染黃的牙齒，一頭銀髮，雙手的指節粗大又彎曲，很像樹根。

休伊特老師坐在他旁邊，翻閱著這一天的行程表。休伊特像平常一樣臉色蒼白、汗流浹背，而且衣著凌亂。他身上的味道聞起來很像樟腦丸。他教的是我最不喜歡的課，「理論海洋科學」。我們多數同學都說那堂課是「理論太多科學」。有時候我們會把「科學」換成另外兩個字，第一個字是「大」。

休伊特眞的很嚴格；對週末的考驗來說，這不是好兆頭。我和兩位朋友坐在巴士的後排位置，盡可能離他愈遠愈好。

等到二十位高一新生全都上了車，巴士就上路了。

到了大門口，我們準備離開時，全副武裝的準軍事人員對我們揮手微笑，像是要說：「同學們，祝你們有個美好的一天！不要死喔！」我猜想，大多數的高中沒有全副武裝防禦到這種程度吧，也沒有大批的迷你監視無人機一直繞行著校園。然而怪的是，你竟然那麼快就習

⓫ 邁爾斯・莫拉雷斯（Miles Morales）是漫威漫畫裡的一個角色，他繼承第一代蜘蛛人彼得・帕克（Peter Parker）的意志，成為新一代的蜘蛛人。

慣了。

我們轉彎開上一號公路時，我回頭看看校園，一棟棟建築物宛如方糖，非常耀眼，盤據在海灣上方的峭壁頂端。

一股熟悉感湧上我的心頭：眞不敢相信，我來就讀這所學校了。接著才想起，我別無選擇，只能來就讀這所學校。經歷過我父母發生的事情之後，此處是我和戴夫在這個世界上唯一的家。

我不禁感到好奇，吃早餐時爲何沒有看到戴夫。他去報告整條安全網的燈光閃爍問題時，安全部門會怎麼說呢？可能什麼也沒說，就像戴夫的看法一樣。

然而，我緊緊握著喉嚨底部的黑珍珠。

我想起母親對我說的最後一句話：「我們會趁你還沒注意到的時候就回來了。」接著，她和我父親永遠消失了。

第三章

「各位新生。」休伊特老師說這句話的語氣好像在罵人。

他站在走道上，一隻手放在椅背上扶穩身子。他對著巴士的麥克風，呼吸聲很沉重。「這個週末的考驗，會與你們期待的方式非常不一樣。」

這番話吸引我們的注意力。每個人都定睛看著休伊特。

教授的身形很像潛水鐘，從窄窄的肩膀向下逐漸放大成寬闊的腰身，皺巴巴的襯衫衣襬有一半沒有塞進腰際的褲頭。一頭看似疲憊的灰髮，加上黯淡且溼漉的雙眼，讓他看起來很像徹夜做數學計算但全部失敗的愛因斯坦。

在我旁邊，伊絲特整理著她的索引卡片。多普把頭擺在她的膝蓋上，尾巴輕輕拍打我的大腿。

「再過三十分鐘，」休伊特繼續說：「我們就會抵達聖亞歷加德羅。」

他等著我們的窸窣耳語漸漸平息。提起聖亞歷加德羅，我們聯想到的是逛街購物、看電影，還有星期六晚上的卡拉ＯＫ，而不是期末考驗。不過我心想，我們會從那裡開始也是有道理的。學校的船隻通常停泊在那裡的港口。

「我們會直接前往碼頭，」休伊特繼續說：「沒有什麼順路繞過去，沒有什麼小逛一下買個點心。你們要讓電話保持關機。」

有幾位同學咕噥抱怨著。哈丁—潘克洛夫學院透過學校的內部網路，嚴格控制所有的通訊。整個校園是手機訊號的死區。你想查詢水母的繁殖習性？沒問題。你想看看YouTube？祝你好運。

學校老師說，這是要讓我們專心學習。我猜這也是另一種安全方面的預防措施，就像水下的安全網，或者全副武裝的守衛，或者以無人機進行監視。我不了解這樣做的原因，但這就是生活的實情。

通常我們一進入城鎮，就會像口渴的牛隻來到喝水的地方，大家蜂擁擠向最先找到免費無線網路的地方，然後牛飲起來。

「等我們到達海邊，我會有進一步的指示。」休伊特說：「這樣說就夠了，今天你們會真正了解學院是個什麼樣的地方。而且，學院也會弄清楚，你們是否能挺過學校的要求而存活下來。」

我想要相信休伊特只是嘗試嚇唬我們。問題是，他從來不會隨便嚇唬人。如果他說我們會有額外的週末功課，那就一定有。如果他預測下一次考試會有百分之九十的人考砸，那也一定會。

理論海洋科學本來應該是好玩又輕鬆的課啊。我們大部分時間都在探討未來一、兩百年的海洋科技會是什麼樣子。或者科學若採取不同的發展途徑，可能會發生什麼事？要是達文西在一四九〇年就發現聲納，而且做了更多研發呢？要是荷蘭人德魯貝爾的「潛水船」設計圖沒有在一六〇〇年代遺失，或者要是西班牙人蒙圖利歐所發明的無氧蒸汽動力潛水艇，沒有在一八六七年因爲缺乏經費而報廢呢？我們今天的科技會不會比較先進？

思考這些事確實很酷，但也……不是很實用吧？休伊特表現得一副他提出的問題都有正確答案的樣子。就好像說，這是「理論」。只因爲某人的猜測與你的猜測不一樣，你怎麼能把他們的報告評爲「B⁻」的成績呢？

無論如何，眞希望這趟行程是由艾佩西上校陪伴我們，他是我們的軍事戰術教授。或者凱德老師也好，我們的體適能教師。休伊特只要拖著腳走個幾步路就喘不過氣。在我的想像中，水下的考驗會是強度很高的體能活動，我實在不懂他要怎麼評分。

他把麥克風轉而遞給傑米尼．吐溫。傑米幫我們把這個週末的小組分配好。我們會分成五個小組，每組四個人，分別來自四個學舍。但是，他有幾個規定要先告訴我們。

他當然會這樣做。他是非常典型的鯊魚人。你可以請他去管理一支幼兒足球隊，他會妄想自己在做大事。短短一星期之內，他會讓那些幼兒以整齊劃一的動作齊步走。接著，他會向附近的幼兒足球隊宣戰。

傑米匆匆唸著他屬意的一項項規定。我開始注意力渙散，望向窗外。

公路沿著之字形起伏蜿蜒，緊貼著峭壁而行。有一陣子，你看不到任何東西，只看到樹木。下一刻，你又可以追溯整條海岸線，一路回頭望向哈潘學院。整個學校完整映入眼簾時，我看到海灣裡有個奇怪的東西。一道細細的尾流線條直直通往峭壁底端，剛好就是我和戴夫今天早上潛水的地方。我看不出是什麼東西產生那道尾流。沒有船隻。它移動得太快也太直線，不會是海洋動物。有某種東西在水底下，具備推進力。

我的胃揪成一團，感覺好像再一次自由墜落。

尾流的線條分離成三個部分。看起來很像一把三叉戟，叉尖的部分加速刺入學校下方的海岸線。

「嘿！」我對朋友們說：「嘿，你們看！」

等到伊絲特和聶琳達趴到窗邊時，那個景象已經消失在樹木和峭壁的後方。

「怎麼了？」聶琳達問。

接著，震波襲擊我們。巴士劇烈搖晃。許多巨石掉落到路面上。

「地震！」傑米拋下麥克風，是真的拋下，然後抓住最靠近的椅背穩住自己的身子。休伊特老師重重摔向車窗。

柏油路面出現裂縫，巴士則滑向路邊的護欄。我們全部二十個人，都是受過良好訓練的高一新生，此刻尖叫得像是幼稚園學生。

不知道用什麼辦法，伯尼重新控制住巴士。

他讓車子慢下來，準備找地方靠邊停車。我們轉過另一個彎，哈潘學院出現在視線中，只不過現在……

伊絲特放聲尖叫，惹得多普在她的膝頭低吠嗚咽。聶琳達的雙手抵著車窗玻璃。「不。不會吧。不。」

我大喊：「伯尼，停車！停在這裡！」

伯尼開進一個避車道，那是觀看風景的地方，讓旅客可以在此拍攝太平洋的照片。視線非常清晰，可以一路回望到哈潘學院，但現在，那裡完全稱不上是風景。

同學們開始哭起來。他們把臉緊貼在車窗上。我的心糾結成一團，不敢置信。

第二道震波襲擊我們。大家滿心驚駭，眼睜睜看著另一塊楔形巨石崩落到海灣裡，帶著僅剩的一些漂亮方糖建築物一起落下。

我跌跌撞撞沿著走道前進。我用力敲打車門，直到伯尼把門打開。我跑到峭壁邊緣，緊緊抓著冰冷的鋼鐵護欄。

我發現自己滿心絕望，喃喃禱告。「三眼神明，滋養眾生的溼婆天神，願祂保佑我們免於死亡……」

但是保佑無效。

我哥哥在校園裡。還有另外一百五十個人，以及一座滿是海洋動物的水族館。有二點五平方公里的加州海岸崩落到大海裡。

哈丁—潘克洛夫學院消失了。

第四章

我的一些同學站在護欄邊哭泣。有些人彼此擁抱，另一些人拚命尋找手機訊號，試著傳訊息給朋友，或者打電話求救。埃洛伊絲．麥克馬努斯嚎啕大哭，對著大海扔石頭。庫柏．鄧恩像是籠中的獅子一樣來回踱步，猛踹巴士的前輪輪胎，然後又去踹後輪。

睫毛膏沿著聶琳達的臉頰往下流，很像骯髒的雨水。她站著保護伊絲特，只見伊絲特盤腿坐在碎石地上，抱著多普棕白相間的毛皮嗚嗚哭泣。

傑米尼．吐溫說出我們所有人的心聲：「這不可能吧。」

他揮舞雙臂，指著我們學校原本坐落的地方。「不可能！」

我沒有真的在場。我大約飄浮在自己身體上方十五公分處，可以感覺到心臟在胸口怦怦猛跳，但是擊打的感覺既模糊又遙遠，很像樓下宿舍房間的立體音響系統傳來的音樂聲。我的情緒受到一團薄霧的籠罩。我的視線周圍閃爍不定。

我意識到自己解離了。我曾經和學校的輔導老師，法蘭西斯老師，談過這個狀況。以前發生過，當時接到我父母的消息。現在戴夫不在了。法蘭西斯老師不在了。我的學舍隊長，艾美莉亞。法瑞茲老師。艾佩西上校。凱德老師。我昨天才在水族館照顧的水獺寶寶。餐廳的好心女士，珊薇，她總是對我笑笑的，有時候會做印度炸餃子點心，裡面塞滿了椰子肉，跟我媽咪做的幾乎一樣好吃。哈潘學院的每一個人……不可能有這種事啊。

我努力控制住自己的呼吸。我努力把自己固定到身體裡面，卻感覺飄得愈來愈遠，逐漸蒸發掉。

休伊特老師踏著沉重的步伐走下巴士。他用手帕抹著臉。伯尼跟在後面，使勁搬著一個大型的黑色工具箱。兩位男士壓低聲音交談一番。

我讀著休伊特的唇語。我實在忍不住。我是海豚人，我的訓練全都與溝通有關。收集情報。破解密碼。我辨認出「蘭德」和「攻擊」幾個詞彙。

伯尼回答：有內應。

我一定誤解了。休伊特指的不可能是「蘭德學院」吧。我們這兩所高中永遠是死對頭，但眼前的情況可不是平常的惡作劇，像是他們朝我們的快艇丟雞蛋，或者我們偷走他們的大白鯊等等。這可是徹底的毀滅啊。而且伯尼說「有內應」是什麼意思？

我深呼吸。我整理自己震驚的情緒，壓到體內深處，就像自由潛水之前深深吸入氧氣。

「我看到攻擊行動。」我說。

每個人都心神渙散，沒有聽到我說的話。

我再說一次，這次大聲一點。「我看到攻擊行動。」

整群人安靜下來。休伊特老師盯著我看。

傑米不再踱步，我不喜歡他看我的那種眼神。他握緊雙手的拳頭。「你說『攻擊』是什麼意思？」

「那像是某種魚雷，」我說：「至少，我覺得是。」

我描述剛才看到直直朝向懸崖而去的尾流線條，還有快要撞擊之前分裂成三個部分。

「不可能。」基姬．簡森說，她也是鯊魚人。「外圍有安全網。任何東西穿過那裡一定會失效。」

我的雙腿抖個不停。「今天早上，我和戴夫……」

悲痛在我的喉頭不斷高漲，讓我幾乎窒息。

噢，天哪，戴夫。他那歪嘴斜眼的嘻笑表情。他那雙調皮的棕色眼睛。他那被枕頭壓扁的可笑頭髮。每天看著他，我可以一直記住我們父親的長相。我大可告訴自己，我們的父母沒有完全消失。但現在……

每個人都盯著我。他們等待著，急切想要了解。我強迫自己繼續說。我描述之前看到安全網的燈光有奇怪的閃爍情形。

「戴夫要去報告那個情況，」我說：「他可能正在安全部門的辦公室，在那時候……」

我指向北方。我沒有讓自己再看一次，不過可以感受到，原本哈丁—潘克洛夫學院的所在之處留下的碩大坑洞景象。那像是下顎拔掉牙齒的地方所傳來的悶痛感。

「一枚魚雷？」提亞．羅梅洛說，她是頭足學舍的班長，邊說邊搖頭。「就算有好幾顆彈頭，單獨一枚導彈也不可能造成那種損害。引發那麼大規模的山崩……」

提亞看著她的頭足學舍同學。他們開始低聲交談。頭足人擅長解決問題，那是他們的處事方法，就像我讀唇語一樣。拿一盒「樂高」倒在他們面前，請他們用這些零件建構出可用的超級電腦，他們就不會休息，直到找出解決方法爲止。只有聶琳達站在旁邊，繼續默默照顧著伊絲特。

「這件事是怎麼發生的並不重要，」傑米終於說：「我們得回去尋找生還者。」

「同意。」我說。

換做是其他任何一天，這都會是頭條新聞。自從差不多兩年前進入哈潘學院至今，我和傑米還沒有對任何事情達成共識。

他點點頭，神情嚴肅。「所有人，回到……」

「不用。」休伊特老師蹣跚走向前，一隻手臂托著他的平板電腦。汗水早已浸溼他的襯衫，他的膚色像是冷凍卡士達奶油的顏色。

在他背後，伯尼跪下來打開工具箱。在裡面，有十幾架銀色的無人機擱在泡沫塑膠裡，約莫蜂鳥的大小。

休伊特輕點他的控制平板螢幕。無人機發出嗡嗡的聲音，動了起來。它們從泡棉凹槽裡飛起來，在頭頂上方集結成一群發出藍光的嬌小推進器，然後沿著海岸線咻地飛走，前往哈潘學院。

「這些無人機會執行監視工作。」休伊特聲音顫抖，因爲憤怒，或者悲痛，或兩者皆有。「但我警告你們，不要期待有人生還。蘭德學院發動了先發制人的攻擊，用意是要殲滅我們。我擔心會發生這樣的攻擊已經有兩年了。」

我碰觸喉部的黑珍珠。

休伊特講起蘭德學院和哈潘學院，爲什麼好像講的是兩個主權國家？蘭德學院不可能就這樣摧毀加州海岸的一段，殺掉一百多人吧。

多普的尾巴用力揮中我的腿。牠把頭埋在伊絲特的雙膝之間，想要討拍，試圖把她拉出黑暗的境地。

「休伊特老師……」富蘭克林．考區，虎鯨學舍的班長，看起來好像快靈魂出竅了。「我們可能有朋友在那裡傷得很重。有人埋在瓦礫堆下。我們有責任……」

「不要說了！」休伊特吼道。

突然間，我好像回到理論海洋科學的第一節課，當時丹尼爾．列考斯基的膽子很大，居然問理論海洋科學有什麼用處；他那一年後來退學了。我還記得，休伊特生氣的時候有多麼可怕。

伯尼站在教授後面。他沒有說什麼話，但有他在場，似乎讓休伊特的怒氣降低到「戒備狀態⑫五級」。

「我們繼續前往聖亞歷加德羅，」休伊特用更加單調的語氣說：「你們所有人，仔細聽我說。你們可能是哈丁－潘克洛夫學院全部的倖存者。我們絕對不能失敗。考驗取消。取而代之的是，你們要學習現役人員必須知道的事。從此刻開始，我們進入戰爭狀態。」

二十位高一新生回瞪他。大家看起來都像我心裡一樣害怕。是沒錯，我們曾接受軍事戰術的訓練。很多哈潘的畢業生都前往全世界最好的海軍學院：美國安納波利斯的美國海軍學院、俄羅斯的庫茲涅佐夫海軍學院、中國大連艦艇學院、印度埃茲瑪拉的印度海軍學院。然而，我們並不是海軍陸戰隊隊員或美國海軍三棲特戰隊。反正還不是。我們根本還沒畢業。我們是小孩子啊。

「我們會繼續前往碼頭，」休伊特說：「等到安全抵達海邊，我會給你們進一步的指示。在這同時，傑米尼．吐溫？」

「老師。」傑米向前踏出一步。他準備好要接受指令，準備好要負責管理我們班。軍事指揮是鯊魚人受訓的重點。

「標準武器存放在巴士的行李廂？」休伊特問。

「是的，老師。」

「讓你的小組武裝起來，」休伊特說：「把武器準備好，等待進一步通知。」

傑米彈彈手指。另外四名鯊魚人跑去拿他們的槍盒。

有一種冷冰冰的現實感，開始把我拉回自己的身軀。一旦鯊魚人奉命把自己武裝起來，我就知道大家碰上了很嚴重、很嚴重的大麻煩。

「吐溫班長，」休伊特繼續說：「你有一個新的現行命令。」

傑米眼睛一亮。「我了解，老師。」

「不，」休伊特說：「我不確定你眞的了解。從此刻開始，在所有人之中，你要特別對一個人的性命負起責任。你不能離開她的身邊。你拚死也要保護她。無論發生什麼事，你都要

⓬戒備狀態（defense readiness condition, DEFCON）是美國的國家防禦分級方式，一級是最高等級的警戒態勢，五級為最低。美軍在不同等級有不同的行動方式。

確保她好好活著。」

傑米顯得很困惑。「我……老師？」

休伊特指著我。「安娜．達卡一定要活下來。」

第五章

我不需要這一切。

我的學校已遭摧毀。我哥哥可能死了。現在我們回到巴士上，前往聖亞歷加德羅，彷彿什麼事都沒發生。而最重要的是，我有傑米尼・吐溫擔任我的個人保鑣。

爲什麼是我？

我不是伊絲特，她是學校一位創辦人的後代。我的家族既不富裕、沒有權勢，也沒有名氣。是沒錯，達卡家族每一代都就讀哈潘學院，但很多家族也是這樣。此外在這群人之中，也不是只有我在攻擊中失去兄弟姊妹。布莉姬特・沙爾特的哥哥是三年級學生……嗯，以前是。凱伊・蘭西有個姊姊比我們大一歲。此時此刻，布莉姬特和凱伊看起來弱不禁風，但她們都沒有保鏢啊。

休伊特老師坐在前排，盯著他的控制平板。他襯衫上的汗漬已經擴展成跨國的大陸形狀。

我只能期盼他的無人機在哈潘學院找到生還者。

我的運氣不好，沒能以簡訊聯絡到戴夫。我沒有覺得很驚訝。整個地區依然是手機訊號的「黑洞」，但我非試不可。現在休伊特已經沒收我們的手機，全部鎖進保險箱，讓我覺得好像一隻手臂被膠帶捆在背後，但我仍奮力想讓那隻手臂發揮作用。

休伊特向我們保證，他的無人機一定會向本地的緊急救護單位報案。我一直等待救護車、警車和消防車從我們旁邊呼嘯而過，開往哈潘學院的方向。這是他們能走的唯一路線。到目前為止，什麼也沒有。學校太偏僻了，除非休伊特向當局報警，否則可能要過好幾個小時，才會有人注意到鄉間有一大塊地方消失在海裡。

「我擔心會發生這樣的攻擊已經有兩年了。」

那麼，他為何沒有警告我們呢？

也許只是巧合吧，兩年前，我父母代表哈丁—潘克洛夫學院進行一場科學考察活動，結果死了。那是一場悲慘的意外，管理人員這樣告訴我們。每當我問起詳情，像是塔倫和希塔．達卡為何代表哈潘學院前去進行科學考察、他們尋找的是什麼等等，哈潘學院的教職員就好像得了選擇性失憶症。我猜想，他們是努力不要傷害我的感情，也請法蘭西斯老師協助我排解內心的悲痛。

如今，我沒有那麼確定了。

我心裡突然浮現艾美莉亞．萊西的身影，她是我學舍的隊長，戴夫的女朋友，今天早上看到她在陽光普照的中庭裡閒晃。她面帶微笑，祝我好運。

艾美莉亞對於即將畢業感到很興奮。她有遠大的志向：美國海軍陸戰隊，透過這個途徑，她可以很快就進入二十棕櫚村的通訊學校⓭。就讀哈潘學院的五年期間，她學了十二種語言。她可以破解語言學的密碼，挑戰我們的教授。她的目標是成爲美軍有史以來最年輕的情報指揮官。如今她不在了。

我努力讓氧氣持續進出肺部。我做得不太好。

我哭了起來。我氣得渾身發抖。爲什麼我想到戴夫還能控制情緒，想到他的女朋友死去卻情緒崩潰？我到底是怎麼了？

「嘿，寶貝……」聶琳達伸手放在我的肩膀上。她似乎不太確定還能說什麼話，只遞了一包面紙給我。

是啊……像今天的情況，一張面紙沒什麼用。我也不是唯一感到煩惱的人。

伊絲特倚著車窗，依然眼睛浮腫，吸著鼻子。她拿出一張新的索引卡片，氣呼呼寫著筆記，努力釐清這整起可怕的事件。多普則感受到誰最需要牠，走過來把鼻子塞進我的雙膝之間。「嗨，我好可愛。愛我吧。」

傑米坐在走道的另一邊。他咬緊牙關的模樣，活像是夾緊的捕熊陷阱。兩把德製的西格紹爾 P226 手槍分別掛在他的皮帶兩側，呈現美國西部槍手的風格。那是他的「雙槍」，也是他得到「雙子座」⓮這個綽號的原因。他的膝頭放著一把 M4A1 突擊步槍。

⓭ 美國陸戰隊的通訊電子學校（Marine Corps Communication Electronics School）位於加州南部的二十棕櫚村（Twentynine Palms）。

⓮ 傑米尼的名字「Gemini」字意為「雙子座」。

還有一件怪事是我不願多想的：哈丁—潘克洛夫學院有一項規矩，就是採用軍事等級的裝備讓我們進行訓練。我心想，幸虧是這樣，畢竟我們現在顯然與另一所高中開戰了。

巴士處於奇怪的沉默氣氛。每個人似乎都迷失在自己的愁思裡。

最後，傑米問我：「你知不知道到底發生什麼事？」

他的棕色眼睛映照著周圍飛掠而過的景物。我從沒看過他顯露出壓力很大的跡象。此時，一顆汗珠沿著他的側臉緩緩滑落。

他想知道這問題的答案，我不怪他。我很感激他沒有透露出痛苦的語氣，或者生我的氣。我知道他一點都不想當我的保母，就像我也不想要他當保母。

我搖頭。「坦白說，完全不知道。」

我說的確實是事實。然而，我覺得自己在說謊。我聽出自己的語氣帶有罪惡感。我討厭這種感覺。

傑米的大拇指輕輕敲著他的步槍槍托。「我會需要你的協助。你們所有人。」他點點頭，示意包括伊絲特和聶琳達。「我知道，我們一直相處得不太好……」

聶琳達哼了一聲。

「……不過你也知道，我要說的是事實。」傑米望向走道前方，接著壓低聲音。「我們四個人是各學舍最優秀的人。不是要對提亞和富蘭克林失敬，他們都很善盡自己的本分。不過如果要打仗，你們幾個人是我的首選，即使並非都是班長。」

「好會拍馬屁啊。」聶琳達咕噥說道。

「我只是要說……」

「爛哏。」聶琳達批評說。

「他說得對。」伊絲特的注意力一直盯著她的索引卡片，這時幾乎寫滿了密密麻麻的小字。「瑪麗亞是我們最厲害的理論專家，但聶琳達在應用力學和戰鬥工程方面的成績比較高。富蘭克林學會的進階醫療技巧比我更多，不過……」她聳聳肩。

傑米對她露出似笑非笑的表情。「不過你是伊絲特．哈丁耶。」

「我是要說，我在其他方面都比較厲害，」伊絲特說：「只不過那樣說可能很沒禮貌。那樣很沒禮貌嗎？」

沒有人花力氣回答她。伊絲特就是伊絲特。我們全都知道她很討厭當班長。我們也知道她是典型的虎鯨人。她的索引卡片其實只是支撐情緒的工具，就像多普一樣，因爲她對於哈丁－潘克洛夫學院、自然史和海洋生態系所記住的資訊量，遠比剛剛遭到摧毀的學校圖書館的全部藏書還要多。她不喜歡人類，只有我和聶琳達除外，於是她寧可多花時間與動物相處。與其他動物進行非口語的溝通時，她天生非常有同理心。伊絲特可以判斷動物的想法和感受（有時候也可以判斷人類，但她覺得困難多了）。她可以預測動物會採取的行動，準確度高到不可思議……假如她自己內心的擔憂沒有淹沒她的話。

傑米更進一步。「我們一定要通力合作，搞清楚到底發生什麼事。還有接下來該怎麼辦。你們也知道，休伊特沒有把每一件事都告訴我們。」

「他什麼事都不會告訴我們。」聶琳達說。

「可是，如果我得要保護安娜……」

「我又沒有請求你保護我。」我說。

傑米尼一副氣得想回嘴的模樣。他從來沒有罵過人。他這個人是超級老古板。不過我覺得他很想罵人。

「我們沒有人請求。」他讓語氣保持平靜。「我們得思考該怎麼回應。因此，我們得知道自己究竟面對什麼樣的狀況。蘭德學院怎麼可能摧毀我們整個學校呢？」

伊絲特渾身發抖。多普立刻拋棄我，跳上伊絲特的膝頭，讓她不得不依偎著牠。我從來不曾覺得這麼感激，因爲伊絲特，還有我們所有人，擁有這隻老是大驚小怪團團轉的毛茸茸小狗。

「引發地震的雷管，」聶琳達推論說：「一枚魚雷，有三個彈頭，同步衝擊峭壁底部的幾個脆弱地點……」

「等一下，」傑米說：「那是理論海洋科學。純粹是科幻小說。那種科技不存在。」

「六個彈頭，」伊絲特說：「你需要六個。安娜可能沒有看到其他幾個，因爲位置太深了。攻擊要成功，唯一的可能性是駭入學校的保全系統。不只是安全網而已。他們需要騙過無人機、長程聲納、攔截飛彈……」

「我們有『攔截飛彈』？」聶琳達追問道。

伊絲特的臉頰浮現草莓色的紅暈。「我不該說出來的。」

我在心裡默默記住，等一下要追問伊絲特這件事。我很好奇，很想知道她身爲哈丁家的人，是不是還知道其他事情也是不該說出來的。但眼下此刻，我們還有更多迫在眉睫的問題。

「哈潘學院所有的保全系統都是獨立運作，」我說：「防火牆有自己的防火牆。沒有人能找到方法駭進去，卻未被偵測出來。」

「除非……」聶琳達說。

我的嘴巴變得好乾。「是的。我們下車時，我偷聽到伯尼和休伊特交談的內容。」

「偷聽？」傑米一邊說這個詞，一邊在空中比劃著引號。

「好啦，我讀他們的唇語。」

傑米瞇起眼睛。在我們學舍以外，沒有太多人知道「海豚人」接受了哪些特訓項目。我想，他可能回想起兩年前的事，很想知道我可能還「偷聽」到哪些其他內容。「那他們說什麼？」

我瞥了休伊特老師一眼，他依然撥弄著手上的控制平板。不知道他看的是什麼樣的讀數，但顯然很糟糕。

「伯尼提到『內應』，」我說：「那就表示……」

「哈潘學院有人暗中從事破壞行動。」這時，傑米肯定是硬吞下一句咒罵的話。「而假如那個人不想在攻擊中死掉……」

「他會在這輛巴士上。」

第六章

半個小時後，我們抵達碼頭，就是我們的訓練船「伐羅拿號」停泊的地方。

其他學生從巴士的行李廂卸下物品時，我在停車場上把所有的海豚人拉到一旁，包括黎安、佛吉爾、傑克和哈莉瑪。

「Tá fealltóir againn.」我對他們說。

按照字面意思，這句話翻譯成「我們之中有叛徒」，似乎滿貼切的。

從這學年開始，我們一直都用愛爾蘭語當做內部的暗語。愛爾蘭語很少人用，有人能聽懂我們所說字句的機會可說是微乎其微。海豚人的每個班級都選擇自己的語言。艾美莉亞學的是古埃及的科普特語。三年級學生選了馬爾他語。二年級則選擇拉丁語，因爲他們沒有想像力。如果你沒有語言天分，很快就會被海豚學舍刷掉。

我把自己的猜測告訴學舍的同學。暗中破壞。變節背叛。冷血謀殺。

這要花很大的力氣才能接受。

告訴他們是有風險的。我完全不知道背叛學校的人究竟是誰。任何人都有可能。但我不能開始懷疑每一個人。我需要大家的協助。

海豚人的專長是溝通和探索，但我們也接受間諜活動的訓練。我要求同學們保持高度警戒。

哈莉瑪．納瑟看起來氣炸了，我都覺得好像有蒸氣從她的印度頭巾底下嘶嘶冒出。「我們要怎麼找出叛徒？而且要怎麼處置他們？」

「從現在開始，」我說：「只要仔細觀察和聆聽就好。」以愛爾蘭語來說，這是「Bígí ag faire agus ag éisteacht」。你們要好好觀察和聆聽。同樣的，這樣把事情敘述得很簡潔。

黎安．貝斯特的臉色像磚塊一樣紅。若要進行反間諜工作，她是我們的最佳人選。她可能把「有叛徒」這件事視為對她個人的侮辱。她環顧我們每位同學的臉龐，無疑正在評估著每一個人，看看有沒有人可能是叛徒。「我在其他年級有朋友。」

「我們全都有。」吳傑克說，他對著休伊特老師挑起一邊眉毛。「安娜，教授為何指派鯊魚人給你？你知道他想幹什麼嗎？」

他詢問的鯊魚人，傑米尼．吐溫，就站在聽力所及的範圍內。他正在檢查碼頭，看看有沒有什麼事物會構成威脅。我希望他沒有很認真在執行保鑣任務。

碼頭上的人不多，但本地漁民還是對傑米投以一些奇怪的目光。我想，他們不是每一天都會看到一名十四歲少年在這裡站崗，身上配備軍隊等級的突擊步槍和兩把隨身武器。傑米只是對漁民點點頭，很有禮貌地對他們說早安。他們讓出很寬闊的泊船位置給他。

「毫無線索，」我說：「等我們到了海上，希望能弄清楚。」

佛吉爾．艾斯帕薩一直靜靜凝視鋪著貝殼碎片的人行道。這時他說：「他以前在蘭德學院教書，你們知道吧。」

我的肩膀緊繃起來。「誰？」

他對著休伊特老師點點頭。

我實在太震驚了，連愛爾蘭語的「你是開玩笑的吧？」都想不起來該怎麼說。

「一年級學生！」休伊特大喊。「集合！」

我以手語給海豚人最後一個指令，用四根指尖一起輕點我的太陽穴，這個意思是「提高警覺」。

所有人各就各位。我們十五個人排列成半圓形，面向休伊特老師，包括海豚人、頭足人和虎鯨人。鯊魚人則圍繞在四周，手握武器。傑米尼．吐溫走到休伊特老師的身旁，他從那裡可以盯著我，同時清楚顯示他是地位最高的一年級學生。

伊絲特搔搔多普的耳朵。多普很有耐心地坐在她旁邊，一雙棕色眼睛直直看著休伊特，彷彿要說：「看見沒？我可以當個乖孩子。」

出乎我意外的是，聶琳達居然有辦法洗個臉，重新上妝。她怎能這麼快就弄好？她對我眨眨眼，做出齊心協力的手勢。

我覺得好心痛。我好愛我的朋友。我愛這整個班級，甚至加上我沒那麼喜歡的一些人。我恨死那些把我們的世界撕裂成碎片的人。

休伊特結束談話，因爲這時有三位哈潘學院的守衛從碼頭走過來。我想，他們本來在伐羅拿號船上小心看守，等待我們抵達。他們全都看起來驚嚇不已。休伊特一定對他們說明了攻擊事件。

我一度覺得鬆口氣，至少有更多的成年人來支援我們了。

接著，休伊特對他們下了一個命令。我讀他的唇語：「幫我們爭取時間。」

那些守衛點點頭，神情嚴峻。他們跑向接駁巴士。伯尼坐在方向盤後方，引擎空轉。等到守衛登上巴士，伯尼關上車門。他對我無精打采地揮手，表情略顯關心，略顯歉疚。接著，他把車子開走，輪子壓過地上的貝殼吱嘎作響。

休伊特爲什麼把三名守衛打發走？他們一定會很有用處啊！他爲什麼送伯尼離開，連同我們的巴士一起開走？

他們再也沒有學校可以回去了啊。「幫我們爭取時間」聽起來令人不安，很像是你會對自殺突擊隊所下的指令。

整個情況都不對勁。我不希望休伊特是唯一監督我們的成年人。我想起剛才佛吉爾說的話：「他以前在蘭德學院教書。」

更別提他那種不堪一擊的體能狀況。教授的臉上幾乎沒有血色，如同他那一頭頹喪蓬亂的頭髮。我試著猜測他的年紀有多大。六十歲？七十歲？實在很難說。

我很好奇他是什麼時候任教於蘭德學院，最後又是怎麼來到這裡。我對我們的敵對學校所知不多。他們與哈潘學院一樣，採用同樣的基礎課程：海洋科學和海軍作戰。或許蘭德學院稍微比較著重於作戰那部分，而哈潘學院稍微著重於科學研究，但是到最後，兩所學校的畢業生經常在全世界最好的海軍和海洋研究所並肩共事。高年級學生提起蘭德學院的語氣，會讓你覺得那裡的學生全是不善社交的人，而且他們的教師全都長著惡魔角和尖尾巴。我一直以爲高年級學生的描述太誇張。經過今天早上之後，我終於明白了。

休伊特以陰沉的神情看了他的平板一眼。接著打量我們，彷彿無法決定哪一件事比較令人失望。「一年級新生，你們需要了解，這再也不是週末的校外教學了。這是一趟不確定的任務。你們所有人都身處險境，不只是安娜．達卡而已。」

其他人盯著我。好糗。

「好啦，好啦，」休伊特說著，他體會到大家的憂慮。「等我們到了射程範圍以外，我會解釋清楚。」

他沒有說明是「什麼東西」的射程範圍之外。

我望向他的背後。學校那艘三十六公尺長的訓練船停泊在六號碼頭的末端，靜靜等待。伐羅拿號是目前港口內最大的遊艇，它的名稱源自印度的海神，我很喜歡這點，平常看到它閃閃發亮的白色船身，我都覺得既驕傲又興奮。船頭繪製著哈潘學院的標誌，包含鯊魚、海豚、頭足類和虎鯨四個學舍的圖示，全都位於一個老式航海舵輪的四分之一圓周內。「哈丁—潘克洛夫學院」的花體字樣位於下方。今天看到那個標誌，讓我不禁眨眨眼，拚命忍住突然湧出的淚水。如今說到學院，我們剩下的就只有這艘船了。

休伊特繼續說：「我知道你們有很多問題……」

「我有，」萊絲．莫羅說，她是英勇的虎鯨人。「老師，家人會以爲我們死了。我們得跟他們聯絡……」

「不行，」休伊特厲聲說：「莫羅小姐，我知道這種話很難聽進去。不過眼前此刻，如果全世界以爲你死了，你的家人比較安全，你自己也比較安全。我們得要期望蘭德學院還沒發現這個班級逃過攻擊。如果我們可以趕快消失，趁他們還沒有……」

他瞥向自己的控制平板。如果他臉上原本還有血色，這時似乎也流失殆盡。傑米連忙抓住他的手臂，免得他往側邊倒下。

傑米對著螢幕瞇起眼睛。他喃喃問了個問題，我不需要讀唇語就能隱約聽見：「老師，那到底是什麼？」

與休伊特全身的其他部位比起來，他的眼睛比較有一點生機。那雙眼睛燃燒著恐懼。

「所有人都上船，」他說：「我們必須立刻離開。」

第七章

沒那麼簡單。

一艘三十六公尺長的遊艇，你無法光是啓動點火器就加速開走。各種裝備必須擺放好，全部系統檢查妥當，繫泊索具解除完畢。過去兩年來，我們已經在伐羅拿號上演練過六、七次。我們了解這艘船，也了解自己的工作。然而，還是要花點時間才能準備就緒。

糟糕的是，我們發現船上有很多裝備是以前沒見過的，不時遭到絆倒。甲板上有好幾個金屬箱子，約莫洗衣機大小，以繩索緊緊捆住，而且蓋著防水布。下層甲板的走廊上排列了很多較小的箱子，看起來很像床腳櫃；每個箱子都裝了指紋辨識板，而且貼著「黃金等級出港許可」的標籤。

我在學校看過像這樣的箱子，但只從遠處看過。通常是在重兵戒護下運送進出凡爾納樓。裡面的內容物是最高機密，只有教職員和高年級學生獲准參與。

突然間，我們周圍全是這些箱子。感覺好像有人花了兩年告誡我們不要碰觸藝術品，現在卻有一大堆畢卡索的作品不停絆倒我們。眼看休伊特搬運了這麼多價值不斐的學校財產來到伐羅拿號，特別是在哈潘學院從地圖上遭到抹除之前，實在令人非常不安……

如果能知道箱子裡面裝了什麼，可能比較容易猜測休伊特到底在想什麼。戴夫從來不曾向我透露一丁點線索，每次只要我纏著他不放，他就會說：「你很快就會知道了啦。」

「不要想到戴夫。」我斥責自己。

但這是不可能的。光是要努力度過這一天，感覺就像游過水底礦場一樣艱難。明天也會一樣艱難。還有後天。你可能會認爲，我失去父母的恐怖經歷能讓我學會一些妥善處理的策略，於是能應付像這樣的悲劇和災難。並沒有。眞有的話，也是讓心痛更加椎心強烈而已。

我試著把這些感受鎖進自己心裡的金色箱子。我有任務要完成。我著手檢查通訊系統的電池、衛星接收碟、特高頻天線，以及3D聲納訊號轉換器。傑米尾隨在我後面，不時對他的鯊魚人夥伴發出幾個指令，並確定沒有什麼「忍者海獅」上前向我搭訕。

我們才剛駛離碼頭，休伊特的聲音就透過擴音器傳來。「各位班長，向船橋報到。」

我和傑米到達時，富蘭克林和提亞已經在那裡了。

提亞正在駕駛船隻。富蘭克林顯得很焦急，探頭看著休伊特老師，只見老師癱在船長的椅子上，氣喘吁吁，簡直像是剛跑完十公里路跑。

「老師，」富蘭克林說：「至少讓我幫你量量血壓吧。」

教授到底怎麼了？我納悶心想。這似乎不只是某種壓力反應……

「我很好。」休伊特揮手要他別管。接著，教授掙扎著站起來，一跛一拐地走向海圖桌。

「你們四位，在周圍集合。」

提亞．羅梅洛聞言顯得很不安，畢竟她是船上的值星官。她再次檢查自動駕駛儀和電子海圖顯示資訊系統，接著才到桌邊與我們會合。我希望她能待在舵輪那邊。我希望她能把船速拉到最高，於是無論休伊特老師在他的控制平板上看到什麼情況，我們都能盡快遠離。一想到不知道我們究竟要躲避什麼狀況，我就快瘋了。

層板桌面上放著一個黃金等級箱子。如果傑米尼．吐溫一直向下對著我的脖子呼氣，我開始考慮這個箱子可能夠大，只要能把他的身體摺疊夠多次，就可以把他整個人塞進去。

「正常情況下，」休伊特老師說：「我準備要告訴你們的資訊，會分成好幾個階段慢慢揭曉。這個週末的考驗，本來是第一次向你們揭露哈丁─潘克洛夫學院的眞正使命。」

「眞正的使命？」富蘭克林把他的藍色挑染頭髮撥到左耳後方。他老是讓我覺得有點愛跟風，不過我眞的很欣賞他這種反叛的姿態，挑戰我們的著裝標準。「學校的使命不是讓我們做好準備，未來從事與海洋相關的職業生涯嗎？」

「有一部分是，」休伊特說：「讓我們的畢業生占據有權有勢的職位，確實在很多方面對我們有益。不過，我們要讓你們做好的準備，絕不只是那樣而已。」他特別對著我沉下臉。「你們必須成為哈丁─潘克洛夫學院祕密的守護者，成為學院重大工作事項的執行者。這是很沉重的責任。不是每一位學生都成功。」

提起祕密和工作事項的這番談話，讓我的頸背寒毛直豎。我不知道他說的是什麼意思，但我甩不掉一種感覺，他說起不是每一位學生都成功時，他的意思是「存活」。我不禁好奇，戴夫對於這所謂的「重大工作事項」有什麼想法。

我偷看其他幾位班長，他們看起來都像我一樣困惑。

休伊特嘆口氣，每次把打過分數的報告還給我們時，他就是這樣嘆氣。「而且，現在你們需要上一堂速成課。達卡，打開箱子。」

我的下背部肌肉用力抽緊。這兩年來我一直接獲這樣的警告：低年級學生如果試圖打開黃金箱子，你就會遭到退學，假如這樣的企圖沒有害你沒命的話。我猜想，如果休伊特就是想用這種陷阱殺了我，他不會命令傑米保護我的性命，不惜付出所有代價。可是……

我伸手放在生物辨識板上。箱蓋「砰」的一聲打開了，好像等待已久。

在裡面，窩在黑色泡棉裡的是四把看起來最奇怪的槍枝，我從來沒見過。

「噢，哇！」傑米說。這是我聽他說過最強烈的驚嘆語氣。他的眼神發亮，活像是站在耶誕樹前的小孩子。他瞥了休伊特老師一眼。「我可以……？」

休伊特點頭。

傑米小心翼翼取出其中一把槍。武器太大了，不是手槍，但也太小而不是獵槍。是某種小型的榴彈發射器？還是特大號的信號槍？無論究竟是什麼，那把槍以手工打造而成，非常細緻。皮革握把壓印了波浪狀的圖案。金色的槍管似乎電鍍了某種銅合金。沿著外側有金屬絲線，很像纏成辮子狀的藤蔓。裝填的彈匣太短也太厚了，完全不像我想得到的所有軍火裝備。彈匣也鍍了同樣的合金，而且有人不畏艱難，在上面刻了哈潘學院的標誌。

這些槍絕對不是功能取向。太華麗了，很像十九世紀的軍劍或決鬥手槍，是工藝品，不是要拿來使用的。我以前不曾用這種話來描述任何一種槍枝，但這些槍眞是漂亮得出奇。

「這是一把『萊頓槍』。」傑米以驚嘆的語氣說。

這個名稱並沒有喚醒任何模糊的記憶。我看看富蘭克林，他是我們的虎鯨人代表人物。虎鯨學舍知道所有複雜難解的歷史事件和雞毛蒜皮的怪事，他們的成員去參加電視益智節目《危險邊緣》，絕對可以消滅所有參賽者。他們擅長的其他事情還很多，但我們總是開玩笑叫他們「維基學舍」。

富蘭克林點點頭。「儒勒．凡爾納。」

休伊特癟著嘴，活像那位作者的名字令人討厭，卻是生活中必然的事實。「對。嗯。很震驚吧，他有少數事情是完全照實描述。」

我現在想起來了。我們成爲寄宿生那一年之前的暑假，必須閱讀凡爾納寫的《海底兩萬里》和《神祕島》，那是最早書寫海洋科技的科幻小說。當時我以爲那個作業的重點是：閱讀一些有關海洋的「奇書」（在空中比劃括號手勢），讓我們的想像力向外延伸！坦白說，我覺得那兩本書讀起來很辛苦，討厭死了。情節進展很慢。使用的語言超級過時。我一點都不在乎裡面的角色，那是一群講話裝模作樣的維多利亞時代紳士。

《神祕島》的兩位主角是「哈丁」和「潘克洛夫」，與我們學校的兩位創辦人有相同的姓氏。當時我心裡這樣想，好吧，這有點奇怪。後來在書裡，瘋狂的科幻潛水艇指揮官「尼莫船長」透露他的眞實名字是達卡王子，我承認自己驚呆了。不過，那兩本書只是小說吧。看到哈潘學院最重要的建築物是「凡爾納樓」，我以爲學校的創辦人一定是儒勒．凡爾納的忠實鐵粉。也許在好幾代以前，他們把我的家族拿來當做圈內人才懂的巧妙笑話，因爲他們喜歡我家的姓氏。

除了這些事之外，我認爲儒勒．凡爾納的書有兩個重點。第一，《海底兩萬里》的書名不是我以爲的意思。尼莫老船長並非下潛了兩萬里格⑮的「深度」。兩萬里格等於八萬公里，那麼他的潛艇豈不是直接穿出地球、奔向月球，衝到四分之一的路上去了？其實，書名指的是他在水底下航行了八萬公里的「距離」，以十九世紀的標準來說，那樣的距離依然很瘋狂。這表示他駕駛「鸚鵡螺號」那個又老又鏽的金屬罐子，繞行地球足足七圈半。

我從書中領悟到的另一件事：凡爾納想出的一些酷點子，永遠不可能辦到。其中之一是萊頓槍。我想，這個名稱來自一七〇〇年代荷蘭科學家在「萊頓」這個城市所做的一些電學研究。我也相當確定，我在休伊特老師的期中考答錯那個題目。

「這不可能是眞的吧。」提亞．羅梅洛拿起另一把槍，並取下彈匣。

「小心喔，班長。」休伊特警告她。

我漸漸失去耐心了。

由於我不知道的某種原因，我們學校遭到摧毀。我哥哥可能死了。我們忙著逃離蘭德學院的魔掌，前往我不知道要去哪裡的地方。而現在，原來我們學校相當於「黃金等級」的重大祕密，居然是休伊特老師沉浸於眞人實境的角色扮演遊戲。

他帶了好幾箱手工打造的儒勒．凡爾納射線槍，於是我們整個週末可以繞著遊艇跑，假裝對彼此開槍，同時大喊「咻—咻」！我開始懷疑休伊特的神智是否正常。而且我聽從他的

⑮《海底兩萬里》所用的「里格」（league）是古老的長度單位，但各地的標準並不一致，已經廢棄不用。凡爾納是法國人，「里格」在法國也有多種用法，介於三到四公里之間，若以四公里計，兩萬里格等於八萬公里，相當於地球直徑的六倍。

命令，也開始懷疑自己的神智是否正常。

「老師。」我奮力壓抑自己聲音裡的怒氣。「也許你可以告訴我們到底發生什麼事，那麼我們等一下就能玩你的玩具？」

我期待他會對我大吼。我有心理準備。我真的什麼都不在乎了。然而，他以悲傷又沉重的神情端詳著我；每次哈潘學院的教職員提起我父母時，我都會看到這樣的神情。

「吐溫班長，可以給我嗎？」休伊特伸出手。

傑米顯得很不情願，但還是交出萊頓槍。

休伊特老師檢視了一會兒，可能是查看各個裝置。他對傑米露出疲憊的微笑。「班長，我希望你會原諒我。這樣做比耗費唇舌解釋更快一點。」

「老師是什麼意思？」傑米問道。

休伊特對他開槍。唯一的聲音是高壓的嘶嘶聲。在短短一毫秒之間，傑米的全身就纏繞著閃爍的白色電絲。

接著他雙眼一翻，癱倒在地。

第八章

「你殺了他！」富蘭克林衝到傑米旁邊。

休伊特轉動槍托上的一個旋鈕，滿不在乎地說：「有嗎？」

提亞以驚恐的眼神看著我，默默詢問我們該怎麼辦。

我則是動彈不得，一方面渴望去救傑米，另一方面又超想把我們老師打倒在地。

富蘭克林伸出兩根手指按住傑米的頸部。「不——不會吧。他的脈搏很強。」他怒目瞪著休伊特老師。「你不能這樣到處把人電死！」

「不會有永久傷害的。」休伊特向我們保證。

「那不是重點啊。」我說，冒著可能遭到開槍的風險。

聽到傑米不會死，提亞的注意力轉而看著自己手上的萊頓槍。就像每一位優秀的頭足人一樣，她放下那把槍，開始拆解。她頂著一頭青銅色的蓬鬆大鬈髮，很像複雜機器的線圈一樣搖晃彈跳。她從彈匣頂部取出一顆子彈，拿起來仔細檢視。子彈閃閃發亮，白色菱形，形狀和大小很像是……嗯，坦白說，我第一個聯想到的是衛生棉條。

「某種玻璃？」提亞問道。

「不算是，」休伊特說：「每一顆子彈基本上都是一個萊頓瓶。它儲存電荷，撞擊時釋放出來。不過外殼是以一種生物分泌的特殊碳酸鈣打造而成。」

「很像鮑魚殼。」我說。

休伊特一副很樂的樣子。「非常準確，達卡班長。」

我努力不要因爲給了他正確答案而心滿意足。我們再也不是在課堂上課了。況且，他才剛開槍打我的保鑣啊。

「如果這個外殼是生物分泌的，」我說：「來源是什麼？」

休伊特只是笑了笑。突然間，我不想知道答案了。

「射出去放電之後，」他說：「子彈的每一分每一毫都遭到摧毀。昏迷效果持續的時間從幾分鐘到一小時都有，主要看目標的體質而定。」

好像接獲暗號似的，傑米哼了一聲醒過來。他坐起身，甩甩頭。「發生什麼事？」

「休伊特開槍打你。」富蘭克林說。

傑米以敬畏的眼神看著休伊特，活像是他不知道那個老人也能表現得這麼酷。

「你沒事，」休伊特對他說：「班長，站起來。我正準備說明。如果蘭德學院再次發動攻擊，你們會用到這些武器。你們會發現，它們比傳統的槍枝更可靠。」

傑米的表情轉變爲不可置信。「比我的西格紹爾手槍更可靠？」

「吐溫先生，我不是懷疑你的技術，」休伊特說：「我很清楚，你締造了校史上最高的射擊成績。但我們的敵人會穿上護身防彈衣，對標準武器有相當的防護效果。」

「克維拉防彈纖維並不完美……」

「我說的不是克維拉。」休伊特的神情變得嚴峻。「此外，我們對敵人開槍是要讓他們失去行爲能力，而不是殺死他們。我們不是蘭德學院。我們比他們好多了。」

他的語調好痛苦，我不免覺得自己是否不應該懷疑他。聽起來，他眞的對以前的雇主深惡痛絕。我只希望知道休伊特當時爲何離開那裡，他的存在又對我們有什麼好處。

「萊頓槍的射程範圍很有限，」他繼續說：「不過只要與目標的身體有接觸，就會釋放出電荷。你們會發現這些槍的準確度可以到三十公尺。」

「我的普通手槍射程的三分之一。」傑米咕噥著說。

「眞希望你不必用上這兩類武器來測試你的射擊技術，」休伊特冷冰冰地說：「不過我們必須做好準備。在軍械庫裡，像這樣的箱子還有另外三個。我已經把每一位班長的指紋都設定好，可以打開箱子上的鎖。吐溫先生，先幫你的鯊魚人夥伴武裝起來。接著是其他組員。」

只見提亞搖著頭。「老師……這些東西到底怎麼發揮作用？應該不可能有這種槍啊。」

休伊特的臉孔扭曲，是他那種很有名的「老天爺，拜託賜給我耐心」的表情。「羅梅洛班長，所謂的不可能，只能用來說我們還不知道的科學。」

「可是……」

「我明白，這實在很難理解，」他說：「通常我會在新生考驗期間介紹萊頓槍，然後那天就不再提。我會把比較古怪的另類科技留到星期六和星期日再說。」

「另類科技？」富蘭克林問道。

「比較古怪？」傑米的語氣很興奮，活像是自願要再當射擊練習的目標。

「可惜的是，」休伊特說著，兩個問題都沒理會。「我們沒有時間可以浪費。爲了活下去，我們會需要身邊的每一種資源。羅梅洛小姐，有沒有看到遠處牆邊那個箱子？希望你還記得我上課講過的光電僞裝。」

提亞眨眨眼。「就像章魚的皮膚。」

「完全正確。那個箱子裡面有投影的配備。一定是要安裝在船身的外側周圍，剛好位於水線上方，每個間隔一公尺。你了解嗎？」

「我……呃，大概吧？」

「很好。」休伊特瞥了窗外一眼。看到我們還距離岸邊那麼近，他顯得很洩氣。「考區先生，還有另一個箱子，就在你後面的長椅上。裡面是一個脈波頻散裝置，請把它裝設在前方甲板上，它應該能干擾所有的雷達或聲納。」

「呃……」富蘭克林的臉色變得鐵青，幾乎像他頭髮挑染的顏色一樣青，活像是剛才有好幾分鐘都忘了呼吸。「好的，老師。」

「那麼，達卡小姐……」

「另類科技。」我脫口而出。

我覺得自己好像擺脫了出神的狀態，也說不定其實是再次進入出神狀態；眼前此刻，我不確定自己眞能分辨兩者的差異，甚至沒有糾正休伊特，請他不要叫我「達卡小姐」，我覺得那樣實在有點瞧不起人。

「你的課程，」我說：「理論海洋科技。你教過的所有那些奇怪又危險的科技。那根本不只是理論，對吧？」

他又對我露出那種悲傷的表情。「噢，我親愛的，眞的很抱歉。」

這番道歉眞是嚇到我，比他說過的任何事情都更令人驚嚇。而且「我親愛的」？他只叫過我「達卡班長」（我的正確頭銜），或者「達卡小姐」（我討厭這個），或者有時候叫「喂，你啦」，如果他覺得特別得意的時候。

一直問問題好像不是很妥當。感覺我好像站在最高聳的峭壁上，從來不曾由那麼高的地方向下跳水。我終究還是跳了。「你說有幾件事，儒勒・凡爾納描述得很正確。你沒有說他到底是『預知』還是『想像』。你是要告訴我們，小說裡的那些事件都是眞實發生過？」

休伊特放下手中的萊頓槍，他的指尖來回撫摸槍管上的細緻金屬絲。「有個老掉牙的問題：作者是從哪裡得到他們的點子？以凡爾納爲例，答案是個人的訪談。他聽說一些傳聞。他尋找那些目擊者。目擊者講到某些細節時沒說實話，以便保護他們自己。凡爾納又變更其他的實情，讓他的故事讀起來像是，嗯，純粹是『故事』。不過，是的，我親愛的，那些傳聞有很多都是眞的。」

脆弱的沉默湧上船橋。唯一的聲響是引擎的嗡嗡聲，以及船頭破浪前進的砰砰聲。其他幾位班長一臉茫然。等到休伊特再度開口說話，他們連忙向前傾，彷彿想要聽聽看百年古老留聲機發出的聲音。

「自從學校創建之初，」他說：「我們就一直能夠重現尼莫船長的一些另類科技。其中有很多是我們還不了解的。哈丁—潘克洛夫學院的使命是要好好守護他留給後人的遺產，確保他的科技沒有落入人類社會的掌控，而且要阻撓蘭德學院，他們會用另類科技來統治世界。原本兩所學校勢均力敵，這種狀況持續了將近一百五十年，但從今天開始，恐怕這種情勢已經打破了。蘭德學院即將取得最後的勝利。」

我仔細觀察休伊特老師忿忿不平的神情。我覺得自己的神經好像一大群鯡魚，全都發狂似的游向各個不同的方向。最後，我再也無法忍受這樣的混亂狀態。我爆笑出聲。

我看起來一定很像發瘋了。實在是忍不住。我的人生再一次天翻地覆。我失去了哥哥、學校、我的未來。我的腎上腺素連續運作了好幾個小時。而且我們討論的對象是尼莫船長！

我緊緊交叉雙臂，咻咻喘氣，眨眼擠掉淚水。等到不再狂笑，我相當確定自己會哭到死掉。富蘭克林向我走來。他一定是察覺到我快崩潰了。就連傑米和提亞也顯得很擔心。

休伊特的一雙眼睛依然像墨魚汁一樣暗沉。「達卡小姐，我很抱歉。」

「請叫我『班長』。」我糾正他，不過認眞聽也很難聽懂，因爲我氣喘吁吁、歇斯底里。

休伊特皺著眉頭。「眞希望我們有更多時間。我們幾乎花了一整年讓你哥哥慢慢熟悉，他正在接受領導的訓練，以便接手你父母留下的工作。他表現得很有前途，但壓力也幾乎把他擊垮。而現在，恐怕我必須對你有更高的要求。我希望……」

他的平板電腦傳來「叮」的一聲，打斷他的談話。我從沒聽過那個平板發出任何聲音，而儘管聲音聽起來很愉悅，但從休伊特的神情看來，那不是好消息。

「他們找到我們了。」他朗聲說道。

傑米的雙手移向他的兩把手槍。「是我之前在你的螢幕上看到的東西嗎？那到底是什麼？」

「沒時間了，」休伊特說：「警告全體組員。我們遭受攻擊了！」

第九章

他們其實是從海裡冒出來的。

我只來得及大喊「快到了！」，水肺潛水員就從我們的右舷那一側冒出水面，他們全都帶著滑板車大小的水中推進器，移動速度約有十二節⑯或更快，我從沒看過這麼快的。我計算到八個敵人，有些人帶著奇怪的銀色武器，看起來很像魚叉槍，另一些人則揮舞著……等等，那些是榴彈發射器嗎？

兩個拳頭大小的金屬小罐掉落到我們的舷梯上，然後滾過甲板，一邊嘶嘶作響一邊冒煙。

「閃光彈！」傑米大喊。

⑯「節」（knot）通常用來表示船的速度，一節等於每小時行進一海里的速度，等於時速一點八五二公里，相當於每秒零點五公尺。十二節等於每秒六公尺。

我閉上雙眼、掩住耳朵，但爆炸之勢依然讓我的頭嗡嗡作響。我一度只能昏頭轉向、搖搖晃晃地穿越藍色的濃煙。等到我和同學們終於從一團混亂中漸漸恢復，敵人已經把爪鉤固定在右舷欄杆上，拋棄他們的水中推進器和氧氣瓶，開始爬上我們的舷緣，彷彿這樣的攻擊已經練習了好幾個月之久。

埃洛伊絲和庫柏率先還擊。他們用 M4A1 卡賓槍掃射那些襲擊我們的敵人，但看來射出的是蠟質子彈。子彈射中敵人的溼式潛水衣冒出白煙，讓他們驚嚇退縮，但沒有造成明顯的傷勢。

兩名敵人射出他們的銀色武器。小型的魚叉刺入埃洛伊絲的肩膀和庫柏的大腿。拋射物冒出白色的電弧，兩位鯊魚人都癱軟倒地。

我憤怒尖叫。我的朋友們向右舷挺進，多數人還沒有武裝，就這樣衝向入侵者。這是鋌而走險的舉動，但是面對武裝的敵人，比起一個接一個被射倒在地，發動一場混戰總是好多了，更何況我們這方似乎有人數上的優勢。我想要加入他們的行列；我想要徒手把那些攻擊者打倒在地，爲我的學校遭到摧毀而復仇，爲戴夫復仇，但是傑米阻止我。

「看到機會就開槍。」他遞給我一把萊頓槍。「不過待在我後面，拜託。」聽到這麼羞辱人的命令，我氣得毛髮直豎，但還是聽從指示，只見他又對著其餘的鯊魚人大喊：「德魯，基婭！」

他又從黃金箱子裡拿出槍枝，各扔了一把給他們，活像是國民軍的耶誕老公公。「瞄準就射！」

這就是鯊魚人班長的指令。

又有兩名攻擊者剛剛爬上欄杆。傑米射中那兩人的身體重心，讓他們爲太晚到達付出代價。他們向後倒下，很像故障的耶誕樹燈泡閃爍抖動，然後摔落水面。也許溼式潛水衣能讓他們漂浮在水面上吧。也許他們會在淹死前醒來。眼前此刻，那不是我最要關心的問題。

德魯．卡蒂納斯射中另一名入侵者。可惜電弧也打中聶琳達，她當時正用一支套筒扳手痛毆入侵者。兩人同時倒地。

剩下五名敵人，與我們的組員混戰扭打，這時大約有十位同學同時在甲板上。他們爲何派這麼少人來攻擊我們？而且休伊特老師在哪裡？他還沒有跟著我們從船橋來到外面的甲板上。我才剛漸漸相信他可能不是叛徒，結果信任的擺錘再次甩動回到「極度懷疑」那一邊。

我無法辨認大多數的攻擊者。潛水面罩和全罩式頭套遮掩住他們的臉孔。然而，蘭德學院的徽章清楚裝飾在每一件潛水衣的胸口：那是老式的銀色魚叉圖案，連接的釣線在「蘭德」字樣周圍環繞成圓形。

前來攻擊我們的人一定是高年級學生，看起來比我們更高大，年紀也較大，但不像是成年人。蘭德學院肯定有接受過戰鬥訓練的教職員、武裝安全人員、成年的校友。如果抓到我們眞的很重要，他們爲何派學生來？而且，那些魚叉槍不僅看起來很醜，顯然也不是設計用來殺人。摧毀我們整個學校之後，爲何對於使用致命武力會有疑慮？

我不免心想，這會不會是某種詭計……某種訓練課程。不對。哈潘學院遭到摧毀再眞實不過了。不過，這整件事感覺好可疑……

我握著萊頓槍槍托的雙手流著手汗。我沒辦法俐落開槍。目睹了聶琳達的遭遇後，我不打算拿著一把自己沒有徹底了解的武器，對著群眾隨便開槍。

有一名攻擊者對著梅朵·紐曼近距離開槍，他拿的是一把萊頓手槍，射出小型魚叉。梅朵倒地，全身冒出劈啪作響的電流火花。伊絲特連忙替她報仇，把那傢伙高舉起來重重摔下（伊絲特是優秀的橄欖球防守前鋒），只見那個攻擊者揮舞著四肢，摔落在地。多普也加入戰局，用力咬住那個傢伙的喉嚨，這絕對是情感方面的強力支援。要不是因為那傢伙的潛水頭套是用奇怪的防彈纖維製成，他就會成為多普的午餐了。但事實是，他四肢並用往後爬，一邊尖叫，一邊試著甩脫那隻咬住他喉頭、重達九公斤的憤怒毛球惡魔。

「這未免太簡單了。」我對自己喃喃說道，雖然我那些失去意識的同學可能不會同意。現在有六位同學退出戰局，有些人遭到醜陋的魚叉鉤子刺中而流血。

然而，我覺得好像遺漏了什麼……

也許蘭德學院沒有預期會遇到反抗。摧毀我們學校之後，也許他們覺得會找到一群嚇壞的一年級新生，懇求他們饒命。剩下的四名攻擊者堅持不懈，又是踹踢又是戳刺，利用體型和力氣上的優勢，但我們戰勝他們只是時間早晚的問題。傑米、德魯和基婭繼續以手上的槍枝控制混亂局面，不過我從他們的姿勢看得出來，他們漸漸放鬆了。他們認為我們快要獲勝。

蘭德學院仔細規畫這次的攻擊行動。他們的動作整齊劃一，在右舷那一側盡可能表現得像是盛大登場的模樣。他們為何要搞這一套呢？除非……

「傑米！」我大叫。

他似乎沒聽到我的聲音。我沒有感到很意外，因為四周盡是槍砲聲、船隻的引擎聲、閃光彈的殘餘鳴響聲，這些噪音幾乎足以蓋掉所有的聲音。三位鯊魚人全都盯著正前方，讓我躲在他們後方，由他們去面對顯而易見的威脅。

「學習海豚的思考。」我對自己說。刺探軍情，不要正面攻擊。彷彿有一千隻小螃蟹沿著我的背部匆匆往下爬。這是「佯裝攻擊」。

「傑米！」我再次大喊。

我準備轉身，想要查看船隻的左舷，但是太遲了。也許我還處於悲痛的震驚之中，也說不定是手榴彈害我頭暈目眩。我只轉了九十度，這時我的背後出現某個人，他用前臂對我鎖喉。我感受到尖銳的疼痛，很像胡蜂叮刺我的脖子側邊。

恐懼湧過我的血液，外加他們對我注射的某種東西。萊頓槍從我麻木的指間往下滑落。我接受過訓練，學過很多種方法掙脫鎖喉，但我的膝蓋好像變成油灰，兩隻手臂無力地垂在身側。除了胸口逐漸累積的疼痛，我感受不到任何東西。從伐羅拿號的左舷望出去，這時可以看到抓住我的人搭乘的駁船。另一位蘭德學院的突擊隊員操控著船外馬達。

這時鯊魚人喊叫起來。至少我得到他們的注意了。德魯和傑米從兩側逼近抓我的人，高舉他們手上的槍。基娅率先到達左舷欄杆，注意到那艘駁船，立刻對船上的傢伙開槍。不過她擊中了馬達。那傢伙開槍回擊，只見基娅癱軟倒下，渾身籠罩著一團閃爍的「特斯拉」電流牢籠。

「停止射擊！」抓我的人大吼。「否則安娜．達卡就死！」

他轉過身，背靠著欄杆，而我位在他和幾位鯊魚人之間。他知道我的名字。當然啦……我一直都是目標。我不懂動機到底是什麼，但這整個攻擊行動就是要來抓我。

傑米和德魯繼續舉著他們的萊頓槍對準我們。在甲板的右舷那一側，最後一位蘭德學院突擊隊員倒下了，提亞．羅梅洛用滅火器猛力撞擊他的鼠蹊部。

我定睛看著傑米尼·吐溫，嘗試說出「儘管對我們兩人開槍」，但是聲音發不出來。

「如果是我就不會開槍，」抓我的人警告傑米。「也許你沒注意到，我在你朋友的脖子上扎了針。有海蛇的毒液，你就知道有多糟。她會活下來，除非你們一年級的蠢到用那些萊頓槍。對我開槍，就是對她開槍。此時此刻，那對她的神經系統不會是什麼好事。」

慢慢的，傑米放下他手上的萊頓槍。接著，以同樣緩慢的動作拔出自己的兩把西格紹爾手槍。「那麼我改成射你的嘴巴如何？」他這樣提議，冷靜且有禮，彷彿是拿一條溼毛巾要遞給我們的貴客。「除非你的臉也有防彈效果。」

傑米是優秀的神射手，但他並不會減輕我的痛苦程度。抓我的那個人，他的臉剛好就位於我的臉旁邊。

「吐溫，我才不在乎你射得有多準。」抓我的人厲聲說道。他也知道傑米這個人。他的功課做得很完整。「這根針會刺入她的脖子。再來個第二劑的海蛇毒液？絕對致命。現在我要從側邊翻下去，帶著達卡。而且你們會讓我走。」

「你眞的要丟下你的這些朋友？」傑米翻動他一把手槍的槍管，指指那堆失去意識的蘭德學院突擊隊員，此時成爲我們右舷甲板上的裝飾品。「我們來談個條件如何？」

抓住我的人哼了一聲。「留著他們吧。他們完成自己的工作了。不過，這一個呢？」他勒緊我的喉嚨。「如果她遭到殺害，我們沒有一個人能夠承擔得起，對吧？」

我和那個人一起向後翻滾，從伐羅拿號的側邊自由墜落。我朝向藍色天空瞥了一眼。摔進水裡時，我感受到衝擊水面發出的「砰」一聲。接著，冰冷的海洋裹住我的臉，很像一層層的裹屍布。

第十章

我們浮上水面時，我又咳又嗆。我模模糊糊看到同學們聚集在上方，一張張臉孔的表情很嚴峻，沿著伐羅拿號的左舷欄杆排成一列。這時休伊特老師也在那裡，看起來暈船了。傑米尼．吐溫已經換用他的M4A1卡賓槍，此時瞄準抓我的那個人。

伐羅拿號的引擎熄火了。四周一片寂靜，只有海浪拍打船身的潑濺聲，以及擄走我的人對著我的耳朵發出的刺耳呼吸聲。拉著我一起游動必定很費力，他一邊拿我當做人肉盾牌，同時往後游向他的駁船。真希望他淹死。

在我們上方，傑米以嚴肅的語氣說：「老師，我瞄準了。」

我覺得他不是有意要讓我們聽到這句話，但聲音在海上傳得很遠。想到他要開槍，害我的胃揪成一團。考慮到海浪起伏，以及抓我的人和船隻的移動，即使是傑米也很難射準吧。況且，抓我的這個人手邊可能還有那種皮下注射小針。真希望他用那種針戳到自己。

「吐溫先生，把槍放下。」休伊特命令道。

此話當眞？我心想。休伊特，你就只有這點能耐？

「沒錯，」抓我的人嘲笑著說：「吐溫先生，把槍放下。」

休伊特瞇起眼睛。「卡勒伯．索斯，我認得你的聲音。別這樣做。」

卡勒伯咒罵一聲。他顯然沒有比我更愛休伊特。

我們到達駁船了。另一雙粗糙的手抓住我。控制馬達的那傢伙把我拉到船上去。

「大衛，」抓我的傢伙厲聲說，他還在水裡。「我爬上船時，確定針還扎在她身上。」

很好。我遭到綁架，而綁架我的兩個壞蛋名叫卡勒伯和大衛。我不禁好奇，蘭德學院的畢業紀念冊是不是票選他們爲最有可能開家庭餐廳的人，也說不定是園藝商店。

我的四肢依然不聽使喚，但腳趾頭可以感覺到一點刺痛。毒素漸漸消退了。我試著說話，發出來的聲音只有咯咯聲。

卡勒伯．索斯爬進船裡。他把我拉過去擋著，於是我再次擋住傑米的視線。大衛匆匆跑到船尾，開始與船外馬達努力奮戰。

「大衛，快點。」卡勒伯咆哮說。

「我在試了啦，」大衛嘀咕著說：「那個笨女孩射中馬達。」

我聽了好高興。眞希望馬達在大衛的面前轟然爆炸。

休伊特老師從甲板朝下方喊叫：「卡勒伯，聽我說。這眞是瘋了。」

「對啊，我記得你上課的內容。」卡勒伯的語氣就像他注射的毒液一樣毒辣。「我們的計畫眞是瘋了，巴拉巴拉。不過阿隆納斯目前正在運轉，而哈潘學院完蛋了，所以也許你離開我們才是真的瘋了？」

我不知道「阿隆納斯」是什麼，光是這個名字就讓我渾身發抖，聽起來既銳利又沉重，很像切肉刀的刀刃。另一方面，發現我還能發抖，真是個好消息。我嘗試移動頭部，結果往側邊垂下。我隨時可以進入備戰狀態了。

「你的新玩具根本什麼都不是，」休伊特對卡勒伯說：「達卡才是最重要的。」

「玩具?!」卡勒伯大喊。

「經過你今天早上做的事之後，」休伊特繼續說：「對學院，對安娜的哥哥做了那樣的事？安娜是無可替代的。」

我不喜歡休伊特談論我的語氣，好像我是一種貴重物品，而不是一個人。我不禁納悶，他會不會開始談條件，也許提議把我切成兩半，這樣他們才能分享利益。

我可以感覺到卡勒伯掐住我喉嚨的手指正在顫抖。他變得很激動，而且拿著一根針抵住我的頸動脈。我不喜歡這樣的組合。

在駁船的船尾，大衛以狂喜的聲音喊出：「哈！」

船外馬達冒出劈啪聲，發動了。

「休伊特老師，再見了，」卡勒伯叫道，同時駁船開動了。「反正你當老師真是爛透了。」

嗯，休伊特可能沒有幫助蘭德學院的學生和教唆他們，但他也沒有幫我什麼忙就是了。我只能想到一種對策。我發出夠大的咕噥聲，吸引卡勒伯的注意。

他對我的脖子勒得更緊。「達卡，你怎樣？」

我咕噥了幾句，像是努力想要告訴他某件重要的事。我感覺到他傾身靠近。這是人類的天性，他想知道我要說什麼。我評估著時機和角度。接著，我用了我唯一的武器。我把頭猛力往後甩，聽見了令人滿意的吱嘎聲，卡勒伯的鼻梁斷了。

他放聲尖叫並鬆開手。只有一下子，但這樣就夠了。他溼答答的手指從我的喉嚨滑脫開來，因為我扭轉脖子，掙脫他下毒的那隻手，然後渾身軟趴趴地翻滾到船外。

趁著頭沉入水下之前，我連忙深吸一口氣。我的四肢很像軟軟的麵條，但我還是努力挺直身子，保持浮力。我冒出水面一下子，恰好聽見伐羅拿號那邊的萊頓槍發出嘶嘶聲。大衛叫了一聲。

卡勒伯氣得大吼，跟在我後面跳進水中。傑米的M4A1卡賓槍射出兩發子彈，呼嘯劃過卡勒伯的溼式潛水衣背面。他抓住我的頭髮，開始拖著我游向駁船，只見駁船以很快的速度遠離我們。

「他們叫我要活捉你回去，」他說：「但如果我辦不到……」

透過眼角餘光，我看見他舉起空著的那隻手。他的中指戴了一枚戒指，而戒指內側冒出注射針頭。那讓我想起超討厭的握手整人玩具，小時候戴夫會用那種東西捉弄我。我不希望那變成我人生最後想到的一件事。

傑米又開了一槍。子彈掠過卡勒伯戴著頭套的額頭，距離我的耳朵只有幾公分。休伊特大喊：「別再開槍了！」

我努力掙扎，身體不聽使喚。卡勒伯冷笑一聲。鮮血從他的鼻孔流下來，看起來宛如冒出海象的長牙。

「竟然這麼難搞，你才沒那麼重要。」他下定決心說。

他把手向後甩，準備用有毒的整人戒指揮打我，但是救兵從意想不到的方向及時趕到。就在我們旁邊，海中突然衝出一大團光滑的藍灰色身軀，於是在兩百七十公斤重的瓶鼻海豚衝撞下，卡勒伯失去意識。

這番衝撞產生的波浪把我推入水中，我的鼻子灌滿了鹹水。我漸漸下沉，胡亂揮動軟弱無力的四肢。

接著，海豚滑行到我的下方，用吻部輕輕把我推上水面。我用雙臂環繞著牠的背鰭，背鰭上深色的條紋清晰可見。

我們破水而出。我說出的第一句話，聽起來既像是嗆咳，又像是啜泣。「蘇格拉底？」

我完全不知道牠是怎麼找到我的，又怎麼知道我需要救兵，但聽到牠發出熟悉的喀噠聲和吱嘎聲，我一點都不懷疑牠是這樣說：「我想辦法警告過你喔，傻乎乎的人類。」

我的臉貼著牠那光滑又溫暖的額頭，開始哭起來。

第十一章

我們沒有讓卡勒伯溺水。

如果開放投票，我不確定他會不會得到夠多的支持票數，但休伊特老師堅持要我們把他從水裡撈出來。接著基姬和德魯把他拉上船，準備訊問。

至於其他的蘭德學院攻擊者，我們解除他們的武裝，用束線帶捆住，然後放到駁船上隨水漂流。休伊特老師向我們保證，很快就會有人來救他們，幸運的話是海岸防衛隊，如果不幸，則是他們學校的學生。

「蘭德學院不會獎勵失敗的結果，」他說：「我們得趕快啓航。」

提亞．羅梅洛以不可置信的眼神盯著他。「老師，我們遭受攻擊耶。我們受傷了，應該要自己和海岸防衛隊聯絡吧。」

休伊特對她露出憐惜的眼神。「班長，有關當局幫不了我們，那只會害他們也身陷險境。」

趕快完成你的調整工作，然後發動引擎。阿隆納斯號很快就會追上來。」

提亞一臉不悅，但她仍匆匆離開，聽命行事。

虎鯨學舍負責醫療處置，他們天生就適合這種工作。梅鐸、埃洛伊絲、庫柏和羅比・巴爾全都有皮肉傷，是小型魚叉造成。富蘭克林認爲他們都沒有大礙，但需要縫合傷口。

「完全沒必要。」他抱怨著，拿起一支長達十五公分又帶有鉤子的投射式武器。「如果你只打算嚇昏某個人，何必也要鉤刺他們呢？」

我不知道答案。事實上，如果蘭德學院開發出來的萊頓槍會造成不必要的痛苦，我也不會感到驚訝。

其他組員只受到一點小傷。富蘭克林催我趕快去醫務室，這樣他才能做一點檢驗，確定我的體內眞的沒有留存毒液。我向他保證自己的狀況很好。

他不相信我說的話。聶琳達和伊絲特也不信，但我最不想要做的，就是被關在甲板下方的小房間內，身上連接一堆監視器。我需要開闊的空氣和大海。我需要看著蘇格拉底在我們船隻旁邊游來游去，對我開心地吱吱喳喳。經歷過今天發生的其他所有事情之後，綁架事件讓我渾身發抖，覺得驚嚇、恐懼、羞愧、憤怒。我努力想逐出體內的，不是只有海蛇的毒液而已。

頭足人四處奔走，完成休伊特老師指派的另類科技設置工作。安裝脈波頻散組件的目的，是要阻礙雷達和聲納偵測到我們。投影模組固定在船身周圍，用來產生動態僞裝。我站在欄杆旁邊，完全看不出船隻的外觀有何差異，但那些頭足人看起來很興奮，他們交談的語氣相當激動，談論著各種規格和參數，彷彿討論的是什麼魔法咒語。

「你敢相信有這種事嗎？」聶琳達經過時對我笑著說。剛才遭到德魯的電擊槍射中，完全沒有減緩她的行動力。眞要說的話，那似乎把她的電池充飽了。然而，她的微笑漸漸消失，因爲發現我沒有回應。她伸手在我的肩頭匆匆一按。「寶貝，你確定眞的很好？」

接著她的學舍舍友凱伊大叫：「噢，不會吧。看看這些相位光學反應的時間！」

於是聶琳達離開了。

你不可能找到比她更關心朋友的人了，但你必須接受的是，有時候你得要退到一旁，讓位給閃耀動人的新科技。

過沒多久，伐羅拿號就啓航了。

我們向西航行。蘇格拉底輕輕鬆鬆跟著我們前進。我和牠盡可能聊天，但是像平常一樣，全都是提出問題，沒有答案。

我好希望知道牠是怎麼找到我的，還有牠是否了解戴夫已經走了。像這樣的事，牠無法告訴我。

不，這樣說並不正確。我很了解海豚的智力和溝通能力，知道牠絕對有能力告訴我。海豚的語言遠比人類的語言更加複雜且精細，只是我無法完全了解牠的意思。

「謝謝你。」我對牠說，同時比劃手語，用視覺化的方式表達我的想法。「眞希望我能報答你。」

牠對我露出海豚的咧嘴微笑。我想像牠是這樣說：「好啊，你欠我一大堆烏賊。」

我後面有個聲音說：「海豚把我的風頭都搶走了。」

傑米尼·吐溫倚著船上的一個絞盤。他交叉雙臂，神情憂鬱，深色頭髮點綴著海鹽結晶。

「我唯一的工作是保護你，」他對我說：「我很抱歉。」

我聽了很生氣，本來想說「我才不需要別人保護我」。但是他看起來好沮喪，我實在不忍心那樣說。

「蜘蛛人，不用怪你自己啦。」我說。

傑米輕笑一聲。「說得容易，做起來難啊。」

他拉了領口一下，彷彿戴了一條綁得太緊的領帶。

我跟他不是很熟。我們身爲寄宿生的那一年，他與聶琳達大吵一架之後，我就下定決心，除非不得已，否則再也不想跟他有任何瓜葛。我想，他待在哈丁－潘克洛夫學院也一直不是很自在。就我所知，他是哈潘學院裡唯一的耶穌基督後期聖徒。身爲信仰摩門教的黑人孩子，來自內陸的猶他州，怎麼會有興趣以海洋爲畢生志業呢？我從來沒問過他。而現在，希望我們有更多機會聊聊天，不是因爲我喜歡他，也不是因爲我覺得自己「必須」喜歡他，而是因爲他是我的同學。今天我深深體會到，我生命中的每一個人，都有可能在一瞬間就被奪走。

「你看到休伊特老師的平板電腦那時候，」我問他：「你看到什麼？」

他皺起眉頭。「水底下的一個黑暗形體。很像巨大的箭頭。」

「阿隆納斯號，」我猜測說：「某種潛水艇？」

傑米掃視著地平線。「一點都不像我以前聽說的樣子。如果就是那個東西攻擊哈潘學院，現在又追趕我們……」

他沒把自己的想法說完。任何一種船艦如果能夠摧毀大約二點五平方公里的一段加州海岸，絕對不是我們可以用伐羅拿號對付的，即使有很多突擊步槍、電擊槍和一隻墨西哥摔角手海豚也一樣。如果我們不能求助於有關當局，休伊特對這點似乎非常堅持，那麼我們唯一的希望就是跑去躲起來。這讓我想到一個令人不安的問題：跑去躲在「哪裡」啊？

伊絲特晃過來，多普跟在她腳邊，而她手中拿著一隻死掉的烏賊。她沒頭沒腦地把烏賊遞給我，那隻烏賊既溫溫的也冰冰的，眞的很噁。

「我在冷凍櫃裡找到這個，」她說：「我用微波爐加熱了六十五秒。我沒有微波更久，因爲不想讓牠變得太軟爛。我是說，牠是烏賊，本來就很軟爛。」

她說了這麼一長串的話，沒有停頓，也沒有迎上我的目光。當然啦，她只是試著讓我的心情好一點。她知道我會想給蘇格拉底吃點東西，這就是她找到的。

我聽過一些所謂的「專家」表示，自閉症患者很難有同理心，但有時候我不免懷疑，那些專家是不是從來不曾眞正坐下來與自閉症患者好好談一談。我剛認識伊絲特時，如果有人心情不好，我不懂她爲什麼不會講些安慰人的話。我發現她的行爲是一套複雜的密碼，很像一堆混亂的字句和訊號。不過一旦破解那套密碼，就會發現她的表達方式只是與別人稍微不一樣。她很可能是要表達善意，或者提出一番解釋，反正就是想辦法要讓我的心情好一點。事實上，我很少遇到像她這麼有同理心的人。

多普坐在我腳邊，搖動著尾巴，對我顯露出最深情的凝視。「我是非常乖的孩子。我剛才差點殺了人耶。」

「牠已經吃過無數的大餐，」伊絲特向我保證。「烏賊是要給蘇格拉底。」

「只要不是給我就好。」傑米說。

「那是笑話，」伊絲特說，她的表情超級嚴肅。「我聽懂了。」

「這太棒了，」我對伊絲特說：「謝謝你。」

我把烏賊拋給蘇格拉底，牠急著一口咬下。眞希望我能帶烏賊下去找牠，親手餵牠吃，但此刻我們快速移動，牠也一樣。我知道牠很輕鬆就能跟上我們的船速，但不確定牠是否會一直跟著我們。海豚有自己優先要做的事。

「如果牠累了，可以上船休息。」伊絲特對我說。

我花了一點時間理解這句話。「你說的『上船』是什麼意思？」

「你有沒有看過船長的艙房？」她問。「哈丁—潘克洛夫學院向來都有海豚朋友。就像多普一樣。」她搔搔多普的耳朵。「哈丁—潘克洛夫學院永遠都有一隻多普。我是說，在哈丁—潘克洛夫學院遭到摧毀之前。」

她說哈潘學院永遠都有多普和海豚，我其實不太懂她的意思，但提到學校遭到摧毀時，她又變得激動起來。她開始用指尖輕點大腿，講話的音量也提高了好幾個等級。

「總之，我是來找你的。」她說。

「找我……好啊。什麼事？」

我不確定自己想不想知道。這一天已經非常漫長。

「休伊特老師想要在前甲板見你們兩人，」伊絲特對我們說：「他不太好。我不是專家，但我會說，他有糖尿病，可能還有另外潛藏的疾病。」

我和傑米互看一點，心裡很不安。聽到休伊特生病了，我沒有很驚訝。他看起來很糟，自從……嗯，其實一直都是這樣。伊絲特沒有什麼「醫病關係」的觀念，不過我相信她的直覺。她曾在吃午飯的時候大聲嚷嚷說，假如我多攝取一點維生素B1，每個月的經痛可能就不會那麼淒慘。以那件事來說，她是對的。

「好吧，」我說：「這就是他想要見我們的原因嗎?因爲他生病了?」

「不是，」伊絲特說：「我只是剛好想到，所以講出來。他想要見你們，因爲俘虜開始講話了。」她看著自己雙手的掌心。「而且，我手上有烏賊的黏液。我要去洗手，因爲這似乎是該做的事。」

第十二章

卡勒伯．索斯被束線帶固定在一張金屬摺疊椅上。他雙手的手腕捆綁在背後，腳踝固定在椅腳上。

我看到他時，內心的憤怒試圖凝聚成一副盔甲，但我實在太累了，結果比較像是凝聚成一件破舊的睡衣。它一直掉落，延伸變成一大團無以名狀的悲痛和震驚。

卡勒伯依然穿著他的潛水衣。他的面罩和頭套已經脫掉，顯露出一雙距離很近的棕色眼睛，頭上的一撮金髮受到氯氣的影響而帶有綠色。斷掉的鼻梁腫得很厲害，鮮血在上唇凝固成硬殼。

他坐著面對西方，因此每當抬頭看休伊特老師時，他得瞇起眼睛迎向太陽。德魯和基婭揮動著嶄新的萊頓槍，分別站在俘虜的左右兩側。基婭曾經遭受電擊，此刻看來依然很激動又暴躁。休伊特老師的後面站著黃琳奇，她是虎鯨人的一員。

看到琳奇讓我鬆口氣，表示休伊特老師依然遵循標準程序。所有重要的審問場合都應該要有虎鯨人在場。他們除了擔任學校的醫療人員，也是我們的書記員和見證人，是我們學校的良心。有他們在場，往往讓其他所有人都很守規矩。其實我覺得所有同學都不會爲了逼供而毆打犯人，但經歷了那麼多事以後，我們的理智瀕臨斷線邊緣。大家的火氣都很大。

考慮到卡勒伯鼻梁斷裂，以及剛才遭到海豚揮打重摔，其實他看起來還滿好的。他唯一要忍受的折磨，是哈丁—潘克洛夫學院的招牌羞辱。他的手臂二頭肌套著小孩子學游泳用的充氣浮袋，是亮黃色的，圖案是粉紅色的小鴨鴨。他的腰際也環繞著相配的內胎游泳圈。高年級學生就是用這種招數來「款待」寄宿生，讓寄宿生執行任務時顯得很笨拙。他們被迫一整天穿戴這些粉紅小鴨鴨，很多學生永遠無法擺脫這種羞辱感。我不知道船上爲何有這些浮袋，但也不覺得驚訝就是了。

卡勒伯看到我，臉色一沉，但沒有惡意地咒罵一番。一定是那些小鴨鴨滅了他的威風。

休伊特朝俘虜湊過去。「索斯先生，把你剛才對我說的事告訴達卡小姐……達卡班長。」

卡勒伯噘起嘴唇。「這艘船最後會沉沒到海底。」

「不是那部分啦，」休伊特很不耐煩地說：「另一部分。」

「阿隆納斯號快要來了。」

「你們的潛水艇。」我說著，想起剛才與傑米的對話。

卡勒伯放聲大笑，聲音都破了。「如果阿隆納斯號是潛水艇，那麼藍寶堅尼跑車就是國民車了。不過沒錯，天才，那是我們的船。如果你們運氣好，可能還有一小時的時間。他們派我們來活捉你……」他吐掉嘴唇上一片凝固的乾血。「既然我們失敗了，一直沒有回報消息，他們會跟過來。他們會發射魚雷，轟掉這一大團破銅爛鐵，之後確定一舉殲滅。」

確定一舉殲滅。

我感覺到體內升起一股寒意，尖銳的程度堪比切魚的廚刀。我不禁心想，阿隆納斯號的船員摧毀我們學校之前，是否也用這樣的語氣談論我和戴夫，彷彿我們只不過是冷冰冰的攻擊目標，而不是兩個人。

我好想打他一巴掌。我忍住這樣的衝動。琳奇的在場是一種冷靜的提醒：「我們不是那樣的人。我們不會墮落到他們那種層級。」

「爲什麼發動攻擊？」我問卡勒伯：「爲什麼要抓我？還有，爲什麼派來一群無法執行任務的學生？」

他一臉厭惡地搖頭。「你只是很幸運，有那隻蠢海豚。蘭德學院才不像哈潘一樣對學生嬌生慣養。摧毀哈潘學院嘛……」他對我露出嗜血的獰笑。「那是我們的畢業專題，而我會說，我們是一流的。」

德魯走向前去，舉起手中萊頓槍的槍托，但傑米以嚴厲的眼神阻止他。

卡勒伯看著那番眼神交流，顯然很樂。「安娜．達卡，至於爲什麼要抓你……你眞的什麼都不懂，對吧？」他瞥了休伊特老師一眼。「我猜想，教授還沒把哈潘學院的眞相告訴你。你甚至是直到今天才學習用萊頓槍嗎？你甚至不知道有那些槍的存在？」

一陣不安的漣漪傳遍我們這群人之間。

「果然被我料中了，」卡勒伯說：「在蘭德學院，我們一點都不怕運用自己的知識。但如果只是『共享』，你們這些懦夫到底能解決多少問題啊？」

在我背後，傑米說：「到底是『共享』什麼？」

「你們足足有兩年時間，」卡勒伯的語氣很尖銳，甚至是遺憾。「你們大可跟我們合作。你們可以好好談條件啊。」

我搞不清楚到底是船隻正在搖晃，或是我自己無法好好站穩。兩年，自從我父母死後。兩年，休伊特一直擔心會面臨攻擊。兩年，卡勒伯說哈丁—潘克洛夫學院可以好好談條件。

我定睛看著休伊特老師。「兩年前到底發生什麼事？」

他的眼神好悲傷，比多普哀求吃狗餅乾的眼神更悲傷。「親愛的，我們很快會談那件事。我保證。」

卡勒伯哼了一聲。「你不會笨到相信休伊特的保證，對吧？他也向我們保證一大堆事，當年他在蘭德學院的時候。」

休伊特握緊拳頭，指關節都泛白了。「索斯先生，你說夠了。」

「教授，你不妨跟他們說說看，當年我是高一新生的時候，你幫蘭德學院做什麼事？」卡勒伯提議說：「趁你還沒失去勇氣時。告訴他們，到底是誰想出阿隆納斯號的點子。」

他簡直又扔出一顆閃光彈。我覺得腦袋好像敲響的大鐘一樣嗡嗡作響。

傑米猛吸一口氣。「教授，他到底在說什麼啊？」

休伊特的神情比較像是憤怒，而不是羞愧。「吐溫班長，我在蘭德學院做了很多事，我自己並沒有引以為榮，當時不知道那些事會變成怎樣。」他的目光轉回我們的俘虜身上。「而今天，索斯先生，蘭德學院證明了一件事：為什麼大家永遠無法信任蘭德學院使用先進科技。你們摧毀了一個地位崇高的機構。」

「地位崇高的機構？你們保護的是一個亡命之徒的遺產啊。」卡勒伯在他的粉紅小鴨內胎游泳圈裡扭來扭去。「如果你們要殺我，請便，快動手吧。這東西超不舒服的。」

德魯和基婭冷冷瞪著休伊特老師，就連琳奇也顯得心煩意亂。也許他們像我一樣，直到今天之前都不知道休伊特曾任教於蘭德學院。然而，這還不是最糟的。休伊特老師是提出「阿隆納斯號」構想的人，他協助創造出那種武器，摧毀了我們的學校，也殺了我哥哥。

「我們不處決俘虜，」休伊特朗聲說：「德魯，基婭，把他扔到船外去。」

卡勒伯的傲慢神情崩潰了。「等一下……」

「老師。」琳奇提出異議。

「他不會有事，」休伊特向她保證。「他有他的浮力控制背心，他的潛水衣，他的浮袋。衛兵，動手。」

德魯和基婭看起來比較想把教授丟下去，不過朝傑米尼．吐溫看了一眼之後，那兩位鯊魚人聽從命令。他們讓卡勒伯從椅子上鬆綁，接著拖動一邊掙扎一邊咒罵的他前往左舷，把他拋進海裡。

對於我的這位「前綁架犯」，我看到他的最後一眼，是他的金髮在船隻的尾流中載浮載沉，只見他氣急敗壞，用難聽的字眼大罵哈丁—潘克洛夫學院。我想，很快就會有人把他救起來了。因爲他很吵。而且，他的粉紅小鴨浮袋讓他輕輕鬆鬆就成爲聖亞歷加德羅近岸最繽紛顯眼的事物。

「黃小姐，」休伊特說：「向船橋提出報告。維持我們的航向，以最大的船速朝向西方前進。」

琳奇激動起來。「老師，我們應該要……」

「等一下你會得到說明，」休伊特向她保證。「不過要先做最重要的事。再一次檢查偽裝投影裝置和脈波頻散組件。請虎鯨人快速檢查整艘船，尋找有沒有任何追蹤裝置。我們必須逃離阿隆納斯號。」他轉身看著我。「至於你呢，安娜．達卡，你跟我來。我想，你終於要幫我們指引航向了。」

第十三章

在路上，我抓住聶琳達，拉著她一起走。

我需要有朋友在身邊，雖然這表示她必須與傑米相處一會兒。我依然覺得頭很暈，因爲……每一件事都讓我天旋地轉。我不喜歡卡勒伯的警告。我不懂休伊特老師爲什麼認爲應該由我來決定航向，他爲什麼要像這樣一直單獨把我推出來？他才是握有所有祕密的人啊。而且，我還不確定自己能不能信任傑米尼·吐溫擔任我的保鑣。

到了走廊末端，休伊特打開門，進入船長的艙房。我以前從來沒有進去過。這個地方很大，有一張雙人床靠著左舷的牆壁，窗戶可以俯瞰船頭，有一張很大的會議桌，而且在右舷那一側……

我倒抽一口氣。「蘇格拉底！」

房間的整個右舷那一側，竟然有一個開放式的海水缸。壓克力牆壁可能有三點五公尺長、一點五公尺高，頂端向內彎曲，以免船隻移動時有水濺出來。水缸其實不夠大，沒辦法讓海豚住在裡面，不過有足夠的空間讓牠翻滾、轉身，舒舒服服漂浮著。兩側各有一塊水下的金屬蓋板，讓我聯想到巨大的寵物活板門。我不太了解這樣的水缸是怎麼打造出來的，但水道一定連接到開放的大海，蘇格拉底能夠自由進出。

蘇格拉底把頭伸到壓克力的邊緣，於是牠的眼睛能與我平視。牠開心地吱吱喳喳。我擁抱牠，直接親吻牠的吻部。我發現自己面帶微笑，這是學校遭到摧毀之後的第一次。

「我不懂，」我說：「你是怎麼找到我們的呢？」

休伊特幫牠回答。「你的海豚朋友很熟悉這艘船。哈潘學院與牠家族的很多成員都建立起友誼，已經有很多年的時間了。蘇格拉底，你是這樣叫牠的嗎？」

「我……對啊。」我本來想解釋一番，說我和戴夫每天早上都和蘇格拉底一起潛水，但是回想那個日常習慣，其實很像赤腳走在碎玻璃上面。

「這名字很適合牠，」休伊特說：「嗯，如果蘇格拉底想要跟我們一起航行，牠知道伐羅拿號永遠有個鋪位保留給牠。那麼，達卡小姐，請過來這裡。看看這個。」

又叫「小姐」。他們就是用這種方式消磨你的志氣：一直用同樣的「喔哦」錯誤叫法，希望你到最後就懶得糾正他們了。

「班長。」我氣呼呼地抱怨說，但休伊特已經把注意力轉向會議桌，傑米和聶琳達也過去與他會合。

我想，他們覺得船上的特等艙裡有一隻瓶鼻海豚沒什麼大不了。我心不甘情不願地走過去，與我的人類夥伴們一起坐下。

攤開在桌上的，是一張太平洋的航海圖。就一些方面來說，它是老式的航海圖。名稱以花體字書寫，羅盤分劃圖精心上色，角落還畫了一些蜷曲纏繞的海怪圖案。

然而，我以前從沒看過製作這張航海圖所用的材料。它是淺灰色的，幾乎透明，而且非常平滑，似乎從來不曾摺疊過。印墨閃閃發亮。如果從側邊看，所有的標誌似乎都消失了。有蘇格拉底在房間裡，我其實不希望這樣想，但這張航海圖讓我聯想到海豚的皮膚。也許，就像萊頓槍子彈的碳酸鈣外殼一樣，這也是在實驗室裡用某種有機的方法「分泌」出來。

喔，非常好。我的思考開始鑽進另類科技的「兔子洞」[17]了。

地圖的頂端放了一個銅製的圓頂狀物品，很像是紙鎮。至少，在正常世界裡，那會是紙鎮。圓弧的表面裝飾了細緻的金屬絲線。頂端有個平滑的圓形凹痕，看起來很像蒸氣龐克機器人[18]的眼睛。眞希望它不會突然睜開瞪著我。

在桌子對面，休伊特在椅子裡放鬆一下。他用手帕擦擦眉頭。我想起伊絲特剛才說的：糖尿病。潛藏的疾病。休伊特一直都不是我喜歡的老師。我不信任他。然而，我擔心他的健康。事實上，他是房間裡唯一的成年人，也可能是唯一能給我答案的人。

聶琳達站在我右邊，傑米在我的左邊，他們故意避開彼此的目光。蘇格拉底在牠的水缸

[17] 在《愛麗絲漫遊奇境》（*Alice's Adventures in Wonderland*）書裡，愛麗絲掉進樹下的兔子洞，進入奇幻之境，因此「掉進兔子洞」比喻進入一個未知的領域。

[18] 蒸氣龐克（steampunk）是一九八〇年代流行的科幻題材，多以維多利亞時代的背景，描述蒸氣科技在工業革命之後發展到極致，人類文明的所有機械都以蒸汽為動力，包括機器人。

裡吱吱喳喳潑著水。

休伊特拿起那個紙鎮。他倚向桌面，把它放在地圖正中央，很像玩起撲克牌賭博遊戲，請我跟著下注。

「我不會要求你做這件事，除非你覺得很自在，」他說：「不過，如果要往前走，這是唯一的方法。」

我更仔細檢視那個物品。頂部的那個凹痕……

「那是拇指的指紋判讀器，」我猜測說：「我把拇指放在上面，然後會……怎樣？它會在航海圖上向我們指出某個位置？」

休伊特微微笑了一下。「其實，它是基因判讀器。內建你家族的ＤＮＡ。不過，是的，你推測出它的用途了。」

我也開始推測我自己的用途，爲什麼休伊特和卡勒伯．索斯談到我，都像談論一件有價值的物品？我漸漸把這可怕一天的零碎部分拼湊在一起，我可不喜歡它呈現的樣貌。

我試著繞圈子，逐漸逼近自己眞正想問的問題。「所以，儒勒．凡爾納……你說他採訪了一些眞實人物。」

休伊特點點頭。「《海底兩萬里》。《神祕島》。基礎的內容都是根據眞實的事件。」

我體內感受到沉重的壓力。「基礎的內容……你這樣講，讓它們聽起來好神聖。」

「其實沒有，」休伊特以嘲弄的語氣說：「全都轉化成小說了。扭曲事實。不過內容的核心包含一些事實。尼得．蘭德是眞實的加拿大魚叉高手。皮耶．阿隆納斯教授是法國海洋生物學家。」

「尼得・蘭德……蘭德學院。」聶琳達說。

「還有阿隆納斯號，」傑米插嘴說：「那是潛艇的名字。」

休伊特沉默良久，久到把每一根手指都拿來敲敲地圖。「是的。蘭德和阿隆納斯，再加上教授的男僕，康賽爾，在一次注定失敗的海上探險中，他們是僅有的生還者。他們在一八六〇年代加入一場搜索行動，要尋找一隻傳說中的海怪……那隻海怪在全世界造成船隻沉沒。他們的探險船，『亞伯拉罕・林肯號』，在太平洋的某處失蹤了。經過一年後，有人找到蘭德、阿隆納斯和康賽爾，他們在挪威外海的一艘小型救生艇上，完全不知道爲什麼。」

我發現自己向前傾。我知道《海底兩萬里》的情節。但現在，那個故事似乎比較像一種預言……預測會有一場末日災難。我不喜歡末日災難……

「關於他們消失的那一年，沒有人相信他們說的情節，」休伊特繼續說：「大家把他們歸類爲瘋子。我甚至認爲儒勒・凡爾納不會相信他們，但他確實聽過那個故事。幾年後，等到凡爾納的小說變得很有名之後，有另一群人去找他。他們以前遭遇過船難，在太平洋的一座荒涼島嶼存活下來。他們宣稱自己的遭遇很類似《海底兩萬里》描述的情節。他們說凡爾納的敘述有些地方不準確，他們想要更正。凡爾納接下來寫的小說，《神祕島》，就是根據他對那些人的訪談結果。」

「賽勒斯・哈丁和伯納凡丘・潘克洛夫。」我的思緒轉得飛快，把我不想連接的一些點都連起來。「我們學校的創辦人。就像尼得・蘭德創辦了蘭德學院。」

聶琳達對休伊特挑起一邊眉毛。每次她想要叫那些討厭的高二女生滾遠一點、以免得到教訓的時候，就會露出同樣的這種表情。

「如果全都是眞的，」她說：「你是要告訴我們，那個主角也是眞的。尼莫。」

「完全正確，西爾瓦小姐。」

「而且我們談論的不是卡通裡面那條魚。」她補上一句。

總要有人把這件事說出來。

休伊特伸手搓搓臉。「對，西爾瓦小姐。那個『主角』不是卡通裡的那條魚，也不是凡爾納小說中的虛構角色，卡通魚的命名來源就是那個角色。尼莫船長是眞實的十九世紀人物，他是天才，他所創造的海洋科技，比他們身處的時代超前了好幾個世代。其中最重要也最強大的先進之處，是插入了尼莫自己身體的化學性質……就是我們今天所說的DNA。只有他和他的後代子孫可以操作他最偉大的發明物。」

原來是這樣。我趕緊坐下。我無法信任自己的雙腿能再支撐下去。

「伊絲特是賽勒斯．哈丁的後代。」我說。

休伊特凝視著我，靜靜等待。他的神情揉合了同情心和冷靜分析的興趣，很像電視節目裡的警察站在停屍間裡，準備揭開謀殺案受害者所蓋的白布，讓最親近的親屬辨認身分。

「還有尼莫船長……」我說：「那不是他的眞實名字。眞正的名字是達卡王子。一位印度貴族。來自班德肯地區⑲。」

「是的，達卡小姐，」休伊特表示同意。「從今天開始，你是他唯一現存的直系血親。這樣一來，你就還滿名符其實的，成爲全世界最重要的人。」

---

⑲ 班德肯（Bundelkhand）指現今印度的中北部地區，境內多屬山地，橫跨今日的中央邦和北方邦的一些地區。

第十四章

「不會吧。」

坦白說，這是我唯一能擠出來的答案。「你該不是說，我們的學校遭到摧毀，我哥哥遭到殺害，而且蘭德學院企圖綁架我，全都因爲我是某個虛構角色的後代。」

「不是虛構的，」休伊特重申一次，他的聲音很緊繃。「達卡王子是你的曾曾曾曾祖父。」

「我同意安娜的看法，」聶琳達說：「這太瘋狂了。」

傑米把他的萊頓槍放在桌上。「我們有證據。」

聶琳達作勢揮開那把槍，也說不定她只是想作勢揮開傑米。「你的電鍍遙控器是很酷啦。那並不表示儒勒．凡爾納寫的就是非虛構的作品。如果時間夠多，我也可以用成品回溯，用逆向的方法製造出一把萊頓槍。」

「這完全就是哈丁－潘克洛夫學院的做法，」休伊特老師說：「而且，說來不幸，蘭德學院也一樣。不過尼莫最偉大的發明……」

「等一下。」我舉起雙手，像是企圖把所有這些新資訊拼湊在一起，但徹底失敗。「你們用逆向的方法製造出超級電擊槍。你們做出動態僞裝和雷達干擾技術，都比軍用等級厲害多了。這些全部源自於一個活在一百五十年前的傢伙？」

休伊特以期待的神情對我點個頭，他在教室裡也是這樣，彷彿要對我說：「繼續說，你不完全是笨蛋嘛。」

「那麼，你需要我幹嘛？」

休伊特的臉抽搐一下。我有種感覺，他很希望一點都不需要我。

「達卡小姐……班長，」他說著，看到我擺出一張臭臉。「過去一百五十年來，我們重新製造你家祖先在科學上的先進成果，但成功的寥寥可數。我們就像小孩子穿上很大件的男士服裝，玩著扮家家酒遊戲。我要很遺憾地說，他的大多數成果，遠遠超出我們能力所及的範圍之外。」

「而你認爲我可以改變那種狀況？」我笑起來，雖然這件事完全不好笑。在我背後，蘇格拉底吱喳回應。「教授，我不知道家族的任何祕密。」

「對，」他附和道。「那是尼莫所計畫的一部分。」

傑米在我旁邊坐下，他的手緊緊握著萊頓槍的槍管。「尼莫的計畫？」

休伊特深吸一口氣，彷彿準備要發表他的最後演說。「外界的人見到尼莫船長，而且活下來述說當時的經歷，總共只有兩次機會。第一次……」

「就是蘭德和阿隆納斯，」聶琳達說：「那些壞傢伙。」

休伊特擠出一抹疲倦的微笑。「是的，西爾瓦小姐。他們呢，當然不會稱自己爲『壞傢伙』。他們逃離了尼莫的潛艇，鸚鵡螺號，而且說服自己相信，他們差點就無法逃離全世界最危險的瘋子。」

「亡命之徒，」我想起來了。「卡勒伯說，我們保護的是一名亡命之徒的遺產。」

「是的，」休伊特說：「而且尼莫真的是激烈又危險的亡命之徒。他痛恨大型的殖民政權。他在全世界把他們的船隻弄沉，渴望破壞他們的貿易，迫使他們屈服。」

傑米皺起眉頭。「所以……好傢伙。」

「一位傑出的科學家，」休伊特反駁說：「他痛恨帝國主義有他個人的理由。」休伊特遲疑半晌，彷彿衡量著要不要把另一樁家族悲劇告訴我。「一八五七年印度起義期間，達卡王子挺身對抗英國。英國的回應是摧毀他的領地，並殺了他的妻子和長子。在那之後，達卡跑去躲起來，最後成爲尼莫船長。你呢，安娜，你是他的小兒子的後代，是他唯一的現存後嗣。」

好一陣子沒有人說半句話。雖然那場悲劇發生在好幾個世代之前，我仍覺得內心有種熟悉的心痛和空虛感，彷彿哈潘學院崩解墜海時，尼莫的妻兒是我失去的另外兩位親人。

最後，聶琳達用葡萄牙語喃喃說了一句不客氣的評論，大概是說帝國主義者可以拿他們的國旗來做什麼。

就我所知，休伊特老師不會說葡萄牙語，但他似乎聽懂了。他點頭表示贊同。

「總而言之，」他說：「尼得．蘭德和皮耶．阿隆納斯逃離鸚鵡螺號時，船長的怒氣和力量讓他們驚恐萬分。後來，他們畢生致力於保護全世界統治力量的秩序，使之不受尼莫所作所爲的影響。爲了達到目的，他們認爲唯一能做的，就是透過所有必要的手段，著手重製或偷取尼莫的科技，把他的力量據爲己有。」

聶琳達仔細端詳自己的指甲，她的指甲都裂開了，因爲經歷了辛苦的一天，她拿著套筒扳手敲打敵人的腦袋。「所以，這就是蘭德學院的由來。就像我說的，『壞傢伙』。他們想要保護世界的秩序。那麼讓我們這些——嗯，好傢伙，變成亡命之徒？」她挑挑眉頭。「聲明一下，我可以當亡命之徒喔。」

「我好高興，」休伊特冷冷地說：「如同達卡班長的推論，我們學校的創辦人是第二批見到尼莫的人，帶頭者是賽勒斯·哈丁和伯納凡丘·潘克洛夫。他們運氣很好，原本困在一座島上，那裡剛好是船長的其中一處祕密基地。尼莫幫助他們存活下來，最後逃出那裡。」

「他有很多祕密基地？」傑米問，活像是他一直想要有一個。

「我們知道的有十幾個，」休伊特說：「也許更多。總之，到了哈丁和潘克洛夫見到尼莫那時候，尼莫已經完全變了一個人。個人的悲劇造成他沮喪消沉、幻想破滅。儘管身爲天才，儘管擁有史上最強大的潛水艇，他還是無法撼動這個世界，造成任何眞實的改變……至少他深信如此。」

「他死在自己的潛艇裡。」我其實不知道自己記得《神祕島》的多少內容。我想，現在感覺完全不一樣了，知道這個傢伙與我有同樣的血脈，以及同樣的姓氏。「尼莫幫助遭遇船難的人們脫離困境。接著，他讓鸚鵡螺號沉入一處地下潟湖之類的地方，不久之後，在一次規模浩大的火山爆炸中，那座島嶼炸毀了。潛艇是他的墳墓。」

我看到聶琳達的兩隻手臂都起了雞皮疙瘩。以一位天才工程師來說，她是相當迷信的人。鬼魂、死人、墳墓……這類事情全都讓她快瘋掉。「那本書一點都沒提到哈丁和潘克洛夫創辦學校的事。」她說。

「當然沒有，」休伊特說：「哈丁和潘克洛夫跑去找儒勒．凡爾納談話，唯一的理由是要改變大眾傳誦的內容。就我們的目的而言，如果有人眞的開始認爲尼莫船長不是眞實的人，永遠不把他視爲一種威脅，那樣絕對比較好。到了人生盡頭，尼莫放棄了他所追求的復仇。喔是的，他確實死在鸚鵡螺號上，他的島嶼遭到摧毀時，那艘潛艇應該就毀壞殆盡。」

「『我們的目的』，」傑米說：「那是什麼？」

休伊特指指航海圖。「尼莫快過世之前，把賽勒斯．哈丁拉到旁邊，對他說了一些遺言。大部分都寫在凡爾納的書裡。書裡沒寫的，則是尼莫給了哈丁一整個藏寶箱的珍珠，委託他執行一項任務：確保他的科技絕對不會遭到世界強權的運用，也不會被蘭德學院偷走。我們要守護尼莫的遺產，他的先進技術一次只能展現一點點，要等到我們認爲這個世界準備好了才行。最重要的是，」他看著我。「我們要守護他的後代，直到恰當的時機。」

我不想問，但無論如何還是問了。「恰當的時機是什麼？」

又來了，休伊特老師只是望著我，等待我自己想通他的暗示。

「這張航海圖指引出尼莫的一個基地，」我說著，同時比聶琳達冒出更多雞皮疙瘩。「不只是隨便一個基地，而是尼莫過世的那座島嶼。那裡在火山爆發時沒有完全遭到摧毀，對吧？」

休伊特對我做出很少在教室見到的手勢。他只是指著我，意思是「正確」。「安娜，兩年前，你的父母爲了尋找這座島嶼而失去性命。你哥哥奉命做好準備，等到大學一畢業，他就要掌管那裡的運作。自從我們發現那座島嶼後，那裡已經變成現場實驗室和水下的考古地點，由哈潘學院的教職員配置人力。那裡有我們最先進的科技。還有……手工製品。」

傑米抹抹額頭。「那正是蘭德學院想要的。到達那座島嶼。而且你……你以前在蘭德學院工作。」他聽起來真的很傷心，彷彿休伊特打破了某種承諾。

休伊特凝視著航海圖。「吐溫先生，那是真的。我年輕的時候，從哈潘學院畢業……鯊魚學舍，像你和戴夫．達卡一樣。可是，我對蘭德學院一直覺得既羨慕又嫉妒。他們樂於行動而不是小心謹慎，樂於攻擊而非防禦。那實在很吸引我。從某些方面來說，他們是整個學校都由鯊魚人組成。也因此我接受了那裡的工作，花了很多年時間，設計潛艇的各種規格，可以用來對抗鸚鵡螺號。我花了很長時間才看出蘭德學院醜陋且邪惡的一面，也才明白他們會拿那樣的力量達成什麼目的……」

他以憂傷的眼神看著我。「我不期待你會信任我。不過我在蘭德學院的過往，正是我想成爲戴夫的導師的一個原因。我試著引導他向前發展，教導他了解哈潘學院的做法爲何是唯一負責任的方法。戴夫讓我回想起自己在他那個年紀的很多事……」

要不是處於非常震驚的狀態，我可能會很想笑。我無法想像會有另外兩個人比戴夫和休伊特老師更不像的了。你很難想像休伊特是鯊魚人，或者他年輕的樣子，或者他根本不是老師的樣子。但這也讓我不免心想，等到戴夫的年紀大一點，他會有什麼樣的成就呢？他會不會如同一直以來的夢想，指揮自己的船隻，然後是自己的艦隊？或者到頭來也有可能變成失意受挫、垂頭喪氣的教師，像休伊特一樣？想到這點，幾乎就像現在知道戴夫永遠沒機會擁有任何一種未來，兩者同樣令人感傷。

休伊特嘆口氣，彷彿也有同樣的想法。「無論如何……你父母找到尼莫的基地時，蘭德學院很怕那樣會讓哈潘學院得到無法抵擋的優勢。就像我說過的，尼莫最重要的成果只有他的後代子孫能操作。而且我們與蘭德學院不一樣，我們……與達卡家族建立了很好的關係。」

我有種很不舒服的感覺，覺得休伊特幾乎是要說「我們控制了達卡家族」。他似乎沒有注意到我對他流露的冰冷神情。

「那座島嶼完全是個化外之地，」他說，臉上稍微恢復一點血色。「切斷與外界的所有聯繫。它的所在位置連我都不知道。找到它的唯一方法……」

「是我。」我看著那個很像紙鎮的銅製物品。

「親愛的，完全正確。那個基地是我們唯一的希望。那裡的成員不會知道哈潘學院遭到摧毀。我們必須警告他們。我們可以在那裡重整旗鼓，把自己重新武裝起來，保護……」

「我們可以只要去找當局就好了，」我說：「我們遭到攻擊耶。學校已經毀了。我們告訴……」

「告訴誰？」休伊特質問道：「警察？美國聯邦調查局？軍方？最好的情況，他們把我們當成瘋子。最壞的情況呢，他們眞的相信我們說的話，於是有人匆匆把你帶去政府的某個祕密地點，接下來的日子一直審問你，你做好心理準備了嗎？蘭德學院和哈丁─潘克洛夫學院幾乎對所有事情都沒有共識，不過我們對一件事確實有共識：如果把尼莫的科技移交給世界上的各個政府，或者更糟的話，移交給世界上的一些公司，那會是大災難。我們必須……」

他突然往前倒下，活像是有人揍他一拳。

傑米衝到他旁邊。「教授？」

「我很好，」他氣喘吁吁地說：「只是累過頭了。」

我與聶琳達互看一眼。對呀，那是天大的謊言。

「吐溫班長，」休伊特喘著氣說：「請幫忙一下。」

眼看有事可做，傑米似乎鬆口氣。他抓住休伊特的手臂，扶著他坐起來。

「達卡班長，現在我會讓你留在這裡，」休伊特說：「花點時間想一想。我們的行動方針會由你來決定。我們會遵循你的命令。」

我瞪著他。遵循我的命令？想到這點，我嚇壞了。

「可是……你要離開？」我結結巴巴說：「這是你的艙房啊。」

「噢，不是，」休伊特說：「這是你的艙房。我不是說過嗎？你是地球上最重要的人，所以還用說嗎？你也是這艘船上最重要的人。我們到了早上會再談一談。吐溫先生，如果你能扶我去船橋……」

他們走到門前時，我大叫：「老師。」

休伊特轉過身。

「你剛才提到手工製品……」我實在不想繼續說，但是強迫自己說下去。「你說尼莫的潛艇本來應該毀掉了，我父母到死之前都在尋找的是……」

「安娜，他們成功了，」他告訴我，語氣充滿渴望，彷彿談論的是耶誕老公公。「歷經四個世代毫無成果的搜尋，你父母成功了。他們找到鸚鵡螺號的殘骸。」

第十五章

面對這樣的資訊，你怎麼辦？

你現在是全世界最重要的人。你必須決定自己朋友和同學的命運。附帶一提，你的父母去尋找一艘一八〇〇年代至今幻想中的超級潛艇，結果在過程中失去性命。

我呢……我需要一場睡衣派對。

我問伊絲特和聶琳達要不要跟我一起睡在船長的艙房。我不想一個人待在這個巨大的房間裡，即使這裡其實有我的玩偶海豚蘇格拉底。我希望身邊有伊絲特令人安心的「噗─噗」打呼聲，以及聶琳達的絲緞髮套在枕頭上轉頭時發出的窸窣聲。我希望聞到多普的溫暖狗狗味道，聽到牠蜷縮在伊絲特腳邊發出的滿足嘆息。

等我們安排好過夜的事情，傑米尼．吐溫最後一次前來查看我的狀況。他告訴我，船橋維持大致朝西的航向，等到我有其他指示爲止。到了早上，他會再回來找我們。

「好啊，」我說：「謝謝。晚安。」

傑米對我顯露出憂心忡忡的神情。也許他現在用不同的眼光看待我，知道我牽涉到一位知名的亡命之徒／瘋子／天才／潛艇船長。也說不定他正在盤算要整夜睡在我的房門外，以免有其他人企圖綁架我。我希望答案是前者。

聶琳達和伊絲特堅持要我睡在床上。她們很樂意睡自己的鋪蓋捲。我認為我們會硬撐著不睡，聊上好幾個小時之久。各種苦難把這一天轟得體無完膚。我的思緒轉得飛快，有好多情緒要消化。我怎麼可能睡得著？不過一躺到那張舒適的雙人床墊上，極度的疲憊感開始發作。我的身體說：「不行，女孩，你累壞了。」然後我就昏迷了。

我在海上總是睡得很好。

那天晚上，我作了清晰而破碎的夢境，主要與氣味有關。去過寺廟之後，我母親緊緊抱著我，聽我講了愚蠢笑話而大笑時，她的紗麗服裝沾染了檀香氣味。在侯麗節[20]期間，我們一起站在廚房裡，看著烤箱中烘焙的派皮點心，聞著小豆蔻、濃縮牛奶和椰子那種令人瘋狂的美妙香氣，我口水直流。接著，我父親抱著我，那時候我年紀還很小。我假裝一直睡，於是可以享受臉頰貼著他頸部溫暖凹處的感覺。他的刮鬍潤膚液帶有丁香的氣息，讓我聯想到南瓜派。然後，在小學的一次打架後，哥哥牽著我的手走路回家。他其實沒有比我大幾歲，不過感覺好成熟。戴夫的聲音很能安慰人，但也深受激怒。他告訴我，其他人不尊重我實在是很蠢。我很優秀，很強大，很有資格擁有一切。我的嘴破了，嘗到鮮血的銅味。我們步行經過街口的忍冬花叢，從那次以後，忍冬的甜美花香永遠讓我很開心，讓我好想一次又一次回到遊戲場上，把馬蒂．懷特打倒在地，於是我哥哥就會稱讚我，陪我走路回家。

我聽到說話的聲音醒過來。伊絲特和聶琳達站著彎身看我，正在壓低聲音討論。她們都已經起床、洗過澡、穿好衣服了，我竟然睡到現在。外面天色已亮。蘇格拉底那個巨大的水中遊戲管道空空如也，牠一定是出去獵食早餐了。我不記得上一次睡到天亮以後是什麼時候的事。

聶琳達注意到我睜開眼睛。「嘿，寶貝。你覺得怎麼樣？」

我用手肘撐起身子。

多普將下巴靠在我的腿上，發出牠那種示意「起床！」的呼嚕聲。每個人都好愛批評啊。我想，昨天眞的發生了。哈丁－潘克洛夫學院消失了。戴夫消失了。我在海上茫然失措……實際上和心情上都是如此。我覺得怎麼樣？

「我……我醒了，」我終於說：「發生什麼事？」

聶琳達對伊絲特露出警告的眼神，像是說：「記住我們剛才說的。」

「好消息是他沒死。」伊絲特說。

聶琳達雙手一攤。「伊絲特……」

「嗯，你叫我先說好消息啊，」伊絲特抗議說：「那是好消息。他沒死。還沒。」

「誰啊……？」我依然昏沉的腦袋突然閃過一陣希望的火花。有半秒鐘的時間，我好想知道她指的是不是戴夫。但伊絲特沒讓我作那樣的美夢。

⑳ 侯麗節（Holi）是印度人的重要節日，類似春節，慶祝春天來臨和穀物豐收。日期是印度教曆法十二月的月圓日，因此每年陽曆的日期皆不同。慶祝方法是互相潑灑各種顏色的水和顏料。

「休伊特老師，」她衝口說出：「富蘭克林發現他在艙房裡面，反應很遲鈍。」

一陣恐懼湧上我心頭。

「帶我去看。」我的身體終於找到多一點的腎上腺素。我還穿著棉質短褲和睡衣，但我不在意。我們匆匆沿著走廊前進，我的心跳得好快。

傑米尼・吐溫守著醫務室門口，一副整夜沒睡的樣子。在裡面，富蘭克林・考區和黃琳奇分別站在休伊特老師的兩側，老師則不省人事地躺在病床上。他旁邊掛著點滴，身上連接了好幾台監視器。氧氣面罩的掛繩把他的灰髮壓得豎立起來，很像獅子魚的魚鰭。我不是醫事人員，但從顯示器看來，他的生命跡象並不好。多普發現醫務室的氣味非常有趣⋯⋯直到琳奇把牠噓走為止。

琳奇的雙眼滿是血絲，她的右耳掛了一個外科口罩。「我們用船上的設備做了最全面的血液檢驗。他的肝指數和全血細胞計數都很不好。血糖很高。我們猜測最有可能是末期癌症，也許是胰臟癌，加上第二型糖尿病，但我們的設備沒辦法做進一步診斷，更別說治療。他需要立即的醫療協助。」

「只不過這個傑米尼啦，」富蘭克林咆哮說：「不讓我們發出求救訊號。」

「那是教授的命令，」傑米尼講到「教授」這個詞，聲音都破了。「無論如何都要保持無線電安靜無聲。萬一蘭德學院找到我們⋯⋯」

他不需要再提醒我想起卡勒伯・索斯的警告。阿隆納斯號會把我們全部送去葬身海底。過去的二十四小時內，我已經聽了一大堆自己很難相信的事。卡勒伯的威脅不算是很難相信的事。

休伊特的臉上布滿淡藍色的血管和肝斑，交織成地圖狀。我好想罵他，這個時候出什麼醫療問題啊。他應該要更照顧自己才對。但是，我這樣想也沒用。

休伊特會希望我做什麼呢？我知道答案。繼續前進。找到那個祕密基地。但是那會有多遠呢？而且他值得爲那件事而死嗎？

「你們能讓他活著嗎？」我問琳奇和富蘭克林。

富蘭克林無可奈何地聳聳肩。「安娜，我們是高一學生耶。我們曾經接受過醫療訓練，但是……」

「如果是胰臟癌末期，」伊絲特突然插嘴說，害每個人都嚇得跳起來，只有休伊特除外。「不管怎麼做，他的存活率都很低。即使是最高等級的醫院也對他沒有太多幫助。」

她在病人旁邊直接這樣說，琳奇聽了下巴都掉下來了。「伊絲特，我們是虎鯨人。我們不能就這樣……」

「不過她沒說錯。」富蘭克林說。

「我不相信，」琳奇說：「我們得把船開回去！」

「那個基地，」傑米說：「休伊特提過，那裡有我們最先進的科技。他們說不定有醫療設備。比最高等級還要好。」

聶琳達的舌頭彈了一下。「那眞是好大的孤注一擲啊。」

「什麼基地？」富蘭克林追問，他的眼裡閃耀著希望。「有多遠？」

每個人都看著我，尋求指引。我不禁納悶，傑米是否把消息放出去，說我現在是「重要人物」。我沒有任何指引可以給大家啊。我連鞋子都沒穿。

不過船長的艙房有一張航海圖，或許有幫助。

「你們盡可能讓休伊特保持穩定，」我對富蘭克林和琳奇說：「傑米、伊絲特、聶琳達，跟我來。我們來看看能不能找到一些答案。」

第十六章

從何時開始，我的同學竟然聽從我的命令？

富蘭克林和琳奇沒有進一步提出抗議，而是回去監看他們的病人。伊絲特和聶琳達跟在我的後面走，活像是儀仗隊。就連傑米似乎也很甘願加入我們的行列，沿著走廊步向船長的艙房。

我還沒辦法稱它是「我的」艙房。感覺不對勁又可怕……

我更換合適的服裝時，請傑米在外面等。

蘇格拉底已經回到牠的水槽。牠對我吱吱喳喳，彷彿要說：「嘿，人類，我的烏賊在哪裡？」我默默記住要趕快幫牠找。

多普用兩條後腿站起來，嗅聞海豚。牠似乎沒有非常在意我們的新室友，但我有種感覺，牠比較想聞一聞蘇格拉底的尾巴，來個正式的自我介紹。我很慶幸牠沒辦法來這招。

等我換好衣服，我們讓傑米進來。大家聚集在會議桌周圍。

伊絲特扭動雙手的手指，好像手指間把玩著可愛的小蜘蛛。「我只是想提出來，我不是班長，聶琳達也不是。我們沒有資格。應該由提亞和富蘭克林來參加。」

「沒關係，寶貝，」聶琳達說：「我告訴提亞，我會讓她隨時了解最新狀況。而你也看到富蘭克林的情形。他還滿忙的。」

伊絲特看起來沒有消除疑慮。「好吧……我想就這樣吧。」

傑米盯著那個很像機器人眼睛的紙鎮，活像那東西可能會攻擊我們。「你知道要怎麼讓那東西發揮作用嗎？」

「喂，」聶琳達斥責他。「不要質疑我朋友的能力。」她斜眼看著我。「你真的知道怎麼弄嗎？」

「只有一個方法能搞清楚。」我抓起那個紙鎮。

金屬很溫暖，像是已經充飽電的手機。我把拇指按上頂部的凹痕。出現一股溫和的電流刺痛感，往上傳遞到手肘，我很想把手移開，但忍住這樣的衝動。

航海圖抖動起來。紙鎮往上升起，先是停留在灰色桌面上方，然後開始到處移動。我回想起以前曾在宿舍房間試用「通靈板」，當時一看到指示物開始飄浮，聶琳達就失聲尖叫，我忍不住傻笑起來，伊絲特則是展開一長串的演說，講解意念動作效應和不自主的肌肉衝動。通靈板到底預測出什麼樣的未來，我們始終沒弄懂。

這一次，沒有人尖叫或傻笑。紙鎮移動到加州海岸外的一個地點。是我們現在的位置？我實在搞不懂，機器人眼睛怎麼會知道這件事。

一道發亮的光線從紙鎮的底部延伸出來，很像一道陽光，延伸越過航海圖的表面，經過一條條經線和緯線，經過好幾個探測過的深海處，以及指示出海流模式和海底地形的柔和曲線。那道光線停駐在太平洋中央的一個點，那裡什麼標示都沒有，只是開闊的水域。

拇指指紋判讀器開始刺痛我的手。電荷愈來愈強。

「伊絲特，」我咬緊牙關說：「你能不能記住那些座標軸？」

「我已經記住了。」她說。她很興奮，我看得出來。

我放開紙鎮。發亮的光線熄滅了，不復存在。

聶琳達吹個口哨。「很好，我們剛才看到的是什麼？我只能猜想它可能是怎麼運作的。DNA的活化作用釋放出某種像是密碼的電訊號，傳進紙張……或者不是紙張，管他是什麼材料。它把編成密碼的路徑顯示給你看，事後完全沒有留下任何痕跡。這眞是，哇喔。」

「電鰻是用低能量的脈衝來彼此溝通，」伊絲特說：「圖紙可以用電鰻的皮膚，或者可能是實驗室培育的有機材料，從電鰻的皮膚衍生而來，因爲殺電鰻很殘忍。尼莫不會做那種事，對吧？」她看著我，想要得到證實，接著自己做了決定。「對，不可能。」

「無論是哪一種情況……」聶琳達滿心驚奇地搖搖頭。「我的天啊。」

「拜託不要侮辱老天爺。」傑米說。

「你是誰啊？我媽媽？」

「我只是要求禮貌……」

「你們兩個，別吵了。」我說。

沒想到，他們不吵了。

「伊絲特，」我說：「那個座標距離我們現在的位置有多遠？」

我相當確定自己知道答案。海豚人擅長導航，我判讀航海圖的能力眞的很好。不過伊絲特掌握艱深數學的能力比我好，她可以操控比較多的變數。

「維持最大的巡航速度，」她說：「直線前進嗎？七十二小時。這是假設天氣條件很有利，沒有機械方面的問題，而且蘭德學院的大學生突擊隊沒有發動更多攻勢。況且在航海圖上，那個位置完全沒有標示，連稍微靠近的都沒有。如果我們沒有找到基地，就會身處於什麼都沒有的正中央，沒辦法補給。我們會死掉。」

嗯……一點吸引力都沒有。

不過只要「三天」，不像我擔心的那麼糟。我們的備糧可以撐到一週，如果小心分配，也許可以靠著船上的補給品到達那裡。我向來多疑，不免懷疑這根本是休伊特做好的規畫。他說過，他不知道基地的地點。然而我們剛好帶了三天的補給品，準備進行三天的行程。還眞巧啊。

另一方面，我認爲休伊特的昏迷狀態不是假裝的。我覺得他不會故意冒著生命危險，引誘我們去那個祕密基地，並且把那個地點洩露給蘭德學院。

更何況……我討厭承認這點，但我熱愛尋寶。祕密的航海圖。標示著「X」未知記號的地點。在哈丁—潘克洛夫學院，沒有一個人不愛這種事，而我這輩子最想做的事就是探索整個世界，解答其間的謎題。無論這到底是不是陷阱，總之很難抗拒。

有一大堆事情很可能搞砸。我們離開聖亞歷加德羅只有十二個小時。負責任的做法會是掉頭回去，但陸地上有誰會幫我們呢？

我們班已經接受訓練、吃盡苦頭、努力學習了兩年，大家的目標是從哈丁—潘克洛夫學院畢業後，成爲全世界最優秀的海洋科學家、海軍戰士、航海員和水底探險家。

爲了逝去的學校同學，我們應該找出那條發亮光線的另一端究竟是什麼。我想要知道我父母爲何犧牲了他們的性命，還有戴夫爲何也……消失了。但我無法光靠自己做出這樣的決定，無論休伊特說什麼要聽從我的命令。

「把大家集合起來，」我對朋友們說：「我們一起做這個決定。」

第十七章

我一直都不喜歡做口頭報告。

把我放進一個分組報告，我會自願做研究。我會畫地圖。我會寫報告，製作多媒體幻燈片。我寧可把口頭報告的機會讓給別人。

然而，這一次，非得由我來傳達消息不可。

所有人在主甲板上集合。大家依照學舍排列成隊，我們昨天在聖亞歷加德羅的碼頭上也是如此。我沒有叫他們這樣排隊，這只是我們的習慣。唯一缺席的人是琳奇，她正在醫務室照顧休伊特老師；另外還有我的海豚人同學佛吉爾·艾斯帕薩，他在船橋。我已經親自把消息告訴他們。

這時早上過了一半。大海呈現煙灰色，海浪不大。天上的厚雲垂得很低，看來快下雨了。要做重大決定時，這樣的天氣並不是最吉利的預兆。

傑米尼．吐溫站在我右邊。我想，我很感激他的支援，但還是不習慣有位全副武裝的鯊魚人在我脖子背後呑吐氣息。我有點期待他把我推開，說：「那麼現在由我負責指揮……」最糟的是，我會反對由他指揮嗎？我不確定。我沒有要求指揮權。我不喜歡每個人都盯著我看、等待答案。

「情況是這樣的。」我開口說。

我知道組員中可能有人是間諜。某人爲了蘭德學院背叛我們學校，從內部破壞我們的防禦措施。那個人也許就在這個甲板上，但我不能讓那種情況害我什麼事都做不成。過去兩年來，還有過去二十四小時以來，我和這些同學已經一起經歷了很多事。我會一直信任他們，直到有人給我眞眞切切的理由，叫我不要信任他。

此外，我們現在觀察著無線電靜止的情形。提亞檢查我們所有人的手機有沒有追蹤晶片後，休伊特就沒收了全部的手機，而就算沒有把那些手機鎖在船長室的一個箱子裡，這麼遠的外海也不可能有人收得到訊號。我們已經啓動了動態僞裝，以及聲納和雷達的干擾裝置。我們掃描過整艘船，尋找祕密裝設的發射器。船上應該沒人能向外界分享我們的位置和計畫。至少理論上是這樣……

我把每一件事都告訴所有組員。大驚喜，我是尼莫船長的後代。不是，不是那隻卡通魚。我們的電擊槍和其他黃金等級的玩具，都是根據尼莫的科技製作出來的。有一百五十年的時間，蘭德學院和哈丁—潘克洛夫學院進行一場冷戰，爭奪上述那些科技。而現在，冷戰已經變得完全白熱化。那些另類科技的寶庫，包括尼莫的潛艇殘骸，照道理位於哈潘學院的一處祕密基地，距離我們現在的位置要航行三天。假如蘭德學院的潛艇，也就是阿隆納斯號，在這段期間找上門來，我們就會變成魚類的食物。噢，附帶一提，休伊特老師在醫務室陷入昏迷，需要立即的醫療處置。

「就我看來，」我說：「我們有兩個選項。一是找到那個基地，警告我方在那裡的人員，而且或許能得到協助，對抗蘭德學院。這是休伊特希望的選項。或者，我們掉頭回去加州，向有關當局報告所有情況，希望他們可以處理。有沒有問題？」

整群人不安地移動身子。每個人都看著別人，很想知道誰會第一個發言。

基婭．簡森舉起手。「所以，安娜，現在由你負責指揮？」她看了傑米一眼。「而且大家覺得可行？」

我努力不把這番話當做是針對我。鯊魚人接受的訓練就是要掌控指揮權。根據學校的傳統，發號施令的人應該是傑米，不是我。

我不免好奇，他會不會針對這件事請大家投票表決。我想他會獲勝，而且坦白說，我會覺得鬆口氣。傑米尼．吐溫既能幹又可靠。他那副樣子看了就討厭。

他對基婭簡短點個頭。「教授的命令很清楚：無論碰到什麼情況，一定要找到那個基地。安娜有很好的直覺，而且尼莫的基因讓她能夠操作一些我們不能碰的事物。我同意休伊特老師的看法。她是我們最強的一棒。」

我面對所有同學，希望自己呈現出「我完全知道傑米會支持我」的冷靜面貌。

萊絲．莫羅舉起一根食指。「你是假定那個基地真的存在。假如休伊特是騙人的，我們會發現自己身在太平洋中央，沒辦法補給。他以前在蘭德學院教書，對吧？他有可能是間諜，送我們去赴死。」

那個女生，永遠都好樂觀又陽光喔。不過她提出的論點很有道理。人群中有些不安的喃喃聲。聽到萊絲的論點，沒有人顯得很震驚。謠言傳得眞快啊。

「基地就在那裡。」伊絲特說。

她跪在多普旁邊，幫牠挑掉毛茸茸耳朵上結晶的海鹽。伊絲特沒有說得很大聲，但她吸引到每個人的注意力。

「你本來就知道這件事？」富蘭克林問她？

「不是很確定。」她依然對著多普說話。「不是因爲我是哈丁家的人或什麼的。如果休伊特老師想要置我們於死地，有很多比較簡單的方法，不必把我們送去大海正中央的某個假想島嶼。假如休伊特老師是間諜，他比較可能利用我們去找那個基地。他會需要安娜去找。接著，他可以把我們出賣給蘭德學院，然後他們大可殺了我們。」

這個令人愉快的想法，就這樣懸盪在溫暖潮溼的空氣中。大海在我們腳下洶湧翻騰。再一次，每個人都看著我，希望得到答案。

我好想找個蘭德學院的高年級學生來踹一腳。我還差一個星期才滿十五歲，爲什麼一定要處理這種危機？我好想尖叫：「這太不公平了！」可是自從父母過世後，我一直在內心像這樣尖叫，而那對我完全沒幫助。我學習到，這世界並不在乎什麼事對我比較好。我必須靠自己的力量，讓這個世界在乎我。

「尋找那個基地是有風險的。」我坦白說，很驚訝自己的聲音沒有破掉。「我們的另一個選項是掉頭回去。那也是有風險的。阿隆納斯號在附近水域的某個地方，我們也看過它是怎麼對付學校。我們在校園裡有很多……很多朋友啊。」

不只是朋友。我想起戴夫嘻皮笑臉的模樣。他提早給我的生日禮物，我母親的黑珍珠，掛在我的頸間，感覺沉甸甸的。我看著凱伊．蘭西，她的姊姊是二年級學生。凱伊淚眼汪汪，一雙眼睛紅紅的，目光快要在甲板燒出洞來。布莉姬特．沙爾特，她有個弟弟在初中班級，只見她渾身顫抖，倚在同一學舍的萊絲身上穩住身子。

昨天充滿了震驚、猜疑、恐懼。我們的世界分崩離析。今天，我們必須找到方法，把自己從一塊塊碎片拼湊回來。

我們有些人是眞的分崩離析。埃洛伊絲．麥克馬努斯的左邊肩膀裹著紗布，手臂掛著吊帶，因此無法握著步槍。對鯊魚人來說，那樣一定讓她覺得超火大。梅朵．紐曼站著，顯得僵硬又蒼白。她的上衣遮蓋著繃帶，但我記得有銀色的鉤刺射中她的肩膀。

她的頭足人夥伴羅比．巴爾倚著一支拐杖，右腿打上凝膠夾具，因爲之前遭遇萊頓魚叉槍的攻擊。他用一塊布手帕抹抹鼻子。他不是在哭，只是以各式各樣的過敏而出名。就算在開闊的大海上，還是可以找到各種因素害他打噴嚏。

「所謂的另類科技……」羅比斜眼看著我。「你是說哈潘學院一直以來的任務，就是守護這類東西。而完全沒人告訴我們。連你都不知道？」

「連我都不知道，」我證實說：「直到昨天爲止，我什麼都不知道。」

我努力不讓視線飄向伊絲特。我還滿確定她知道的實情遠比獲准說出來的部分更多，但我不想把她推到眾人面前。

庫柏．鄧恩舉起他那把簇新的萊頓手槍。「而在那個祕密基地，還有更多像這樣的驚喜？」

庫柏昨天遭到魚叉所傷，腿上依然裹著繃帶，但他似乎不是很在意。眞要說的話，面對可能要再次對戰蘭德學院，他似乎感到很焦慮。下一次，我們最好能配備更大的槍枝。

「休伊特說，萊頓類的武器是很簡單的東西，」我回想他說的話。「他宣稱尼莫最複雜的科技，遠勝過我們最先進的科學。這個週末的考驗本來應該是我們對另類科技的初體驗。」

隊伍中又有更多的嘀咕聲。啊，對喔，那段美好的時光只是短短二十四小時之前的事，當時我們最大的憂慮是要想辦法通過週末的考驗，繼續待在哈潘學院。

提亞．羅梅洛拉扯著她的鬈髮。「所以，高年級學生，甚至二年級學生……他們知道所有這些事，但從來沒透露半個字。」

我看得出來，聽到二年級學生知道重要的內幕消息，所有人都很不高興。那個年級的學生最討厭了。

另一方面，另類科技的祕密，確實能解釋他們為何老是用得意洋洋的眼光看著我們。現在很多事情都說得通了。凡爾納樓周圍的嚴密防護。武裝守衛。黃金等級的箱子。

我還是不敢相信，戴夫居然瞞著我這麼多祕密……關於我們家族的遺產，特別是我父母過世的情形。然而我思考得愈多，憤怒也漸漸減少了。我只覺得傷心，想到戴夫必須獨自承受那樣的重擔。眞希望我能早點幫他。而現在他走了……

「不能讓他們得逞。」布莉姬特．沙爾特的聲音把我從思緒中拉出來。她看起來還是有點步伐不穩，像是流感症狀發作三天後慢慢恢復的樣子，但她的神情宛如鋼鐵般堅毅。「那個基地可能是哈潘學院僅存的地方了，我們不能任憑蘭德學院把它奪走。還有你，安娜……我們也不能任憑他們把你奪走。」

我為之哽咽。對布莉姬特來說，對我所有的同學來說，要把發生的事情全部怪到我頭上是很容易的，畢竟我是蘭德學院追尋的目標。但我可以感受到憤怒在同學之間洶湧起伏，而那樣的憤怒不是針對我。

「我提議投票表決，」傑米朗聲說：「我提議，我們將指揮權交給安娜。大家聽從她的命令，同心協力，找到那個基地。接著，我們讓蘭德學院爲他們的所作所爲付出代價。全都贊成嗎？」

表決無異議通過。每個人都舉起一隻手，只有多普除外，而我很樂於認爲，我得到牠精神上的支持。

我嚥下恐懼的金屬冷硬滋味。我剛剛成爲一艘船的臨時船長，手下有二十位高一新生船員、一隻狗、一隻海豚，還有一位陷入昏迷的成年人。

我不想負起這樣的責任。我只是尼莫的後代，不表示我擁有擔任船長的素質啊。可是，我的同學需要有人在背後將他們團結起來，需要有人帶給他們更好的命運。爲了他們，爲了我們失去的朋友，特別是爲了戴夫，我必須勉力一試。

「我不會讓你們失望。」

這句話一脫口而出，我心裡就想：「我怎麼可以做出這種承諾？」

「各位班長，跟我一起去船橋，」我說著，雙腿不禁發抖。「其他人，前往你們分配的崗位。我們有很多事要做！」

只要多撐個七十二小時就好了，我對自己這樣說。

然後，我們要不是在那個祕密基地找到救兵……就是很可能會死掉。

第十八章

結果呢，管理一艘船是很辛苦的工作。

我想，我早該知道才對。我以前在伐羅拿號上待過很長時間，但不曾掌管一整組船員，特別是他們努力想要摸透一大堆箱子，裡面滿是根據尼莫的另類科技所製造出來的東西。

我和幾位班長的會議進行得相當順利。我們安排好各自的任務表，以及每日的輪班時間。船橋上永遠會有一位海豚人和一位鯊魚人，擔任舵手和值星官。虎鯨人和頭足人負責處理我們的黃金等級科技，小心開箱並進行分析。琳奇和富蘭克林會輪流在醫務室照顧休伊特老師。每個人也會輪流準備餐點、記錄補給品的存貨清單、監視各個緊急系統，並且打掃伐羅拿號。（有二十一個人和一隻狗在船上，很快就變得髒亂。）同時，多普在伊絲特身邊團團轉，看起來可愛極了。蘇格拉底則是隨牠高興自由來去，吃吃魚啦、在海裡玩耍等等。爲什麼動物都得到最棒的工作？

等到這一切都確定了，我則負責設定航行路線。我認爲我們需要冒一點風險，採取直線航向那座島嶼。我們的時間或補給品都不夠，無法爲了想要甩掉任何追兵，在海中採取複雜迂迴的路線。休伊特的先進僞裝技術和反聲納科技大可派上用場。

我留下佛吉爾．艾斯帕薩和德魯．卡蒂納斯，請他們負責第一次輪值。提亞．羅梅洛也待在船橋上，她一直拿著休伊特老師的控制平板，試著取得加密資料，再匯入船上的電腦。眞希望她有幸成功，但我不確定自己是否還能應付更多燒腦的祕密；休伊特老師可能一直在等待時機向我們爆料。

這天的第一段時間，我在船上趴趴走，查看所有組員的狀況，給他們一點鼓勵。這時船上到處散落了很多打開的黃金等級箱子，我努力不要被那些箱子絆倒。興奮的頭足人和虎鯨人問了我一大堆問題：這是什麼？這要怎麼運作？大多數時候，我根本不曉得自己看到什麼。我或許有尼莫的DNA，但那並未帶來任何潛在的知識，也沒有什麼方便的使用手冊。

到了中午，雨水劈里啪啦落下。浪頭湧升到一點五公尺高。我們以前不是沒碰過這種狀況，但這對士氣沒什麼好處。如果你被困在下層甲板內工作，無法呼吸到新鮮空氣或看到地平線，即使是最強壯的胃也會開始翻騰。

我在引擎室找到聶琳達。她正坐在金屬浪板地上，雙腿打開成V字形，面前有一個打開的黃金等級箱子。今天，她恢復之前的鉚釘女工裝扮，搭配紅色上衣和紅色圓點大手帕。她看起來全神貫注，翻找整理各種電線和金屬板。我突然回想起戴夫念小學六年級的時候，他組裝出好多樂高機器人。

我轉頭看著傑米，他整個早上一直跟著我到處跑。「你怎麼不去吃一點午餐？我不會有事的啦。」

看起來，他有身爲保鑣的職責，但是待在聶琳達身邊又很不安，他在兩者之間拉扯。最後他點點頭，大步走開。眞是鬆口氣。他一直站在我後面這麼久，我都開始覺得他呼出的空氣要在我的肩膀留下印記了。

「那個怎麼樣？」聶琳達拿著她的螺絲起子，朝向傑米剛才站立的地方揮了揮。

我正想說傑米沒有那麼壞，但是沒必要對聶琳達這麼說，畢竟他們有那樣的過節。我只是聳聳肩。

「唔。」聶琳達的注意力回到她手中拆卸到一半的裝置。

我回想起寄宿生那一年的九月，那天眞是不堪回首。我們是新生，努力想在殘酷的「迎新月」存活下來。我們有兩位同學已經退學，哭著回家了。

聶琳達比大多數同學更加掙扎。她的英文程度非常好，但畢竟是她的第二語言。在餐廳裡，她坐在我旁邊覺得鬆口氣，因爲我懂一點葡萄牙文。然後，有一天吃晚餐時，傑米的影子落在我們的桌上。他站著低頭看我們，呆呆望著聶琳達，活像她是一隻獨角獸。

「你是拿獎學金的小子？」他問：「巴西來的？」

他的語氣沒有惡意，但那些話帶著惡意。我們才剛結束一整天很辛苦的體能訓練，沒人還有太多力氣能閒聊。所有同學都轉過頭來，想看看傑米是對誰說話。

拿獎學金的小子。

聶琳達的神情變得很緊繃。我的手指緊緊握住叉子。我好想猛刺傑米尼・吐溫的大腿。

他根本是把我這位新朋友的特質簡化成短短七個字，看來這一整年都會緊緊跟著她了。

傑米似乎渾然不覺。他開始閒聊，說他哥哥在羅西尼亞[21]，是耶穌基督後期聖徒教會的宣教士。聶琳達認識他嗎？她有沒有遇過任何一位宣教士？貧民窟的生活過得怎麼樣？

後來我才明白，講話直白只是傑米本人個性的一種延伸。只要看到一個目標，他就瞄準並射擊。他沒想到伴隨而來的傷害。

聶琳達放下餐具，對傑米露出不情願的一笑。「我不認識你哥哥。安娜，你吃完了嗎？」她氣呼呼地離開。我以輕蔑的眼神看著傑米，接著拋下晚餐，跟著聶琳達衝出餐廳。

後來在八年級的大宿舍裡，熄燈之後，我聽到聶琳達在她的床鋪上啜泣。剛開始我以為是伊絲特，但她很快就睡著並打呼。聶琳達蜷縮著身子，心情糟透了，在她的毯子底下瑟瑟發抖。我爬上床躺在她身邊，在她哭泣的時候抱著她，直到最後她沉沉睡去。

聶琳達的十三年人生中經歷了很多事。她從小就是孤兒，沒有家人，沒有機會，沒有錢。接著，感謝一位小學教師看出聶琳達很特別，推薦她去里約熱內盧參加哈潘學院的入學考試。她衝破了所有機械性向測驗的最高分。大家應該認識的她，絕不只是「拿獎學金的小子」而已。

自從餐廳的那一天之後，我就對傑米尼非常憤慨，至今足足有兩年了。我想那樣並不公平，也沒有正當理由。但我不喜歡有人害我朋友傷透了心。

而現在，哈潘學院遭到摧毀。聶琳達的未來再一次變成巨大的問號。像我一樣，她沒有任何家庭或家園能回去。我們的人生只剩下這艘船，航向不知所蹤的地方……

「這太瘋狂了。」她的聲音打破我的出神狀態。我一直站在那裡看著她做事，不曉得看了多久。

「怎樣瘋狂?」

她舉起手上的機械裝置，看起來很像一顆訂製的金屬網球，與玩具彈簧狗「Slinky」來個迎面對撞。「如果我說的是對的，這是『軌跡儀』。」

我試著釐清這個名稱。我回想起一段記憶，是休伊特枯燥乏味的聲音，來自很久以前的理論海洋科學課堂。「一種電流定位感測器?」

「正確!」聶琳達修剪整潔的眉毛挑了挑。「想像一下，可以取代雷達和聲納，比它們更有效率、更偵測不到，根據的原理是水生哺乳動物的感測器官。鯨類。海豚。鴨嘴獸。如果我能弄懂運作方式，這可以讓我們偵測到入侵的敵人，但不會洩露自己的位置。」

「或者，它可以讓我們在別人的聲納螢幕上亮起來。」我猜測說。

「說不定喔。」聶琳達興高采烈表示同意。「你的冒險精神跑哪兒去啦?」

我不可置信地搖搖頭。「你怎麼可以這麼冷靜看待所有事情啊?像那樣的東西，在科學上應該是不可能達成的。」

她把軌跡儀抛向空中，然後再次接住。「寶貝，我們對於科學定律的理解一直改變。我們的感官就只有這麼多，對於現實的觀點是非常狹隘的……」

「喔哦。」我體會到自己跑錯棚，闖進「聶琳達開講」的教室裡。

「沒錯，喔哦。這個軌跡儀……有點像是如果海豚想要提高牠們的天然感知能力，就有可能設計出這種東西。或者烏賊，如果牠們再多演化個幾百萬年的話。你的祖先是天才。就像

㉑羅西尼亞(Rocinha)位於里約熱內盧的南區，是巴西最大的貧民窟。

是說，每個人都以三維的角度看待這個世界，而他不知用什麼方法，能夠後退一步，以五維的角度看世界。每一種東西都是一樣的，但每一種東西都不一樣。如果我們能複製……」

就在這時，伊絲特跌跌撞撞衝過來，氣喘吁吁，多普跟在她腳邊，讓我逃過了接下來的開講內容。

「跟我來……你們需要看看那個。」她的眼睛哭得紅腫。「你們不會想看，但是非看不可。」

第十九章

我最討厭的是什麼呢？

在未來的日子裡，我們沒有一個人能將那些影像逐出腦海。之前休伊特的無人機在哈潘學院錄下的訊息，在船橋上以六部監視器播放出來。接下來的餘生，我們都會以全彩影像反覆體驗這個創傷。

提亞從操控台往後退，雙手緊緊摀住嘴巴。佛吉爾和德魯在他們的控制台上像是全身麻痺，無法動彈。我們走進去時，聶琳達咕噥一聲，彷彿有人痛毆她的胸口。

那些無人機從六個不同的角度呈現我們以前的校園。海灣翻騰著白色和褐色的浪花，受到殘骸的影響而激盪出泡沫。峭壁削掉一塊近乎完美的新月形，很像某位天神拿著一支挖冰淇淋的勺子，幫自己從加州挖出一大球。哈丁－潘克洛夫學院什麼都不剩，只剩下大馬路變形的柏油路面，通往如今已遭棄置的警衛室。所有的影像都沒有看到半個人影。我無法判斷這是一種祝福還是詛咒。

門口的警衛怎麼樣了？建築物崩垮之前，是否可能有一些學生逃出來？我的內心告訴我，不可能。沒時間逃出來。可能也沒有任何警報。哈潘學院的每一個人，如今都在海灣的底部。根據我以前學過的海洋分解作用，可能要花很長時間才會有一些證據浮上海面。

證據。噢，天哪。我怎麼能把學校的同學想成是「證據」？

我想起戴夫對我微笑。「你今天要離開，去參加你的高一新生考驗。我希望你戴著這顆珍珠求好運……你也知道，只是萬一啦，怕你來個驚人大慘敗或之類的。」

我母親的黑珍珠，感覺像是套在我頸間的船錨。

「還有……還有這個。」提亞按下鍵盤上的一個按鈕。六個螢幕全都轉換成同一個影像：一個暗色的三角形漂浮在海灣入口內側的水底下。很難判斷那個物體的深度或相對大小，不過看起來很巨大，像是沉入水中的隱形轟炸機。在我們的注視下，它抖動一下，消失了。

「阿隆納斯號。」我說。

「它有動態偽裝。」聶琳達指出。

壓力在我的喉頭不斷累積。我需要大聲嚎叫，需要拿東西扔向那些監視器。這完全錯了。而且太超過了，完全不是我能處理的事。但不知為何，我努力壓下內心的憤怒。

「還有其他的嗎？」我問提亞。

「呃……」她的手指在鍵盤上方直發抖。「有。攻擊事件後，休伊特老師從衛星訊號錄了好幾個小時的新聞報導。我們成為國際上的頭條新聞。」

監視器轉變成新聞報導影片，來源是太平洋周圍各地：美國的加州和奧勒岡州、日本、中國、俄羅斯、關島、菲律賓。在西雅圖的當地新聞裡，一位面色凝重的記者談著新聞標題「大規模的山崩奪走加州的中學：恐怕有一百多人罹難」。在中國的全國新聞網裡，中文字幕跑馬燈寫著「脆弱的美國公共建設再一次造成悲劇」。新聞主播則引述「不具名的消息來源」，認為導致這場悲劇的原因可能是充滿缺陷的基礎工程，加上鬆散的大樓管理。所有的報導都未指稱這是攻擊事件。

「他們怎麼可能看不出來？」佛吉爾質問道。「山崩不可能留下這麼完美的半圓形啊！」

然而，新聞中的影片與休伊特老師的無人機錄下的影片是不一樣的。等到媒體的直升機到達現場時，顯然是攻擊之後過了好幾個小時，山崩的邊緣已經碎裂得參差不齊，看起來比較像是自然界的災害。

有些新聞節目切換鏡頭，拍攝一些哭泣父母的臉龐。

「把它關掉，」我說：「拜託。」

監視器變暗了。

船橋陷入靜默，過了兩次浪起浪落的時間。我們穩步穿越暴風雨，伐羅拿號上衝又下墜，讓我的心臟留在每一個風頭浪尖。從船橋往窗外望去，我可以看到組員穿著雨衣跌撞奔走，身上繫著繩索，努力確保我們的接水容器都打開了，能夠收集傾盆大雨。

我看著提亞。「其他人不需要立刻看到這支影片。每個人都已經夠沮喪了。我並不是說要隱藏這項訊息，但是看到那些影像……」

提亞點點頭。「只是……沒有一篇報導提到我們的校外教學，那表示每個人可能都假定我們死了。我們的父母。朋友。親戚。」

我知道她正想著自己在密西根州的家人。她以「提亞」[22]為名，是因為她有摯愛的三名小嬰兒外甥和兩名外甥女。她的媽媽爸爸、她的姑姨叔伯，她的兄弟姊妹……他們全都會傷心得發狂。

「我了解，」我說，雖然這有點像騙人。我沒有半個家人在家裡等待我、擔心我。「重點是，蘭德學院知道我們都活著。阿隆納斯號正在追捕我們。如果打破無線電的靜止狀態……」

「可能就死定了。」德魯說。

鯊魚人典型「精準射擊」式的評論，不過他說得對。

佛吉爾搓搓下巴。「伯尼，我們的校車司機……他知道我們活著，對吧？還有聖亞歷加德羅碼頭的那些守衛。他們會告訴所有人，校園崩垮的時候我們不在那裡，對吧？」

「如果他們還活著的話。」德魯表示。

我還記得休伊特對那些守衛下達的命令：「幫我們爭取時間。」

「現在，」我說：「我們繼續前進。只能希望……」

我不確定該怎麼說完這個想法。我們需要希望的事情實在太多了。眼下此刻，我們所儲存的希望感覺就像食物和飲水一樣，非常有限。

多普撞撞伊絲特的腿。牠輕輕低吠一聲，抬頭看著她，露出「摸摸我嘛」的憂傷眼神。

就在這時，我突然意識到伊絲特默默哭過。多普眞的很努力得到牠想吃的狗餅乾。

「嘿，」我對伊絲特說：「我們會挺過這……」

她發出某種怪聲，介於吸鼻子和打嗝之間，接著衝出船橋，多普緊跟在她後面。

「我去追她。」聶琳達提議說。

「不用了，我去，」我說：「聶琳達，把你的軌跡儀那東西拿給提亞看。如果能用，我希望立刻裝設起來。」

「軌跡儀是什麼東東？」提亞問。

聶琳達舉起她的「金屬網球/彈簧狗」那個重大事故。

「酷喔。」提亞說。我轉身準備離開時，她叫道：「安娜，我想用休伊特的控制平板再做一個嘗試。他那些無人機飛過校園上空時，曾經試著與學校的內部網路同步連線。」

我壓抑身子的發抖。「可是學校已經遭到摧毀了啊。」

提亞遲疑一下。「電腦系統設計成可以支撐很久。很像飛機的黑盒子。在內部網路完全死當之前，無人機有可能取得一些資料。」

我對這個計畫不是很有信心。更多資料就代表更多痛苦，更加提醒我們失去了多少事物，但我勉強點個頭。「聽起來很好。繼續好好做。」

接著，我跟在伊絲特和多普後面跑出去。

㉒提亞的名字「Tia」，西班牙文的字意是「阿姨」。

第二十章

我在船上的圖書室找到伊絲特。

以前出航時，這裡曾是我很喜歡的地點。每一道牆，從地板到天花板排列著滿滿的書：從物理學入門到最近的暢銷書，應有盡有。有很多橫木保護著書架，以免船隻移動時，一本本書飛出來掉得到處都是。桃花心木書桌有六張扶手椅。靠著後牆有一張舒適的燈芯絨老沙發，大家一有空閒時間就搶著坐。如果我們真的有空閒時間的話。在可預見的未來，我們不會有太多空閒時間了。伊絲特蜷縮在沙發一端，緊緊抓著腿上的一本皮革精裝書。多普躺在她旁邊，搖著尾巴。

「嗨……」我盤腿坐在伊絲特腳邊的小塊地毯上。於是我得到多普的慵懶溼吻。

「是我的錯。」伊絲特吸著鼻子說：「我需要……他們必須讓我重建。他們會吧？我沒有多帶一些索引卡。我好蠢。全都是我的錯。」

我沒有聽懂她說的每一件事。伊絲特說話時，有時候你只好順著她，表現得很融入。不過我確實聽懂一件事。

「伊絲特，這一切都不是你的錯。」

「就是。我是哈丁家的人。」

我很想立刻抱著她，但她與聶琳達不一樣。除了多普之外，如果她與另一個人有意想不到的身體接觸，特別是心情沮喪的時候，她會感到很不自在。不過也有例外，像是她要求的擁抱，以及戰鬥訓練時偶爾的擒抱。

「只因爲你的家族創辦了學校……」我的聲音愈來愈小。我第一次發現，我們兩人的曾曾曾祖父彼此認識耶。他們的會面，啓動了現在影響我們人生的每一件事，這就足以讓我覺得天旋地轉。「不表示你早就知道會發生什麼事啊。」

像平常一樣，伊絲特頂著一頭蓬亂鬈髮，看起來好像剛把手指塞進某個燈泡插座。她穿著粉紅色上衣，更加襯托出草莓牛奶般的膚色。聶琳達很多次建議她穿其他顏色的衣服，像是深藍色或綠色，但伊絲特喜歡粉紅色。伊絲特對這件事這麼頑固，讓我又更欣賞她了。

「我其實知道，」她痛苦說道：「而且我知道你會發生什麼事。」

有一度，我覺得自己支持著我的朋友。下一刻，我覺得她把我從懸崖拉下去。

我的思緒轉得飛快。我超想大喊「你是指什麼啊？」，然後把她腦袋裡的資訊拉出來。但我不想讓情況變得更糟。

「那就告訴我吧？」我提議說。

伊絲特抹抹鼻子。她膝頭那本書的燙金書名寫著「神祕島」。我們在船上當然會有一本。

我眞想知道那是不是初版書，而且有尼莫船長的簽名。達卡王子。曾曾曾曾祖父。我甚至不知道該怎麼稱呼他。

「哈丁和潘克洛夫，」她開口說：「尼莫請他們守護他的遺產。」

我點頭。我從休伊特那裡聽過很多了。但我還是得耐心等待，看看這次順著伊絲特會把我帶往何方。

「既然尼莫無法摧毀鸚鵡螺號，」她繼續說：「他就希望哈丁和潘克洛夫能夠確保所有人都找不到它最後停泊的地方，直到出現適當時機。」

「他爲什麼不能摧毀自己的潛艇？」我問，雖然這個問題本身聽起來很怪。這就像是問畫家波提切利[23]，爲什麼不在過世前把《維納斯的誕生》那幅畫燒掉。

伊絲特用手指滑過書本封面的燙金字體。「我不知道。尼莫最好的做法，就是讓鸚鵡螺號沉沒在那座島嶼的水底下。他知道阿隆納斯和蘭德正在尋找他的下落。他孤單一人，即將死去。我猜他沒有選擇的餘地。關於他的祕密和寶藏，他決定信任哈丁和潘克洛夫。」

「尼莫，」我心想。「哈丁和潘克洛夫。」

我和伊絲特的關係很密切，從我們出生前的一個多世紀就開始了。這讓我不禁對於「轉世」和「業力」感到好奇，以後我們彼此的靈魂有沒有可能再一次相遇？

「那麼，哈丁和潘克洛夫怎麼會知道？」我問：「我是說……哈丁和潘克洛夫怎麼知道何時是重新找出潛艇的適當時機？」

伊絲特縮進她的雙膝之間。「船長艙房的那張灰色地圖。基因判讀器。只有尼莫的直系後代能讓那些東西發揮功能。只有經過一定數目的世代之後。我不知道尼莫是怎麼決定的。我們無法……我的祖先無法確切知道到底要等多久。你爸爸試過，他在哈潘學院念書時沒那麼好運。接著他再試一次，兩年前，就是想看看有什麼結果，我猜是這樣。因爲某種原因，成功了。他是第一個。」

有個套索結在我的喉嚨裡用力拉緊。

我握住那個怪異的機器人紙鎮時，電流向上傳遞到手臂，我到現在還記得那種感覺。在我之前，我父親曾做過同樣的事。我幾乎可以感受到他那隻溫暖有厚繭的手滑入我的手中。

「我知道另類科技的事。」伊絲特渾身發抖，於是多普依偎得更緊一點。「董事會……去年秋天，他們向我簡短說明。沒有說明所有細節，但提到你的家族，還有我自己的家族。我很想告訴你那些事。守著那些祕密感覺是錯的……而且很危險。但那些董事控制著我的繼承權，也控制學校。他們要求我簽署一堆文件，不讓我對任何人說出任何事，包括你在內……安娜，我很抱歉。說不定如果我早一點告訴你，我們就能挽救哈潘學院。」

我很想安慰她，可是發不出聲音。太多事實在我的腦袋裡激烈旋轉。

「我是哈丁家族最後的傳人，」她說：「潘克洛夫家族只傳承到上一代。那些董事不喜歡我。我六歲時，姑姑過世……她是偉大的哈丁家族真正的最後傳人。我只是……我只是我。」

她的悲傷語氣令我心痛。「噢，伊絲特……」

「等到我滿十八歲，」她繼續說：「他們應該給我一些管理權。可是……你也知道，他們

㉓ 波提切利（Sandro Botticelli, 1445-1510）是歐洲文藝復興初期的義大利畫家，《維納斯的誕生》（*The Birth of Venus*）是他最著名的畫作。

可能永遠不會給我。他們懷疑我的能力。現在學校不在了，我需要重建哈潘學院，我不知道該怎麼做。安娜，如果你現在討厭我，我很抱歉。我不希望你討厭我。」

我想著可憐的伊絲特，她自從六歲就住在哈潘學院。我知道她姑姑過世的事，知道她的家人都不在了，只有法律上的監護人，但我從來不曾體會到「哈丁」這個姓氏伴隨而來的壓力和責任有多大。終其一生，伊絲特沒有受到關愛和呵護，而是一直受到整群律師的監視，他們關愛和呵護她的財富，同時監視她是否有不適任的跡象。我至少還知道自己的父母。我的人生曾經擁有他們。

「伊絲特，我沒有討厭你，」我保證說：「當然沒有。他們不准你說出來啊。」

她的嘴唇微微顫抖。「但是，其他人會討厭我。」

「不會。如果眞的有人這樣，我會拿粉紅小鴨充氣浮袋套到他們的手臂上，把他們扔到船外去。」

她又吸了幾下鼻子。「那是開玩笑的，對吧？」

「不是。不過沒人會討厭你啦。」

「那些董事呢？我把自己知道的事情告訴你，他們會剝奪我的繼承權。」

「如果那些董事找你麻煩，我會親自跑去找他們，狠踹每一個人的褲襠。」

伊絲特考慮了一會兒。她沒問我是不是開玩笑。「好吧，那就好。我愛你。」

她用那麼平淡的語氣說話，其他人可能感受不到她的意思，或當做是禮貌性的空話，像是說：「你好嗎？」不過我了解她的意思。

「我也愛你。」我說：「我可以再問你一件事嗎？」

她點頭。她摸著多普的耳朵時，我注意到她把指甲咬得爛爛的。

我不確定自己是否眞的想知道答案，但還是問了。「你說你知道我會發生什麼事，你是指什麼？」

她對著書本封面圖片皺起眉頭。一座黑暗且崎嶇不平的火山，聳立在浪花翻騰的海中。前景有一隻渾身溼透的小狗，看起來很像多普，在一塊突出的小小岩架上孤單發抖。

「你父母找到鸚鵡螺號時，」她說：「他們試著把它打開。他們嘗試進去裡面。你爸爸應該辦得到，他是尼莫的直系子孫。我不知道究竟發生什麼事，但有什麼地方出了錯。就是因爲那樣，哈潘學院才對戴夫那麼小心翼翼。他們不希望他靠近潛艇，除非他們弄懂……」

「等一下，」我說，感覺天旋地轉。「我父母是死於一場意外吧。」

「我認爲不是。」伊絲特眞的迎上我的目光，這種機會非常罕見。「安娜，鸚鵡螺號很危險。我認爲它殺了你父母。我不希望它也殺了你。」

第二十一章

接下來兩天，我努力不要太沉溺於伊絲特說的那些話。

我沒有成功。到了晚上，我清醒躺平，想著父母的死。我想像他們潛水進入那個令人發毛、鏽蝕嚴重的潛艇殘骸，只能受困在裡面，或者有某種古代的詭雷害他們送命。我想著戴夫，他要守住那麼多祕密，對他來說一定是很大的折磨。我作了好多惡夢，夢見黑色箭頭形狀的阿隆納斯號在水底下朝我們猛衝而來，將伐羅拿號的船身撞成兩截。

白天期間，我忙著緊張面對眼前的各種問題，沒時間擔心以後可能會害我送命的那些問題。感謝老天爺所賜予的小小恩惠。

低潮的時刻實在很多：我們面臨食物短缺。沒想到我們需要的食物那麼多，大家的配給狀況也不如我所期望的那麼好。這讓我覺得很有罪惡感，因爲第一天晚上吃完飯後，我偷偷多拿了一塊巧克力碎片餅乾。（我眞正想吃的是現炸的印度甜餃子，沾著印度奶茶一起吃，但在這鋌而走險的時刻，需要的是鋌而走險的安慰食物。）

此外，我得調解庫柏和佛吉爾之間的互毆。他們會變成這樣，是因爲歷經一番爭論，關於……說實在的，我根本不在乎是怎樣。我大吼大叫，把他們兩人推開。我本來應該感覺很差，結果吼一吼就好多了。我很想把他們關進各自的房間，但我需要每個人好好工作。他們打起架來，凸顯出一件事：大家的神經愈來愈緊繃了。

而且，休伊特老師的狀況持續惡化。富蘭克林和琳奇讓自己工作到筋疲力竭，努力維持他的生命，但無法保證他能不能再多活一天。他的血壓很低，心跳微弱。他的尿液……他們向我報告尿液狀況時，我一定閃神了。

航行中的高潮時刻實在很少。

有一件啦，聶琳達讓軌跡儀發揮作用了。我、傑米、伊絲特和提亞在船橋上與她會合，迎接盛大的展示會。我們都不確定要有什麼樣的期待。那個金屬的網球東東固定在導航控制台的頂部，宛如「彈簧狗」的線圈則朝向四面八方搖晃，很像章魚的觸手，碰觸到控制台上好幾個不同的地方，似乎沒有什麼特定的韻律或理由。作用是像天線嗎？還是接地線？

「開始囉。」聶琳達轉動網球側邊的一個銅質旋鈕。

房間裡充滿了飄浮的綠色光斑，我們很像待在一個亟需清理的水族缸裡面。

伊絲特說：「這好像不太對勁。」

「等等，」聶琳達說：「讓我重新校準一下顯示的解析度……」

她轉動另一個旋鈕。那些綠光縮減成一顆光球，大小約像籃球，懸浮在軌跡儀底座上方。

我立刻意識到眼前看的是什麼了。我們的船隻是懸浮在正中央的一個小白點。球體上半部是一大團模糊的綠色線條，包括即時的等風速圖、雨量圖和雲圖。球體下半部則是比較深色的翠綠色光線，顯示水底下的情況，像是海流、深度讀數，還有一整群各種不同大小的光點和團塊，在我們下方移動。

「海洋生物，」我猜測說：「那一定是一群魚。那個又是什麼？鯨魚？」

聶琳達眉開眼笑。「各位，我們正在電流定位。」

那些三度空間的讀數令我深深著迷。那應該包含了太多資訊，太複雜而難以判讀，不過我憑直覺就能理解。我可以「感受到」船隻的位置，它與海流和風勢有什麼樣的關係，以及它如何影響我們周圍生物的移動方式。

「這比聲納或電子海圖顯示與資訊系統要好多了，」我喃喃說著：「這怎麼可能呢？」

聶琳達看起來很高興，像是剛烤出一大盤每個人都愛吃的餅乾。「寶貝，告訴你喔……這是用不同的觀點來看科學的法則。我們所看到的其實是視覺化的表現方式，呈現出海洋動物對牠們環境的感應結果。而且對啊，這確實比弱小的陸地動物科技要厲害多了。」

「西爾瓦，做得好。」提亞．羅梅洛瞇眼看著軌跡儀底座周圍的那些操控裝置。「你確定嗎？這不會讓我們在方圓一千五百公里內每一艘船的聲納螢幕上出現亮點？」

「相當確定。大概百分之九十。百分之八十五啦。」

「萬一阿隆納斯號也有同樣的技術呢？」我問：「動態僞裝會不會欺騙軌跡儀？」

聶琳達的微笑變成做鬼臉。「也許會？」

這個想法令人不安。軌跡儀的讀出結果完全沒有其他船隻的跡象，潛水艇或其他船隻都沒有。不過阿隆納斯號很有可能在外面某處，以某種方法讓我們看不見，就像我們也讓他們看不見（希望是啦）？

「如果他們眞的顯示出來，」傑米說：「我們會測試其他新玩具。」

他指向窗外。在前甲板上，鯊魚人已經把東西組裝好，那是他們在黃金等級箱子裡找到最棒的東西：一具萊頓大砲，大小約像水上摩托車。銅製的砲筒裝飾著金屬絲線，做工很精細。它架設在基座上，可以旋轉兩百七十度。我不知道那具大砲能對敵人的船艦發揮什麼作用，特別是像阿隆納斯號那樣的船艦，但傑米和他的學舍夥伴很渴望進行射擊練習。我已經警告他們，不准讓鯨魚或漁船遭到電擊。

我們航程的其他高潮時刻：伐羅拿號的引擎不動了。

我知道這聽起來像是噩耗。受困在大海正中央，而且慢慢餓死，通常是會歸類爲「噩耗」這個類別。然而，頭足人有信心能修好。在此同時，哈莉瑪．納瑟建議可以利用這個機會，找一個人以目視的方式檢查船身外側。我超快就自告奮勇，害她嚇得跳起來。

我套上自己的浮力控制背心和潛水氣瓶，抓起面罩、蛙鞋和一隻死烏賊（理由很明顯吧）。海水很溫暖，我不需要穿潛水衣。我向後倒，墜入海中。等到我呼出的氣泡消散掉，就看到蘇格拉底朝我游來，很開心有了玩伴。

牠吱喳出聲，興高采烈地用口鼻推推我。我給了烏賊，但牠似乎不滿足。我開始檢查船身時，牠戳戳我的屁股，想要吸引我的注意。

「沒禮貌！」我透過呼吸器含糊說道。

這對牠完全無效。海豚戳別人的屁股根本不會不好意思。

牠再度推推我，我才明白牠想要指出某個東西給我看。

我跟著牠，前往船身前方的右舷那一側。剛好在水線下方，有個拳頭大小的鉤爪卡在木製的拆卸式欄杆裡。一條磨損的纜索從那裡拖曳進入黑暗中。我猜這是不請自來的蘭德學院訪客所留下的紀念品。他們浮上水面之前，必定先用纜索固定在伐羅拿號上。

可能只有表面受損，但我不希望冒險，也不希望有任何一樣蘭德學院的東西留在我的船上。我拉出鉤爪，讓它沉入深海。

我拍拍蘇格拉底的頭，感謝牠。接著我浮上水面，索取修理工具。

等到我把損害處修補好，也檢視完船身的其他部分（看起來很好），我的氣瓶還有三十分鐘的空氣量。

我和蘇格拉底很快來個潛水。在海面下五公尺處，我們一起舞動。我抓住牠的鰭狀肢，繼續過去一年來的活動，教牠擺出兒歌〈Hokey Pokey〉的帶動唱動作。我透過呼吸器哼唱，帶著牠做各個動作。「你的右鰭往內搖，你的右鰭往外擺。」蘇格拉底顯然無法理解這種奇怪的人類儀式，但從牠的笑臉判斷，牠覺得這套動作（還有我）非常好笑。

過程中，一隻翻車魚路過，牠的體型比我們兩個都更大。牠的外表真是超級怪異，很像揉合了鯊魚、花椰菜和一塊黃鐵礦，然後把整個敲扁，幾乎變成二度空間的扁平狀。蘇格拉底沒理會我們的訪客，畢竟翻車魚並不危險，也不能吃。我揮揮手，邀請翻車魚過來與我們共舞。牠繼續滑行路過。我想起大衛．貝瑞[24]寫的一篇幽默專欄文章，小時候我爸曾經唸給我聽，提到魚類只有兩種念頭：「食物呢？」和「哎呀！」不過魚類還有第三種念頭，這隻翻車魚的表情剛好能夠完美傳達：「你們人類全都是怪咖。」

我希望能與蘇格拉底永遠待在水下，舞動於氣泡的銀色漩渦之中，伴著陽光照進綠色海水的粼粼波光。

我想，我失去時間感了。

我聽見「噹噹噹」的鮮明聲響，是金屬物體輕輕敲打船身的聲音。有人叫我浮上海面。

我與蘇格拉底擊掌，表示完成任務。接著我開始上升。

回到船上，我覺得心情好多了。大海永遠能讓我重新振作起來。啓航後，我把氣瓶收好，清洗裝備。修好的引擎發出平順的嗡嗡聲。天氣放晴了，留給我們平靜的大海和濃豔的酒紅色夕陽。到了明天結束時，幸運的話，我們應該就能抵達哈潘學院的祕密基地。我們可能會找到協助、安全，以及答案。而且，誰知道呢，說不定甚至可以補充新鮮的巧克力碎片餅乾。

我的好心情持續到傑米尼．吐溫從船橋探頭出來。「我們需要你。」他的語氣很明顯有更多的壞消息。

我發現提亞．羅梅洛彎身看著通訊台，緊緊抓著頭戴式耳機壓在耳朵上。她看到我，皺起眉頭。

「我們從學校的內部網路取回一些聲音檔，」她說：「你最好坐下來。」

㉔ 大衛．貝瑞（David Barry）是美國記者、作家和專欄作家，以幽默筆法著稱，曾獲得普立茲評論獎和一些新聞報導獎項。

第二十二章

我以爲自己對所有事情都做了心理準備。我錯了。

戴夫的聲音透過耳機傳來時，我拚命忍住，不要哭出來。

「……重大威脅。需要所有人疏散避難。我……」

錄音中斷，變成靜電噪音。

我移開耳機，把它拋下。我從耳機旁邊向後退，彷彿那是一隻狼蛛。

「我很抱歉，」提亞說：「沒有其他的了。只有回授的聲音。」

我雙腿顫抖。我只穿著自己的比基尼，鹹鹹的海水沿著雙腿往下流，滴在腳邊的橡膠地板上。我渾身顫抖，不確定是寒冷的因素比較多，還是因爲震驚。

「戴夫已經警告大家，」我喃喃說著：「他們可能逃出去了。他可能還活著？」

黎安・貝斯特是值班的導航員。她的耳朵變得好紅，這是個「判斷依據」，顯示她準備說謊。黎安自己也知道這一點。考慮到她對於反間諜活動很感興趣，你就覺得她會留起長髮，蓋住那對具有測謊功能的耳朵。然而，她把兩側的黑髮削得很薄。

「也許吧，」她說：「我是說，有可能，對吧？」

傑米皺起眉頭。「我不覺得有時間逃出去。安娜，錄音結尾的聲音……」

我知道他說得對。

那個雜亂的靜電噪音，很可能是我們學校崩落海中的聲響。我想像戴夫正在對學校的對講機說話。他可能在樓下的警衛室，在管理大樓的樓下。除非確定大家都疏散避難，否則他不可能離開。

那些無人機沒有捕捉到任何人倖存的畫面。沒有一則新聞提到有人生還。戴夫一定走了。

我所剩下的，就只有他在最後絕望時刻聲音扭曲的錄音。

我試圖說些話。我很清楚，如果現在沒有離開，我就會在所有人面前徹底崩潰。我轉過身，走出船橋。

我不記得自己怎麼回到艙房。

我蜷縮在自己的床上，盯著蘇格拉底的空水槽，裡面水花四濺。

剛才我與海豚朋友在海裡共舞，我試著重溫那種平靜的感受。消失了。罪惡感用它的金屬利爪緊緊掐住我的心。

我真該待在學校陪伴戴夫。也許如果我對自己看到的狀況更堅持一點，就是安全網的燈光重新亮起的奇怪狀況……如果我乾脆直接衝向安全小組，而不是花時間跑去吃早餐……我哥哥可能還活著。

我永遠沒機會向父母說再見。沒能好好說再見。他們說，他們要出發去進行另一趟探險，一個月左右就會回來。他們叫我要乖乖的。我就這樣讓他們離開，只有擁抱一下、親吻一下，還有翻個白眼。我當然會乖乖的，你們兩個要擔心的應該是戴夫啊！我媽說：「你還沒發現，我們就會回來了。」我也相信她說的。他們永遠都會回來。

現在我也失去戴夫了。我爲什麼老是錯過說再見的機會呢？

我體內深處的痛楚愈來愈嚴重。我花了一點時間才明白，那不只是因爲悲痛的關係。我的生理期開始了。

很好。好像我要忙的事情還不夠多。

我跌跌撞撞站起來，翻找袋子，拿出盥洗用具和一些衣物。

我打開房門時，聶琳達和伊絲特雙雙站在那裡。她們一臉羞怯，好像剛剛正在爭論該不該敲門。她們察覺我的痛苦表情，還有我緊握手中的衛生棉盒子，於是連忙讓開，了解我需要去廁所。

「我會去拿止痛藥。」伊絲特說。

「我會把熱水袋裝滿水。」聶琳達說。

我含糊地道謝，蹣跚走出門口。她們很了解我的例行狀況。即使補充了B1綜合維生素、經常運動且飲食習慣良好，生理期的痙攣疼痛還是很折磨人。我很了解歷史上爲何把月經稱爲「詛咒」。如今，我與這種症狀奮戰了兩年半。如果沒有朋友幫忙，眞不知道怎麼應對。

等到換好衣服回到艙房，我又蜷縮在床鋪上。我吞下幾顆止痛藥，再用熱水袋壓著肚子。多普小跑步過來，親吻我的鼻子。牠想要幫忙。

「你不會死掉。」伊絲特對我說。

我笑起來，這樣很痛。「謝了，伊絲特。總是熬得過去啦。」

「不是指你的生理期，」她說：「我是說在島上。」

「你的音量，寶貝。」聶琳達說。

「抱歉。」伊絲特坐在桌子旁邊，開始翻動索引卡。「我一直把自己記住的所有祕密都寫下來。就是我不該告訴你的所有事情。在這裡的某個地方。」

「伊絲特一直很忙。」聶琳達對我說。「伊絲特，從現在開始，我們要趕快確保這些卡片收藏在安全的地方，對吧？這些寫了最高機密的筆記內容，不會放在任何人都可以找到的地方吧？」

「我把它們放在廚房一下子，」伊絲特招供說：「我偷拿一塊餅乾的時候。沒關係。沒有人看見。」

啊哈。所以我不是唯一去拿巧克力碎片餅乾的小偷。假如船員發動叛變，我和伊絲特都得走上跳板了。

我第一次發現伊絲特竟然有那麼好的記憶力時，我問她為何需要那些做筆記的卡片。她的解釋大概像這樣：她可以記住一整個交響樂團，記住同時演奏的一百位音樂家。但如果問她雙簧管在第三樂章的第二個小節演奏了什麼，她無法從聽過的所有聲音立刻找出這項資訊。卡片幫助她理解音樂。這樣說好了，她可以用顏色標示出銅管樂器，於是與弦樂器和打擊樂器區分開來。她可以解析交響樂曲，從一種種樂器和一行行樂曲進行研究。

她如果沒有那些索引卡片，整個世界就是個可怕且難以承受的地方。

「這裡。」她拿起一張亮藍色的卡片，正反面都寫滿她的整齊字跡。「明天，我們靠近祕密基地時會有一項挑戰。」

我試著專心。熱水袋慢慢發揮作用，讓我腹部糾結的地方放鬆了，但疼痛依然令人頭暈目眩。戴夫的聲音在我的腦袋裡劈啪作響。重大的威脅。需要所有人疏散避難。

「一項挑戰？」我勉強說。

伊絲特點頭。「要進入一個基地的標準程序。這裡就是這樣說。我不知道是什麼樣的挑戰。大概是要確定我們的正當身分。如果沒有正當的身分，那座島可能會用另類科技武器殺掉我們。」

「但是不會那樣啦。」聶琳達說。

「對，」伊絲特附和道：「因爲……」她看著聶琳達。「爲什麼不會那樣？」

「因爲我們會搞清楚要怎麼通過那項挑戰，」她輕聲說：「安娜睡一下的時候，我們會搞清楚。記得吧？」

「對喔。」伊絲特表示同意。「安娜，就是因爲這樣，你不會死掉。睡一下吧。」

聽她說話的語氣，彷彿那就像關掉收音機一樣簡單。

也許是吧。

我想要跟她們一起湊在桌子旁邊，我應該幫她們一起搞清楚那項挑戰，但我的身子漸漸停擺。聽到戴夫的聲音實在令人難以承受。藥物、熱度和痙攣正在爭奪主導權，把我的神經系統轉變成一片洶湧起伏的大海。我緊抓著兩位朋友的聲音不放，彷彿那是一艘救生艇。

我閉上雙眼，逐漸陷入沒有疼痛的深沉之境。

第二十三章

在我的夢裡，那是七月四日。我十歲。我身在聖亞歷加德羅植物園，懶洋洋躺在一條毯子上，等待美國國慶煙火開始施放。

那裡是我們家的野餐地點，戴夫揮舞一支仙女棒，在周圍跳來跳去。母親坐在我旁邊，她的臉隱藏在寬邊草帽的影子底下，黑珍珠在喉嚨底部閃閃發亮。擴音器尖聲播放著約翰．菲利普．蘇沙㉕的音樂，母親打著一雙赤腳（她向來不喜歡穿鞋子），配合音樂的節拍扭動腳趾頭。

她倚著我父親的胸口。他的手臂環抱她的腰。他們這樣表露情感，讓我隱約覺得尷尬。

㉕約翰．菲利普．蘇沙（John Philip Sousa, 1854-1932）是美國作曲家，最著名的作品是一些軍樂進行曲，表現出濃厚的愛國心，素有「進行曲之王」稱號。

大家都准許父母像這樣公開摟抱嗎？

我父親的白色襯衫、白色亞麻寬鬆長褲和白酒的杯子，全都好像在暮色中閃閃發亮。他的光滑黑髮梳得整整齊齊。他的微笑宛如蒙娜麗莎，看起來好像剛從一場美麗的白日夢中悠悠醒來。

我的母親望向花圃裡的罌粟花、向日葵和粉蝶花，一路延伸到湖泊。她心滿意足地嘆口氣。「我死的時候，把我的骨灰灑進這裡的湖水。我喜歡這片風景。」

「媽咪！」我說。

她輕聲一笑。「親愛的，死亡沒什麼好尷尬的。每個人都會死。」

「好吧，但是可不可以不要現在講？」

她捏了我的手臂一下，跟我鬧著玩。「安娜，坦白討論這種事情是好事喔。況且，我只是要說……這裡是安息的好地方。」

「可是你又沒有要死掉！」

「什麼？」戴夫的仙女棒之舞戛然而止，走了過來，他對八卦流言超敏感。「誰要死掉？」

仙女棒宛如瀑布一般，往他的手臂灑上光芒四射的金色亮光。他似乎沒注意到。

「沒有人要死掉啦，」父親向我們保證。「至少呢，我喝完白酒之前絕對不會。」他的雙眼帶著戲謔的神色。那雙深褐色的眼睛，很像向日葵的花朵中心。「不過我附和你們媽咪的意見，等到那個時刻到來，也把我的骨灰灑在這裡，好嗎？」

我正準備抗議他們爲何要這麼討厭，就在這時，煙火在頭頂上爆開了……

我在床上醒來。根據太陽照進窗戶的角度，我睡了整個傍晚和晚上。

我全身疼痛，腦袋陣陣刺痛。到處都沒看見伊絲特和聶琳達。她們一定是想讓我有機會好好睡一覺。

死亡沒什麼好尷尬的。每個人都會死。

噢，媽咪……

我甚至無法完成她的心願。我們沒有骨灰可以灑在湖裡。現在我什麼都沒有了，只剩下母親的珍珠。就連拿回這顆珍珠也是奇蹟。這是學校送來給我們的，懷著最深切的哀悼慰問之意，是那場「意外」之後，他們唯一能取回的物品。

我好想躺在自己的床上，沉溺於悲傷，但我明白，那樣只會讓情況更糟糕。我已經學到教訓，悲傷的時候就像生理期痙攣疼痛的時候，我其實更不能停下來。而且，今天是我們應該要到達基地的日子。如果有這麼重要的事……

我逼迫自己梳洗一番，更換衣服。沒有洗澡。用水有定量配給。早餐是海苔蛋白營養棒。我們的食物也是定量配給。

最後，我抵達船橋。

我這麼晚才出現，沒人讓我難堪，不過我很有罪惡感。隨著補給品漸漸減少，船上的緊張氣氛就像萊頓槍一樣，一觸即發。爲了所有組員，我需要百分之百運轉。或至少「假裝」一下。

我們的挑戰在早上十點來到，來得非常突然。

那個軌跡儀的顯影球亮了起來，出現一大團紫色亮斑。

「飛機！」吳傑克大喊。「等一下。不對……那些到底是什麼啊？」

那些紫色光斑閃爍不定，形狀和強度不斷改變。在軌跡儀上，那些光斑看起來像是飛行物體，直接盤旋於伐羅拿號的前方，但我從前窗看出去，外面什麼都沒有，只有開闊的水域一路延伸到地平線。

我還沒弄懂，傑克就察覺到答案了。像這類事情，他是海豚學舍的第一把交椅。

「那不是實際的物體，」他領悟到了。「看見沒，把那些光斑壓平成波形會怎樣？」

我點頭。「聰明。」

「什麼？」德魯．卡蒂納斯追問道，語氣緊張不安。「我們遭到攻擊嗎？」

既然有閃亮簇新的萊頓大砲，他一副超想要發射看看的樣子。即使用鯊魚人的標準來看，德魯也算是個好戰份子。我暗自決定，以後給他的任務應該不要用到武器比較好。

「沒有攻擊，」我向他保證。「至少，還沒有。可不可以請你召集其他的海豚人，帶他們來船橋？我們有一組密碼要破解。」

幾分鐘後，佛吉爾跌跌撞撞闖進來，因爲値夜班而昏沉無力、瞇著眼睛。黎安和哈莉瑪跟在他後面。等我們五個人都到齊，我和傑克已經辨認出模式開始重複的斷裂之處。我們也已經發現，該怎麼把軌跡儀的電流脈衝導入船橋的擴音器，將發亮的紫色光斑轉變成聲音。

哈莉瑪歪著頭。「藍鯨？」

「有點像，」我說：「不過更複雜。繼續聽。」

哈潘學院有很多年都用藍鯨的鳴唱聲當做密碼，可以把人類語言的各個構成要素設定成音調的音高、範圍和長度，產生多層次的加密形式，如果不知道關鍵所在，幾乎不可能破解。

不過，眼前的這種密碼更加複雜。

再過幾秒後，模式改變了。一連串的喀噠聲很像海豚叫聲的尾奏，蓋過了鯨魚的鳴唱。兩秒後又有其他音調取代了喀噠聲和鳴唱，這次則像是風吹過海螺角的聲音。

接著整個模式重複一次。

「傳送的人知道哈潘學院的加密方式，」傑克大膽猜測。「他們一定是假定我們有一台軌跡儀，可以接收他們傳送的訊號。」

「那很好，對吧？」黎安說：「一定是來自我們的基地。」

「除非這是陷阱，」佛吉爾說：「如果這是來自阿隆納斯號，而我們回放訊號……」

這個想法很有意思。

我發現自己搖搖頭。「不，這一定來自基地。我們預期有一項挑戰……」

「有嗎？」哈莉瑪問。

我向他們描述昨天晚上伊絲特提出的警告。「所以，如果這就是挑戰，而我們沒有回應，那就不好了。另一方面，我們需要破解密碼，然後再決定該怎麼做。」

我的學舍夥伴顯得很輕鬆。破解密碼……這種挑戰是我們可以對付的。這是海豚人受訓的目的。

「不妨假設第一部分是藍鯨。」傑克匆匆拿出他的鉛筆和筆記本，開始描繪紫色光斑和波形。他說用手寫方式來工作，思考起來比較順暢；既然他是我們最厲害的密碼破解高手，我從來不曾質疑這一點。「第二部分呢，搭配喀噠聲……我們可以慢速播放嗎？」

「呃……」我不是頭足人，但笨手笨腳摸索了一陣子之後，我想辦法用四分之一的速度重播那些傳送訊號，這樣讓模式變得很清楚。「那是五乘五。」

我沒發現傑米就站在我後方，直到他突然問：「什麼是五乘五？」

我嚇得差點從襪子裡跳出來。說眞的，我得在他的槍套上掛個鈴鐺，他才不會像這樣偷偷溜到我後面。

「很像摩斯密碼，」我解釋說：「但是不太一樣。在越戰期間，戰俘用這種方法敲打訊息，彼此溝通。」

「而第三段，」哈莉瑪說：「那是什麼？」

我們聚集在圖桌周圍，一次又一次以不同的播放速度聆聽錄音。傑克的筆記本寫滿了草圖和數學式。哈莉瑪和佛吉爾爭論著語音和字符的符號學。黎安向我們講解聲學和流體動力學之間的關係。基本上是超大型的海豚人書呆子聚會。

我沒有意識到過了多久，直到傑米拿來一盤三明治放在我們面前。「午餐。」

其他人用餐時，我去浴室梳洗。我振作精神，在臉上潑水，再多吃幾顆藥。此刻我的肚子很痛，而長時間趴在圖桌上研究密碼又造成背痛，兩者互相打架。我有點想吐，但拚命用意志力壓下那種衝動。一旦向噁心感投降，嘔吐妖怪可沒那麼容易塞回瓶子裡。

回到船橋的路上，我走到一半突然呆立不動。突然間，曾在腦袋裡打轉的所有密碼片段，全部落入一種完美的模式。我就是爲了這樣的時刻而活。這些時刻就像峭壁跳水一樣令人興奮，也是我熱愛自己身爲海豚人的主要原因。傑克是比較優秀的密碼專家，哈莉瑪在導航方面比較有天分，黎安對於反間諜活動的掌控力比較強，佛吉爾是我們在電子通訊方面的專家。不過我最擅長把所有線索拼湊起來，組成一幅較大的圖像。這正是我獲選爲高一新生班長的原因。

帶著臉上漾起的笑容，我大步走回船橋。「我解出來了。」

我帶領學舍的夥伴跑過一次密碼。第一段，藍鯨鳴唱，是一種演算法，用來解譯第二段密碼，而第二段是真正的訊息。第三段則提供語音的線索，告訴我們第二段訊息所使用的語言：邦德利語，是印地語的一種分支，剛好是我祖先的母語，即尼莫船長使用的方言。

「哇。」哈莉瑪點點頭，顯得十分讚賞。「安娜，漂亮喔。」

「不騙你們，」佛吉爾說：「如果再多聽一次那段錄音，我覺得自己要發瘋了。真希望我有你的耳朵。」

我盡量不要太得意。「我只是把你們的成果拼在一起而已。傑克，你可不可以……？」

傑克的嘴裡塞滿花生醬三明治，不過他開始飛快寫字，將密碼訊息轉譯成英文。

他把筆記本交給黎安唸出來。

她以誇張的聲音清清喉嚨。「而優勝者是……『這是林肯基地。驗明身分。五小時。』」

哈莉瑪皺起眉頭。「這麼短的訊息還真費工夫啊。」

「林肯島，」傑米插嘴說：「哈丁和潘克洛夫受困島上時，就是幫島嶼取了這個名字。」

海豚人紛紛轉身，盯著他看。

「怎樣？」他問。「我也讀過《神祕島》啊。」

我研究軌跡儀的顯影球，它依然出現謎樣的紫色光斑，很像獵槍轟擊的模式。我的神經微微刺痛。我們的處境終於開始有「真實感」了。我們逐漸靠近尼莫船長的島嶼……那裡也是我父母過世的地方。

「驗明身分。」黎安的手指在桌上叩叩敲打。「這部分很清楚。他們想要知道我們是誰。

『五個小時』……我們要在那個時間內到達嗎？」

「現在剩兩個小時，」傑米說：「你們破解那套密碼花了三小時。」

好像不可能吧。不過根據船上的天文鐘，傑米是對的。現在是下午一點。我還記得之前在船長艙房的超級祕密航海圖上得到的座標。根據目前的航線和速度，我很快計算一下。

「那不是我們的預計到達時間，」我終於說：「我們應該要到晚上七點才會抵達那座島。所謂『五個小時』是最後通牒。我們得搞清楚要怎麼回應這項挑戰，而且需要在接下來的兩小時內完成。」

佛吉爾吸了一大口氣。「而萬一我們沒有及時回應，或者沒有以正確方式回應呢？」

「那麼，」我說：「我想，我們自己的祕密基地會把我們炸得葬身海底。」

第二十四章

但是不要有壓力啦。

把訊息解譯出來是一回事。更難的是找出正確答案，並以相同的密碼傳達回去。而我們只剩不到兩個小時可以完成這件事。

也許林肯基地（如果眞的是林肯基地的話）有一部機器，可以用藍鯨／五乘五／邦德利語的方式產生訊息。我們則沒有。我們也無法取得資訊界的超級武器，就是網際網路，那有可能幫我們把各種線索拼湊起來。

我們必須信任自己接受的訓練，並得到最好的猜測結果。

還眞恐怖啊。

「佛吉爾，」我說：「你的手機還有那種模擬 app 嗎？就是模擬鯨魚唱歌那種？」

他以驚訝的眼神看著我。「我……有啊！」

「沒有網路連線可以用嗎？」

「當然可以啊。」他的語氣稍嫌不悅。「我下載了鯨魚所有的鳴叫方式。」

我沒有覺得很驚訝。多年來，我常常取笑佛吉爾的手機裡有一大堆沒用的 app。現在我欠他一次鄭重的道歉。

「佛吉爾，你好厲害，」我說：「傑米，跟他一起去打開上鎖的箱子。不過要確定那隻手機處於離線狀態。」

反正我猜他們搜尋不到任何訊號，佛吉爾和傑米似乎也不是會在太平洋正中央偷看「抖音」的那種人，但我覺得應該提醒他們。

傑米點點頭，於是他們離開了。

這時，傑克跑去找聶琳達。等他們兩人一回來，便開始推敲如何用軌跡儀送出訊號，而不只是用來接收訊號。

黎安則是為一套新的加密基底跑一些運算。我們不能只用同樣的鯨魚鳴唱演算法把訊息送回去，那樣太簡單了。如果我們對話的對象真的是哈潘學院的基地，他們會期待我們保留格式，但改變音區，就像是歌曲唱到一半變成新的調子。

我和哈莉瑪絞盡腦汁，把我們可能想要傳送的訊息編成邦德利語。開頭是「不要開火」。我們認為這點很重要。

佛吉爾和傑米帶著手機回來。佛吉爾開始播放鯨魚的各種鳴叫聲，完全不會讓人覺得很煩喔。傑米擔任我們的計時人員，定時讓我們知道還有多少時間會被炸成碎片。同樣的，一點都不會覺得很煩啦。

經過一個半小時後，我的視線開始變模糊。汗水沿著後背往下流，很像強力膠一般，讓襯衫黏著皮膚不放。我們對傳送的訊息做最後修飾，將語音的構成要素進行編碼，變成鯨魚鳴唱的範圍和音高，彷彿藍鯨用邦德利語唱著歌。

訊息是說：「伐羅拿號來自哈潘學院。不要開火。緊急情況。安娜．達卡在船上」。

至少，我希望是這樣說。到了這時，我的腦袋像一團糨糊，訊息有可能是說「豆腐是我最喜歡的哺乳類」，但我無法分辨兩者之間的差別。

用我自己的名字作爲回應的一部分，我覺得很難爲情。其他的海豚人說服我，這是有必要的。他們認爲，假如我眞的那麼珍貴，我身在船上可能會讓任何人（朋友或敵人）不會用另類科技的致命武器襲擊我們。

「除非我們的溝通對象是自動中繼系統，」佛吉爾沉吟道：「如果它尋找的是特定的密碼文字，而我們沒有傳送那種文字……」

「那麼我們大老遠跑一趟只是要來送死。」哈莉瑪說。

「我最愛這種樂觀進取的海豚人精神了。」我說。

這是我們之間流傳已久的笑話。我們幾個人能夠說得很流利的語言，全部加起來大概有二十幾種吧，但我們沒有「樂觀」這種字眼。

沒有人笑。賭注太大了。

我轉向聶琳達。「你擅長傳送訊息嗎？」

「就我所知可以喔。」她聽起來興高采烈。她選了喜氣的橘紅色調唇彩和眼影，搭配她的綠色裙子和橘色連帽上衣。我發誓她的旅行袋一定有額外維度的空間，才能裝進她所有的裝備。「當然啦，有可能無法用發報器。否則我們會把自己的位置洩露給阿隆納斯號。不過我們得試試新玩意兒，對吧？」

傑米咳嗽一聲。他穿著平常的突擊隊員黑衣，站在身穿彩衣的聶琳達旁邊，他們兩人那麼靠近，看起來好像組成一張印表機墨水的測試列印頁。「距離回覆的期限還有二十分鐘。」他說。

「准許傳送嗎？」黎安問道。

我遲疑一下。「還不要。集合全體組員。他們應該要知道發生什麼事。」

午後的豔陽燒炙著主甲板。面對集合起來的全體組員，我對他們說明這項挑戰、我們準備的回應，以及有可能出錯的兩百七十三件事。

「等我們把這個訊號發送出去，」我說：「就會透露出自己的位置。我們必須賭一把，賭這不是陷阱，賭我們已經逃過敵人的追擊。」提到蘭德學院是我們的「敵人」，感覺還是很奇怪，但沒有別的方法可以稱呼他們。如今，雙方不再是能夠彼此惡搞、拿衛生紙黏到對方校車上的關係了。「此外，訊息傳送出去如果不正確，我們可能在十五分鐘內遭到攻擊。」

「十一分鐘。」傑米說。

「吐溫班長，謝謝你喔。」我冷冷地說。

有些同學笑起來。我想，神經兮兮的幽默感是好事。

「可是，如果呢，」我繼續說：「我們的通訊對象真的是哈潘學院的基地，那麼今天晚上就可以和朋友相聚了。」

一陣焦慮的低語在人群間傳遞。在海上航行三天後，我們昔日的生活似乎變得非常遙遠。現在漸漸覺得難以置信，感覺不在這艘船上的所有人全都不存在，更別說有「朋友」了。然而，沒人出言反駁。沒人提出問題。到了這個節骨眼，身在大海中央，幾乎沒有剩下什麼補給品，我們還有什麼選擇呢？

「羅梅洛班長。」我說。

「船長。」

我眨眨眼。這是第一次有人叫我「船長」。我不確定自己有什麼樣的感覺。「所有人各就戰鬥位置。聶琳達？」

「小蛋糕，怎麼樣？」

這番話引來一點笑聲。我默默感謝聶琳達擁有這麼不聽話的幽默感。我們所有人已經很久沒有好好笑一笑了。況且對我來說，「小蛋糕」聽起來其實跟「船長」一樣荒謬。

「把訊息傳送出去，」我對她說：「如果有人需要上廁所，現在是好機會。」

組員解散。從各方面看來，他們的士氣似乎很高昂。我希望自己沒有帶領他們走錯方向。

我跑去廁所，更換衛生棉，服下止痛藥，然後嘔吐。今天眞是好日子。

我回到船橋，聶琳達剛剛把訊息傳送出去。

在這個重大的時刻，伊絲特和多普與我們作伴。

傑米坐立不安，活像是襯衫裡面有一隻水母。他和伊絲特一樣，也是認爲「準時」就等於「提早三十分鐘」的那種人。我們這麼接近最後期限才出手，他一定難以忍受。

我們等待回應。

我提醒自己要呼吸。

我想像有彈道飛彈飛越地平線呼嘯而來，精準擊中我們的位置。我回想起摧毀我們學校的那些魚雷，後面拖著的尾流呈現三叉戟的形狀。我想像有一整群的另類科技「音波魚」埋伏在水中，朝我們船身衝來。

什麼事都沒有。

接著，突然間……依然什麼事都沒有。

五分鐘過去。更多的沒事。

幾分鐘變成一小時。你把六十分鐘放在一起，結果還眞有趣。

下午的陽光從前窗斜斜照進來，讓船橋變得像是玩具烤箱。汗珠沿著我的脖子往下流。伊絲特的臉色像是煮熟的螃蟹。就連聶琳達的完美妝容也開始融化。多普喝完第二碗水，繼續瘋狂喘氣。（我認爲牠根本不懂什麼叫飲水配給。）

德魯和基婭在外面操控萊頓大砲。他們穿著救生衣和作戰裝備，看起來很淒慘。前方的大海依舊平坦空曠，除了蘇格拉底以外；牠在前方帶路，很像領航的舟鰤㉖。牠偶爾躍出水面，順便來個旋轉飛跳。牠回頭看我們，側臉帶著微笑。我想像牠心裡這樣想：「各位，快點！如果你們被炸掉之類的，沒關係！我很安全！」

「我們還活著，」伊絲特指出。「這樣很好。也許我們通過考驗了。」

我希望她說得對，不過我還是希望能夠確認。在軌跡儀的顯影球上出現巨大發光的笑臉還滿好的。或者五色彩紙撒花也好。沉默令人超緊張。

太陽剛剛碰到地平線時，我下令引擎完全停止。

天氣放晴了。如果有島嶼在我們附近，應該能夠看到才對。那應該是我們的目的地。這裡什麼都沒有。

我嘴裡好像有米紙，又乾又黏。

「再傳送訊息一次。」我對聶琳達說。

這一次，她沒有叫我「小蛋糕」。船橋上的每個人都顯現嚴肅的神情。

第二次傳送並沒有顯著的效果。

我們在平靜的夕陽下載浮載沉。在外面的前甲板上，德魯和基婭凝視著西方，忘了他們大砲的存在。

我咒罵自己，竟然相信休伊特老師的僞科學航海圖。我還眞以爲自己能夠安全指揮一艘三十六公尺長的訓練艇，船員全是高一新生，大家一起駛進太平洋中央，找到一個所有航海圖上都不存在的地方。

我想著要對組員說什麼。沒有食物也沒有飲水，我們可以撐多久？如果我們發出急救訊號，有人會聽到嗎？有人會及時趕來救我們嗎？

我在心裡猛踹自己一腳，竟然沒有準備B計畫。我對所有人判了死刑。

「各位……」我不確定要對船橋的同伴說什麼。這麼重大的失敗，你要怎麼道歉呢？

「看哪！」伊絲特大喊。

在我們船頭的正前方，空氣陣陣波動。彷彿有一道由鏡子組成的簾幕，足足有一、兩公里寬，一直反射著大海。這時鏡幕粉碎了。

26 舟鰤的英文俗名是 pilot fish（領航魚），因為牠們常出現在船隻前方，很像領航船隻前進。

島嶼讓我大吃一驚。

中央有一座火山，拔升將近一百公尺高，凹凸不平且脆弱破碎，很像是大火燒過的一堆紅糖。火山周圍是藍綠色的潟湖，更外側有一圈環礁，直徑也許有一點五公里，還有白沙海灘，包圍著一片隆起的濃密植被。而在我們右舷那一側，環礁有個地方斷開，形成天然的潟湖入口。

世界上應該沒有一種動態偽裝能做到這麼厲害，到了很近的範圍內，還能讓這座島嶼看不見。不過它就在這裡。

「我們辦到了。」傑米驚嘆地說。

有個女性的聲音透過我們內部的通話系統劈啪響起。「伐羅拿號，這裡是林肯基地。」她的聲音聽起來有點暴躁。「你們的造訪沒有列在計畫表內。請等待港口無人機的引導。如果表現出任何挑釁的意圖，你們會遭到摧毀。如果我們沒有看到安娜．達卡在船上，安全且毫髮無傷，你們也會遭到摧毀。」

好吧。也許她的聲音真的很暴躁。

有個雜音蓋過聲音來源，彷彿有別人在背景對她說話。

「好，」那位女子稍微離開麥克風咆哮說道。接著又對我們說：「請你們告訴無人機，有多少人會跟我們一起吃晚餐。朱比特烤了義大利千層麵。林肯中心完畢。」

第二十五章

有機會在遭到摧毀和義大利千層麵之間做選擇，我每次都會選千層麵。

無論朱比特是誰，我希望他煮的份量夠多，能給多出來的二十個人吃。（休伊特老師算是第二十一人，但他目前的飲食是透過靜脈注射來提供。）

我匆匆檢視潟湖入口，尋找領航的無人機。我想，我期待的是大型船隻，像是拖船之類。我根本沒看到半點無人機的蛛絲馬跡，直到它嗡嗡飛過我耳邊，停在導航操控台上。

一隻另類科技蜻蜓拍動著用紅銅和水晶打造而成的翅膀，它的複眼閃閃發亮，很像迷你的法貝熱彩蛋[27]。很高興沒人企圖揮打它。我相當確定那會算是「具有挑釁意圖」的跡象。

[27] 法貝熱彩蛋是俄國珠寶工匠法貝熱（Peter Carl Fabergé, 1846-1920）的作品，以貴金屬、石頭、琺瑯、寶石材料打造出蛋形的工藝品，總共為沙皇和私人收藏家打造了六十九顆，現存剩下六十二顆。

多普大聲吠叫。

無人機轉過頭，兩隻前腳之間產生「啵啵」的靜電火花。多普發出嗚咽聲，躲到伊絲特後面。

「嗨，你好，」我對蜻蜓說，努力讓語氣很平靜，像是每天都對機械小蟲說話。「我是安娜．達卡。如你所見，我很安全，毫髮無傷。我們有二十名組員要吃晚餐，拜託了。還有，我們需要幫休伊特老師安排緊急醫療照護。他在醫務室陷入昏迷。」

蜻蜓扭動它的觸角，一條銅線從嘴巴解開纏繞，彎彎曲曲伸向我們的自動導航控制台。

「很好，」提亞．羅梅洛喃喃說著：「我確定那樣沒關係。」

船隻的引擎隆隆發動。

「領航小蟲」駕駛船隻轉向右舷，引導我們進入潟湖。

我們到達了重裝武器的天堂。

沿著環礁的周圍，一架架砲塔從有刺灌木之間伸出來。它們不斷轉動，緊盯著我們的行進動態，我們整個船身閃爍著許多瞄準雷射的光點。這座島的偽裝系統很令人驚豔，無論是用什麼樣的投影設備來控制，我想也都隱藏在植被裡面。

我花了過去三天的時間，努力要相信這個地方眞的存在。如今我們身在此地，我還是無法相信。

蘇格拉底像平常一樣天不怕地不怕，帶頭游進潟湖。兩隻本地的海豚游過來與牠碰面。過沒多久，牠們就一起跳來跳去，開心地吱喳聊天。我朋友的形單影隻就此結束了。

水域好清澈，我可以看到水面下鋸齒狀的礁岩宛如迷宮。一群群熱帶魚繞著圈圈，穿越向晚的光線，很像四處噴濺的繽紛油彩。我想要潛入那個潟湖簡直想瘋了，都可以感覺到自己的牙齒咬得好痛。

我們航向中央的火山小島。那裡沒有地方可以稱爲岸邊，只有黑暗的峭壁直直墜入潟湖。唯一有人居住的跡象是有單獨一個木製碼頭，還有一間小木屋倚靠在巨岩底部。木屋的構造看起來好脆弱，我都覺得它遇到第一場強烈的暴風雨就會倒塌。那裡看起來絕對不夠大，無法容納二十個人。

然而，「領航小蟲」引導我們前往那裡。到了距離五、六公尺的地方，它讓引擎熄火。

「提亞，把停泊的繫繩準備好，」我說：「領航小蟲，准許上岸嗎？」

無人機縮回它的銅線舌頭，再度迸發一道電流火花，然後飛走。我決定把答案當做「是的」。

組員把伐羅拿號繫緊。我是第一個下船的人，後面跟著傑米、伊絲特，以及多普。

踏到碼頭上，就像每一次上岸時一樣，我覺得失去方向感。少掉了海上的前搖後晃，我的雙腿試圖彌補。感覺驚慌失措。穩固的陸地……我從來不曾全心信任。經歷過哈潘學院的事之後，我絕對無法信任。

傑米的雙手停留在他的槍套上。「現在怎麼辦？」

小屋的門突然打開，發出「碰！」一聲。我連忙站到傑米前面，以免他拔出自己的槍。

一名高大、瘦削、皮膚黝黑的男子走進光線裡。他穿著白色緊身牛仔褲和直條紋足球上衣，凸顯出細長的四肢，讓他看起來很像動漫裡的人物，也許是《航海王》㉘的一名海盜吧。

㉘《航海王》（*One Piece*）是日本漫畫家尾田榮一郎的知名作品。

他的黑髮剪得很短，摻雜著一些灰髮。他的雙手戴著烤箱厚手套，捧著一盤熱騰騰的麵包，聞起來有奶油和大蒜的香氣。

我開始流口水了。

「安娜．達卡，是嗎？」他帶著友善的微笑。「你看起來好像你父母。」

這件事我以前聽過一百萬次，但是經歷了過去幾天來的壓力，加上戴夫發生的事，這番話狠狠擊中我的內心。我過了好一會兒才能發出聲音。

「我……是的。這是哈丁－潘克洛夫學院的高一新生全班。我們有一些壞……」

「高一新生全班？」麵包海盜笑起來。「真的嗎？」我不大能確定他說話是哪裡的口音，直到他說：「我是路卡．巴爾桑提。」

我轉換成義大利語。「Piacere.」（很高興認識你。）

「Ah, parli la lingua del bell'paese!」（啊，你說著美麗國家的語言！）

「Certo, sono un Delfino.」（是啊，我是海豚人。）

「Ottimo! Prego, entrate tutti! Anche povero Hewett, portatelo. La mia prossima pagnotta di pane sta bruciando!」（太棒了！別客氣，大家請進！可憐的休伊特，帶他進來。我的下一條麵包快燒起來了！）

他衝回屋裡去。

「呃……剛才是怎樣？」傑米問道。

「他說請進，而且帶休伊特進來，」我翻譯說：「他的下一條大蒜麵包快燒起來了。」

第二十六章

我派虎鯨人去醫務室接休伊特老師。

移動他其實很冒險。我不確定這個基地有什麼樣的醫療設備，但巴爾桑提說帶他過去。我希望他們的尖端科技不只能用來偽裝整座島嶼和烘焙大蒜麵包。

「不要有挑釁的動作。」我對其他組員說。

鯊魚人看著我，像是要說：「誰？我們嗎？」

我突然想到，我只是對同學們下了一個指令，而他們都把我的話當眞。三天前，他們會笑我，或者無視於我的存在，或至少會逗弄我，說我表現得很像「位高權重」的人物。很多事都改變了。我不確定這樣是不是好事。

我帶頭走進小屋，結果居然是某種門廳。門口有橡膠的擦鞋墊，上面的字樣寫著「天佑這番困境」。靠著左邊牆壁有個立式的淋浴處，右邊牆壁則有一個架子，放了潛水面罩、氣瓶、蛙鞋和魚槍。有個監視攝影機從天花板向下盯著我們。而在房間後側，有個坑道直直鑽過火山岩石，通入火山內部。

我瞥了巴爾桑提一眼，他的輪廓挺立在前方的昏暗光線中。他的聲音在空間中迴盪，向後傳到我們這裡。「我已經關掉雷射了，所以他們應該不會把你們切成兩半！請進！」

多普在伊絲特的旁邊嗅聞空氣。牠沒有顯得很擔心，比較像是期待有一些麵包可以吃。多普通常很擅長判斷危險情境。我向前挺進，跟隨大蒜奶油的香氣。

大約走了三十公尺後，走廊變得開闊，進入一個大型的長方形房間，很像藝術家的開放式工作空間。還有更多走廊往四面八方分支出去。這個空間到底有多大啊？

天花板排列著很多通風管，以及大型的工業用照明設備。光亮的石頭地板閃閃發亮，很像融化的巧克力。工作桌上擺滿了拆卸開來的另類科技零件。

左邊角落設置了客廳區，兩張舒適的沙發排列成L字形，圍繞著一張咖啡桌。有個輪胎鞦韆從天花板垂掛下來。（為什麼有這個？）一台巨無霸電視連接著六台遊戲機，而電視看似播放著烹飪節目。一疊疊藍光光碟堆放在螢幕旁邊，我猜這座島嶼接收不到衛星訊號或串流服務。

房間右邊角落有一盞樹枝狀吊燈，是用鮑魚殼做成，光彩奪目，吊在一張長長的金屬晚餐桌上方。一名嬌小女子獨自坐在餐桌的遠端，她頂著一大團編成辮子的灰髮，很像一大堆有刺的鐵絲網。

她盤腿坐著，而且打赤腳。她戴著鏡片很厚的金屬框眼鏡，在筆記型電腦的光線中閃閃發亮。她的前臂戴了好幾個鋼鐵手環，身穿黑色緊身褲和瑜伽上衣，看起來實在不像運動休開裝束，反而比較像是打扮成惡魔的特技演員。

她小心翼翼地看了巴爾桑提一眼，彷彿準備要在筆電按下一個非常危險的按鈕。「我該讓他們蒸發掉嗎？」

「不用，不用，他們很友善。」巴爾桑提捧著他的麵包烤盤。「我得去查看烤箱。朱比特會殺了我。」

「好啦。」女子揮手要他離開。她看起來有點失望。

巴爾桑提對我微笑。「這位是奧菲利亞，**mia moglie.**（我的妻子。）請把這裡當做自己的家。」

他匆匆走開，進入房間側邊的一條走廊。

奧菲利亞站起來。她長得確實不高。她放輕腳步朝向我們走來，很像「鋼鐵忍者死亡小妖精」。她似乎準備說話，也許是想要說明如果我們行爲不當，她會用什麼方法把我們燒成灰燼；就在這時，我們的虎鯨小隊抵達了，抬著休伊特老師的擔架。

奧菲利亞沉著一張臉，看著我們的昏迷病人。在醫務室待了三天後，他看起來很可怕。聞起來更糟。

「狄奧多西，你這個白痴，」奧菲利亞咕噥說道。她對那些虎鯨人彈彈手指。「來。沒時間可以浪費。」

我們全都開始跟著走，但奧菲利亞彈彈舌頭。「只有醫療人員，謝了。你們其他人，在這裡等。」

他們從另一條走廊離開。聶琳達正準備溜向一張工作桌，這時奧菲利亞回頭吼道：「什麼都不准碰。」

我們其他人站在原地，顯得很不自在，彼此面面相覷，像是要說：「嗯，我們到這裡了。現在是怎樣？」

「把這裡當成自己的家！」聶琳達說著，模仿路卡．巴爾桑提的語氣。接著她轉換成奧菲利亞的嗓音：「可是什麼都不准碰！」

羅比．巴爾打個噴嚏。「嗯，她可沒說我們不能看喔。我要去看看那些遊戲機。」

「我也要，」凱伊．蘭西說：「哇，那是任天堂64？」

傑米向他的鯊魚人夥伴做個手勢。他們四散開來，查看整個房間。聶琳達和梅朵．紐曼跑去最近的一張桌子，純粹以眼睛檢視桌上拆開的各種小裝置。

哈莉瑪悄悄向我走來。「Cad a cheapann tú? ㉙」

其他的海豚人都聚集過來。

「我不確定。」我同樣用愛爾蘭文回答，不過我擔心所有的語言都不安全，畢竟只為了從大門進來，我們得要解開那麼困難的密碼。「他們似乎滿友善的。萬一他們是站在蘭德學院那一邊……」

我讓這個念頭飄開，不要固定下來。如果真的走進陷阱，我們又怎麼會知道呢？我開始懷疑自己是不是犯了可怕的錯誤，把大家帶來這裡……

接著，羅比．巴爾做了意想不到的事。他把電視上播的影片按下停止播放鍵。

我猜他認為「什麼都不准碰」的命令，不包含娛樂選項在內。他翻找那些藍光光碟時，一陣暴怒的吼叫聲從側邊一條走廊爆發出來。一個人形的生物搖搖擺擺走進房間，瘋狂亂揮一雙毛茸茸的橘色手臂。我的天啊。那是一隻紅毛猩猩。而且牠穿著烹飪圍裙，裝飾的圖案是微笑的小雛菊。

那隻紅毛猩猩對羅比露出尖牙，接著以非常清晰的手語動作比劃著說：「不准關掉瑪莉・貝利[30]。」

---

[29] 這是愛爾蘭文的「你怎麼看」。

[30] 瑪莉・貝利（Mary Berry）是英國美食作家，出版多本食譜，也主持烹飪節目。

第二十七章

鯊魚人伸手拿他們的槍。

「解除戒備狀態！」我大喊。

謝天謝地，他們聽進去了。

「羅比，」我說著，心臟怦怦跳。「放下遙控器，向後退開。」

羅比沒有當白痴，他照做。我向朋友們示意，給那位剛進來的橘色傢伙一點空間。

紅毛猩猩搶走遙控器。牠對我們重新播放的是平常表定的節目，似乎是一群英國人揮汗製作麵包布丁。

我慢慢走向那隻紅毛猩猩。我伸出雙手，顯示兩手空空。看到四周包圍著武裝人類，紅毛猩猩似乎並不在意。牠還不到一百五十公分高，但依然是個令人印象深刻、長相嚇人的傢伙。牠的體重可能和我差不多。牠的牙齒肯定大多了。牠的臉……是扁平的圓臉，周圍有纖細的橘色毛髮，讓我聯想到圖畫書裡描繪的「月亮上的人」。牠四肢的毛髮宛如瀑布般層層垂下，很像橘色的流蘇簾幕。「朱比特」這個名字繡在牠的笑臉小雛菊圍裙上。

發現牠注意到我，我連忙比劃手語：「電視的事情我們很抱歉。我看到你用手語。」

牠的眼睛是漂亮的深褐色，充滿平靜的智慧神采。牠讓遙控器滑進圍裙的口袋裡，接著以手語回應：「你會說紅毛猩猩語。」

我介紹自己是「A－N－A」（安娜）。（我很幸運，簡單的名字很容易比手語。）我心裡有幾十個問題想問，正在考慮要問哪一個時，路卡．巴爾桑提匆匆跑回來進入房間，沒有戴著烹飪手套，也沒有捧著麵包烤盤。

「噢，親愛的，」他嘀咕說：「我看到你見過朱比特了。拜託千萬不要關掉《大英烘焙大賽》㉛節目。那是牠的信仰，瑪莉．貝利是牠的女神。」

朱比特爬到沙發上，專心盯著螢幕，裡面有一位英國老太太，頂著類似頭盔的完美金色髮型，滔滔不絕講著派皮有多棘手。

「我記得這一季的節目，」傑米說：「第三季。他們做水果塔。」

我挑起一邊眉毛。

「怎樣？」傑米追問道：「那是很棒的電視節目啊。」

朱比特一定能聽懂一點英文。牠仔細端詳傑米，顯然很贊同，然後拍拍牠旁邊的靠枕。

㉛《大英烘焙大賽》（*The Great British Bake Off*）是英國廣播公司的真人秀節目，徵選業餘人士到節目中進行烘焙比賽，美食作家瑪莉．貝利曾經擔任五年的評審。

傑米呢，不想冒犯這位有著巨大尖牙的主廚，於是與牠一起坐在沙發上。

路卡呵呵笑著。「已經交到朋友了啊？很好！朱比特把每一季的節目都至少看過二十遍。我想，如果不能按照食譜幫我們把菜重新做出來，牠會很煩惱。」

聶琳達指著紅毛猩猩，然後指著螢幕，接著再指指紅毛猩猩。「所以，這是你的義大利千層麵傢伙……」突然間，她的語氣不再那麼渴望吃晚餐了。

「牠絕對不只是做千層麵的傢伙喔，」路卡向她保證。「任何東西牠幾乎都能做出來！牠一直努力要讓我變成牠的副主廚，不過烤箱恐怕是我唯一無法精通的機器。」

「而且……牠是紅毛猩猩耶。」聶琳達小心翼翼地提起這點，彷彿路卡可能沒注意到。

「當然啦！」路卡贊同說：「哈丁—潘克洛夫學院永遠都有一位朱比特。」

路卡說的話幾乎完全就是伊絲特對多普的說法。我突然心頭一震，想起《神祕島》小說裡也有一隻紅毛猩猩。另一隻朱比特。這一隻朱比特一定是牠的……是什麼呢？複製品？第二十代的曾孫猩猩？朱比特家族顯然已經演化到一個程度，現在可以用流利的手語進行溝通，也會烘焙舒芙蕾。

路卡轉身看著我，眉頭緊皺顯得憂慮。「好了，我親愛的，也許你應該告訴我們，為何你們來這裡。未來的四年內，我們都沒有期待你哥哥會來。我們也沒有期待你會來……嗯，完全沒有。一定出了什麼非常嚴重的差錯。」

我很確定，他這些話沒有要傷人的意思。但我還是很受傷。

我在戴夫的陰影下長大，多數時候覺得還好。我父母充滿了愛，也很包容，但他們有些觀念非常老派，認為要由長子繼承家族的遺產。我很樂意讓戴夫成為他們選擇的那個人，這樣讓我的人生可以自由自在做自己想做的事……或者我以為是這樣。

而現在，世界上出現了戴夫那麼大的空缺，我根本不可能填滿那個空缺。路卡和奧菲利亞沒有盤算到我會來這裡，也許從來沒想過。我的出現是一種徵兆，表示發生了很可怕的事。

我需要把壞消息告訴路卡：戴夫死了。哈丁—潘克洛夫學院消失了。

我的聲帶拒絕發出半點聲音。

就在這時，奧菲利亞從醫務室回來，讓我可以不用回答。她大步走向我們，後面跟著伊絲特、多普和萊絲．莫羅。伊絲特哭過，整張臉又腫又紅。萊絲扮演諮商師的角色，以安慰的語氣對她輕聲說話。

「胰臟癌，」奧菲利亞告訴我，她的眼神與她的頭髮和眼鏡一樣剛硬。「狄奧多西以前是笨蛋。」

我的胸口抽緊。「以前？」

「不是，不是，他還活著。目前你的朋友富蘭克林負責執行我們的實驗療法。我只是要說，狄奧多西早在幾個月前就該尋求醫療協助。他在想什麼啊？以他的狀況，竟然與一群高一新生大老遠跑來這裡？」

她對我沉著一張臉，等待著我無法提供的答案。

多普小跑步去沙發那邊，嗅聞朱比特的腳趾。朱比特只是低頭看著那隻狗，從圍裙口袋裡拿出一塊餅乾，遞給多普。又有一份友誼建立起來了。

「我……」我的聲音抖得好厲害。過去三天來，我一直努力讓自己好好振作。我現在不能崩潰倒下，不能在我的全體組員面前這樣。

傑米從沙發站起來。他和聶琳達雙雙來到我身邊，彷彿察覺到我需要支援。

「我們坐下來談談如何？」傑米向我們的主人提出建議，作勢指著餐桌。他的語調很冷靜，讓我想起鯊魚人除了受訓成爲士兵，也學習外交手腕。

「好主意。」聶琳達說。於是這一週已經有兩次了，她公開同意傑米的意見，這可能意謂著世界末日將即將來臨。「其他組員可以去把伐羅拿號下錨固定好，也許把自己梳洗乾淨。安娜，這樣好嗎？」

我點點頭，感激他們的協助。這樣比我情緒崩潰、哭得很醜要好多了。

「你們全都可以使用淋浴設備。」奧菲利亞表示允許。

我想，在海上待了三天，淡水都要採取配給，我們二十個人的氣味不會太好聞。

奧菲利亞用嘴角發出喀噠一聲，像是要激勵馬匹的聲音。兩隻機器蜻蜓嗡嗡飛進房間，盤旋於她的肩膀上方。

「這些無人機會帶你們的組員去看各種設施，」她說：「它們也會確保頑皮的孩子不會闖進管制區，害他們自己沒命。」

「我會去拿義式咖啡和義式杏仁脆餅。」路卡的微笑變得脆弱，彷彿猜測到我們故事的重量會把笑容壓碎。「我有種預感，我們在晚餐之前可能需要一點提神的飲食。」

第二十八章

要談起哈丁—潘克洛夫學院發生的事，永遠不會變得比較容易。

我說明自己的哥哥如何死去時，感覺像是從他的火葬柴堆收集骨灰，徒手在他火燙的生命灰燼裡爬梳尋覓。

傑米和聶琳達分別坐在我的兩側。伊絲特依然靜靜吸著鼻子，坐在聶琳達的右邊。我不知道伊絲特哭成這樣，究竟是因爲休伊特老師的情況？還是失去學校？或者因爲她必須面對這個可怕的陌生地方和陌生的人？所有的理由都很充分。

如果是平常的狀況，其他兩位班長應該要參與這場對話，但他們似乎很樂意讓伊絲特和聶琳達代替參加。富蘭克林留在醫務室照顧休伊特老師。提亞·羅梅洛呢，老天保佑她，她扮演著照顧每個人的阿姨角色。她請其他組員集合，確定大家在基地安頓下來時未遭到雷射或機器蜻蜓的掃射。

我把要說的故事說完時，路卡和奧菲利亞意味深長地互看一眼。我述說的事，他們似乎沒有覺得很驚訝，神情透露出嚴肅的確證，彷彿害怕這樣的消息已經有很多年了。

奧菲利亞調整自己的金屬框眼鏡，兩隻手肘撐在桌面上，十指交握，任憑前臂的手鐲慢慢滑落。「安娜，我很抱歉。我們對你的態度應該要好一點。」

她的語氣令我驚訝，幾乎就像聽到她的道歉一樣驚訝。她聽起來既憤怒又痛苦，我才發現，過去三天以來，我內心積壓的情緒有多強烈。我把苦澀的滋味嚥下去。我原本悲傷到幾乎虛脫，能夠轉變成這樣還滿好的。

「應該要怎麼樣對我？」我問：「也許是說出眞相？」

路卡皺起眉頭，看著他那杯義式凝縮咖啡。「Certo. La verità. Ma non è così semplice, cara mia.」（當然。眞相。但是親愛的，沒那麼簡單。）

「爲什麼？」我追問：「對我來說好像很簡單啊。戴夫知道的事情，爲什麼他必須保持沉默？爲什麼伊絲特必須抱著她那些祕密活下去？」

伊絲特臉紅了。

我也明白，或許我不該把她推到這樣的位置上，於是我對奧菲利亞的態度就更嚴厲了。

「還有，拜託不要告訴我，學校是努力要保護我。」

奧菲利亞搖搖頭。「安娜，不是的。學校是努力要保護它自己。」

「而你們全都同意，也服從。」

傑米清清喉嚨，那是微妙的警告，表示我的語氣愈來愈挑釁。我不確定自己爲何對路卡和奧菲利亞這麼生氣。我幾乎不認識他們。到目前爲止，他們對我們很親切，除了那些說要殲滅的威脅話語以外。

路卡嘆一口氣，拿著脆餅沾取他的義式咖啡。「安娜，你父母過世時……我和奧菲利亞在這裡，跟他們在一起。我們是他們團隊的成員。」

我低頭看著自己的咖啡和餅乾。我好想把脆餅捶成一百萬個碎片，但我相當確定，這是朱比特從零開始烘焙而成，而我不想觸怒那隻紅毛猩猩。

「發生什麼事？」我勉強問道。

路卡的下巴肌肉在他的黑皮膚底下陣陣抖動。「眞相嗎？我們還是不確定。我們實在應該更小心一點。你也明白，達卡家族的成員歷經四個世代的搜尋之後，你父親終於找到這個地方。他和你母親決心要更進一步。」

「你的意思是要探索潛艇的殘骸。」我說。

路卡遲疑良久，脆餅吸取的咖啡都往上浸淫了一半高度。「我們極力主張一切都要小心。主要是奧菲利亞……不過這就像是某人剛剛找到『聖杯』，而你叫他不要喝裡面的東西。你父母很確定自己能夠處理潛水的狀況。而發生……發生意外之後……」

路卡低下頭。

我還沒意識到，聶琳達就懂了。「你認爲是自己的錯，」她說：「你們是朋友。」

奧菲利亞伸手放在她丈夫的肩膀上。「我們四個人一起從哈丁—潘克洛夫學院畢業。」她轉身看著我。「塔倫和希塔過世時，哈潘學院有些教職員想要把你和你哥哥立刻帶來這裡……爲了好好保護你們。狄奧多西．休伊特就是其中一人。」

「我們沒有同意，」路卡說：「我們覺得那樣太危險。現在也還是太危險。還沒有必要面對尼莫的遺產以前，我們希望你們兩人得到更多的訓練，在陸地上生活更多年的時間。我們沒有想到，蘭德學院竟然會冒險進行這麼無恥的攻擊行動，讓你和戴夫身陷險境。你們實在太重要了。不過現在，你哥哥……」路卡說到破音。「看來我們錯了。我眞的很抱歉。」

我的腦袋嗡嗡作響，而這不只是咖啡因的作用。

我試著想像一下，如果我和戴夫過去兩年待在這座島上會如何。我永遠不會認識聶琳達或伊絲特。我不會成爲海豚人的班長。我可能有更多時間與戴夫相處，不過那會是待在這個地下基地，在渺無人煙之處，在我父母死去的地方。

路卡和奧菲利亞不希望是那樣的狀況，我不能怪他們。然而，一團拳頭大小的憤怒在我胸口熊熊燃燒。我和戴夫沒有得到選擇的機會。如果這個基地是我們家族的遺產，如果另類科技眞是我們家的，那麼哈丁—潘克洛夫學院有什麼權利把它隱藏起來，不讓我們知道？他們爲什麼能控制我們的人生？

我想起卡勒伯．索斯對於哈丁—潘克洛夫學院嚴守祕密是怎麼說的：「如果只是『共享』，你們這些懦夫到底能解決多少問題？」

我不免心想，卡勒伯說的有沒有道理。哈丁—潘克洛夫學院眞的比蘭德學院好很多嗎？

奧菲利亞似乎看出我的想法。「安娜，你沒有理由要信任我們，但我們會信任你。你是達卡家族的最後一人。狄奧多西顯然認爲你有能力，你也確實想辦法把你的組員安全帶到林肯基地來。」

路卡對他妻子投以憂慮的一眼。「你是建議……？」

「對，」奧菲利亞說：「我們會把每一件事都展示給安娜看。讓她做決定。」

傑米往前坐，他的椅子隨之吱嘎作響。「每一件事到底是什麼事？」

傑米還滿厲害的，能讓自己的語氣毫無興奮之意。然而，就像所有厲害的鯊魚人一樣，他可能正在夢想各種閃亮的新式武器。

奧菲利亞定睛看著我。「你懂吧，到目前為止，你看過的那些另類科技裝置，萊頓槍、動能偽裝等等，只是模仿尼莫的科技，實在是相形見絀。過去一個半世紀以來，哈潘學院和蘭德學院一直嘗試重新做出尼莫的成果。我們還有其他幾件成功的成果：微波、光纖、雷射、核分裂。」

「微波？」聶琳達一副目瞪口呆的樣子。我無法想像她活下來，但少了哈潘學院休閒室的微波爐。她超愛微波爆米花。

奧菲利亞擠出微微一笑。「對，尼莫比較不危險的一項發明。大約一九四〇年代晚期的時候，我們覺得那項科技很安全了，可以透露給一般大眾。」

「等一下，」傑米說：「核分裂？你們是要告訴我們，尼莫船長有原子彈？」

奧菲利亞笑得不太自然。「當然不是。他絕對不會做出那種粗糙簡陋的武器，不過他做出了開拓性的核子物理研究。第二次世界大戰期間，蘭德學院認定他們可以讓這個世界『變得更好』，於是洩露尼莫的一些知識，協助發展『曼哈頓計畫』[32]。他們依然堅持自己做的是好

---

[32] 一九四一年日本轟炸珍珠港，美國決定加入二次大戰後，得知德國正在研發核子武器，於是由物理學家歐本海默（J. R. Oppenheimer）在一九四二到四六年期間主持「曼哈頓計畫」（Manhattan Project），研發出人類史上第一件核子武器，於一九四五年將原子彈投放到日本廣島和長崎，造成可怕傷亡。

事，即使後來的冷戰軍備競賽差點摧毀整個世界不只六次。」

「好吧……」傑米悠悠地說：「不過那種科技也促成了核能發電、癌症療法，還有遠程的太空探索，對吧？科技有好的一面，也有壞的一面。」

路卡伸手環抱奧菲利亞的腰，彷彿很怕她會跳過整個桌面，掐死傑米。

「我的孩子，」路卡說：「每一次有某種另類科技的進展洩露給世界的其他地方，就會引發嚴重的動盪不安。核分裂只是其中一個例子。如果我們告訴世界，尼莫知道冷融合的祕密，你能想像嗎？」

聶琳達猛力吸了口氣。

我不算是理論科學的專家，但連我都了解那是多麼重大的事。核分裂是讓很重的原子分裂開來、產生能量，卻也會製造出很難處理的大量放射性廢棄物。核融合則相反，是讓一些原子合併起來。太陽的能量來源就是這種力量。如果人類能夠學會在室溫狀態下控制這個過程，也就是「冷融合」，就可以產生無窮無盡的能源，而且只會排出無害的氣體，不會製造出其他東西。

「你們爲什麼不分享那樣的資訊？」我問。「那會徹底改變整個世界啊。」

「或者是『摧毀』整個世界，」奧菲利亞反駁說：「想像一下，有個政府獨占那種能力。更糟的是，某個公司。」

這番話害我的頸背打了個寒顫。「你是說，冷融合的祕密就在這裡，在這個基地裡。」

「那個祕密，」路卡坦白說：「還有很多其他祕密。但我們沒辦法解密或研究，更別說重現了，因爲尼莫的偉大傑作，他用自己的家族血脈把它鎖起來……也就是『你的』血脈。」

我胸口上的那一團憤怒開始冷卻、縮小，產生它自己小小的冷融合反應。「尼莫的偉大傑作……」我說：「你指的不是基地。你是指『鸚鵡螺號』。」

路卡和奧菲利亞保持沉默。

我不可置信地搖搖頭。「不過那是一團殘骸啊。」

我想起以前看過「鐵達尼號」長眠之地的照片：一具破損的金屬船殼，覆蓋著鐵鏽，慢慢碎裂成塵土。而且那艘船沉沒的時間，大概比鸚鵡螺號晚了五十年吧。「不可能留下太多東西。它躺在海底長達一個半世紀了。」

「不，我親愛的。」路卡的語氣很憂愁，像是這個消息遠比哈丁—潘克洛夫學院遭到摧毀更糟糕。「你父母發現鸚鵡螺號是完整的。明天，我們會幫你引薦。」

第二十九章

如何讓二十名高一新生完全坐不住：

一、讓他們能夠使用一台義式咖啡機。

二、經歷七十二小時的逃亡過程後，提供一個安全的天堂給他們。

三、用一隻紅毛猩猩做的自家製餐點餵飽他們。

四、告訴他們，明天他們會發現，那艘幻想中的一八〇〇年代潛水艇其實不是幻想。

路卡很堅持，我們不會再進一步談論鸚鵡螺號，等到明天早上再說。即使我急著想問一大堆問題，但覺得這樣也很好。實在有太多不可能發生的事，我的頭已經覺得快爆炸了。

在水底下過了一百五十多年，一艘潛水艇怎麼可能完整留存下來？而且路卡指的「完整」

是什麼意思？船殼可以辨認？內部沒有完全淹沒？最重要的是，他說要把我「引薦」給潛艇，那到底是什麼意思？他說這話聽起來簡直像是……不行，我不要跟著這條思路走。太瘋狂了。

晚餐時間，我們只有十個人能圍坐在餐桌旁邊。其他組員分散在整個大房間裡。他們坐在各種能坐的地方，但是沒人膽敢嘗試朱比特的輪胎鞦韆。

對話音量愈來愈大。我偶爾聽見笑聲。同學們彼此開著玩笑，看起來就像回到我們的世界遭到摧毀之前，當時我眼中的他們就是這麼放鬆又快樂。如果閉上眼睛，我幾乎相信自己回到哈丁─潘克洛夫學院的餐廳，回到學校裡某個普通的夜晚。

我憂愁到暈頭轉向，幾乎要失去控制，直到朱比特把一盤熱騰騰的義大利千層麵放在我面前。牠在旁邊加了一些漂亮的綜合沙拉，附上兩片稍微烤焦的大蒜麵包。

牠指著路卡。「麵包是他的錯。」

「謝謝你。」我用手語回應。

朱比特拿起我的餐巾，放到我的腿上，因爲，就像大多數比較高等的靈長類一樣，牠懂的餐桌禮儀比我還多。

義大利千層麵的香氣讓我口水直流。乳酪和番茄醬在一層層金色麵皮之間啵啵冒泡。

我轉身看著路卡。「我不想侮辱朱比特的廚藝，但這完全沒有牛肉，對吧？你知道的，印度教。」

路卡笑起來，態度和藹可親。「沒有牛肉。在鸚鵡螺號的早期歲月，尼莫和他的船員獵捕海洋動物作爲肉類來源，但隨著年紀漸長，尼莫變成我們口中的素食主義者。他體認到那樣對海洋比較好。他在水底下的花園裡種植自己培育的雜交作物，那是在……」一抹陰影在他臉上稍縱即逝，彷彿意識到自己說了不該說的話。「在附近的水域裡。那些作物有很多變成野生種，到今天還長得十分茂盛。你盤中的每一樣東西都來自那些花園。」

在他旁邊，伊絲特聞聞她的一塊大蒜麵包。「連這個也是？」

「嗯，大蒜本身不是，」路卡承認說：「我自己在環礁上的地面花園種了香草和香料植物，那些很難用其他東西替代。不過其他所有東西呢，是的。白色的海藻麵粉，碳酸氫鈉加上酸性鹽類㉝當做酵母……」

「奶油和乳酪呢？」我問。

「大型藻類和鹿角菜的萃取物，用特殊方法處理過。」

「好吃嗎？」聶琳達在對桌說道。

奧菲利亞用手肘推她一下。「試試看啊。」

聶琳達咬了一小口麵包。她瞪大雙眼。「說真的，好吃！有點烤焦，不過……」

「好啦，夠了！」路卡說。

奧菲利亞笑起來，這讓她看起來比較沒那麼鋼硬，比較……我不知道，比較像銀鈴吧。「朱比特在《大英烘焙大賽》節目裡看到的所有東西，或者牠在其他烹飪節目裡看到的，我們都能用海洋植物產品模擬出來。紅毛猩猩讓我們始終戰戰兢兢。」

我試了義大利千層麵，嘗起來甚至比聞起來更棒。「你們可以用那些作物餵飽全世界。」

奧菲利亞舉起一根食指，作勢警告。「或者可以灌飽跨國公司的利潤數字，他們超想開發各種食物來源；或者比較像是搾乾食物來源，維持他們的壟斷局面。」

突然間，我的晚餐吃起來比較像是大型藻類。

多普坐在伊絲特的腳邊，顯得很有耐心。牠沒有討食……牠在這方面太精明了。牠只是裝出可愛和傷心的樣子，保持距離盯著看，彷彿心裡想著：「哎呀，我的肚子好可憐！」只要有人丟一點碎屑給牠，還滿常有人這樣做的，牠會表現得很驚訝。「給我的嗎？嗯，如果你堅持要給的話。」

牠有點像是支持情感的動物，也有點像詐騙高手。

在此同時，朱比特周旋於海豚人之間，用手語跟大家談話。牠描述許多烹飪妙事，大家都聽得很入迷。我不太跟得上一些烹飪術語，例如從沒學過「嫩煎」或「鹿角菜」的手語。然而，海豚人知道怎麼說「很美味」和「謝謝你」。那似乎讓牠很快樂。

傑米用大蒜麵包沾起千層麵的最後一點醬汁。「所以，巴爾桑提老師……」

「叫我路卡，拜託。」

傑米扭動身子，顯得很不自在。他生性拘謹。「呃，你和……」

「我的姓氏是阿蒂蜜絲亞，」奧菲利亞說：「不過請叫我奧菲利亞。」

傑米努力在血管沒有爆掉的情況下理解這些事。「呃，奧菲利亞和路卡……你們說你們兩人都就讀於哈丁—潘克洛夫學院？」

路卡點頭。「跟我父親一樣，還有他的父親，以及他父親的父親！四年級的時候，我是頭

㉝用於烘焙時，碳酸氫鈉即小蘇打粉，碳酸氫鈉混合一些酸性鹽類則是泡打粉，原理是在處理麵糊的階段產生大量的二氧化碳，烘烤時讓麵糊膨脹起來。

足人的隊長。」

有幾位頭足人咕噥著說「好耶！」，握拳表示以自己的學舍為榮。

「同一年，」奧菲利亞說：「我是虎鯨人的隊長。我也以最優等的成績完成鯊魚人的課程作業。」

我以全新的敬畏眼光看著她。我從沒聽過有人從兩個學舍畢業，絕對超級困難。學習量幾乎是兩倍重。擔任學舍的隊長，同時又以最優等的成績完成另一個學舍的課程作業……難以置信。

最重要的是，一般認為鯊魚人和虎鯨人截然不同、完全相反。鯊魚人是前線戰士、謀略高手、武器專家，擅長發號施令。虎鯨人則是醫療人員，也擅長建構社群、保管檔案和提供支援。我甚至無法理解，怎麼可能有人在這兩方面都很擅長。

傑米忘記吃麵包，任憑麵包懸垂在盤子上方，滴著用水底材料仿製的大蒜番茄醬汁。「所以……哇喔。老師……我是說奧菲利亞，當時你們的鯊魚人隊長是塔倫．達卡？」

「確實是。而且希塔是我最要好的朋友。要怎麼威脅年紀比較小的同學，她所知的每一件事都是我教她的。」

「你也威脅我啊，」路卡笑著說：「你用那種方法偷走我的心！」

「而從那以後，我就一直忍耐你。」奧菲利亞維持面無表情，但對丈夫很快眨一下眼睛。

路卡大笑。「還眞的呢。對了，安娜，你母親是優秀的海豚人隊長。她會非常以你為榮。」

這不是我第一次聽到別人說他們認識我的父母。不過想到路卡、奧菲利亞和我父母以前青少年的模樣，感覺實在很奇怪，他們念四年級時，一起在哈丁－潘克洛夫學院昂首闊步，彷彿是那個地方的主人，如同今天戴夫的模樣……或者該說攻擊事件之前的戴夫……

我試著低聲說出「謝謝你」，但說出口的聲音比較像是「呃」。

我放下叉子，希望沒人注意到我的手指一直在發抖。

聶琳達當然注意到了。「那麼，路卡……」她的音量足以和伊絲特相抗衡，引起了路卡的注意。「你的家族有幾代的人就讀哈潘學院？」

他眼神一亮。「從一開始就有。由於我的祖先在內燃機方面的工作成果，我們受到招募。」

聶琳達感興趣的程度，突然跳升了好幾個等級。「等一下，你的祖先是尤金尼奧．巴爾桑提？創造出第一具內燃機引擎的那個人？」

路卡雙手一攤。「很多知名的家族都這樣，有好幾代成員與哈潘學院有關。學校需要最優秀的心智來複製尼莫的科技啊！不過這實在沒什麼好驚訝的。你們班上有哈丁、達卡……」

他瞥了傑米一眼。「你的姓氏是吐溫，對吧？不是有個知名的美國作家……」

「沒有關聯，」傑米嘀咕著說：「總之，那位作家的本名是克萊門斯[34]。」

「這樣啊。」路卡聽起來有點失望，彷彿很想索取一張簽名照。「無論如何，每一代的人都必須證明自己在哈潘學院的價值，就像我確定你一定會！」

在餐桌周圍，同學們的表情變得陰鬱。我想，他們正在思考的事，跟我思考的事情是一樣的。如果哈潘學院不復存在，我們要怎麼證明自己的價值呢？

也許有一天會成為學舍的隊長。也許會在同儕之間找到愛情，就像路卡和奧菲利亞這樣

[34] 文中指的是馬克．吐溫（Mark Twine），這是筆名，他的本名是山謬．克萊門斯（Samuel Langhorne Clemens）。

（雖然呢，坦白說，我還滿難想像的）。也許會擁有傑出的工作生涯。

沒辦法知道會不會了。四天前，我們的未來在一座峭壁邊緣爆炸殆盡。

奧菲利亞注意到情緒的變化，她氣呼呼地大聲嘆氣。「哎喲，巴爾桑提。」

路卡一臉困惑的樣子。「我怎麼了？」

我有種感覺，路卡這個人會興高采烈、蹦蹦跳跳地穿越「地雷區」，莫名其妙就從另一端毫髮無傷地走出來；奧菲利亞則會氣得七竅生煙，責罵他那麼粗心又隨便。我很容易想像他們與我父母是好朋友。他們剛好完美結合了體貼、冒險、傑出和古怪等特質。

「如果大家都吃完了，」奧菲利亞繼續說：「也許我們的客人可以幫忙收拾。朱比特負責烹飪，但牠不處理碗盤。」

她敦促我們開始動手。如果想把你的問題和煩惱扔到旁邊，刷洗千層麵烤盤這種事最有效了。等到廚房和用餐區都打掃乾淨，大多數的組員回到伐羅拿號上過夜。船隻已打掃過，也重新補給，因此我的同學們會很舒適。況且，基地也沒有足夠床位能提供給每個人。我寧可跟著大家一起回去，但路卡和奧菲利亞要求我睡在基地的客房。房間有兩組上下鋪，有足夠空間容納我、聶琳達和伊絲特。聶琳達把我的旅行袋帶到岸上，連同她自己的一起帶來。

傑米顯得很掙扎，似乎很想睡在第四個床位上，以便守護我的安全。

是喔……那不可能啦。

「我不會有事的，」我告訴他：「好好照顧伐羅拿號上的組員，好嗎？我們會在早餐時間碰面。」

他很猶豫。「萬事小心。」

他到底是不信任我們的主人，或者只是生活中的大小事通通不信任？我實在不確定。經歷過最近的一大堆事之後，無論是前者或後者，我都不怪他啦。

奧菲利亞帶我們去房間，是一間簡單的石室，有兩組上下鋪的床位，除此之外沒什麼東西。我努力不要沉溺於一個想法：這裡看起來實在很像牢房。自從離開哈潘學院後，這是我第一次睡在不會搖晃甩動的房間裡。

這只讓我的惡夢更糟糕。

第三十章

我夢見溺水，這不像是我會發生的事。

我和戴夫被關在哈丁—潘克洛夫學院的警衛辦公室，位於管理大樓內部深處。我們看著很多部監視器，眼睜睜看著一枚枚魚雷射向峭壁底部。戴夫對著擴音系統大喊：「重大威脅。需要所有人疏散避難。我……」

房間在我們周圍碎裂開來。地板裂開，很像一層冰塊。監視器和控制台轟然炸開。天花板倒塌下來。我們向下滾落，失去意識。

我們沉入海灣下方，受困在一個氣穴裡，那是殘骸所構成的移動墓穴。我們放聲尖叫，死命揮拳敲打破碎的混凝土厚板。鹹鹹的海水湧進來。就在我的頭快要滅頂時，戴夫連忙伸手要拉我的手。我的肺裡充滿了海水和沉積物。

我醒過來，全身冒冷汗。

我發著抖，吸了幾口氣，不知道自己身在何處。

我聽到伊絲特發出「噗—噗」的鼾聲，從隔壁的上鋪傳來。而在我這邊的上鋪，聶琳達在睡夢中咕噥出聲。也許我回到哈丁—潘克洛夫學院了，而且一切都很好……

接著我想起來了。林肯基地。我的昔日生活消失了。我夢見廢墟是有原因的……

我坐起來，渾身發抖。至少生理期的痙攣漸漸消退了。眞是老天保佑。

我查看自己的潛水錶：早晨五點三十分。

我知道自己絕對無法再繼續睡，於是盡可能安靜地溜下床，從袋子裡抓出一件游泳衣。你夢到溺水時只能做一件事：盡可能趕快跳進水裡。

我沿路折返，穿過大房間，出去到碼頭，一路上都沒有遇到半個人。伐羅拿號停泊在下錨處，黑暗且靜默。

隨著天色破曉，潟湖變得像是藍綠色和粉紅色的玻璃。我縱身躍入溫暖清澈的海水，身邊立刻圍繞了一大群神仙魚。我以自由潛水的方式穿越礁岩。有一隻褐勾吻鯙從藏身的岩石裂縫往外看，我向牠揮手道早安（有隔著一段安全距離啦）。還有一隻四公尺長的鉸口鯊，緩慢巡游穿越海草，我以讚嘆的目光看著牠。

過了一會兒，蘇格拉底找到我，牠介紹我認識本地的海豚朋友。我們一起游泳，直到天色既亮。

等到我踏著輕快的步伐回到基地時，整個人感覺煥然一新。聞到烘烤酥皮點心的香氣，更是讓我精神一振。朱比特搖搖擺擺繞行餐桌，放上一籃又一籃的可頌、馬芬和丹麥酥皮麵包，因應早晨的繁忙時刻。我不敢相信在這麼短的時間內，一隻紅毛猩猩能烘烤這麼多東西。

「香氣太驚人了，」我對牠說：「我可以幫忙嗎？」

牠遞給我一個餡餅。「吃吃看。」

餡餅在我嘴裡融化了：不是奶油的奶油，完美的薄層派皮，吃起來一點都不像海草，水果餡料讓我想到梨子和橘子，但可能是從十五公尺下方的「尼莫植物計畫」採摘而來。

如果我一直住在這裡，膽固醇的數值會衝破屋頂……或者，難道尼莫也想出方法控制膽固醇？

「好好吃啊，」我說：「瑪莉．貝利會很驕傲。」

朱比特平靜地比劃手語：「我愛你。」然後牠搖搖晃晃地回去廚房。我拎起一籃酥皮點心，拿去我房間——當然是要給我的朋友。我在心裡默默記住，要問朱比特會不會做印度炸餃子點心。如果不會，我得教教牠。瑪莉．貝利一定會同意的。

我發現伊絲特和聶琳達在淋浴和更衣。她們似乎不擔心我去了哪裡。她們很習慣我早上去潛水。

「來點紅毛猩猩派皮點心？」我提議說。

「好啊，謝謝。」聶琳達拿了一個餡餅。她上上下下看著我。「我很高興，潟湖的水底防禦系統沒有掃射你。」

她的意見讓我說不出話，因爲我根本沒想到這點。

伊絲特捏著假蘋果塔的塔皮。她今天穿著粉紅上衣和粉紅緊身褲，我猜想這表示她特別緊張，畢竟粉紅色是她的安心色。她的金色鬈髮還溼溼的就梳到腦後，現在漸漸乾了，正往四面八方蓬鬆開來。伊絲特的頭髮如同她的思考模式，到最後永遠想怎樣就怎樣。

「我在想昨天晚上的事。」她盯著我的腳。「你還記得我怎麼說的嗎？鸚鵡螺號很危險，而且我覺得它殺了你父母？」

我點頭。

那不大可能忘記。

「我想，我現在懂了，」她說：「聽過路卡和奧菲利亞昨天晚上說的話，我覺得你不應該……」

有人敲我們的房門。

奧菲利亞探頭進來。「啊，很好，你們都起來了。」

聽她的語氣，我覺得她早就知道了。整個基地一定到處都有監視器，也許連這個房間裡都有。

伊絲特的臉好紅，低頭往下看。多普坐在她的前面保護她，抬頭盯著奧菲利亞，像是要說：「這是我的人類。」

「準備好了嗎？」奧菲利亞問我：「你的朋友要來嗎？」

我的腦袋花了一點時間才理解這番話。當然啦，她的意思是我準備好去看鸚鵡螺號。朱比特的千層餡餅在我的胃裡一層層翻折。「呃……」

「準備好了，」聶琳達幫我回答。「我們馬上就來。」

「我希望她們也去，」我看著伊絲特。「如果可以的話。」

伊絲特點頭。她的耳朵變成火焰神仙魚的火紅色。

在金屬框眼鏡後面，奧菲利亞的眼神很悲傷。我不免好奇，她是不是想起我父母。「太好了，」她說：「往這邊走。」

多普跟在我們旁邊小跑步，牠是唯一看起來不緊張的。奧菲利亞帶我們沿著走廊前進，走廊是完美的圓形，像是用一把巨大的鑿孔器，一路旋轉鑽進火山的中心。

「路卡會來嗎？」我問。

「他已經在那裡了。」奧菲利亞說。

我好想問「那裡」到底是哪裡，但我有種預感，很快就會找到答案。我不禁心想，是否應該等傑米跟我們會合。我想，等一下他會因爲這件事而讓我很不好過。但換個角度想，一名保護過度、全副武裝的保鑣，會讓我今天早上比較安全嗎？我實在不確定。

走廊的末端豎立一個金屬艙口，讓我聯想到老式的銀行金庫門。

「這個……這個以前就在這裡嗎？」我問：「我是說，在尼莫的時代？」

奧菲利亞以好奇的眼神看著我。「你爲什麼這樣問？」

我得想一想。這道門的電鍍狀況和鉸鏈裝置，沒有顯示出任何磨損或鏽蝕的跡象，風格與我看過的其他另類科技裝置非常相似，像是軌跡儀和萊頓大砲。不過，這道地窖門似乎散發出份量和力量。

「似乎很古老，」我終於說：「就像是，眞的很古老。」

奧菲利亞微微一笑。「安娜，非常敏銳喔。從這個地方再往前，我們會進入尼莫原本的基地。尼莫死後不久，這道門就由賽勒斯·哈丁封閉起來，此後一直維持關閉，直到我們在兩年前把它挖掘出來，當時由你父親打開門。」

伊絲特抱著自己顫抖的手臂。「不過火山噴發摧毀了島嶼。《神祕島》書裡是這樣說的。」

「是的，嗯……」奧菲利亞從她的眼鏡上方瞥了一眼。「哈丁和潘克洛夫去找儒勒・凡爾納說明時，可能把事實描述得稍微誇大一點。如果大家相信這座島已經灰飛煙滅，冒險和尋寶的人比較不會想要搜尋吧。」

「所以書本是騙人的。」伊絲特的語氣很不悅，彷彿她那些一絲不苟的筆記卡片背叛她。

「那就能解釋……」

她自己住嘴。在走廊頂部的昏暗燈光下，她的膚色很像遭受環境壓力的珊瑚，慢慢失去健康的粉紅色。

「那個金屬到底是什麼？」聶琳達詢問我們的主人。「不是鋼，也不是黃銅。它似乎不會鏽蝕。」

「很精巧，對吧？」奧菲利亞贊同說：「由於沒有比較恰當的詞彙，我們稱之爲『鈮鎂』。我們還沒有辦法重新製作出這種合金，不過可以使用它，並且利用舊的部分重新做成我們自己的另類科技。就我們所知……」

她開始詳細分析鈮鎂合金的抗拉強度、延展性和密度，我很確定世界上有不少人能夠聽懂，其中一人是聶琳達。在此同時，我轉身看著伊絲特，輕聲說：「你還好嗎？」

她咬著大拇指。我好想把她的手從嘴裡拉出來，但是努力抗拒這樣的衝動。

「到了裡面要小心一點，」她說：「如果你先對它說話，我想會有幫助。」

我不確定自己有沒有聽懂她的話。身爲能說很多種語言的人，有個問題是：有時候，你會在事後質疑自己是否聽錯一些語句的意思。伊絲特是說「對它說話」嗎？「它」不是中性代名詞嗎？難道我們說的不是同一種語言？

我才剛開口說：「對什麼……？」

「安娜，」奧菲利亞插嘴說：「你能盡地主之誼嗎？」

她作勢指著地窖門。門中央有個大型圓盤裝置，有許多活塞向外輻射出去，很像船上舵輪的一條條輪輻。圓盤裝置的正中央，就是相當於舵輪的主軸孔位置，有個鈮鏌合金的半球體，大小很像我在休伊特老師的航海圖上用過的DNA判讀器。

「我？」我問，彷彿她可能是對另一個安娜說話。

「嗯，我是可以開門啦。」奧菲利亞從口袋裡拿出一個東西，看起來很像一張金屬感應卡。「你父親第一次打開門之後，我們可以用應急的裝置打開門鎖。不過既然已經內建在你的DNA裡……」

她等著。我不知道她是不是在測試我，還是要讓我測試我自己。我想起上次碰觸尼莫的DNA判讀器時，令人不舒服的溫暖電流往上傳到手臂。接著，我想起溺水的夢境，想到戴夫伸手要拉我、海水灌滿我的肺部那種絕望的恐怖感受。我是達卡家族的最後一人。

我伸手按住那個輻輪鎖。金屬沒有電到我。中央圓盤轉動起來。所有的活塞都縮進去，空氣在門的邊緣嘶嘶作響，像是我破壞了眞空密封狀態。門本身沒有移動，不過我猜想如果我現在推它，很容易就能打開。

奧菲利亞舉起手示意警告。「我們繼續進行之前……進去裡面時請保持冷靜，最好避免突然的動作和大聲喧嘩。安娜，特別是你。靠近鸚鵡螺號應該是相當安全。我和路卡基本上每天都進出這個洞穴，沒有發生什麼事故。」

「事故」。這個名詞聽起來像是對於嚴重狀況的保守陳述，考慮到我父母是因爲鸚鵡螺號而死。

「不過你們還是很擔心，」我指出。「因爲自從……自從那起意外之後，我是第一個靠近潛艇的達卡家族成員。」

在昏暗燈光下，奧菲利亞的有刺鐵絲辮子微微發亮。「我們已經花了兩年的時間，盡可能清理和修理潛水艇的系統。」

「等一下，」聶琳達說：「你們已經上過船？還有一些系統留下來可以『清理』？」

「那是最容易展示給你們看的，」奧菲利亞說：「潛艇大部分較高等的功能都處於休眠狀態，因爲……嗯，要操作那些系統，需要活著的達卡家族成員。塔倫和希塔發生的狀況很可能是故障，是誤解。可是，我們無法確定……」

「誤解？」我不是故意要大叫，但她談論的是我父母的死啊。我一點都不想保持冷靜。

奧菲利亞的神情很痛苦。她看著伊絲特。

「我親愛的，你願意解釋嗎？」奧菲利亞說：「我看得出來，你已經懂了。」

伊絲特拉扯著上衣。「安娜，就像我說的，你父母的死並不是意外。是潛水艇殺了他們。我很抱歉。」

我的兩條腿變得搖搖晃晃。「你這樣說，聽起來它好像是故意的。」

「它一定是很生氣，」伊絲特說：「它躺在海底已經一百五十年。尼莫遺棄它。」

「尼莫死在它裡面。」奧菲利亞神情嚴肅地說。

「其實更糟，」伊絲特說：「它不讓任何人維修它的系統。」

「生氣？」我依然拒絕理解。「遺棄？一艘潛艇怎麼可能感受……？」

恐懼湧過我心頭。有些事情我實在不想理解，即使所有的證據都擺在我面前也一樣。「不會吧，」我說：「你不是認眞的吧。」

「是的，我親愛的，」奧菲利亞說：「尼莫創造出我們所謂『人工智慧』的原型。鸚鵡螺號是活的。」

第三十一章

我的整個人生已經走到這個時刻。

我的父母犧牲了一切。我失去我的學校和哥哥。我的同學冒著生命危險橫越太平洋。一代又一代的達卡家族、哈丁家族和其他哈潘學院的畢業生，全都以我爲己任，期待有一天會有尼莫的後代再次登上他的潛水艇，就在這樣的期待中活著又死去。

而我滿腦子只想逃走。

潛水的時候，你學習讓耳道的壓力達到平衡，方法是捏著鼻子，輕輕把空氣吹進鼻竇。你潛得愈深，愈是需要這樣做，否則會漸漸覺得自己的腦袋好像是冷凍庫裡的易開罐汽水。（提示：千萬別把易開罐汽水放進冷凍庫。）

眞希望有什麼方法，可以讓我的腦袋在情緒方面達到平衡。我沉溺得愈來愈深，壓力也愈來愈大。光是捏著鼻子，無法讓我適應痛苦的每一個新階段。

剛開始，我相信我的父母死於一場意外。接著有人告訴我，他們的死是想要復原一件科學工藝品的無價之寶。現在有人告知我，這件工藝品是活生生的東西，而且殺了我父母，可能是故意的，也可能不是。哎呀，我們真的搞不清楚啦。

喔，附帶一提，那件工藝品剛好就在這道門後面。我會想見見它嗎？

我不太能清楚意識到自己跨過銀行金庫的門檻。我的心思忙著在憤怒和恐懼之間擺盪。我聽見奧菲利亞說：「來吧。」

聶琳達拉著我的手肘。「寶貝，我扶著你了。走吧。」

接著，我們身在休眠火山的中央噴氣口內部。陡峭的石牆高聳向上，閃亮的黑色岩石構成角錐的形狀，很像一座巨型的天主教堂。我覺得好像站在巨大且中空的水滴形巧克力豆內部。這裡沒有地面……只有一座碼頭，伸入廣闊的圓形湖泊內。

在我們上方，數十架蜻蜓無人機發出嗡嗡聲響，在空氣中穿梭來去，它們的金屬翅膀在寶石眼睛的光芒中閃爍搖曳。它們在這裡是負責監視，還是提供光源？也許如果不需要引導船隻進入環礁，也不需要護送迷路的高一新生穿越基地時，那些機器小蟲就在這裡閒晃吧

湖泊也從下方照得很亮。一團團雲狀物看起來像是浮游植物，在深水處微微發亮。我以前看過會發光的藻華，但通常是藍色的。無論究竟是什麼，這些微小生物形成了數千個橘色、綠色、紅色和黃色的群集，彷彿湖泊的整個生物群落決定要舉辦繽紛多彩的印度侯麗節。我好想知道我父母有沒有見到這番景象，而且他們是否也有同樣的想法。他們死去時，周圍環繞著這些令人眼花撩亂的雲狀物嗎？

在我旁邊，伊絲特發出小小的嗚咽聲。多普保持高度警戒，坐在伊絲特的前面，對她短

促吠叫，像是在說：「嘿，沒事啦。可愛狗狗在這裡喲。」聶琳達壓低聲音吹個口哨，用葡語說：「聖母瑪麗亞啊。」

我強迫自己跟隨她的目光，沿著長長的碼頭望去，直到遠處末端停泊的船隻。

鸚鵡螺號與我看過的所有東西都不一樣，根本很難想像它是一艘潛水艇。

說實在的，我從來不曾登上眞正的潛艇。在哈潘學院，那種訓練要到二年級的下半學期才會展開。不過我眞的看過潛水艇，也曾經研究過。大多數的現代潛艇看起來很像光滑的黑色管子，幾乎沒有什麼表面輪廓，只有頂部的平緩線條，以及單獨的潛望塔，或稱指揮室。以美國海軍爲例，最大的潛艇從鼻端到尾舵可以超過一百八十公尺長，約是兩個美式足球場的長度。

鸚鵡螺號的長度大約一半，不過這樣仍是一艘大船。外觀是管子形狀，我記得儒勒．凡爾納描述它像是一根巨大的雪茄；但鸚鵡螺號既不是黑色，也不低調。它的船身是用一塊塊鈮鏌合金鑲板彼此相扣而成，像鮑魚殼一樣閃閃發亮。沿著側邊有精細的線圈，散落著一撮撮豎立的細絲和一排排鋸齒狀凹痕，讓我聯想到蘇格拉底皮膚上的感覺毛囊，那是電受器，讓牠能夠感受周遭的環境。

我實在無法想像，看似非常複雜又精細的船身，怎麼可能從一八〇〇年代完整保存至今。看起來很像海洋動物的皮膚，介於獅子魚和海豚之間。

更令人不安的是鸚鵡螺號的眼睛。我想不出別的方法來稱呼它們。設置在船頭的地方，有兩個透明的凸面橢圓形，以金屬桁梁構成格狀，很像昆蟲的複眼。

我的心思抗拒著這種設計上的缺陷。潛水艇上有窗戶？特別是大型圓頂狀窗戶？流體動力學的阻力會讓航行速度變慢，船隻的輪廓也很容易在聲納上面形成亮點。最糟的是，潛艇一到達某種深度，那些窗戶就會向內爆開，海水湧入內部，讓裡面的每一個人都遇害。而且跑去打仗時，萬一你面對的現代船隻配備了爆炸式武器呢？別提了。你可能就像待在大大的玻璃瓶裡參與戰鬥吧。

「這不應該存在吧，」我說：「絕對不適合航海。」

奧菲利亞聳聳肩。「可是呢……」

可是呢，它就在這裡：一個半世紀前的高科技航海藝術品，停泊在一座火山的正中央。我記得《海底兩萬里》有一段描述，更是令人不寒而慄：遭受鸚鵡螺號攻擊的倖存者指出，他們在水底下看見一對巨大發亮的眼睛……一隻海怪的眼睛。

我得承認，如果我是一艘木頭船身三桅商船的水手，一旦看見這艘古怪的船艦在水底下高速衝來，我一定會尿溼自己的十九世紀內褲。

「不過它的狀況好極了，」聶琳達說：「你們在短短兩年內把它修好，就只有你和路卡？」

奧菲利亞哼了一聲。「不算是。外表需要大量的清理工作，還有很多小規模的修繕，但船身是它自己維護的。尼莫過世時，潛艇躺在這裡的湖底，埋在泥沙裡，進入夏眠狀態。」

「很像非洲肺魚，」伊絲特說。突然間，她回到熟悉的領域。「牠們可以待在地下，呈現假死狀態，度過好幾年。」

奧菲利亞顯得很高興。「伊絲特，正是如此。鸚鵡螺號進入自我保存模式。主要處於休眠狀態，利用船身周圍的電流和水循環維持完整。但這不表示沒有損壞。有一些裂縫。船隻內部沒有進水，但是……」她伸手放在鼻子前面，彷彿想起那種氣味。

我前後搖晃身子，但其實覺得腳下的木板沒有移動。我的目光在碼頭上游移。碼頭對面那一側排列著工作區和儲藏庫，而說也奇怪，那讓我聯想到聖莫尼卡碼頭的一整排商店。感覺胸口醞釀著一陣歇斯底里的傻笑。我不禁想著，登上鸚鵡螺號之前，是否可以吃個冰淇淋甜筒或一點棉花糖。

「而路卡……已經在船上了？」我問。

奧菲利亞點頭。「他每天清晨四點就開始工作。如果我同意，他會睡在鸚鵡螺號上。」她以憂心忡忡的眼神端詳我。我想，我顯露出相當震驚的樣子。「安娜，我們今天沒有一定要登船。從遠處看看它，你的第一次造訪也許這樣就夠了。」

聶琳達面對我，像是要說：「對啦，那樣完全沒關係。不過，拜託拜託拜託，我們可以上船嗎？」

那艘潛水艇殺了我父母，我不想要更靠近它。路卡怎麼能忍受待在那裡面，獨自一人，而且是早上四點？我還寧可和斧頭殺手一起睡在鬧鬼的房子裡。

然而得知路卡待在船上，這一點給了我勇氣。那讓我覺得有點可笑。如果他辦得到，我爲什麼不行？

「它怎麼殺了我父母？」我問。我覺得嘴巴好像塞滿了沙子。「到底發生什麼事？」

奧菲利亞從鼻孔呼出一口氣。「我們把那艘船成功抬起，就讓它停泊在你現在看到的地方，不過當時看起來比較像是一大團泥巴。你父親想要立刻打開主艙口。他……也許太輕率了。艙門開始爲他打開。他急著進去裡面，才剛跨過門檻，那時候……」

奧菲利亞的聲音在發抖。我突然意識到，這樣是要求她再次經歷極度痛苦的一刻。但我需要知道。

「那時候怎樣？」我問。

「有一陣電荷，」她說：「安娜，他立刻就死了。我猜想，他甚至不知道是什麼東西襲擊他。可是，你母親……」奧菲利亞的目光很搭配她的金屬框眼鏡。「她衝進去，嘗試要救他。她抓住他，就在那時……」

噢，天哪。我可憐的母親。儘管受了那麼多訓練，她的直覺是去抓住我父親，把他從危險的情境拖出來，這是當然的。電流也會奔流穿越她的身體……或許沒有立刻殺了她，但是在體內造成嚴重傷害。

「我們救不了她。」奧菲利亞說。她的語氣很疲倦，讓我得知她試過一切的方法，用上她全部的虎鯨人訓練，而我母親不是立刻死去，死得也不平靜。

「親愛的，我眞的很抱歉，」奧菲利亞說：「她最後的心願……」

「火葬，」我猜測說。我頸間的黑珍珠感覺很溫暖。我想起前一晚路卡說的一段話。「尼莫的水底花園……你把他們的骨灰灑在那裡？」

奧菲利亞低下頭。「眞希望我們能給你和戴夫更多的安慰。情況……很複雜。」她指著黑珍珠項鍊。「希塔把它留在我們的研究船上。她從來沒有戴著它潛水，也因此留了下來，我們才能送還給你。」

我期待自己的怒氣會變得像海嘯一樣。我想像自己大抓狂，衝過這座碼頭，對著奧菲利亞和潛水艇亂扔東西，對著整個世界放聲尖叫。

不知爲何，這一切都沒發生。我看著鸚鵡螺號，感覺憤怒隱隱悶燒，甚至興起恨意，但我也比以前有更多的確定感，知道命運把我和這艘古怪的潛水艇連接起來。我必須讓我父母的犧牲是有意義的。

「好吧，」我說：「入口在哪裡？」

那裡並不明顯。

沒有潛望塔，沒有可見的艙口，沒有欄杆。甚至連梯板都沒有。

奧菲利亞帶我們前往潛艇的中段。伊絲特牽著我的手，這完全不像她的作風。她的掌心溫暖而潮溼。我不確定到底是安慰著誰，但很高興有她陪我。我突然想到，自從尼莫船長過世的那一天之後，這是第一次有哈丁家族和達卡家族的成員一起待在這個洞穴裡。

一會兒之後，潛艇的側邊打開一些細細的縫隙，很像魚鰓。許多金屬捲鬚伸展開來，彼此交織成一道梯子。在坡道的頂端，船身有個圓形部分，像虹膜一樣打開了。

我的耳朵轟隆作響。我花了一段時間才意識到，奧菲利亞剛剛問了我一個問題。

「什麼？」我問。

「你想要我先走嗎？」她再說一次：「可能會比較安全，如果……」

「不用，我先走。」我說。

聶琳達不安地扭動身子。「安娜，你確定？」

我踏上梯子的邊緣。

我全身的每一條神經都叫我趕快跑掉。情緒淹沒了我；沒有水，我也有可能淹死。不過我想，我知道父母出了什麼錯。我想，我知道該怎麼做。

我父親是鯊魚人。奧菲利亞是虎鯨人和鯊魚人。路卡是頭足人。他們全都把鸚鵡螺號視爲中了大獎，急於打開和探索。我母親希塔則是他們之中唯一的海豚人。他們把鸚鵡螺號拉起來時，我想她可能沒有時間以海豚人的角度去思考或行事。我父親太衝動了，他急著衝進去，結果死了。母親則是試著救他而死。

「哈囉，鸚鵡螺號。」我用邦德利語說話。

這是尼莫的母語，他在長大過程中是說這種語言，加上英語，當時印度從屬於英國。如果要猜尼莫用哪一種語言對他的創作結晶說話，我猜他會選擇自己作夢時使用的語言。

「我是安娜．達卡。」對一個打開的艙口說話，我努力不要覺得扭捏害羞。我曾對海豚、小狗和紅毛猩猩說話，甚至還有蘭德學院的學生。對一艘古老的潛水艇說話，應該不算是更蠢的事。

「我父親喚醒你的時候，我知道你發動猛烈攻擊。」我擔心鸚鵡螺號會聽出我的語氣帶著憤怒，但我決定必須誠實以對。「你殺了我父母。我覺得自己永遠無法原諒那件事。不過，我了解你可能很困惑、害怕又生氣。」

潛水艇沒有回應。顯然是這樣。

「我的祖先，」我繼續說：「他稱呼自己是尼莫，他把你孤零零地留在這裡，過了很長一段時間。那件事我很抱歉。重點是……我是達卡家族的最後一個人。我很孤單，也是獨一無二，就像你一樣。我們有點像是彼此的最後一次機會。我願意得到你的允許才上船。我保證，我會盡可能尊重你、聽你的話，如果你也會這樣對待我的話。如果你可以忍住想要殺我的衝動，那樣會很好。」

完全看不出潛艇是否聽到我說的話，也不知道它是否了解。

第三十一章

船身有沒有哪裡有銅製的小耳朵？它的人工智慧真的能辨認聲音嗎？

只有一個方法能搞清楚。

我走上梯子。

我沒有立刻觸電而死。我判斷這是個好兆頭。

「謝謝你，」我對鸚鵡螺號說：「我要上船了喔。」

於是，我舉步走過父母曾經跨越的最後一道門檻。

第三十二章

有兩件事，我沒有想到會與潛水艇有關：優雅精緻，以及空氣芳香劑。

從主艙口開始，有一道旋轉梯往下通入一個堂皇的門廳，看起來比較像遊艇，而不是出任務的潛艇。我有點期待會出現一位身穿白色制服的服務員，端給我一杯熱帶風格的飲料。

黑色牆壁閃閃發亮，很像擦得晶亮的黑檀木，邊緣有金色的鈮鏌合金橫梁。在房間的另一側，第二道旋轉梯向下通往更低的樓層。大理石地板的正中央（至少看起來像是大理石）有個馬賽克的拼貼紋飾：一個很大的金色草寫字母「N」位於黑色圓圈裡，還有金色的烏賊纏繞其上，下方有一句格言「MOBILIS IN MOBILE」。

拉丁文。很難翻譯。有點像是「透過可移動之物的推動」，或者「移動中的移動」，兩種說法都沒有太大意義。

親眼見到這句格言，感覺好像朝我肚子狠揍一拳。我還記得在《海底兩萬里》書中讀過這句話，那是升上八年級前的暑假，剛好是我父母最後一次離開家之後……以及我接到消息得知自己變成孤兒之前。我的人生受到可移動之物的推動，而我自己甚至不知道。

如今，我站在眞實的鸚鵡螺號裡面。賽勒斯·哈丁和伯納凡丘·潘克洛夫曾經穿越這個空間。尼得·蘭德和皮耶·阿隆納斯也一樣。我不只像儒勒·凡爾納小說裡的角色，也與眞實人物一樣。

我覺得天旋地轉。空氣芳香劑的氣味也沒有幫助。那是廉價的芳香劑，就是你會在洗車場買的那種，紙板圖案的形狀很像耶誕樹。有些掛在樓梯欄杆上，其他則黏在鈮鏌合金牆壁的橫梁上。松樹和香草的甜膩香氣像是發動一場戰爭，掌控我的鼻孔。

在那些香氣背後，我捕捉到發霉和腐敗的微弱氣味。路卡和奧菲利亞已經盡力了，但鸚鵡螺號聞起來依然像是一種混合的氣味，介於腐臭的漁船碼頭和某人的姑婆家之間。這一定會讓羅比·巴爾的過敏症狀大爆發。

多普似乎認爲這個門廳聞起來棒極了。牠嗅聞空氣，動作像是鼻頭頂著一顆球，努力保持平衡。聶琳達仔細端詳牆壁，沒有伸手碰觸，目光沿著通風管道的路徑一直看去。伊絲特站在那個紋飾的正中央，轉身繞了一整圈，接著反方向轉回去，彷彿解開自己身上的束縛。

「這艘船很憤怒，」她終於說：「它對你感到憤怒，對吧？」

我不確定該怎麼回答。我的感覺超過負荷。我確實覺得空氣中有股沉鬱感，就像暴風雨即將來臨之前。我也許向鸚鵡螺號爭取到暫時的停戰協定，但總覺得它正在觀察我，等待我的下一個舉動。我們還沒成爲朋友。完全稱不上朋友。

「它很漂亮，」我說：「很駭人。難以抗拒。」

「而且憤怒，」伊絲特堅持說：「安娜，拜託要小心。」

奧菲利亞最後一個走下樓梯。艙口在她背後升起關上。

「到目前爲止還好。」她對我露出鼓勵的微笑，但顯得很緊張。她全身的每一條肌肉似乎都很緊繃，準備隨時採取行動。我想像如果有鞭炮在她背後炸開，她可能會跳得超級高，我們得把她從天花板上撬下來。「我們去找我先生吧。」

這件事，至少，應該不難。

我聽到遠處有人吹口哨的聲音，從船尾區域迴盪傳來，不時受到電鑽的呼呼聲所打斷。

「路卡！」奧菲利亞的喊叫聲，害我差點自己跳向天花板。

他的聲音迴盪著傳回來，彷彿來自一口深井的底部。「是的，我的心肝！引擎室！這裡相當安全！」

奧菲利亞對我們挑起一邊眉毛。「他是那樣說。我希望這次他說得對。」

聶琳達皺起眉頭。「我以爲你說這裡再也沒有，你是怎麼說的，『事故』。」

「對，沒有嚴重事故，」奧菲利亞說：「但鸚鵡螺號有可能……脾氣暴躁。往這邊走。」

噢，歡呼。更深入脾氣暴躁的潛水艇內部。

奧菲利亞帶我們走向船尾，沿著中央走廊前進。

沿路的牆壁掛了很多畫作，裝在鍍金畫框裡。至少我猜它們本來是畫作，如今則是黑色發霉的畫布。磁磚地板有一些線條模糊的痕跡，看起來像是有人拆掉一塊腐爛的地毯。沿著天花板有青銅打造的橢圓形燈具，閃爍著昏暗的萬聖節橘光。

我們經過一個個打開的門口，實在很難不停下來，看得瞠目結舌。

往左舷：一間正式的餐廳，有一張桃花心木餐桌、八張搭配的高背餐椅。餐邊櫃裡有瓷器和銀器閃閃發亮。餐桌底下有一張破爛且發霉的東方地毯。

往右舷：一間圖書室，書架從地板延伸到天花板。看到那麼多書都因爲泡水而發霉、膨脹和毀壞，我實在很傷心。有兩張皮革裂開的扶手椅，分別放在壁爐兩側，那個壁爐可以燒木頭。（那是認眞的嗎？燃燒產生的煙要排到哪裡去？）遠處的牆壁有一個長橢圓形窗戶，提供水下的景色，可以看到外面群集的浮游植物。

我很震驚的是，這艘船的「骨架」相當完整。然而，尼莫帶上船的所有家具和裝飾品的遭遇就沒那麼好了。潛水艇讓我聯想到一具古代的雕像，裝飾著油彩、花朵和細緻的服飾，而這一切都慢慢腐爛，最後留下的只剩石材。

我們經過幾個房間，以前肯定是船員宿舍。然而，這裡與我預期會在現代潛艇裡看到的不一樣，並不是由許多棺材大小的迷你鋪位疊成上下鋪，而是每個房間都有四座全尺寸的上下鋪，每個人的空間遠比我們在伐羅拿號的空間大多了。對一艘潛水艇來說，實在太墮落。

聶琳達指著一座上下鋪。「我要睡在那裡。」

奧菲利亞哼了一聲。「你像路卡一樣壞。」

「我聽到了喔！」路卡出現在走廊遠處末端，臉上笑嘻嘻的。他穿著沾滿油漬的工作服，手上拿著一支管扳鉗。「安娜，時機剛剛好！也許你可以幫我說服鸚鵡螺號，今天早上不要那麼像歌劇首席女高音那麼難搞，好嗎？我死都要打開這道密門啦！」

第三十三章

考慮到我的家族與這艘潛艇的歷史情仇，我希望路卡不要說「死都要打開」這種話。然而，我與聶琳達相處了很長時間，因此我很清楚，只要有事情激起頭足人的好奇心，他們一頭栽進去就會變得目光如豆。而沒有一件事能比鸚鵡螺號激起更多的好奇心了。

路卡帶我們走下另一道樓梯，進入的地方我猜想是機艙部。在大多數的潛艇上，引擎室都是既炎熱又狹窄的地方，裡面的設備比空氣還要多。沒什麼好驚訝的：鸚鵡螺號完全不是那樣子。

房間的壁板由地板延伸到天花板，材質是鏡面的鈮鎂合金，因此房間看起來比眞實情況更大。鏡射產生了無窮無盡的安娜，全都從閃閃發亮的金屬板回望著我。像這樣的情景，我有一段模糊的記憶，是在《歡樂糖果屋》[35]電影裡面（我父親對那部電影的熱愛程度實在太超過了一點）。感覺我應該要穿戴防護衣和太陽眼鏡，跟著約瑟夫爺爺[36]一起參觀。

左舷和右舷的牆壁都堆了一排排的大型圓筒。看到的第一眼，我猜測那是魚雷發射管。接著，我感受到它們有輕微而同步的咚咚聲。那些東西一定是動力系統的一部分，某種活塞之類。

房間中央豎立著一個中島，附有四個控制台。上面的儀表、讀數和控制桿設計得非常複雜，讓我聯想到一只瑞士手錶打開的模樣。少數的顯示器亮起來，指針抖動著。大多數則看起來黑黑的，了無生氣。

聶琳達一邊讀著各個黃銅牌子上的描述文字，一邊興奮尖叫。我擔心她可能會因爲太開心而爆炸。

路卡笑起來。「我懂。我第一次踏進這個房間也有同樣的反應。」

「這一個。」聶琳達指著一個看起來很不吉利的紅色按鈕。「『超空蝕駕駛』。這不會是眞的吧？」

奧菲利亞交叉雙臂。「要是我們能讓它運作就好了。不過呢，是的，看來尼莫成功了。」

「超空蝕……？」我知道曾在休伊特老師的課堂上聽過這個名詞。我的腦袋開始嗡嗡出現

---

35 《歡樂糖果屋》（*Willy Wonka and the Chocolate Factory*）是一九七一年的電影，改編自英國兒童文學作家羅德．達爾（Roald Dahl）的小說《巧克力冒險工廠》（*Charlie and the Chocolate Factory*）。二〇〇五年再由導演提姆．波頓（Timothy Walter Burton）第二次改編成電影《巧克力冒險工廠》。

36 約瑟夫爺爺（Grandpa Joe）是《巧克力冒險工廠》的角色，是主角小男孩查理的爺爺，以前是工廠的員工，陪查理一同參觀新工廠。

「超級酷斃宇宙世界霹靂無敵棒」[37]這個超長詞彙，但我相當確定兩者是不同的概念。如果休伊特當時曾說「附帶一提，這項科技眞實存在，而且你的人生可能要仰賴它」，我可能會比較注意聽講吧。

「空蝕駕駛是非常先進的推進方式，」聶琳達解釋說：「目前全世界最優秀的海軍都在研究這個，但是還沒有人能夠實際應用。你在潛艇的鼻頭周圍創造一個空氣套膜，於是完全不會有水的阻力。然後『轟』。你點燃引擎，接著……嗯，理論上，不管在哪種深度，都可以用極端的高速射過海洋，比較像是子彈而不是船隻。」

伊絲特渾身發抖。「那就能解釋書中的狀況，尼莫怎麼能移動那麼遠的距離。他一直從全世界的各個地方突然冒出來，大家永遠抓不到他。你們各位沒有覺得這裡很冷嗎？」

我覺得實在很熱啊。也許是因爲我正想著到底有多少動力流過這個引擎室，而且鸚鵡螺號只要好好的「咻」一下，又是多麼容易能夠一勞永逸地解決它與達卡家族之間的問題。

「穿過那裡，」路卡指向房間後側，那裡有個裝飾鉚釘的橢圓形門，附有小小的舷窗。「就是冷融合反應器。直接從海洋取得氫。無窮無盡的內燃機動力，沒有廢棄物。爲了避免有某種原因害它失靈……」他指著右邊，那裡有一道同樣的門。「聶琳達，你不會相信有這種事……備援的發電機是燃燒煤炭。」

聶琳達嗆到咳嗽起來。「什麼？」

「就說吧！」路卡開心大笑。「尼莫超越了一整個世紀的科學發展，他從蒸汽引擎直接跳到冷融合！我曾經想過，有哪一種東西稍微比維多利亞時代進步一點，可以用來取代燃燒煤炭，但是……」

一陣吱吱嘎嘎的聲音響徹整艘船。

多普汪汪吠叫。

我轉身看著奧菲利亞，神情大概可以說是超級驚駭吧。「那是什麼……？」

「鸚鵡螺號表現出脾氣暴躁。」她很肯定地說。

「她不喜歡談論改裝的事。」伊絲特仔細端詳天花板，好像發現了隱藏其中的黃道十二宮。用「她」來稱呼所有船隻是一般的慣例，但我有種感覺，伊絲特注意到鸚鵡螺號有某種更重要的特質。我下定決心，無論身在船上何處，一定要把伊絲特帶在身邊，我會認眞看待她的所有警告。

「鸚鵡螺號喜歡什麼？」我問。

伊絲特伸手撫過操控台。「她很感激清理整潔和修理完善。她喜歡那樣。」

「哈，你看吧？」路卡對奧菲利亞挑挑眉毛。「就是因爲那樣，她很喜歡我的陪伴。」

「不管怎麼說，她是忍耐你吧，」奧菲利亞說：「她知道你有用處。」

「好啦，親愛的，不要吃醋嘛。」

聶琳達繼續檢視控制面板，大聲唸出每一塊青銅牌子上面雕刻的花俏書寫字體：「向量推進器。動態定位。遞迴壓艙控制？噢，這眞是太驚人了！鸚鵡螺號，我愛你！」

㊲ 原文是「Supercalifragilisticexpialidocious」，這個怪字出自一九六四年電影《歡樂滿人間》（*Mary Poppins*）的插曲歌詞，號稱是最長的英文字，由好幾個字根組成，字面意思類似「超級美好巧妙彌補所缺」，其實是用胡言亂語來搞笑表達某個英文字太長，很難唸出來。

這艘船沒有回應，但我想像她正在心想：「好啦，我知道。我還滿了不起的。」

我有點難以體會聶琳達的熱衷之情。這艘潛艇依然殺了我父母。我試著控制自己的種種感受。我盡全力想要理解祖先的這項創作，她很奇特、古老，而且顯然是活的。然而，我內心有一部分想要抓起路卡的管扳鉗，開始猛力亂敲東西。

我試著重新集中注意力。「路卡，你說有一道密門？」

「對，就在這裡！」路卡帶我去一個艙口，藏在那些巨大活塞後方的一個角落。其實不太像門，比較像維修面板，也許夠大，能讓小孩子擠過去。眼前所見沒有明顯的門鎖或門把。

「你知道裡面是什麼嗎？」我問。

路卡遲疑一下，於是奧菲利亞先回答：「我們在整艘船找到好幾個像這樣的面板，」她說：「我們猜測，透過這些面板可以進入鸚鵡螺號的核心處理器……就是她的大腦，如果你要這樣說的話。在海底待了一個半世紀後，她的其他系統需要相當大幅度的清理和修繕。我們猜想她的核心也需要，但是……」

「她不願意讓笨蛋在她的大腦裡面晃來晃去，」路卡說：「當然啦，這可以理解。我不會試著強行操作這些面板。」

「對，」伊絲特附和說：「那樣就糟了。」

「不過如果我們可以清理這些艙口，」路卡以意味深長的眼神看著我，「我猜想，那對我們所有人都有好處，特別是鸚鵡螺號。」

我聽懂他的意思。就我們所知，這艘潛水艇較高等的推理能力可能嚴重受損。可能正因爲如此，我父母想要喚醒鸚鵡螺號時，她才會猛烈攻擊他們。修理這艘潛艇的大腦，可能會讓她變得比較友善，也比較容易相處。

但換個角度想，這樣也可能讓她更加憤怒，更加危險……

多普嗅聞著艙口。至少，牠似乎急著想聞一聞潛水艇的大腦。

「伊絲特，有沒有什麼忠告？」我問。

「要小心。」她建議說。

「好有幫助喔。謝謝你。」

「不客氣。」

伊絲特的眾多超能力之一：聽到語帶諷刺的話，她完全無動於衷。

我伸手放在艙口。「鸚鵡螺號，我們很樂意清理這裡面，」我用邦德利語說：「我們會超級小心，不會傷到你。這樣可不可以呢？」

面板發出喀噠聲。

「太棒了！」路卡眉開眼笑。「可以讓我來嗎？」

我移到旁邊。路卡拉開艙口，宣洩出一股超可怕的臭味，很像戴維．瓊斯的健身房置物櫃㊳。多普超興奮的，瘋狂甩動尾巴。

路卡伸手到裡面，拉出一大團黏糊糊的東西。海藻？海草？甲殼類的排泄物？我不知道。

「看見沒？」路卡捧著他的珍寶，活像那是一顆金鵝蛋。黑色的黏液覆蓋他的手臂直到手

㊳「戴維．瓊斯的箱子」（Davy Jones' locker）是水手常說的行話，指死去的水手葬身的海底。作者在此將古代水手所稱的儲物箱（locker），改成現代年輕人常用的健身房置物櫃（gym locker）。

肘。「鸚鵡螺號還能發揮功能，完全是奇蹟！噢，安娜，想像看看，等到我們把她好好清理乾淨，她能夠發揮到什麼地步。你是關鍵……」

轟轟轟轟轟轟轟！

聲響撼動地板，也讓我的眼窩咯咯作響：一陣低沉又響亮的降E音持續了一個全音符。

路卡扔掉手上的黏糊東西。多普躲到伊絲特的兩條腿後面。聶琳達擺出開立姿勢，活像預期會掀起一陣海嘯。奧菲利亞整個人趴在牆上。

噪音平息了。我等待著，但沒有再來一次。「那聽起來很像……」

「管風琴。」路卡驚慌說道。

「它以前從來沒有這樣。」奧菲利亞喃喃說著。

「你說那是什麼？」我問。

路卡和奧菲利亞互看一眼。關於接下來該怎麼辦，他們似乎經過一番無言又焦慮的辯論。

「我想，」奧菲利亞終於說：「該帶安娜去看船橋了。」

第三十四章

要打造一艘高科技的超級潛艇，你想要裝設的第一種東西是什麼？

當然是管風琴啊。

鸚鵡螺號的各種令人驚嘆之處，已向我的眞實感正式宣戰。我們到達船橋時，我的腦袋根本就豎起白旗，立刻投降。一架管風琴，目前靜默無聲，但其實呢，竟然占據了這房間的整個右舷那一側。但船橋的奇異之處不是只有這一樁而已。

船頭的「眼睛」位於船橋前方的重要位置。凸起的圓蓋裝飾著金屬花邊，對外面的洞穴提供了廣闊的視野，讓我覺得自己很像待在一間水中溫室裡……也說不定是魚缸。

「窗戶不是眞正的玻璃，」路卡向我保證。「根據我們的努力研究，材質是透明的鐵聚合物，用極端的溫度和壓力製造而成。」

「例如在海底，」聶琳達猜測說：「火山噴氣口附近。」

路卡輕點自己的鼻子。「我親愛的，正是如此。尼莫打造他的船身鍍層，說不定也是使用類似的程序。我們不確定他究竟是怎麼辦到的，這是還沒解開的另一個謎團。當然啦，儒勒·凡爾納寫小說時，並不知道怎麼稱呼這種材料，於是稱之爲鐵。」他以指關節輕敲附近的鈮鏌合金船梁。「顯然不是鐵。」

沿著船橋的前方，四個控制台排列成弧形，構成馬蹄鐵的形狀。如同引擎室那樣，每一個控制台的面板都像瑞士鐘錶一樣精細，有很多旋鈕和開關，以雕刻的說明文字標示在旁。軌跡儀的節點裝設在每一個控制台頂端，此時靜止不動。控制台的邊緣裝飾了很有藝術性的花式圖案，有海豚、鯨魚，以及飛魚。

整艘潛艇以手工打造，是訂做的藝術品，永遠不可能複製，更別說大量製造了。我開始能欣賞鸚鵡螺號有多麼獨特，而且讓她復原爲什麼對哈潘學院和蘭德學院來說這麼重要。在這趟導覽中，我至少看出六種科技發展有可能改變世界……假如鸚鵡螺號願意讓我們把她拆解開來，研究她的內部運作方式，但我想她不會同意。

「而這裡，」路卡說著，抓住顯然是船長椅的椅背。「是我們找到尼莫的地方。」

「啊啊！」奧菲利亞揮開他的手臂。「他們不需要聽那件事啦！」

「嗯，我覺得安娜可能會想要知道，他死在自己的崗位上。我們考慮要抽取他的一些DNA，但是，啊，撇開倫理上的考量，其實很快就能了解，如果想用任何取巧的詭計繞過鸚鵡螺號的系統，她絕對無法忍受。她一定要自己選擇船長的人選，而且一定要是現存的達卡家成員。」

奧菲利亞捏住自己的鼻子。「安娜，親愛的，我很抱歉。我先生不懂什麼叫禮貌。」

我看著船長的座位。那是怪異的L形金屬椅子，設置在旋轉椅架上，類似舊式的理髮廳椅子。兩邊的扶手各有一個半球形的握把，很像伐羅拿號的DNA判讀器。椅子的坐墊看似是閃閃發亮的黑色皮革。

不知爲何，想到他們在這裡發現我的曾曾曾曾祖父的遺體，我原本以爲自己會覺得心神不寧，但沒有。就某種意義來說，整艘潛水艇已經像是他的陵墓，是他留在塵世的遺物。

我以手指撫摸著柔軟的皮革椅背。「這個材質是新的。」

「是的，沒錯，」路卡贊同說：「金屬留存下來。原本的皮革受損嚴重，沒辦法修理。而且，嗯，你祖先的遺骨曾在這裡坐了一個多世紀……」他瞥了奧菲利亞一眼，看看她是否又要揮打他。「我們把尼莫交付給大海。接著我重新包覆椅子。材料本身是用海草做成的。我很幸運，在義大利的佛羅倫斯有一位非常優秀的皮革師傅朋友。義大利的工藝水準是最棒的，每個人都知道。」

奧菲利亞翻個白眼。「我們當然也試著活化潛艇的更多系統，不過船長椅似乎掌控了每一個重要系統的進入管道，包括推進力、武器、導航、通訊。」

她輪流指著四個控制台。接著，她再次面對我，彷彿等待著……

這是當然的。她很希望我坐到椅子上。她不想催促，但極度渴望我把雙手放到那些控制球上，看看會發生什麼事。即使是路卡和奧菲利亞，一直這麼親切又歡迎我們，但他們很難把我視爲一個人，而且不是一種多用途的奇蹟工具。

我深吸一口氣。我不想坐在那張椅子上。那不是我的椅子。我還不配。我正在努力思考最有禮貌的婉拒方式時，伊絲特救了我。

「你不該從那裡開始。」她說。她已經安靜了好長一段時間，一直站在船橋正中央，打量著每一個細節，也許是聆聽潛艇的心聲。「你應該從『那裡』開始。」

她指著管風琴。我一直努力不去想那個巨大又奇妙的音樂裝置，以及它爲何突然間決定要完全靠自己的力量，奏出剛才那個單獨的爆炸聲響。

它存在於船橋，這件事有某種因素讓我心裡發毛，甚至比死去船長的椅子更可怕。還沒嘗試船橋的控制台就先碰管風琴，聽起來實在不合邏輯。然而還是一樣，伊絲特對這艘船的了解，就某方面來說似乎比邏輯更加深刻。

我走近那堆閃閃發亮的金屬音管。

四層的琴鍵曾經風光過，不過現在依然漂亮。大調的琴鍵看似用鮑魚殼做的，小調琴鍵則與我母親的黑珍珠有同樣的深邃光澤。音栓和踏板與音管一樣，都是發亮的鈮鎳合金，蝕刻著魚類跳躍浪頭的裝飾圖案。

琴凳的天鵝絨坐墊是黑色的，看起來發霉了。木頭椅腳似乎隨時會垮掉。

路卡咳嗽一下。「恐怕我對管風琴所知不多，」他的語氣很不好意思。「我盡力清理它，但比較精細的部分還是狀況不好。我很確定它需要調音……無論用什麼方法幫管風琴調音。」

「我完全沒概念，」我坦白說：「我上過鋼琴課，但是……」

記憶帶我回到小學時代。

我想起來了，弗拉尼根老師每週來上兩次課，每次她來到我們家，戴夫就苦苦抱怨。他超討厭彈鋼琴。那不是運動。那不是戶外活動。他不能腳踹鋼琴、射擊鋼琴，或者擒抱鋼琴。

然而，我父母很堅持。

「你們的未來要仰賴很多技能，」我記得父親這樣說：「包括鍵盤樂器。」我一直沒聽懂。我父母有很多難以理解的奇怪指令，我只把上述那句話當成其中一種指令。就像戴夫參與的很多事，我自己的鋼琴課也是後來才加進去的。反正弗拉尼根老師都來家裡了，她可能也給我們買一送一的優惠吧。

戴夫永遠都比較優秀。儘管抱怨連連，但他天生有很好的音感。他從來不練習，只是氣呼呼走向鋼琴，聆聽弗拉尼根老師彈奏，接著就能完美模仿。他的馬虎隨便和缺乏耐心把老師逼瘋了，特別是雖然他那副樣子，卻還是彈得很熟練，無論放在他面前的是什麼樣的曲子。

至於我呢，我學得很慢，小心翼翼地精密計算，把鍵盤當成另一種語言。我學習每一首曲子，就像把一個句子用圖解法來解析。

如今，我不免心想，我父母是不是早就知道尼莫的管風琴？凡爾納在《海底兩萬里》中提過，對吧？他們是不是準備讓戴夫面對更特定的事，而不只是在晚餐派對叫他彈幾首好聽的曲子而已？

「戴夫有沒有來過這裡？」我問。

奧菲利亞顯得很震驚。「當然沒有。那樣會冒太大的風險。」

路卡匆匆補充說：「要不是發生那麼可怕的情況，我親愛的，你也不會來這裡。」

我還是不應該來這裡，我心想。我是安慰獎。算是背水一戰，哈丁─潘克洛夫學院的第三號候補四分衛[39]。

---

[39] 美式足球有一名主力四分衛，通常有一名候補四分衛，第三號候補四分衛幾乎沒有上場機會。

「戴夫當然很想看看鸚鵡螺號，」路卡繼續說：「他在你這個年紀時……嗯，他得知實情後，哈潘學院的職員很難說服他要等待，他希望立刻就來這裡。接著，他主張自己應該從哈潘學院一畢業就來。到最後，他聽從大家的勸告，同意先去念大學，多給我們四年時間修復船隻，並了解它如何運作。那樣也會多給他四年時間好好學習、長大成熟。」

我試著理解這樣的資訊。回想起過去兩年來，戴夫似乎有好幾次沒來由地生氣。然而，我們失去了父母。我自己也沒有高興到哪裡去。

戴夫急著想見到鸚鵡螺號，我很容易想像。不過，想到他會聽從大家的勸告、乖乖去上大學……那就有點難以想像了。確實沒錯，他對於即將畢業表現得很興奮。他很期待去上大學。但現在，我得知了鸚鵡螺號的事，不免好奇心想，對於要多等四年時間，戴夫是不是暗自生悶氣。

眞希望我能跟他談談那件事。如今太遲了。

「你應該彈彈看，」伊絲特提議說：「我想，這艘船會喜歡。」

就像另一種語言……

我依然站著，把手指放到最底下一層的鍵盤上。琴鍵像冷氣的出風口一樣冰冷。

我已經有好幾年沒彈琴了，自從……我父母過世之後，當時我們把房子賣掉，舊鋼琴也跟著離開。我眞的還記得任何一首曲子嗎？

我決定試著彈奏巴哈的D小調賦格曲。這是爲管風琴而寫的。我以前每年的萬聖節都會彈這首曲子，因爲感覺很毛骨悚然。如果彈的速度很慢，聽起來也會顯得憂愁且悲傷，而且這首曲子很久了，尼莫很可能聽過。他甚至有可能用這架管風琴彈奏過。

我慢慢彈出第一個小節。音符聽起來很單調，但聲音響徹整艘潛艇。

第二個小節：我漏掉一拍，彈錯一個D還原音，但我繼續彈。一連串的琶音帶我彈出第一個完全和弦。我把和弦彈完，地板隨之搖撼。我抬起雙手，正試著回想下一個小節時，聶琳達說：「安娜。」

我轉過身。路卡和奧菲利亞滿臉震驚，盯著船橋上的各種燈光，它們全都甦醒了。各個控制面板全部發出亮光。四個軌跡儀的全像式顯影球飄浮在各個控制台上方，很像一排幽靈般的行星。船頭那雙大眼睛的周圍散發著紫色亮光。船長椅也有類似的氣氛，底部周圍亮了起來。

鸚鵡螺號，它好像，很喜歡巴哈的曲子。

「安娜．達卡，」路卡以恭敬的語氣說：「今天會是美好的一天。」

第三十五章

路卡說「美好」的時候，他指的是「忙到你永遠沒時間坐下來」。

早上後來的時間，我爲同學們帶領鸚鵡螺號的導覽行程，一次只帶幾個人。每次參觀之前，我都對鸚鵡螺號說話，讓她知道是怎麼回事。伊絲特擔任潛水艇的通譯員，警告每個人要體諒船隻的感受。我不確定同學們對這件事有何想法，但他們很樂意迎合我們。多普尾隨在後，每一樣東西都聞聞看。

到了午餐時間，高一班級的全部新生已經至少登船一次。離開時，所有人身上都帶著些許霉味，以及空氣芳香劑的香草氣味。從好的方面來看，沒有人因爲放電攻擊或黴菌過敏而死。我認爲這是一種成功。

大家聚集在林肯基地的餐廳裡用餐，但我實在太疲憊了，很難享受朱比特超讚的大型藻類乳酪舒芙蕾，不過大多數的同學似乎都興高采烈。他們覺得很安全，有我們哈潘學院的導師和大量的另類科技玩意兒，把其餘世界阻擋在外。他們吃了幾頓好料。沒人想到這麼容易就喚醒了鸚鵡螺號。有什麼事不能感到高興呢？

等到聽說路卡準備在午餐後請大家開始工作，全體組員甚至覺得很興奮。二十個人的打掃速度絕對比一、兩個人快多了。假如鸚鵡螺號允許，我們會立刻把發霉的家具搬出去，移除內部線路和通風管的黏糊物，而且刷洗……嗯，刷洗每一樣東西。在我看來，感覺很像是《湯姆歷險記》的情景，書中的湯姆說服他所有的朋友拿出值錢的東西，用來交換幫他油漆籬笆的趣味和特權，但我想，那樣就會把工作做完了。

從醫務室傳來的消息也很令人振奮。休伊特老師依然處於昏迷狀態，但他的情況已經穩定，多虧有實驗藥物，那些是奧菲利亞利用反向工程的方法，在鸚鵡螺號自己的實驗室裡製作出來的。

我私底下問她，有沒有治療生理期痙攣的藥物。我的生理期暫時過去了，但每個月都像二次世界大戰的麥克阿瑟將軍所說：它們必將重返。

奧菲利亞嘆口氣。「如果尼莫本來是女性呢？那可能會是他第一個發明的東西吧。不過，唉，他不是。只有一般的疼痛緩解藥物。等到潛水艇完全恢復運作，我們會請她幫忙設計比較特別的藥物，好嗎？」

吃午餐時，唯一看起來不高興的人是傑米．吐溫。他隔著餐桌坐在我對面，悶悶不樂，拿叉子一直戳他的舒芙蕾。

「好啦，喂，蜘蛛人？」聶琳達問他。

傑米皺起眉頭。「今天早上沒有我在場，你們全都不應該跑去潛艇上。萬一發生什麼慘劇怎麼辦？」

「嗯，」聶琳達說：「我很確定你會像眞正的英雄一樣，不偏不倚射中潛水艇的兩眼之間，讓潛水艇留下深刻的印象！說來幸運，我們沒有你也活得好好的。」

傑米盯著桌面，彷彿低聲禱告，叫自己要有耐心。「我要去探望休伊特老師。」

他站起來，大步走開。

我伸手放在聶琳達的手腕上。「我們不需要像那樣互相漏氣啦。」

她顯得很驚訝。「什麼『漏氣』？」

我嘆口氣，站起來，跟著傑米走出去。

我在醫務室找到他，他倚著牆壁，手臂交叉，凝視著休伊特老師沒有意識的身形。富蘭克林・考區在旁邊閒晃，查看教授連接的監測器和點滴的液面高度，但他一看到我臉上的嚴肅神情，立刻就說：「如果你們兩人會幫我看著病人一下子，我要去抓點午餐吃。」

他匆匆拔腿開溜。

「傑米，我很抱歉，」我說：「今天早上應該等你一起。從今以後，我會確定你在核心小組裡面。」

他眼睛周圍的皺眉紋路稍微舒展一點。「我很感激。安娜，我不知道……感覺有點不太對勁。我們不該放鬆。」

眞希望我能像聶琳達一樣，不理會他的憂慮，但是我也同樣感到不安，彷彿遺漏了某種重要的警告，就像哈丁—潘克洛夫學院遭到摧毀的那個早上，安全網燈光閃爍所透露的重要涵義。

我仔細端詳休伊特老師的臉……他依然顯得太蒼白了，皮膚幾乎像半透明，但脖子和顴骨周圍的黃疸似乎稍微消退。有人幫他洗過頭髮、梳理整齊，看起來幾乎可以說是很莊嚴，很像一頭古老獅子的鬃毛。

「他是我的導師，」傑米喃喃說著：「也是我身邊最像父親的人。」

我突然覺得，我們好像分別站在一條抖動而緊繃的鋼索兩端，同時邁開腳步踏上去。傑米的聲音充滿痛苦。我從來沒想過傑米，或者戴夫，會把休伊特老師當成替代的父親形象，但休伊特顯然試圖引導他們兩人的人生方向。面對休伊特的狀況，傑米一定比他表現出來的態度更憂心。

我不確定該怎麼問我的下一個問題。我根本不確定自己該不該問，但傑米似乎不介意我冒險一問。「你見過你爸嗎？」

他呼出一口氣，沒有笑意的一笑。「我媽和我爸都活得好好的。我最後一次聽說的時候，他們住在奧勒岡州。」

我的第一個念頭是「喔，那裡距離哈潘學院沒有很遠」，不過聽到傑米說「奧勒岡州」的語氣，感覺他說的好像是土星。

「他們沒有參與你的生活。」我猜測說。

他鬆開兩條細瘦的手臂，接著雙手在背後交握，似乎不確定該把兩隻手放在哪裡。他像平常一樣，穿著嚴肅的突擊隊員黑色裝束：牛仔褲加T恤，連腰帶和槍套都是黑色的，很像是要去參加葬禮的西部牛仔。

「你知道我怎麼會取名叫傑米尼嗎？」

「因為你是雙槍俠，對吧？我聽說你的本名是傑姆斯……傑姆，所以傑米尼……」

他搖頭。「那種說法不是我說的，但是大家那樣說，我也沒有提出更正。我的法定名字就是傑米尼．吐溫。我父母是……現代的嬉皮，我猜你會這樣稱呼他們。他們沉迷於占星術、水晶、塔羅牌那一套。他們不沉迷的事情是當父母。我很小的時候，他們把我和我哥哥留在猶他州普若佛市的祖母家。祖母撫養我們長大，帶我們去教堂。我哥哥比我大六歲。等到他離家去巴西從事傳道工作……」

他看著休伊特老師的心臟監測器上上下下移動的光點。「我想，我要說的是，我沒有很多親屬關係。所以，真正有關係的人都很重要。那天在餐廳裡讓聶琳達感到難為情，我已經向她道歉很多次。我只是……我很想念我哥哥，而且渴望交到新朋友。不過我了解她為什麼討厭我。」

我肺裡的空氣感覺好陰冷，彷彿從不乾淨的氣瓶吸入空氣。聶琳達是我的好姊妹。她傷心時，我也很難過。但可怕的是，我從來沒考慮過傑米這邊的心情，而且我完全不知道他曾經為了「獎學金小子」的事件向她道歉。

「『討厭』可能說得有點重，」我試著表示：「這個星期，聶琳達有兩次同意你的意見。奇蹟是會發生的。」

傑米聳聳肩。「我想也是。只不過……安娜，我很需要這個團隊凝聚在一起。我需要哈潘學院。休伊特老師告訴我……他相信學校可以從灰燼中站起來。他把保護你的工作交給我，因為你是唯一能實現那件事的人。」

我覺得自己的心臟就像朱比特的舒芙蕾一樣脆弱。「傑米……我知道我們處於緊急情況，不過我只是達卡家的人，這不表示我有能力擔任全職的領袖。」

他凝視著我。「你是開玩笑的，對吧?安娜，你破解那個密碼的時候，我就在伐羅拿號的船橋上。你凝聚整個小組的力量，得到結果。這三天以來，我看著你管理所有組員。你把我們組織起來，依照每個人的才能分配工作，讓我們不會彼此互相砍殺。在大家即將分崩離析之際，你給所有人一個目標。那跟你的DNA無關。那跟你這個人有關。我很高興是由你來掌控全局。」

我想，我的耳朵變得像黎安的耳朵一樣紅吧，但不是因爲我準備說謊。我對於接受讚美的話有很大的困難。我往往認爲其他人只是努力想要表達善意，或者不想傷害我的感情。但是傑米不像那樣，他是坦白又直接的人，只是用一些我毫無預期的讚美話語擊中我的內心。

「嗯……謝謝你。」

富蘭克林在門口咳嗽。「不是有意要偷聽啦，不過傑米尼說得對。現在呢，如果你們不介意的話，我需要更換病人的導尿管，除非你們兩人想要留下來幫忙。」

富蘭克林很懂得怎麼淨空房間。我回頭走向餐廳，傑米跟在我後面，而這是第一次我很高興有他跟在身邊。

第三十六章

那天下午，我們第一次讓全體組員登上鸚鵡螺號。

我很擔心潛水艇的反應。電動工具、眞空設備和同學們來回喊叫的種種聲音，很可能是從維多利亞女王登基爲「印度女皇」之前到現在，這艘潛艇所聽過最吵鬧的聲響。鯊魚人組成一排提桶工作隊，負責移除黏糊的東西，加上損壞的家具和發霉的藝術品。幾個小時後，噁心的東西在碼頭上堆積如山，看起來很像把鯨魚腹部吐出來的東西拿來進行車庫拍賣會。

儘管有那麼多噪音和活動，伊絲特向我保證，鸚鵡螺號很滿意。

「她很喜歡再次有一組船員，」伊絲特對我說：「她喜歡有人照料。」

我聽了很高興。我不希望把朋友們推進更大的險境。另一方面，我努力克制自己的憤怒和擔憂。我們眞的想要維護這艘潛水艇嗎？她那樣對待我父母之後，我能夠信任她嗎？我眞想知道尼莫會對我說什麼話。他死在自己的船上，是因爲非常愛這艘船，還是因爲這艘船變成他的個人監獄？

謝天謝地，我沒有太多時間繼續憂傷。只要組員找到某種需要打開的東西（這大概每六秒就發生一次吧），我就會一直保持忙碌。我們發現的東西包括：武器艙，有一整組的四枚魚雷，非常老舊，但可能還是很危險。我們決定暫時不管它們，希望不會爆炸。

潛水室有十幾套潛水衣，以鈮鎂合金編織而成，另外還有頭盔和氣瓶。光是清理這些東西、搞清楚如何運作，並測試能不能使用，就可以再花上一個月的時間。

到了潛艇的最底層（總共有三層），我們找到一個接駁艙，裡面停泊了一艘比較小的迷你潛艇。

「那是小艇，」奧菲利亞告訴我。「而且沒有，我們還沒測試過。」

她聳聳肩，並把蓋住眼睛的一綹灰髮吹開。我開口感謝她和路卡在鸚鵡螺號做了那麼多工作，而且留了那麼多事情準備要做。

小艇本身很吸引人。有雙人座位，位於一個透明的圓頂蓋下方，從側面看起來，比船橋那對「眼睛」光滑許多。船身的構造同樣很平滑，符合流體動力學，而且胸鰭部位有小型的鰭板穩定器，還有逐漸變尖的鋸齒狀船尾。看起來是以黑鮪魚作爲模型，黑鮪是全世界游得最快的魚類之一。然而，我無法想像它要怎麼移動。我看不出有空間能容納任何一種引擎。

水胏潛水員凱伊和提亞負責從外部檢視船身，發現潛艇的下腹部有個大型的中空套管，有點像鬚鯨張開嘴巴，又有點像是戰鬥噴射機的進氣口，但沒人能猜出它的用途。如同這次發現的大多數其他東西，我們沒有動它。

到了傍晚，組員都累壞了，但仍然興奮地四處奔走。在林肯基地，他們再一次能夠想像哈潘學院的未來。我們整個夏天都會在鸚鵡螺號上工作，需要的話可以工作更久，把我們的時間都用來學習這艘潛水艇的祕密。我們可以讓它的科技付諸實行，建立起打不垮的優勢條件，用以對付蘭德學院。接著……嗯，接著我們會有一些選項。大家可以離開這個藏身處，讓所愛的人知道我們還活著。我們可以重建自己的學校，並要求蘭德學院為他們的攻擊行動負起責任。

我相信這些夢想的程度，其實並沒有比我相信鸚鵡螺號的程度多到哪裡去。但是我面帶微笑，點點頭，讓其他人暢所欲言。我想著傑米對我說的話，對於我掌控全局，他感到很高興。那麼，為何我覺得自己好像騙子？

晚餐時間，紅毛猩猩主廚餵我們吃自家製的海草麵疙瘩，搭配奶油檸檬大蒜醬汁，餐後還有美味的提拉米蘇甜點。原因很明顯，我們全都需要更多咖啡因和糖分。

晚餐後，朱比特居然非常慷慨，讓一些組員關掉《全英烘焙大賽》節目，於是他們可以用PlayStation和Game Cube遊戲機玩一些復古的遊戲。其他人則自願與路卡一起回到鸚鵡螺號，進行一些夜間的「精細工作」。我不確定那是指什麼，很怕到了明天早上會發現，他們用噴漆幫鸚鵡螺號的船身畫上很多火焰圖案作為裝飾。

甚至到了睡覺時間，我才見到聶琳達。這位頭足人朋友回來時，伊絲特已經鼾聲如雷，只見聶琳達笑得很開心，渾身都是機器的油汙。

「路卡說，明天我們會讓鸚鵡螺號短暫運轉，」她輕聲對我說：「如果你能夠說服它運作的話！」

我好像應該要很興奮才對。我可能達成了一八〇〇年代至今，每一位達卡家族成員懷抱的夢想：讓鸚鵡螺號恢復運作。

「好啊。」看在聶琳達的份上，我努力讓語氣聽起來很熱切。「那會很驚人！」

但是我準備睡覺時，卻比以前更加不安。

我覺得好像有人打開我腦袋的維修蓋，開始把所有多餘的黏糊東西全數清除掉。我不確定自己真的希望他們介入，移除我人生的殘渣和碎片。等到他們完成維修工作，我會變成什麼樣的人呢？

我睡覺時作了更多惡夢，不是受困就是溺水。只不過這一次，我的水底墳墓看起來很像鸚鵡螺號的船橋。

第三十七章

隔天早上，我又很早起床，跑去潛水。

到處都沒有看到蘇格拉底。事實上，潟湖似乎連一隻海豚都沒有。這對我的不祥預感實在沒幫助。

吃早餐時，我的同學們興高采烈。嘗試讓鸚鵡螺號啓航，會是我們所做過最有挑戰性的事，我幾乎能聞到空氣中有腎上腺素的氣味，加上朱比特的藍莓馬芬香氣。

黃琳奇報告說，昨天晚上在醫務室，休伊特老師在睡覺時放屁。這顯然表示他的身體系統運作得比較好了。琳奇開玩笑說，他很快又會對我們訓話。庫柏・鄧恩聲稱他作了一個夢，夢見如何修理鸚鵡螺號的魚雷。他的鯊魚人夥伴取笑他，說他不省人事時總能想出最棒的點子。凱伊・蘭西，自從在哈潘學院攻擊事件中失去姊姊之後就一直沒有笑容，這時對羅比・巴爾說的一個老掉牙笑話眞心大笑，笑話是說，爲了換一顆燈泡，動用了多少位核子工程師。頭足人的幽默感，我無法領略。

有些組員悄聲談論那艘潛艇有多麼令人發毛，而這只會讓大家更興奮。有些八卦指出，當年在哪裡找到尼莫船長的遺體，以及我父母究竟是怎麼死的。他們盡量在我聽不到的地方進行這些對話，爲了不讓我難過。不幸的是，我會讀唇語。

每個人似乎都認爲，我們第一次讓鸚鵡螺號運轉，一定會很成功。

「你很有尼莫的才能！」基婭．簡森對我這樣說，彷彿對於我在區區幾天之前才接下伐羅拿號的指揮權毫不質疑。

就連聶琳達也顯得非常安心，她明知道那些先進科技有多麼棘手。「我們準備要操作地球上最古老、最複雜的潛水艇了，」她說：「你連一點點興奮的感覺都沒有嗎？」

我不知道該怎麼回答。這幾天來，我對於分辨興奮和恐懼實在有困難。

吃完早餐收拾完畢後（因爲時間、潮汐和髒盤子是不等人的），我們在鸚鵡螺號的碼頭上集合，進行潛航前的簡報。頭足人帶著他們的工具組，鯊魚人帶了各自的武器。傑米尼·吐溫的身上固定了好多把槍和其他危險物品，看起來似乎很期待能擊退美人魚的世界末日。

他發現我盯著看，於是聳聳肩，像是要說：「很難說喔。」

鸚鵡螺號本身則是從昨天至今似乎都沒什麼改變。船頭沒有漆上火焰圖案，眞是謝天謝地。在洞穴的昏暗光線中，她那對巨大的昆蟲眼睛微微發亮。而在她周圍的水裡，色彩繽紛的浮游植物依然舉辦著它們的侯麗節。

潛水艇看起來不受時間影響，彷彿她眞的存在於時間之外。她不屬於二十一世紀，就像她同樣不屬於十九世紀。我試著想像，那樣會有多麼孤單啊，特別是創造我的人，把我棄置在一個火山洞穴的底部，長達一個多世紀之久。經過那麼久的時間後，我的神智還能保持正常嗎？

我沒意識到自己出了神，沒把路卡的說明聽進去，直到他說：「而我很確定，安娜會同意。」

每個人都看著我。

「抱歉，什麼事？」

我的同學都笑了。

「安娜剛好證實我指出的重點，」路卡說著，對我露出親切的微笑。「我們必須隨時保持專注，放慢腳步。今天呢，我們的任務很簡單。如果能讓鸚鵡螺號下潛又浮出水面，那會是一大勝利！」

「哎喲，可是老爸，」哈莉瑪開玩笑說：「我們不能只是短短繞行湖泊一圈嗎？」

「我想看看她在開闊的海域能有怎樣的表現啦！」德魯反駁說。

其他人拍手高喊，表示贊同。

「等一下，」我輕聲對伊絲特說：「潛艇要怎麼從這裡去開闊的海域啊？」

「路卡剛才說有一條水下的通道，可以穿過環礁，通往外面。」她在筆記卡片上瘋狂寫下這項資訊。「那可能是以前的岩漿噴口。你覺得我應該寫『岩漿噴口』，還是只要寫『通道』就好？」

奧菲利亞拍了兩次手，響亮且短促，要吸引我們注意。「各位高一新生！」

人群安靜下來。這是第一次我很感激奧菲利亞是哈潘學院的教師，同時也是科學家。我敢打賭，她教課的內容一定很困難。超級有趣，但是難度很高。

「那麼，」她繼續說：「我們會以嚴肅的態度執行這項任務。鸚鵡螺號已經幾乎有兩百年沒有運轉了。我們必須給安娜、給我們其他人一點時間去適應。這會有點像是學習騎馬。」

梅朵．紐曼皺起眉頭。「潛艇還是一部機器啊，對吧？聽你說起來，它好像是一隻野生動物！」

這番話並沒有逗樂了鸚鵡螺號。整艘船開始嗡嗡作響。

伊絲特大喊：「小心！」

只見她跌倒在地，因為鸚鵡螺號的船頭兩側猛烈噴水，弧形水柱向後越過潛艇的頂部。右舷的水柱落進湖中，沒有造成傷害，但左舷的水柱把我們所有人從頭到腳淋得溼透。

震驚的沉默持續了好一陣子。

梅朵看起來驚呆了。「鸚鵡螺號，我很抱歉！你是高貴的生物！」

組員開始笑起來。多普吠叫幾聲，甩乾身子。我忍不住露出大大的微笑。如今我們得知這艘潛水艇的自尊心很強，聽力很好，甚至有點幽默感，畢竟從事實看來，它沒有嘗試要殺了我們。

我漸漸覺得自己的恐懼感平息下來。我們身邊環繞著朋友。我們很安全。鸚鵡螺號只是希望得到一點尊重。我們要做的，就是試著很快地下潛一次。接著，我們把所有漏水的地方修好，明天再回到這裡，再試一次。我們有大把的時間。

就在這時，蘇格拉底從湖泊中央跳水而出。牠以側邊落下，濺起水花，盡可能發出最大的聲響。一會兒後，牠從碼頭底部冒出頭來，對我發出急促的吱喳聲、喀噠聲和嘯鳴聲。

「哇，」傑米說：「牠是怎麼找到我們的？」

但這樣問其實不大對。問題應該是「爲什麼找我們」。

「有事情出了差錯。」伊絲特說，忘了她手中那些水漬斑斑的筆記卡片。

蘇格拉底猛然往後仰起頭，這個暗號我記得很清楚。「走吧！快點！」

我覺得自己的腸胃好像筆直墜入馬里亞納海溝。我開始萌生一種可怕的預感。

「各位！」我大喊：「喂！」

我不像奧菲利亞那麼擅長吸引全班的注意，但我的聲音隱含著警告意味，產生了效果。

其他人全都轉過來看我。

聶琳達對海豚皺起眉頭，然後對著我。

「發生什麼事？」她問：「你還好嗎？」

我的雙手瑟瑟發抖。「我們所有人都不好。我想，阿隆納斯號找到我們了。」

第三十八章

與鸚鵡螺號的水柱沖洗比起來，我這番預告更能有效澆熄全班的士氣。

全班一度陷入混亂，大家驚慌推擠，不斷詢問「什麼？什麼？」，我則忙著解釋，爲何這麼確定他們找上門了。由於某種原因，「是海豚告訴我的」這種說法並沒有釐清大家的困惑。在此同時，伊絲特和多普試著詢問蘇格拉底，但是不太順利。海豚超級激動，從牠的肢體語言看來，唯一要傳達的訊息就是「立刻離開」。

最後，奧菲利亞恢復指揮。她對每一個學舍給予不同的任務：鯊魚人去查看島嶼的防禦網；頭足人把無人機送出去偵察情況；虎鯨人去監看通訊狀況和軌跡儀；海豚人再一次清查伐羅拿號，找找看有沒有追蹤裝置。

「還有四位班長，」奧菲利亞說：「留下來，跟我和路卡待在一起。」

我們的主人帶領富蘭克林、提亞、傑米和我登上鸚鵡螺號。

這一次，我一踏入船橋，房間內的各個控制台燈光便亮了起來。路卡大步走向通訊台，操作軌跡儀的顯影球。他只要把兩隻手各放在顯影球的兩側就能轉動它。在伐羅拿號船上用了三天的軌跡儀，我竟然從沒想過要這樣試試看。

「什麼都沒看到。」他朗聲說道。

「再檢查一次，」奧菲利亞說：「把軌跡儀設定成最大半徑。」

「我當然把軌跡儀設定成……」路卡變得猶豫。他調整控制台上的一個旋鈕。「好啦。我把軌跡儀設定成最大半徑了。還是沒有。」

「我們在一座山的正中央，」傑米說：「那一定對鸚鵡螺號的感應器有影響。」

路卡勉強笑一下。「沒有像你想的影響那麼大。就算要穿透數百公尺的堅硬岩石，這些儀器還是比基地的其他任何東西都更靈敏。」

「可是，如果阿隆納斯號有動態偽裝，」我說：「很可能真的有影響……」

「儘管如此，我們應該看得到熱度的變化。」奧菲利亞皺起眉頭。「不過，也許要等到比較靠近才看得出來。那樣就太靠近了。提亞，那些無人機上線了沒？你應該能用導航控制台查看一下。」

「呃……」提亞匆匆轉動幾個旋鈕。她轉動軌跡儀的顯影球。即使是非常優秀的頭足人，也要花點時間才能學會新介面。「我不……等一下。」

她按下一個開關。一團紫色亮點出現在整顆顯影球上。「好了。那些無人機在搜索範圍內分散開來。可是如果阿隆納斯號真的在外面，那些無人機不會洩露我們的位置嗎？」

「如果阿隆納斯號在外面，」路卡嚴肅地說：「他們已經知道我們在這裡，我們的麻煩也更大了。」

我握緊雙拳。我們很可能把敵人引進這個庇護所，我痛恨這個想法。「他們怎麼可能追蹤到我們？我們清查過伐羅拿號。我們有僞裝，而且保持靜默。我們什麼事都做了。休伊特老師說過……」

即使我這樣說，我的信念依然灰飛煙滅。休伊特老師終究有可能爲蘭德學院效命，設下陷阱，害我們失敗。也說不定船上有其他人是叛徒，傳送出我們偵測不到的訊息。光是想到這點，我就噁心想吐。

「我們無法確認，」路卡說：「顯然蘭德學院握有很多先進科技，他們一直諱莫如深。狄奧多西最早來到哈潘學院時，就向我們提出警告，說他幫阿隆納斯號做了一些設計。他聲稱那艘潛艇會是鸚鵡螺號的對手，但他不相信蘭德學院眞的能把它建造出來，至少未來的一、二十年都不會。如果他們這麼快就完成，完全沒有讓我們得知消息……」

傑米扛著他那些步槍。「不過林肯基地有完善的防禦措施，對吧？我們進來時，一路上看到的那些砲塔。」

「是的，我們有防禦措施，」奧菲利亞說：「幾乎可以抵擋一般的海軍發射過來的所有武器。但我們無法確定阿隆納斯號有什麼樣的能耐。必須做最壞的打算。」

富蘭克林很緊張，扭絞著手指。在船橋燈光的照耀下，他頭髮的藍色挑染變成紫羅蘭色。「我們看過阿隆納斯號對哈潘學院下的重手。如果有那樣的一顆彈頭擊中這座島，會怎麼樣呢？」

「等一下，」提亞說：「無人機六號和七號剛剛變暗了。」

奧菲利亞急忙衝到她旁邊。「你有沒有嘗試改變路徑……？」

「有。派無人機五號和八號去清查那個格點……現在它們也變暗了。」

「或許是，電磁脈衝武器？」傑米問。

「也許吧，」路卡說：「四架無人機同時故障是不太可能的事。那個格點裡面有某種東西不希望被看到。」

「相對位置呢？」我問。

「大約是北北西方向三公里處。」提亞報告說。

「那我們最多有幾分鐘的時間。」奧菲利亞說。

她與路卡定睛看著對方。他們似乎默默達成一項共識。

「安娜，」路卡說：「你必須帶著鸚鵡螺號離開這裡，出去外面開闊的大海。她絕對不能落入蘭德學院的掌控。」

傑米往後退，彷彿有人推他。「等一下。我們甚至不知道潛艇會不會移動啊。」

「你剛剛才告誡我們，說一切都要慢慢來！」富蘭克林附和說。

「但現在我們沒時間了，」奧菲利亞說，她的聲音很緊繃。「如果阿隆納斯號在伐羅拿號上面裝了追蹤器，他們會把焦點放在林肯基地，而不是鸚鵡螺號本身。你們逃離時，我們有足夠的防禦措施，讓他們有得忙。」

「我們可以幫你們擊退他們啊！」我說：「爲什麼要冒著危險離開呢？」

我知道自己這樣說的眞正動機是什麼。其實與潛艇無關。

我拋下戴夫，結果哈潘學院在他的周圍崩潰瓦解。我不能眼睜睜看著林肯基地發生同樣的事。我不能跑掉，再一次眼睜睜看著我關心的人死去。

「我親愛的，」路卡說：「最大的危險是蘭德學院得到這艘潛水艇，這對整個世界是很大的危險。鸚鵡螺號會聽你的話。我對她的適航性很有信心，她應該有基本的推進力。她的僞裝可以運作。」

「這是眞的，」提亞說：「我們昨天檢查過。」

「她可以跑去躲起來，」奧菲利亞總結說：「但她的長距離武器無法發揮功能。碰到戰鬥，她無能爲力。」

「也是眞的，」傑米說：「她有一半的武器系統，我們不知道應該怎麼運作。還有那些魚雷……」他搖搖頭，看起來很心痛。

「鸚鵡螺號待在這裡，」奧菲利亞說：「就只是等待別人來奪走的寶物。在開闊的大海裡，她至少有機會。」

燈光短暫變暗。下層甲板有某處傳來匡噹聲，我忍不住覺得那是鸚鵡螺號的咳嗽聲，要引起我的注意。「呃，對啊，把我從這裡弄出去。」

聽到開闊的大海，她一定深受吸引，畢竟她在這個洞穴待了那麼長的時間。然而，我的心臟在胸口怦怦狂跳。我希望讓路卡和奧菲利亞指揮這艘船，或者傑米……但只有我是達卡家的人。非我不可。

我痛恨自己的DNA。

「假如我們這樣做……」我說：「假如……那麼休伊特老師怎麼辦？我們不能移動他。」

「喔，我會留下來，」富蘭克林說，語氣活像是這還用說嗎。「在治療期間，我不會離開自己的病人。伊絲特可以擔任代理班長。」

「可是……」

「我也留下來，」提亞說：「要執行這座島嶼的防禦系統，奧菲利亞和路卡會需要幫手。況且，聶琳達是你最好的戰鬥工兵人選。」

淚水在我眼裡打轉。「提亞，我從來沒有……」

「嘿，沒問題啦。」她捏捏我的手臂。「我們都有不同的強項。在這艘潛艇上工作……」她瞥了周遭一眼，顯得很緊張。「像她這麼美，不是我的強項。」

「我們很歡迎你來基地幫忙。」路卡說。接著他轉身看著我。「安娜，這個洞穴的地道通往環礁的南邊，剛好是阿隆納斯號接近來向的正對面。這樣應該可以讓島嶼擋在你和我們的敵人之間。我們會盡全力吸引他們的注意，幫你爭取時間。」

我還記得休伊特老師在聖亞歷加德羅的碼頭上對守衛說的話：幫我們爭取時間。

「可是，如果他們攻下島嶼，」我說：「或者摧毀它……」

我想起哈丁－潘克洛夫學院，它崩落到太平洋的記憶飄蕩在我的視野後方，很像一張老式照片，浸泡在硝酸銀的液體裡漸漸解析出來。

路卡對我苦笑一下。「我親愛的，別擔心。我完全沒想要害自己送命。」

「或者害我送命。」奧菲利亞冷冷補上一句。

「當然啦，」路卡附和說。「不過你可以帶朱比特上船。牠很喜歡冒險，而且他相當熟悉潛艇的廚房。更何況，誰知道呢？說不定這一切全是假警報！也說不定林肯基地會摧毀阿隆納斯號，化險爲夷！」

我看得出來，這兩種可能的情境，他其實都不相信，但他想要提振我的士氣。所有人都看著我，等待我的決定。終究必須由我來決定。鸚鵡螺號只會爲了我而行動。我轉身看著傑米。我等待他告訴我，他呢，也一樣準備留下來。他會想要待在戰場上。

「喔，不會喔，」他說著，解讀我的神情。「我接獲的命令是保護你的安全。你去哪裡，我就去。」

三天前，這番回應一定會激怒我。我可以想像自己說：「不用，眞的，沒關係。快去隨便射倒什麼都好。我沒問題。」

而現在，我很感激有他的支援。這眞是出乎我意料之外，感覺上他漸漸變成我希望帶在身邊的人，就像伊絲特和聶琳達，而我實在不曉得該怎麼理解這件事所代表的意義。

「好吧。」我這樣說，趁自己還沒改變主意。「路卡，我要你好好堅守承諾喔。你絕對不能害自己送命。」我深吸一口氣，轉身看著傑米。「把組員集合起來。去找紅毛猩猩。我準備開始指揮鸚鵡螺號。」

第三十九章

十五分鐘之內，我們全都上船了。

聶琳達跟我擊掌，然後帶領頭足人前往引擎室。虎鯨人使勁搬運一箱箱的食物和醫療用品，加上朱比特那些琳瑯滿目的烹飪用具，而紅毛猩猩跟在他們旁邊搖擺前行，一邊比劃著手語「小心一點啊」。

傑米派他的鯊魚人前往武器室，確定我們的古董魚雷很安全。接著，他跟在我和其他海豚人後面，前往船橋。

黎安負責潛航控制台。佛吉爾掌管通訊。哈莉瑪主責導航，這對她來說不大需要動腦筋，畢竟她是我們最厲害的舵手。傑米負責武器控制台，雖然我們沒有很多武器可以拿來說嘴。傑克在旁待命，擔任我的傳訊員，以免整艘船的通訊設備失靈故障。（我們真的有通訊設備能夠擴及整艘船嗎？）

我仔細端詳船長的椅子。

我敢說，嶄新的佛羅倫斯海藻皮革椅墊會很舒適。底座周圍有紫色調的燈光，氣氛很好。椅子扶手的控制器似乎很簡單：把兩隻手放在球體上，期盼著鸚鵡螺號的回應。

不過，這張椅子依然是我的祖先死去的地方。他的遺體坐在那裡漸漸乾枯，經過了一百五十年的時間。這裡是達卡家族陵墓的中央祭壇。

我必須讓它超越這樣的意義。我必須讓這艘潛艇活過來，重新運轉。

我坐上自己的崗位。我的背部壓上椅子的襯墊，發出「噗」的一聲，宛如嘆息。船橋裡各種混亂的活動全部停下來。所有人轉過身，等待我的命令。我覺得自己好像小女孩玩著角色扮演的遊戲，我和戴夫小時候就經常這樣玩。

「鸚鵡螺號，」我以邦德利語說。（如果你想知道的話，唸起來是「納特勒斯」[40]。超驚喜的吧。）「我需要進入所有的系統，麻煩你了。我們的組員都已登船。準備出航。」

管風琴傳來輕柔的中央C音。接著升高一個八度音，加入另一個C音，然後降低一個八度音，直到聽起來很像整個管弦樂團正在調音。音量漸次加強。船身隆隆作響。我腳下的地板隨之震動。在整個船橋裡，原本暗暗的針盤和儀表全都亮起來。

管風琴陷入靜默。

「好了，」黎安緊張地喃喃說道：「完全不一樣了。」

聶琳達的聲音從頭頂上劈啪傳來，聲音來自一個金屬擴音器，形狀像是一朵黃水仙。「安

---

[40] 鸚鵡螺號的英文是「Nautilus」，其實與邦德利語的讀音「notilas」（納特勒斯）差不多。

娜，你辦到了！看起來我們擁有全馬力。而且不是有個『超空蝕』的紅色按鈕嗎？現在亮起來了！」線上有些電波干擾聲，她與同學們進行一番急促的討論。「好啦，我知道，我知道啦。我們不會按那個。」

「請待命，」我說：「我們需要的只有基本推力和深度控制。」

我發現，其實我無法確定聶琳達有沒有聽到我說的話。我抓住自己的扶手控制器。「這東西有用嗎？」

透過擴音器，我說的話在整個船橋隆隆作響，也迴盪於整艘潛艇內。眞是多謝啊，鸚鵡螺號。

「機艙部？」我再試一次。這一次，沒有剛才那種「神諭」般的回音。

「噢，好耶，」聶琳達說，我可以聽出她的語氣帶著笑意。「現在我們下面這邊全部喚醒了。」

我試著回想自己的指揮和操作程序。去年秋天，我上過艾佩西上校的潛水艇操作步驟課程，眞希望我在課堂上更認眞聽講啊。

「舵輪？」

「欸[41]。」哈莉瑪說。

「潛航？」

「欸。」黎安說。

「通訊？」

「欸，船長。」佛吉爾說出這個稱謂，完全沒有諷刺的意味。

「武器？」我問傑米。

「呃……」他盯著自己的控制台。「我是說……欸？短距離的萊頓槍，也許吧。而這個按鈕顯然是要讓船身外殼充電，但無論有沒有作用……」

控制台冒出火花，電到他的手指。「哎喲！好啦，鸚鵡螺號，抱歉。武器，欸。」

「好。」我不敢相信自己做著這樣的事。「航線暢通。艙口緊閉……舵輪，帶我們出去。慢速前進。」

「慢速前進，欸。」哈莉瑪說。

地板震動。一道尾流湧過大圓頂窗。我們開始移動了。

「好耶！」佛吉爾歡呼。

哈莉瑪和黎安彼此互碰拳頭。

我沒辦法這麼容易就開始慶祝。我很怕自己的下一個指令會暴露出潛艇的數千個裂縫，害所有人全部溺斃。

「引擎室，」我說：「準備下潛。」

「引擎室，」聶琳達回覆：「準備下潛，欸。」

「武器室，」德魯·卡蒂納斯報告說：「船長，我們很安全。」

「圖書室，」伊絲特大聲說：「同上。」

❹❶ 英語國家的海員以古英語的「aye」（讀音似「欸」）代替「yes」，應是在吵雜環境比較容易聽清楚，避免訊息傳遞錯誤。

「圖書室？」我環顧四周，這才第一次發現伊絲特沒有在船橋。我想，我只是想當然耳認為她會跟在我旁邊。

「嗯，我得待在其他地方，」伊絲特說：「況且，朱比特帶來楓糖司康餅。」

多普吠叫一聲，擴音器發出吵雜的聲音。牠可能是說：「紅毛猩猩太棒了！」

「伊絲特，到船橋來，拜託，」我說：「我需要你幫忙判讀這艘船。」

「欸，船長。」她嘆口氣。

「而且拿一塊司康餅給我？」

「我也要，拜託。」佛吉爾說。

哈莉瑪、黎安、傑克和傑米全都舉起手。

「六塊司康餅。」我說。

「六塊司康餅，欸。」伊絲特說：「你們今天要搭配義式咖啡之類的飲料嗎？」

我聽不出來她是不是開玩笑。「不用了，謝謝。」

不過來杯咖啡歐蕾會很……不行。

等等。我在幹嘛啊？

「潛航控制台。」我深吸一口氣，接著轉身看著黎安。「設定深度為十公尺。姑且一試。」

黎安笑起來。「欸，船長。姑且一試。」

外面的水面漸漸升高，吞沒了船頭的窗戶。鸚鵡螺號潛入水中。一個半世紀以來的第一次，她以自己的動力啟航了。

緊接著，我們撞上某種東西。

第四十章

潛艇抖動起來，發出尖銳的聲音。

「全部停止！」我大喊。

尖銳的聲響持續發出，很像指甲劃過黑板的聲音，到最後失去向前的動量。我猛吸一口氣，心想我們剛剛是否毀掉了全世界最重要的一件發明。

「那是怎樣？」我問。

「啊，跟我這邊有關，」哈莉瑪蹙額皺眉。「軌跡儀的設定是長距離的掃描……」

她轉動一個開關。她那個控制台的顯影球膨脹成健身球的大小。正中央依然有個紫色光點標示出我們的位置，但現在我可以看到周圍的環境。綠色的光點構成精細的網絡，顯示出洞穴的牆壁。有六、七個岩錐從湖底往上升起，其中一個岩錐的頂部就在我們的正下方。死神伸出一根手指，戳中鸚鵡螺號的腹部。

我咬緊牙關。路卡和奧菲利亞可能警告過，我們要航行穿越的地方有一大片巨型石筍。他們至少可以把軌跡儀設定成短距離的模式啊。然而，我們出發的時候有點匆忙。

「不，那是我的錯，」我對哈莉瑪說：「我下的命令。報告損害狀況。」

她試著釐清眼前的讀數。考慮到鸚鵡螺號的作風，我有點期待控制台會跳出一塊黃銅牌子，上面用很炫的花體字寫著「哎喲」。

在此同時，船橋上的其他組員重新調整他們的軌跡儀顯示方式。

「喔，對耶，看看那個，」黎安喃喃說著：「巨大的岩石。」

伊絲特端著一盤司康餅衝進船橋。在她的腳邊，多普做出壓低身子的玩耍動作，像是要說：「派對在哪裡？」

「我們撞到岩石嗎？」伊絲特追問道。

頭上的擴音器傳來聶琳達的聲音，她朗聲說：「我想我們撞到石頭了。」

「謝啦，我們知道了，」我說：「誰能看出有沒有損害？」

「就我看來沒有，」聶琳達說：「但是不要再來一次啊。」

「同意。舵輪，讓我們脫離那根死神的手指，拜託了。」

「欸，船長。」哈莉瑪聽起來鬆口氣。

「我掌握到通道的入口，」佛吉爾在通訊台那邊說：「右舷十五度，距離九十公尺，深度二十公尺。」

我拚命忍住不要發抖。你在潛水學校學到的第一課，就是水底下的洞穴有多麼危險。那是最有可能害你送命的地方。

身在一艘潛艇裡面，並沒有讓我覺得安全脫身的機會比較高。我們幾乎還沒有離開停泊處，就已經差點害自己遭到刺穿。但無論如何，如果船長尖叫著說「我們全都要死了！」，感覺好像不太得體。

「設定轉向右舷十五度，」我說：「設定深度二十公尺。慢速前進。各位，前進到出口，不要再撞上任何其他東西了。」

傑米笑出來。

我狠狠瞪他一眼。

「好啦，不好笑。」他表示同意。

我們再度開始移動。我仔細看著軌跡儀的顯影球。通道的入口隱約逼近，很像一隻鯨魚張開大口。

「距離四十公尺，」哈莉瑪高聲說：「深度穩定保持在二十公尺。」

我瞥了伊絲特一眼，她站在我右邊，捧著那盤烘焙點心。「你感覺鸚鵡螺號怎麼樣？」

「冷靜，」她說：「想要一塊司康餅嗎？」

冷靜是好事。而且，是的，我想要一塊司康餅。

我沒有聽到吱嘎聲或劈啪聲，走廊也沒有傳來警告的叫喊聲。然而，我想像這整艘潛艇的古老船殼外板有一千條小縫隙，突然間全部一起爆開。

「傑克，」我說：「走過整艘船一次，好嗎？各方面都檢查一下。」

「欸。」有這工作可做，他看來鬆一口氣。他抓了一塊司康餅，隨即跑開。

「通道入口距離十公尺，」哈莉瑪說：「會很難搞喔。」

「要怎麼操縱這東西，你真的懂嗎？」佛吉爾問道。

管風琴奏出一個減和弦，害我們全都嚇得縮起身子。

「我是說……你知道要怎麼操縱這麼漂亮的船艦嗎？」佛吉爾更正自己的說法。

「我想可以，」哈莉瑪說：「鸚鵡螺號，這裡幫我一點忙吧。船長？」

過了好一會兒，我才意識到她是問我問題。我還不習慣別人叫我船長。

「慢速前進，」我說：「由你來斟酌修正航線。」

「欸。」哈莉瑪轉動控制桿的動作也太輕微了吧。

我們剛到達通道入口，一陣抖動讓船橋發出喀啦聲。一連串的氣泡湧過前方窗戶。

我抓住椅子的扶手。「那是什麼……？」

「爆炸！」傑米大喊；沒必要這麼大聲吧。「不過，沒……沒有很近。大約在……」他在控制台上匆忙撥弄一番，只見他的球體變成深紫色。「哇，酷喔。」

「跟那個爆炸有關嗎？」我追問。

「對喔，抱歉。環礁的北側邊緣發生爆炸，大約距離一公里。也許是，魚雷？」

「魚雷的巨大衝擊波。」佛吉爾說。

「阿隆納斯號。」伊絲特說。

那個名字遠比管風琴的減和弦更令人不安。

我想要相信，那是路卡和奧菲利亞徹底擊垮我們的敵人，但我知道不可能那麼幸運。更有可能的是阿隆納斯號射出警告的一擊，讓林肯基地知道他們是當真的。但至少，我們頭頂上的洞穴還沒有轟然崩跨。

「讓她保持穩定前進。」我說。

哈莉瑪帶我們進入通道。

在窗戶外面，繁星般的浮游植物消失了。在我們頭頂上僅僅一公尺處，熔岩隧道的天花板滑行而過，在船橋的紫色燈光下微微發亮。我這時才想到，尼莫當然會讓他的燈光呈現紫色。藍光和紫光，波長最長的光，在水底下是最後才消失的顏色。我眞想知道鸚鵡螺號有沒有紫色的船頭燈，或者擋風玻璃有沒有老雨刷。

所有控制台的球體突然閃爍一下，然後熄滅了。

「哈莉瑪？」我驚恐問道。

「沒事。」她的左手穩穩放在控制桿上，右手則在各個控制器之間飛快跳耀，彷彿這個控制台她用了一輩子。「我料到會這樣。」

「熔岩隧道的側壁含有金屬，密度異常的高，」黎安告訴我：「讓我們的軌跡儀失去作用。我們必須運用實體的讀數，直到抵達另一側爲止。」

哈莉瑪沒有回答。她有點忙，努力要讓我們完好無損。

「戰術顯影球也失效了，」傑米說：「我無法判斷外面發生什麼事。」

「你得到阿隆納斯號的位置了嗎？」我問。

「什麼都沒有。也許他們有僞裝。」

「那樣可能是好事，」伊絲特說著，同時餵一點司康餅給多普吃。「或許他們也沒辦法看到我們。」

講到這點……

「引擎室，請報告，」我說：「我們的狀況看起來如何？」

「嗯，」聶琳達說：「發光的東西依然在發光。嗡嗡叫的東西依然在嗡嗡叫。我認為我們很好。」

「如果我們有動態偽裝，現在是啓動的好機會。」

「呃……對喔。準備啓動。」

通過隧道的過程好像沒完沒了。汗水沿著我的背後涔涔滴下，襯衫黏在舒適的義大利海草皮革上。

沒有人說話。連多普也很安靜，耐心坐在伊絲特旁邊，等著吃更多的派皮點心。

伊絲特伸手放在我的椅背上。「鸚鵡螺號感覺很好，」她告訴我：「我覺得她很興奮。」只有她這樣覺得啦。

傑克回來了，跑步穿越整艘船讓他喘不過氣。「沒有問題。」他報告說。

聶琳達透過對講機朗聲說：「偽裝啓動了，寶貝。我是說船長。寶貝船長。」

一會兒之後，軌跡儀的顯影球閃爍一下，又亮了起來。

「我們出來了。」哈莉瑪嘆口氣。

「好耶！」黎安對她熱烈鼓掌。傑克高喊一聲，握拳振臂。我聽到其他組員的歡呼聲，從我們背後的走廊迴盪傳來。

我們的熱情沒能持續太久。

「安娜！」傑米大喊，完全忘了「船長」之類的稱謂。「我定位到阿隆納斯號了。」他轉過身，表情嚴峻。「那個爆炸呢？不只是『擊中』環礁的北側而已。環礁的整個北側都不見了。」

第四十一章

傑米扳動一個開關。他的戰術全像球開始擴張、變大，向我們呈現出林肯基地的3D立體景象。主島嶼從潟湖向上拔高，周圍的環礁原本是近乎完美的同心圓，而現在，除了幾天前伐羅拿號航行穿越的那條水道，北側邊緣還有一道更大的破口。有一段海灘，還有約莫足球場大小的整片有刺灌木，就這樣消失在大海裡。

在顯影球的南側邊緣，鸚鵡螺號的紫色光點發出亮光。而我們的正對面，在環礁破口的北邊，漂浮著第二個紫色亮點：阿隆納斯號。

武器的火光宛如流星，一道道劃過球體，來回穿梭於阿隆納斯號和沿著環礁僅剩部分的砲塔之間。島嶼的防禦砲塔一個接一個變暗、消失。

我覺得嘴裡好像塞滿溼溼的沙子。「傑米，可不可以拉近一點，看看攻擊者？」

他撥動另一個旋鈕。突然間，我好像近距離親眼看著阿隆納斯號，或至少是她的全像式影像。

就像休伊特老師那些無人機的模糊鏡頭所看到的，船隻眞的是箭頭形狀，感覺好像蘭德學院把一架隱形轟炸機加以改造，拿來水中使用。船身周圍有一圈模糊的紫色光暈，似乎把林肯基地防禦系統射出的砲火全都吸收掉了。

「那是什麼？」我問：「某種防護盾？」

沒人說得出答案。我們滿心驚恐，緊盯著阿隆納斯號繼續以緩慢而穩定的速度挺進島嶼。

佛吉爾轉過身。「安娜……船長……如果他們又用那種引發地震的魚雷去攻擊基地……」

「不會，」伊絲特說：「如果認爲他們的大獎在基地裡面就不會。」

他們的大獎。

我抓緊自己的扶手椅。我超痛恨阿隆納斯號，從來沒有那麼痛恨任何一種事物，但伊絲特說得對。我和鸚鵡螺號是一場貓捉老鼠遊戲的大獎，我們不能成爲這場戰鬥的戰士。

「船長，有什麼指令？」哈莉瑪聽起來很鎮定，但她的雙手在導航控制台上發著抖，對舵手來說，這通常不是好事。

我想像休伊特老師躺在他的病床上，石礫碎片從天花板宛如雨點般落下，而富蘭克林挺身擋住保護他。我想像林肯基地的走廊震動搖晃、燈光閃爍，而提亞、路卡和奧菲利亞在幾個控制面板之間拚命跑來跑去，試圖維持電力，然而敵人很有計畫地摧毀他們的武器系統。

我眞希望自己能幫上忙，但那不是我們的任務。我們對林肯基地完全幫不上忙。

「舵輪，將航線設定成正南方，」我說：「全速前進。不管什麼速度都好。」

「航線正南方，全速前進，欸。」

「潛航，設定我們的深度……」我眨眨眼，努力讓自己的腦袋保持清醒。我查看黎安的控制台上方的全像球。「設定深度為二十五公尺。」

「二十五公尺，欸。」黎安說。

我的胸口感受到潛艇開始加速並下潛。

「船長，」聶琳達的聲音由上方擴音器劈啪傳來。「我想，也許我們應該降低速度。我得到一些奇怪的數據，從……啊，那可不妙。」

鸚鵡螺號劇烈震動。透過對講機，我聽到頭足人高聲叫喊。在我們後面，從走廊的另一端，更多組員大聲叫喊，提出警告。

「武器室！」德魯的聲音從通訊設備傳來。「我這邊的通風管流出綠色黏液！」

「船上廚房！」這是布莉姬特．沙爾特的聲音。我可以聽到她背後的紅毛猩猩很慌張，發出喘氣聲和呼嚕聲。「有某種泥狀的東西從通風口大量流出來，灑得朱比特的深鍋和淺鍋到處都是，牠完全不能接受！」

「引擎室！」聶琳達大喊：「主引擎掛掉！我們有黏黏的東西！我重複一次，我們有黏黏的東西！」

哈莉瑪掄起拳頭，猛力敲打導航控制台。「船長，我們在水裡卡住了。」

我低聲咒罵一句。我想起第一次登船時，路卡從線路室拉出的那團腐爛海草。我想像整艘船的每一條管道和每一條縫隙，全都一直噴出維多利亞時代的大量惡臭海草，那都是因為我們對這個古老的鈮鏌合金「圓桶」提出的請求，迫使那些海草到處流竄。我到底在想什麼啊？竟然把鸚鵡螺號當成一艘運作順暢的潛水艇？

「聶琳達，」我透過對講機喊道：「我們急需推進力。你能修好嗎？」得到的答案只有靜電雜音，以及從背景傳來的混亂喊叫聲。

「我去看看。」吳傑克再度衝出去。

「喔……」傑米從他的控制台向後退開。「不，不，不。」

我以爲一定是黏糊物快要從他的控制台漏出來，但那不是重點。在傑米的戰術顯影球上，阿隆納斯號改變航線了。基地僅剩的砲塔繼續向她開火，但阿隆納斯號沒有費心回擊。她轉而向東，準備繞過環礁。

「她在幹嘛？」黎安喃喃說著。

「他們已經發現我們了。」我說。

「怎麼會？」哈莉瑪追問：「我們的僞裝看起來有運作啊。」

「也許沒有，」佛吉爾說：「可能和推進力一起掛掉了。或者說不定阿隆納斯號發現我們的熱度變化，就像奧菲利亞說的……」

「現在那不重要了，」我說：「再過不到一分鐘，他們就能夠直線開火。我需要大家提供一些選項。」

「有那艘小艇，」傑米說：「我可以把它開出去，也許吸引他們的砲火，幫你爭取時間。如果我可以帶一些傳統的武器，開到夠靠近阿隆納斯號的地方……」

「不行，那樣是自殺，」我對他說：「我們有什麼保護盾之類的東西嗎？」

「保護盾之類的東西……」傑米對著他的控制台皺起眉頭。「呃，我沒有……」

「鸚鵡螺號。」聲音從我們的擴音器轟隆發出，巨大的音量害我嚇得跳起來。「這是阿隆納斯號。投降，否則你們會遭到摧毀。」

我認得那個聲音。那是我們的老朋友兼拷問對象，卡勒伯．索斯。

「這傢伙怎麼能回來？」傑米咕噥道：「我以爲蘭德學院會處罰失敗的人。」

「他一定是撒了很厲害的謊話，」黎安猜測說：「也許把所有罪過都推給其他同學。」

「呸，」傑米說：「我眞該把他的粉紅小鴨浮袋拿來戳幾個洞。」

「你們在那塊破銅爛鐵裡面連動都不能動，而且毫無防禦能力，」卡勒伯繼續說：「馬上放棄吧，那麼我們會放過你們的基地。」

鸚鵡螺號抖動起來。我覺得她不喜歡有人叫她破銅爛鐵。

「可以關掉他的聲音嗎？」我問：「他又怎麼能透過我們的通訊系統這樣放送？」

「我……我找找看。」佛吉爾說著，瘋狂轉動各個旋鈕。

卡勒伯的音量變得比較小，但以恫嚇言語繼續長篇大論：「我們只要鸚鵡螺號和安娜．達卡。你們所有人都不會受到傷害。我們對待你們的方式，會比你們對待我要好多了。」

「他們愈來愈靠近，」傑米告訴我：「現在距離一公里。」

島嶼的防禦系統繼續開火，試圖吸引阿隆納斯號的注意。我們的敵人不理會那番火力攻擊。他們鎖定我們，幾乎就像是……

一陣絞痛襲擊我的腹部，把我的五臟六腑摺疊成各種不同的摺紙形狀。

「他們一直都不是在追蹤伐羅拿號，」我終於體認到。「他們追蹤的是我。」

「怎麼辦到的？」黎安問：「你的ＤＮＡ有放射性還是怎樣？」

聶琳達透過擴音系統說：「船長，我們有個點子。你可能會恨死了，不過……」

「如果你們不相信我，」卡勒伯．索斯打岔說：「那就聽我們船長的話。」

我整個人跳起來。「關掉那個笨蛋擴音器！」我對佛吉爾大喊。

接著，敵人船長的聲音透過對講裝置傳來，立刻把我打回椅子裡。

「嗨，老妹，」戴夫說：「你做得很棒，不過現在該投降了。」

第四十二章

我還記得自己第一次「氮醉」的經驗。

教練帶我用普通的氣瓶潛入三十公尺深處，只是要讓我知道「氮醉」是什麼樣的感覺。我的視線開始變狹窄，也沒辦法用潛水錶做簡單的計算，而且滿腦子混合了奇怪的狂喜和恐懼。我知道如果游到更深的地方，那片漂亮的藍色廣闊空間會害我沒命，但那完全就是我想做的事。

聽到戴夫的聲音，讓我有一模一樣的感覺。

我的思緒變得像糖漿一樣。我哥哥還活著。我哥哥是叛徒。

我鬆了口氣。我驚駭莫名。我旋轉著墜入藍色深淵。

「這不可能啊。」我說。

船橋的組員全都盯著我，他們顯得很震驚、困惑……傷心。他們需要答案。同樣的，我沒有答案。

「那……那一定是假的，」我說：「聲音合成器之類……」

「安娜，那是他的聲音。」伊絲特對著地板皺眉頭。「他還活著。」

「可是……」

「鸚鵡螺號，」戴夫說：「安娜，你沒時間了。我需要聽到你投降，否則我們就開火。」

「他不會吧。」黎安說。

「他會，」哈莉瑪反駁說：「他就是摧毀哈潘學院的人。」

不，我心想。不是我哥哥。

接著，我想起我們最後見面那天他說的話，當時他提早給我生日禮物。「你今天要離開，去參加你的高一新生考驗。」

他知道發動攻擊時，我不會在校園。他淡化我對安全網的疑慮。蘭德學院必須有內應，才能破壞安全系統。一直以來，我懷疑我的同學，或者休伊特老師……

對講機劈啪作響。聶琳達的聲音打斷我的恍惚呆滯。「呃，其他人有沒有聽到？船長，命令呢？」

命令……我差點想笑出來。爲什麼會有人要聽我的命令？我是超蠢的小女孩，遭到自己哥哥的欺騙和愚弄。

「安娜，你還好嗎？」傑米問。他的神情充滿關切、期盼，很像等待我抓住一條救命索。

我強迫自己呼吸。此時此刻，我不能旋轉著墜入這種情緒的空虛狀態……如果這樣表示會拋棄我的朋友就不行。「引擎室，隨時待命。」我轉身看著佛吉爾。「他們可以聽見我們說話嗎？」

「不行，」他說：「單向傳送。相當確定。幾乎肯定。」

「他們的位置呢？」

傑米查看他的面板。「距離半公里。維持在我們的六點鐘方向。」

儘管我們做了所有的預防措施，他們是怎麼找到我們的呢？他們絕對不是跟蹤伐羅拿號。他們跟蹤的是我……

「我希望你戴著這顆珍珠求好運，」戴夫說：「你也知道，只是萬一啦，怕你來個驚人大慘敗或之類的。」

我怔住不動。我的手指緊緊握住母親的黑珍珠墜子。我將它從頸間扯下，拉斷項鍊。戴夫重新鑲嵌它，完全是爲了我。珍珠很容易就脫離它的新底座。在那底下，黏在銀色的底部有個小小的另類科技接收器。

「安娜，我好遺憾。」伊絲特的下唇不斷顫抖。她很了解我的感受。她很了解遭到利用、被當成珍貴物品的感受，甚至來自於自己的家人。

「我可以借用你的萊頓槍嗎？」我問。

她毫不遲疑，把她的手槍遞給我。

我把項鍊斷開的所有部分放在地上，有鍊子、底座，甚至是珍珠。我不能冒任何風險。我往後退，開槍。

藍色的捲鬚狀電流劃出一道弧光，向下擊中長條的項鍊。另類科技接收器劈啪燃燒，很像小小的緊急照明彈。白色煙霧蜷曲纏繞著我母親的珍珠。

一種辛辣的滋味充塞於我的喉嚨底部。我不確定那究竟是追蹤器燒熔的氣味，還是喉嚨湧起的痛苦滋味。

回想之前在伐羅拿號上，蘭德學院的突擊小隊刻意沒有用萊頓槍對我開槍。代替的方法是注射毒液。他們希望拿下整艘船，包括我、休伊特老師的航海圖、DNA判讀器等所有東西。但如果出了差錯，他們不想冒險弄壞他們的追蹤器。我是他們的保險單。我引來他們，引來戴夫，直接找到鸚鵡螺號。

我哥哥的聲音響遍整艘船，他的語氣是親密的懇求，只對著我說話。「安娜，我對學校提出警告。我叫他們撤離。我不希望他們死掉。我不希望任何人死掉，特別是你。」

喔，天啊。戴夫那段不完整的錄音，不是來自學校的廣播系統。他是從阿隆納斯號船上廣播的。

我好想對他尖叫，想要請他好好解釋。但我絕對不會打開通訊設備。

一小時前，我很願意用鸚鵡螺號和整個世界作爲交換條件，只求再跟戴夫說一句話。而現在，我希望盡可能離他愈遠愈好。

「引擎室，」我說：「你是要提出選項嗎？」

一陣子的靜電雜音，然後聶琳達回應：「對，但是你不會喜歡……」

「我現在什麼都不喜歡啦。告訴我。」

「空蝕駕駛，」她說：「說不定還能運作。它與引擎的聯繫是用不同的起動機系統……」

戴夫蓋過她的聲音。「安娜，哈丁—潘克洛夫學院不是我們的朋友。歷經那麼多代的人，他們一直隱藏我們家族的遺產。他們的愚蠢害我們的父母送掉性命。他們正在利用你。蘭德學院讓我指揮他們最有價值的船艦，他們想要運用我們的科技讓世界變得更好。哈丁—潘克洛夫學院永遠不會。他們甚至拒絕讓我看看鸚鵡螺號。要逼迫他們行動，這是唯一的方法。我很抱歉，但是非這樣做不可。現在可以取得我們的東西了。你的和我的。」

「聶—聶琳達，這個空蝕駕駛……」我努力不把戴夫說的話聽進去，但覺得自己好像用海蛇的毒液去漱口。「你確定那會有用？」

「當然不確定，」她說：「如果我按下這個紅色按鈕，也許什麼事都不會發生。也許我們會當場爆炸。也說不定我們衝出去，越過大半個太平洋，然後直直撞上水底下的某座高山。不過我就只有這種方法了，除非我們動手修理時，你可以讓戴夫繼續講個六、七小時。」

我還寧可爆炸。

「如果我們想辦法逃走，」傑米警告說：「阿隆納斯號會轉而對付林肯基地。」

我當然知道。奧菲利亞、路卡、休伊特老師、提亞、富蘭克林……我們怎麼可能把他們留下來，任憑那艘潛艇的擺布……任憑戴夫的擺布？我哥哥到底是變成怎樣啊？另一方面，我不能讓鸚鵡螺號的這些組員束手就擒。守護林肯基地的那些人交給我一項任務；他們留在基地，讓我們能夠執行任務。

「鸚鵡螺號，聽我說，」我以邦德利語對潛艇說：「我們需要立刻離開。我們需要找到安全的地方。如果我們沒有……」

「那好吧。」戴夫充滿痛苦的聲音，讓我深深聯想到我們父親的聲音。每次我們不乖，老爸的失望嘆息永遠是最嚴厲的懲罰。「安娜，我們要引發一場電磁脈衝風暴。那不會摧毀你們，只會讓你們剩餘的系統通通掛掉。然後，我們會登上你們的船。你無法阻止我們。你們是一群高一新生，待在一艘你們不了解的破爛船上。拜託不要讓我們殺掉你的組員。」

傑米大喊：「魚雷進入水中了！十秒就會擊中！」

「引擎室！」我大叫：「現在立刻按下空蝕駕駛！」

經過三次心跳的時間……什麼都沒有。

接著，一層又一層的氣溶水猛然湧上前方窗戶，很像我們筆直衝進全世界最強力的洗車場。潛艇向前猛衝，我整個人被拋到船橋後方。我的頭撞上金屬，感覺到一陣悶悶的爆裂聲，周遭的一切陷入黑暗。

第四十三章

我醒來時，伊絲特站著低頭看我，身上穿著外科手術服。我的太陽穴陣陣抽痛，感覺後腦勺好像裹在冰塊裡。

「你在醫務室，」伊絲特說：「你昏過去已經四個小時了。你需要休息……」

我側身滾下床，試著用腳站穩。我踩到多普，牠氣得吠叫幾聲。伊絲特抓住我的手臂穩住身子。

「這樣不是休息。」她指出。

「我得……這艘船。我們安全嗎？」

從附近不知何處，聶琳達回答說：「暫時安全。」

我努力讓視線聚焦。好幾個西爾瓦在門口旋轉搖晃。她穿著軍靴、黑白格子的蘇格蘭短褶裙、黑色的兜帽上衣，搭配黑色唇膏，看起來很像蘇格蘭高地人的突擊隊員。她的額頭有塊厚厚的白色紗布，約是一張鈔票大小。

我搖搖晃晃指著她的包紮。「你還好嗎？」

「誰？我嗎？我好極了。我們開始空蝕駕駛時，我的臉和一根曲軸有點意見不合。倒是你，覺得如何？」

這是個好問題。我的頭痛產生的爆炸威力大約是五千萬噸。我失去意識長達四小時。至少那樣讓我省了四小時哭得醜兮兮。我哥哥還活著，而且是叛徒，還發動了集體屠殺。

「我會活著，」我終於說：「誰在駕駛這艘船？」

「嗯，傑米坐鎮在船橋，」聶琳達說，我以為她會有點不高興，但沒有，「不過此刻沒人駕駛。我們停住不動。」

我努力理解這件事。「組員怎麼樣？」

「我們有十七個人受傷，」伊絲特說：「多半是輕傷。」

「富蘭克林和提亞沒有來，我們只有十八名組員耶。」

「我知道，」她表示同意。「我運氣好。我的平衡感很好。而且，朱比特很好。還有多普也很好。」

多普搖搖尾巴。確認無誤。

伊絲特用手指戳戳我的頭皮。也許她要在我頭上找找看有沒有洞吧。她很討厭身體方面的接觸，但這時候我只是病人，她這樣毫不客氣地猛力戳刺可是一點困難也沒有。

「你的祖先發明出超空蝕駕駛，」她說：「但沒有發明安全帶。我們有三個人手臂骨折，兩個人腦震盪，還有一人二級灼傷。」

「誰灼傷？」

「凱伊．蘭西。」聶琳達指著我後面。

凱伊躺在我旁邊的床上，睡得很熟。她的手臂纏繞著繃帶，從肩膀一路包紮到指尖。可憐的凱伊……我希望這間醫務室有某種皮膚移植的科技。

我壓低聲音。「發生什麼事？」

「她被拋到一個冷融合的線圈上。」聶琳達的神情很緊繃。「那些東西真的很燙。誰知道會這樣？」

「我們可能會想要裝設安全帶，」伊絲特說：「或者下一次用力按下空蝕駕駛的按鈕前，至少稍微警告一下。」

我不好意思地點點頭。就連這樣的動作也會痛。「我得回去船橋。」

「不建議，」伊絲特說：「你的頭撞得滿猛的。我對你試用了一台掃瞄器之類的東東，很像是針對身體的軌跡儀……」

「所以尼莫也發明了磁振造影和電腦斷層掃描？」我打了個寒顫，希望伊絲特沒有讓我服用古代的另類科技放射性顯影藥劑，把我變成一條魚。

「我沒看到有發炎的地方，」她說：「不過，我用的是自己不是很了解的設備和藥品。」

我懂了。她希望我休息，但那是我最不能做的事。

我轉身看著聶琳達。「損害報告？」

她雙手一攤。「我的意思是……我們完好無損嗎？推進力掛掉了。空蝕駕駛發脾氣之類的。我們還在努力把自己從『黏液大爆炸』救出來。另一方面，我們有內部的電力。我們有空氣。我們的深度是穩定的二十公尺。船身完整。所以我們很好。只是有一陣子不會去任何地方。」

「我們的位置在哪裡？」

她笑起來。「你不會相信的。我們在菲律賓海，納卯市㊷東方大約六百五十公里的地方。」

我眨眨眼，努力理解這項資訊。「你是說，用力捶一下空蝕駕駛的按鈕，我們就咻地一下……」

「大概八千公里，」她確認說：「提醒你一下，那花了兩、三個小時。你整個過程都失去意識，不過還是……」

「如果是商業飛行的話，那會花……大約十二小時？海上航行要花六天？」

「我就說你不會相信吧。」

問題是，我絕對相信。我把「超空蝕駕駛」這一項，加進蘭德學院如此渴望得到「破銅爛鐵」潛水艇的理由清單裡，這種專利科技大可把全世界搞得天翻地覆。

「阿隆納斯號，」我想起來了，我的神經劈啪作響。「有他們的任何跡象嗎？」

「完全沒有，」聶琳達說：「我們的航線和方位還滿明顯的。如果阿隆納斯號有空蝕駕駛，應該早就能跟上我們。既然他們一直還沒出現，我想可以假設我們擁有這項優勢。」

我呼出一口氣。能夠掌握的所有優勢，我們通通都需要。

另一方面，我們把阿隆納斯號留給林肯中心去處理。而我們困在大海中央，沒有推進力，沒有盟友，沒有善意的港口。

至少，我想是這樣……

我回想起自己請求鸚鵡螺號帶我們到安全的地方。她是刻意選擇這個地點，用空蝕駕駛把我們丟在這裡？或者她只是耗盡力氣？

「我們附近有任何東西嗎？」

聶琳達聳聳肩。「偵測不到任何祕密基地，如果你指的是這個的話。帛琉海溝就在我們的正下方，直直下探六千公尺。我不會想在這裡失去潛水的控制力。」

我覺得自己已經失去控制力了。我的腦袋逐漸出現應力性骨折。爲什麼是這裡？現在怎麼辦？我要怎麼面對自己的組員？畢竟我哥哥是造成所有問題的原因，而且我把他引過來，直接到林肯基地找上我們。

我的雙膝一軟。伊絲特連忙抓住我的手臂，免得我跌落在地。

「安娜，你至少得坐下來。」她堅持說。

「我會，」我答應她。「在餐廳裡。」我看著聶琳達。「集合所有組員，好嗎？還有，伊絲特，如果你有什麼超級另類科技阿斯匹靈的話，我會很感激。接下來的對話會很頭痛。」

㊷納卯市（Davao City）是菲律賓南部民答那峨島的最大城，菲律賓總統杜特蒂的故鄉。

第四十四章

令人頭痛的對話，還有全世界最奇怪的早午餐。

餐桌只設置了八個人的座位。我們把能夠找到的所有椅子全部搬進來，沿著四周牆壁擺放。家具吱嘎作響，聞起來有霉味，但組員已經盡全力打掃整個空間。老舊的桃花心木桌面閃閃發亮，頭頂上的鮑魚殼樹枝狀吊燈光彩奪目，每一件銀質餐具都雕刻著尼莫船長的紋飾，已經擦拭得亮麗如新。

朱比特精心準備了美味的大型藻類三明治。牠也烤了好幾十塊巧克力碎片餅乾，這讓我更加深信，牠是這群組員最不可或缺的成員。

伊絲特所說的受傷人數不是開玩笑的。放眼望去有好多繃帶、夾板、石膏和懸帶，都可以組成一支救護兵了。

等到每個人都有東西吃（這頓飯吃得非常安靜），我終於開口說話。

「各位，我對戴夫的事情一無所知。」我曾經練習自己要說的話，但還是很難好好說出口。「我以爲他死了。戴夫做的事……我甚至不曉得有人可以對我們的學校和我們的朋友做出那種事。」

我抹掉一滴眼淚。我認識這些同學已經兩年了，但此時此刻，我看不清他們的表情，他們的模糊臉龐在我的淚眼之前飄浮搖晃。我不免心想，伊絲特一直以來的感受是否就是如此。

「如果你們認爲我也參與其中，」我說：「我不怪你們。在這種時候，我也不信任我自己。這艘潛艇不是我的。你們應該要選出另一個人來發號施令。傑米可以接手，或者你們選出的任何一個人……我想，我很努力想要說對不起。」

唯一的聲音是遠處的循環風扇發出的嗡嗡聲。

「安娜，」傑米最後開口說：「沒有人怪你。」

我盯著他看。如果他對我說大海是紫色的，我還比較不驚訝。

「你不是你哥哥，」他繼續說：「他做的事情沒有影響你。你已經帶我們走了這麼遠，讓我們活著。」他看著周圍的人群。「有人不同意嗎？如果有，說出來。」

沒有人說話。

我很想知道，這會不會只是同儕壓力的關係。傑米也是個嚴厲的人，你很難反駁他說的話。不過我感受到組員沒有顯露出不安的樣子：沒有偷偷互看一眼，沒有在座位上侷促扭動。

一種感激的心情圍繞著我，很像一塊溫暖的拼被。我好想謝謝這些朋友，但那樣似乎還不夠。我能夠感謝他們的最好方法，是無愧於他們的信任。

「如果你們很確定，」我說著，擦掉另一滴眼淚，「那麼有很多事情要做。我們修理到哪裡了？」

他們的報告對我的頭痛毫無益處。我們的待辦事項就像潛水艇一樣長。除了清理黏黏的東西、把逃離時弄壞的系統修理好，更重要的是，鸚鵡螺號還有一千件事情還沒弄懂。路卡和奧菲利亞花了兩年時間，努力理解這艘船。他們是哈潘學院最優秀的人。如果我們眞的想要再次啓航，就必須在沒有借助於他們的經驗、他們的基地或任何其他維修設備的情況下，完成他們所做的工作。而且我們沒有兩年時間能做這些事。

聶琳達說出我的心聲：「我們必須幫助林肯基地。」

基婭．簡森在她的懸帶裡調整骨折的手臂。我看得出來，她不喜歡自己準備講的話。

「我只想把這件事提出來，」她說：「我們的職責，是要確保鸚鵡螺號不要落入別人手裡，對吧？路卡和奧菲利亞不是告訴我們，絕對不要讓蘭德學院有任何機會擄獲這艘潛艇？」

當然，她說得對。我們駕馭的是有史以來最顚覆的科技突破：非常戲劇化的大躍進，就像鐵器或火藥出現的時候一樣。但是聽到像基婭這樣的鯊魚人，建議大家一走了之，感覺就像拿冰水潑在我的臉上。

「除此之外，」她繼續說：「我們沒有勝算。關於這點，戴夫沒說錯。我們擁有的是一艘非常老舊、功能也不完整的潛艇……雖然她很漂亮又很驚人……」最後這句話她說得很大聲，對著頭頂上的樹枝狀吊燈說。「況且，我們沒有學過怎麼操作她。蘭德學院派來的是高年級學生。他們笨到沒有派來校友，或者成年人教職員，不過……他們有戴夫。這樣的做法，他們一定規畫了很長一段時間。」

我再度感到疑惑，蘭德學院爲何指派學生前來，雖然派來的是最優秀的學生。或許這是學校文化使然……培養學生凡事靠自己的能力，就像卡勒伯說的。不過我有種預感，這與戴夫比較有關係。我可以想像，他要讓所有的狀況都與他有關，只有他能掌管阿隆納斯號，而蘭德學院必須信任他、把指揮權交給他，才能證明他們與哈潘學院不一樣。也許吧，在他的內心深處，他甚至試圖營造公平競爭的環境，讓哈潘學院有個奮戰的機會……

不。我不能那樣想。我不能擔任戴夫的辯護人。他做了自己的選擇。卑鄙邪惡的選擇。而現在，如果他沒能接管鸚鵡螺號，我可以想像，他的新朋友很快就會變得很不友善。

聶琳達沉下臉，看著她的三明治。「蘭德學院殺了我們的朋友。他們摧毀了哈潘學院。現在他們又占據林肯基地。我們不能一走了之。」

布莉姬特·沙爾特悶悶不樂，把她的盤子推開。她失去了就讀哈潘學院的哥哥。她完全清楚蘭德學院做了什麼好事。「他們想要鸚鵡螺號，而不是那座島。也許阿隆納斯號會拋下林肯基地，跑來追我們。」

從語氣聽來，她極度渴望那是眞的。她渴望自己得到機會，挺身一戰。

「或者，」德魯提議說：「抱歉這樣說，他們也有可能已經把基地毀掉了。」

我搖頭。「他們摧毀哈潘學院，因爲那是他們計畫的一部分。那樣能促使我們帶領他們找到鸚鵡螺號。林肯基地就不一樣了，那裡是尼莫的長眠之地，他們會想要好好探索一番。他們會希望在那裡找到一些線索，確定我們的位置，還有這艘潛艇的資訊……」

「他們會控制那座島，」傑米終於說：「那就表示他們會控制俘虜。」

我想著我們拋下的那些人：路卡、奧菲利亞、休伊特老師、富蘭克林、提亞。甚至是蘇格拉底，雖然我不太擔心牠會被抓住。

「他們會讓我們的夥伴活著，」我這樣說，強迫自己相信。「戴夫會想要審問他們。」

我想著，現在他是我們的敵人。不是什麼一群不知名的敵對學生，而是我自己的哥哥。我墜入一個自己並不了解的宇宙，我也不想了解。

「我們有多久時間？」傑米問。我懂他的意思：直到俘虜不再有用為止。

我向黎安探詢意見。她是我們最優秀的審問高手。不過我再也無法判斷她的耳朵有沒有變紅，因為她的頭裹著紗布，遮住了耳朵。

「要看俘虜他們的人有多大耐心，」她說：「可能好幾個星期。我想，戴夫……蘭德學院現在希望我們回去。他們會等等看。手中握有活著的俘虜會很有用。」

我想著以前在哈潘學院學到的審問方法。老師總是教我們不要表現得殘酷無情。那不是我們的作風。然而，有些心理學方面的技巧具有很大的破壞力，我覺得蘭德學院不會輕易放過。遭到監禁的每一天，感覺會像是永遠沒有盡頭。

「我們不能花幾個星期的時間。」我終於說。

「而且，」伊絲特說：「我們不能永遠待在這裡。只要核子反應器連上線，我們就有無盡的能源、水和空氣。但是大約七天之內，食物就會耗盡。」

多普把頭靠在她的大腿上。我想，牠讓伊絲特想起食物很重要，而且也要美味才行。

「一個星期。」聶琳達抓抓她額頭的繃帶。「完成不可能的任務。讓引擎恢復正常運作。」

「讓一些魚雷發揮功能。」德魯補上一句。

「把通風口的黏液清除乾淨。」傑米抖了一下。「所以，船長，計畫就是這樣嗎？回去林肯基地？」

我站著，努力不要搖晃身子。「如果有人覺得我們應該要做明智的事，像是逃去躲起來，現在就說出來。」

沒人主張要做明智的事。

我愛我的組員。

「好，那麼，」我說：「我們是哈丁—潘克洛夫學院有史以來最棒的一班，這是好事。我們在一個星期內讓鸚鵡螺號恢復運作，接著回到林肯基地。然後讓蘭德學院瞧瞧這批高一新生的厲害，他們惹錯人了。」

第四十五章

發表完這番激勵人心的演說後，我在圖書室裡吃餅乾。

伊絲特在船上找到阿斯匹靈，我吞下之後，她命令我至少休息一小時。（我想，她想要觀察一下，看我是否眞的變成一條魚。）其他組員匆匆跑來跑去，忙著清理和修復、搬運工具箱和一桶桶黏糊的東西時，我試著在散發霉味的扶手椅上放鬆休息，腿上放著一本法文初版的《海底兩萬里》。

在眞實的鸚鵡螺號船上，閱讀一本講述鸚鵡螺號的小說，感覺很像在講自己。我很想知道尼莫在過世之前有沒有讀過這本書，而書中的錯誤有沒有讓他覺得很生氣。無論如何，這本書沒有「給尼莫，愛你，儒勒」的親筆簽名。我檢查過。

伊絲特坐在我對面的一張雙人沙發上，多普依偎在她身旁。伊絲特拿了圖書室的一本書，放在大腿上當做桌面，在每一張筆記卡片上匆匆寫下資訊，然後把卡片扔到多普身上，再開始寫新的一張。從多普心滿意足的打呼聲聽來，牠不介意被埋在資訊堆裡。

壁爐的火光顯得興高采烈。我不知道是誰來點燃爐火，也還不知道壁爐要怎麼運作，甚至不知道怎麼排煙，但它確實帶走空氣中的一些潮溼寒意。我甚至沒有意識到我們在水底下，除非從窗戶往外探看，放眼望去盡是藍色，偶爾有白邊眞鯊從旁游過。

我很感激有伊絲特的陪伴。我確定她有一百萬件其他事情要做，但我想她也意識到，如果她沒有盯著我，我可能會從椅子上跳起來開始工作。

「放輕鬆。」她又唸我一次。

有人一直叫你放鬆，這樣根本很難放鬆啊。

才不過幾天之前，我和伊絲特坐在另一間圖書室裡，在伐羅拿號船上，那時候我努力照顧她。而現在，我們兩人角色互換。

我匆匆翻閱小說，看到一張插圖停下來，那是一場水底葬禮。十幾個人穿著舊式潛水衣，神情嚴肅，聚集在墳墓周圍。我記得那個場景，尼莫船長有一名組員過世了，但我忘了細節。我希望能確定這張畫並非某種預兆。

「戴夫爲何做那種事？」我喃喃說著：「他怎麼可以……？」

我甚至無法把他的背叛說出口。他欺騙我，在我身上放了追蹤器，與我們的敵人攜手合作。他摧毀我們的學校，殺了我們的老師和同學……一切只是爲了一艘潛水艇。

伊絲特放下手中的筆。她凝視著我頭頂上方的一個點。「你覺得他爲何做那種事？」

該死。我忘了虎鯨人受過心理學訓練。然而，她這是個好問題。

我的手指撫摸那張葬禮圖畫。「我們父母的死，他怪罪給哈丁—潘克洛夫學院。」

「他眞的對你提過嗎？」她問：「我是說，他從阿隆納斯號廣播之前？」

我搖頭。「爲了我，他總是努力保持正面積極的態度。他是最棒的大哥。我想，我從來沒思考過那種笑容背後是怎麼一回事……」

想到自己這麼不了解戴夫，我就覺得很煩躁。更煩躁的是，我發現他爲了我而裝出正面積極的表象，內心卻痛苦煎熬。

我從來沒有看出來。或至少，我從沒「讓自己」看出這一點。蘭德學院顯然看出來了。他們利用這一點，讓他轉而對抗哈潘學院，還有我。

「尼莫船長也是滿腔怒火。」伊絲特語氣平淡地說，彷彿回想起很多年前的一場夢境。「尼得．蘭德和阿隆納斯教授見到他時，他把他們嚇壞了。英國人殺了尼莫的妻子和長子。他痛恨那些歐洲強權。他想要瓦解那些帝國。他摧毀他們的船隻，並資助反叛勢力。如果尼莫活在今天，全世界的政府可能會叫他……」

「恐怖份子。」我想起卡勒伯．索斯對哈丁—潘克洛夫學院的指控：你們保護的是一個亡命之徒的遺產。

伊絲特點頭。「蘭德學院總是受到恐懼與憤怒的驅使。他們想要摧毀尼莫的遺產。但他們也想成爲尼莫。」

我仔細看著書中的插圖，實在很難把「尼莫是恐怖份子」和「尼莫是優秀的發明家」這兩個概念連結在一起。然而我們對別人貼上的標籤，永遠取決於貼上標籤的人是誰。愛國人士，自由鬥士，恐怖份子，惡棍暴徒。達卡王子是對抗殖民者的棕色人種。我相當確定，他那樣做，對於他在歐洲的名聲是很不利的。

「等一下……」我定睛看著伊絲特。「你是說我不應該太嚴厲批判戴夫？還是……？」

伊絲特拿起一張新的索引卡片。她對著卡片皺起眉頭，彷彿上面的線條沒有完全平行。「我只是說，人是很複雜的。到了哈丁和潘克洛夫見到尼莫時，他變成另外一個人：比較老，充滿仇恨，幻想破滅。就是因爲那樣，他希望把自己的科技藏起來，好好守護。哈潘學院這樣做，是受到尼莫的告誡，甚至是尼莫的偏執性格使然。所以，你有兩個完全不同的學校，蘭德學院和哈潘學院，受到同一個人不同面向的啓發。」

我的頭陣陣刺痛。另類科技的阿斯匹靈似乎用了疼痛指數最高的方式，把我的頭骨縫合起來。「我想成爲什麼樣的尼莫呢？憤怒的尼莫，還是偏執的尼莫？那是我的兩種選擇嗎？」

「不是。」伊絲特匆匆寫下一些東西，希望不是治療的筆記。「也許戴夫掉進了那樣的陷阱。他以爲必須做出選擇。也許你不必做出選擇。當然啦，你們兩人都有一些達卡家族的性格特質，但你可以自己做決定，成爲不一樣的尼莫船長。」

我凝視著伊絲特，心裡大感驚奇，她竟然讓這一切聽起來如此理所當然。

「我只是想做正確的事。」我說。

「我敢說戴夫也是那樣想，」伊絲特說：「差別在於你擁有潛艇。你擁有尼莫的資源。你可以建立起全新的整個哈丁—潘克洛夫學院，如果你想要的話。我很樂意幫忙。」

「尼莫的資源？」我有種感覺，她講的不只是他的冷融合引擎，或者他的空蝕駕駛，或者他那無窮無盡的海草黏液儲存槽。

伊絲特查看她的手錶。「還不到一個小時，但我猜你休息得夠久了。來吧，還有一扇門，我要你去打開門鎖。」

第四十六章

每一次覺得鸚鵡螺號不可能讓我更驚訝，我就會發現自己想錯了。

在潛艇的最底層，在大儲藏室的後方，有很多板條箱已經移到旁邊，顯露出一個大型的金屬地窖門，很像林肯基地通往地下湖泊的那道門。

「萊絲和琳奇是在清點物品時發現的，」伊絲特說：「我想，我知道那裡面有什麼，但只有一個方法能確定。」

換句話說，她需要帶有魔力的尼莫手。

我研究門鎖。我相信伊絲特的直覺，然而……有人費盡心思把它隱藏起來，我對於打開這樣的一道門還是有點遲疑。假如尼莫在他的小房間（或者衣櫥之類）藏了什麼骨骸，這裡似乎就像是他會用來藏放的地方。

「鸚鵡螺號，」我以邦德利語說：「我可以打開這道門嗎？」

那個門鎖竟然自己開始轉動。門栓發出喀噠聲，鬆開了。我猜答案是「可以」。

我拉開那道門。門的裡面……

喔。

通常呢，我不是拜金女，物品不大會讓我覺得印象深刻。

然而，我一度忘了怎麼呼吸。我好像重新經歷最早的一段記憶，當時戴夫自己一定也算是幼兒，他對著我的鼻孔吹氣。他的肺比我有力，害我嚇得上氣不接下氣。

我不敢相信自己眼前所見的景象。

「尼莫的寶藏，」伊絲特說，她異常冷靜。「我想是這樣。」

現在我懂那句老話的意思了：閃亮的東西不全然是黃金。因為在尼莫的寶庫裡，很多閃亮的東西是白銀、鑽石、紅寶石、珍珠和超花俏的珠寶。層架上有一排排的木盒，每一盒都有仔細分類的寶物，多到滿出來。尼莫對於秩序顯然很執著，他把所有的鑽石歸類在一起，所有的紅寶石和所有的珍珠都依照顏色和大小分類放置。緊貼著遠處的牆壁有一整個貨板的金磚，甚至有一塊層板放了六頂皇冠，每一頂看起來都像是從十九世紀某位君主頭上硬扯下來。從各方面看來，這個房間讓我聯想到詭異的材料用品店。

「先生，抱歉，我可以在哪裡找到藍寶石？」

「好的，藍寶石在三號走道，經過銀塊展示櫃就到了。」

「哇。」我說，這樣似乎還不足以充分表達。

伊絲特以敬畏的態度看看四周。「這個房間是由天才規畫而成。」

多普嗅嗅周遭的寶藏，搖晃尾巴的模樣似乎不是很熱衷，像是要說：「嗯，我覺得還好，但這不是狗狗大餐。」

伊絲特拿起一個鞋盒大小的木盒，裡面裝的是白色珍珠。「尼莫交給哈丁和潘克洛夫一個盒子，就像這樣。足夠興辦學院。」

「像那樣的盒子，這裡一定有二十盒。」我說。

伊絲特環顧房間，可能在心裡估算起來。「尼莫收集這些，有些來自他搶劫的商船，有些則來自他發現的古老沉船。在《海底兩萬里》書裡，他吹噓說自己有能力清償法國的國債，而且不會讓他的財富減損一分一毫。這個房間可能只是他收藏寶物的一部分而已。哈丁家族就有這樣的傳說，說尼莫在全世界都隱藏了補給基地。

我不禁心想，除了科技之外，這是否也是蘭德學院想要的部分，也就是金錢。想要這麼普通的東西啊，但是有了這麼多的財富，他們就有可能建造另外三艘阿隆納斯號，推翻全世界好幾個政權。如果可能有這樣的回報，那麼拿他們的嶄新潛艇和高年級學生來冒險，聽起來就像是一場穩當的賭博了。

從這些角度來思考事情，害我好想去沖個澡。

我定睛看著一件模樣怪異的樂器，它擱在牆角，大小約像一把吉他，但附有鍵盤而非琴弦；應該是琴衍的地方有一些另類科技的裝置和撥桿，甚至有個刻度盤，看起來很像色彩轉盤，也許是要營造特殊的視覺效果？

「這是什麼……？」我小心翼翼拿起。「尼莫船長發明了肩背式鍵盤合成器？」

伊絲特笑出來。那是極少聽到的可愛聲音，很像小豬被搔癢。她很少覺得我的笑話很好笑（害我很挫折），不過對她講些荒謬的事情，每一次都很有效。「他對自己的音樂是很認眞的。」

「我想也是。」我研究那些精細的操控裝置。第一次在船橋演奏管風琴時，我還記得鸚鵡螺號的反應。這個肩背式鍵盤合成器顯然很重要，才會收藏在寶藏庫裡，因此它的用途一定不只是娛樂。我決定之後再回來好好研究。然而眼前此刻，我甩不掉一個畫面：尼莫船長背著他的鍵盤合成器，即興彈奏〈小紅跑車〉[43]，一路跳舞穿過鸚鵡螺號的走廊。

那首歌是在維多利亞時代就寫出來嗎？差不多吧。

我看著伊絲特，她依然捧著那盒珍珠，活像捧著一窩小貓。

這副景象給我一種滿足感，覺得心裡暖暖的。「我們碰到這麼多麻煩，至少有一點好事了，」我對她說：「你再也不需要那些信託管理人了。你可以完全靠自己的力量，重新建立哈丁─潘克洛夫學院。」

伊絲特顯得很僵硬。「不，我不是……」她匆匆把那盒珍珠塞給我。「這些財富不是我的。我絕對不會……如果你決定了，我才會那樣做……」

「伊絲特。」我把那個盒子輕輕放回她的手上。「我信任你。我們以後再來搞定細節，但我無法想像一個沒有哈丁─潘克洛夫學院的世界。身為達卡王子的後代，還有鸚鵡螺號的船長，我懇請你接受這份禮物。我很清楚，你會讓哈潘學院變得比原來更好。我們會一起達成願望。」

---

[43]〈小紅跑車〉（Little Red Corvette）是美國傳奇歌手王子（Prince）的代表作之一，一九八三年發行。在這裡是要呼應尼莫船長的原名「達卡王子」。

她的嘴微微顫抖，眨眼忍住淚水。我一度擔心自己對她的心願判斷錯誤，給了她這樣的重擔，其實她不是真的想要承擔。

接著她說：「我愛你。我會把這個放到我的床底下。」

然後她走了，多普也跟著她的腳步離開。

我獨自站在寶藏庫裡，心裡不免想到，尼莫會不會擔心他的組員帶著價值幾億的金銀財寶一走了之。我猜不會。如果他們眞的落跑，對他來說又有什麼關係呢？大海給了他所需的一切。

然而，儘管擁有這麼多財富和先進科技，他依然在痛苦和受挫的狀況下結束生命。他那麼孤獨，只能把遺產託付給遭逢海難的陌生人。

他不相信人性，不相信他自己。他嘗試改變這個世界，但是失敗了，最後只能任由別人把他寫成一個小說角色。

我想著身在阿隆納斯號船上的戴夫。我記得他告訴我，他非摧毀哈潘學院不可，因爲那是唯一的方法，能讓我們取得自己理應合法擁有的事物：這艘潛艇，尼莫的遺產。

此時此刻，我眞希望他在這裡。我會揍他一拳。接著，我會好好擁抱他。接下來，我會強迫他看一看這麼多的財富，以及這對尼莫來說多麼沒有意義。絕對的力量令人墮落。尼莫很清楚這點。到最後，他只能把自己埋葬在他的潛艇和他的財富裡，希望總有一天，人性會提升到某種程度，於是我們就能夠處理他的力量。

然而此刻我們在這裡，經過了超過一個半世紀，卻還是爲了鸚鵡螺號你爭我奪，彷彿它是沙坑裡的寶貴玩具。

有人在我背後嘀咕，把我從自己的思緒裡拉出來。

我轉過身，發現朱比特等待我注意到牠。牠望向我背後滿是金銀財寶的房間，接著用手語說：「你的組員把我的馬芬烤盤拿到哪裡去了？」

我忍不住笑出來。至少紅毛猩猩的優先事項非常清楚。

「我們去找找看吧。」我對牠說。

我們離開此地，前去尋找真正的寶物。在帛琉海溝的正中央，我們無法使用億萬財富，但朱比特的藍莓馬芬絕對派得上用場。

第四十七章

在水底下，白天和夜晚沒有太大分別，但直到晚餐時間之前，我花了好幾個小時在船上各處查看組員的狀況，能夠幫忙的地方就伸出援手。

鸚鵡螺號表現得很暴躁。我猜想，她不喜歡聽到一艘比較新潮的潛水艇組員叫她「古董破銅爛鐵」，然後沒有跟他們大戰一場就逃走，高速橫越大半個太平洋。我用讚美的話安撫她，並承諾我們會讓她恢復到戰鬥狀態，只要她讓我們好好工作，不要亂嚇人，或者朝我們的臉上亂吐黏液。

我猜想，我們在潛水艇上說的悄悄話，她至少能聽懂一些。到了這天結束時，頭足人已經修復了基本的推進力。空蝕駕駛則要花上比較久的時間，但我覺得沒關係。我沒有急著再測試一趟，等到搞清楚安全帶的狀況再說。

到了晚餐再次開動時，每個人的心情似乎都比較好了。到了這個節骨眼，我們還活著的每一天就是一場勝利，不過在修理方面也有進展。朱比特的食物繼續讓我們的肚子很開心。而關於尼莫寶藏的耳語也傳遍整艘船。

我打開地窖門，於是所有組員都可以去看一看。我表達得很清楚，修理工作完成後，假如有人想要離開就可以離開，而且立刻變成億萬富翁。

到目前爲止還沒有人接受，每個人似乎都下定決心，要把鸚鵡螺號整頓好，然後回去林肯基地，救出我們的朋友，並且打敗阿隆納斯號。在那之後（如果眞的有之後），我們可以好好思考，該怎麼運用新發現的閃亮美麗寶物，把哈潘學院重建起來。雖說如此，組員還是一直對彼此大叫億萬富翁。聶琳達現在是億萬富翁工程師西爾瓦，我是億萬富翁船長達卡，而朱比特是億萬富翁美食家紅毛猩猩。

我想，尼莫可能錯估了人性。世界上其實有很多好人。儘管發生了戴夫和蘭德學院的事，儘管哈丁—潘克洛夫學院自己慘敗成那樣，這組船員依然是由我信賴的人所組成。

那天晚上，我在我祖先的艙房裡就寢，凝視著天花板的海螺圖案浮雕。我不免好奇，鸚鵡螺號對她的新組員有什麼看法呢？隨著我們繼續清理她的古老大腦，我希望她不會開始想起以前與人類共事的負面記憶。

隔天是我的十五歲生日，伊絲特和聶琳達拿了一個杯子蛋糕給我當早餐，也對我輕聲唱歌以示慶祝，但她們很清楚，我不希望其他人發現這件事。我們正在進行那麼多其他的事，實在沒什麼好慶祝的……而且，我眞的不想把這一天用來回想過去一年的變化有多大，或甚至過去一星期的變化。至於吹蠟燭和許願，我不確定自己許願時會不會痛哭失聲。最好還是繼續前進吧。

我們給自己一星期修理潛艇；時間遠遠不夠，但大家都知道，花在這裡的每一天，會讓我們的朋友成爲蘭德學院俘虜的日子又多一天。

我希望自己能相信阿隆納斯號不會找林肯基地的麻煩。如果知道他們正在跟蹤鸚鵡螺號、努力希望抓到我們，我會覺得鬆了一大口氣。不過我猜想黎安說得對，就是戴夫會扣押人質，等等看我們會不會回去。我只能暗自期盼，這艘古老潛水艇的魚雷發射管還有一些令人驚奇之處。我們也必須想出一種方法，採用空蝕駕駛時不會直直衝進陷阱，否則我們握有的所有科技和所有寶藏，不會對我們有任何好處。

我生日的隔天，大家把鸚鵡螺號內部的黏糊東西清除乾淨。就聶琳達看來，空蝕駕駛重新連上線了。鯊魚人修復了船頭和船尾的萊頓大砲，也想辦法拼湊出兩枚有效的魚雷，他們把船上其他魚雷的可用零件全都拿來運用。

「如果當時嘗試對阿隆納斯號發射這些魚雷，有可能會膛炸。」傑米向我保證。「所以沒嘗試是好事。」

再過一天，哈莉瑪和傑克讓小艇能夠運作了，於是駕駛出去兜兜風。他們很小心不要碰撞或沉沒。羅比想出方法，透過軌跡儀的顯影球，讓朱比特的《大英烘焙大賽》藍光光碟在船上的廚房播放出來，這樣我們的主廚就可以看到全像式紫色3D立體的瑪莉．貝利（眞的就像聽起來一樣恐怖）。我也發現，尼莫船長的肩背式鍵盤合成器可以和船橋的管風琴同步，於是我可以在船上的任何地方彈奏音樂。

「或甚至從潛艇的外面，」伊絲特猜測說：「那個肩背式的鍵盤合成器看起來是防水的。我敢打賭，你在深海裡也可以放送音樂。」

聶琳達皺起眉頭。「她爲什麼會想要那樣？」

「我不知道，」伊絲特說：「因爲那樣很酷？」

那天下午，我大部分的時間都花在管風琴那裡。其實沒有事先計畫要這樣做。我彈了一首巴哈的賦格曲，只因爲組員覺得很好奇。大部分人從來沒有聽過我彈琴。

等我彈完，才發現船橋上的每一個人都盯著我看。

「眞好聽。」佛吉爾說。

梅朵．紐曼透過頭頂上的擴音器說：「引擎室。嗨，安娜？繼續彈嘛。下面這裡的面板亮起來了，之前一直沒辦法讓它開始運作耶。」

於是我彈了巴哈的另一首曲子。緊接著彈了約翰．藍儂的〈想像〉。彈了幾首曲子後，我整個人放開來，彈了我最喜歡的歌，愛黛兒的〈像你一樣的人〉。

船橋變得好明亮。鍵盤在我的手指底下似乎變得很溫暖。音符比較容易流洩出來，彷彿管風琴早就料到要彈這首曲子。

接著，鸚鵡螺號加入了。她開始彈奏自己的對位曲調。歌曲變得更加深沉和悲傷。我覺得潛水艇開始下潛。

「哇，」黎安說：「現在深度四十公尺……五十公尺。它應該會這樣嗎？」

我的耳朵嗡嗡作響。船身發出吱嘎聲，但我沒有停止彈奏曲子。

我有種感覺，這是我和鸚鵡螺號第一次眞正交談。她分享自己的悲痛……也許是對我父母發生的事情表達歉意。我們都失去了好多人。

等到曲子終於結束，我滿臉都是淚水。

在舵輪那邊，哈莉瑪呼了一口氣。「我們平穩到達一百公尺深處。船長，我覺得鸚鵡螺號也太喜歡愛黛兒了吧。」

有個影子在鍵盤上移動。我這才想到，傑米不知道在旁邊站了多久。「安娜，這實在太驚人了。你讓我驚奇不斷。」

他拿了一條亞麻手帕給我。這是從哪裡來的？我眞好奇他是否一直放在身邊，這似乎非常老派，確實是傑米會做的事。也說不定他只是用手帕來清潔槍管。

如果是幾天前他拿一條手帕給我，我可能會笑他。而現在，我接下手帕，擦擦眼睛，很慶幸自己背對著船橋裡的其他組員。「謝謝。」

他點頭。「有情緒是很正常的。」

我吸吸鼻子。他爲何對我這麼好？而且，爲何這樣只讓我覺得更傷心？

「我……」我邊發抖邊站起來，接著將手帕放到鍵盤的另一邊。「我會待在我的艙房。」

一小時後，伊絲特去那裡找我。經歷了那場情緒潰堤的小型音樂會之後，我猜，她讓我有夠多的時間冷靜下來。

多普跳上我的床。牠很熟悉標準程序。如果安娜彈奏悲傷的曲子，唯一的治療方法是狗狗的依偎。

「那一定很難熬，」伊絲特對我說，咬著她的拇指。「不過那很重要。」

我鬱鬱地點頭，可是不確定有沒有聽懂她的意思。「我和鸚鵡螺號正在溝通，我是這樣想啦。」

「唔。」伊絲特走到艙房的遠處那端。她伸手貼在牆上，彷彿檢查看看有沒有危險的地方。「那不只是談話。你彈奏的時候，鸚鵡螺號痊癒得比較好。」

「痊癒。你是說……實際上嗎？」

伊絲特歪著頭。「也許用那樣的字眼不太正確。不過呢，管風琴不只是用來表演而已。那種音樂……」

「那是一種程式語言。」我終於明白了。

爲什麼我沒有早點發現呢？我是海豚人，具有語言方面的專長，但我竟然完全沒意識到語言、音樂和人工智慧之間的關聯。我每一次彈奏，就是教鸚鵡螺號學習新的認知途徑，根據我的輸入去改變她的作業系統。恐怖的感覺就像一顆保齡球壓入我心底。「我搞砸了嗎？」

伊絲特對這個問題考慮良久，害我眞的超擔心。

「你改變了鸚鵡螺號，」她終於說：「你有沒有聽過『銘印』？」

「就像鴨寶寶對鴨媽媽產生銘印，」我說：「兩者之間形成情感連結。」

「或是另一種動物對人類產生情感連結，」她說：「舉例來說，狗狗。」

多普咚咚拍打尾巴。牠認得「狗狗」這個詞。

「你是說，鸚鵡螺號是我的鴨寶寶？」我問。

「也說不定你是鸚鵡螺號的鴨寶寶，」伊絲特沉吟道：「無論是哪一種情形，你們彼此正在產生連結。我想這樣很好。我猜等到明天就知道了。」

「明天？」

伊絲特一臉困惑。「聶琳達沒告訴你嗎？她要你去船外，試驗船身的某個東西。」

第四十八章

「萊頓弗羅斯特現象[44]。」我們著裝時，傑米這樣說。

事實上他講了兩次。第一次我沒有回應，因爲我深陷於最近作的惡夢。我夢見自己黏在尼莫船長的椅子上動彈不得，而船橋灌滿了綠色黏液……

「抱歉，你說什麼？」我問。

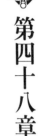

「那是一種屏隔現象，」傑米說：「與萊頓槍不一樣。萊頓弗羅斯特現象會在船身周圍產生一層近乎冰凍的水，像護套一樣。」

傑米在我對面的長椅坐下，將軟管接上他的古董潛水衣。在內部氣閘門的另一側，聶琳達用指關節喀噠敲打著窗戶。「吐溫，紅色軟管接到紅色的氣閥，」她透過對講機說：「我們幫你把它們標示清楚了。還有，萊頓弗羅斯特的屏隔現象不是要用於戰鬥。」

「我知道，我知道啦。」傑米對我翻個白眼。「自從變成億萬富翁工程師之後，她就很不可理喻。」

「我聽得到你說的話喔，億萬富翁槍手。」聶琳達說。

傑米笑起來。發生了那麼多事，我從沒想過會在這輩子看到這種事：傑米和聶琳達彼此親切地開玩笑。

「反正，」傑米說著，拿起自己的頭盔，「設計時考慮了萊頓弗羅斯特現象，所以鸚鵡螺號可以在極端的溫度往下潛。也就是說，理論上她可以衝進一座活火山的噴氣口，直接穿越岩漿，毫髮無傷。」

「哇喔。」我凝視著外側的閘門，那會讓我們進入深海。「鸚鵡螺號，你以前的日子經歷過什麼樣的冒險啊？」

潛艇沒有回答，但我想像她一副得意洋洋的樣子。「對呀，孩子，知道就好。」

「如果我們能讓萊頓弗羅斯特現象發揮屏隔作用，」傑米說：「就有可能把能量武器化解掉。尼莫顯然沒有這樣用。在他那個時代，其他船隻都沒有萊頓大砲。不過我有個理論，阿隆納斯號用了萊頓弗羅斯特現象，所以面對林肯基地的電流砲塔才沒受到影響。」

44 萊頓弗羅斯特現象（Leidenfrost effect）於一七三二年發現，後來在一七五六年由德國醫師萊頓弗羅斯特（Johann Gottlob Leidenfrost）做了更深入的研究。基本上是液體接觸的物體溫度若遠超過其沸點，液體表面瞬間產生的蒸氣就會變得有隔熱作用，讓液體不會立刻沸騰。常見例子是把平底鍋加熱到萊頓弗羅斯特點（約攝氏一九三度），這時讓水滴落到鍋子上，水滴表面產生的蒸氣會讓水滴不沸騰，可以在鍋子表面滾動。

我還記得在我們軌跡儀的顯影球上，敵方潛艇的周圍有模糊的光暈。「好吧。那麼我們要怎樣讓它發揮功能？」

「我會引導你們，」聶琳達透過對講機說：「剛過了右舷的船尾艙壁那裡，有一條受損的導線管。我有種感覺，那會需要特別的尼莫接觸，所以我們才會派你去，否則那應該很簡單就能修好。」

「如果我們不是在水面下一百公尺做這件事的話。」我說。

鸚鵡螺號很頑固，拒絕離開這樣的深度，我們沒有人能參透原因。我甩不掉一種感覺，她希望我們待在這個特定的地點。不過從軌跡儀看來，我們周圍什麼都沒有，只有帛琉海溝的深邃峽谷張開大口。

「你們不會有事。」聶琳達說。如果我沒有很了解她，可能不會注意到她的聲音帶著緊張。「我們對潛水衣做過壓力測試。所有的現代海軍都設計不出這麼好的潛水衣。」

然而，我們是自從一八〇〇年代之後第一次使用這些潛水衣的人，而且在這樣的深度，應該只有當代技術最好的潛水員、配備高氧的氣瓶才能順利潛水。

這件潛水衣的網狀布料不像溼式潛水衣那麼緊貼身體，也不像一般的乾式潛水衣那麼笨重。它很輕，又有彈性，我無法想像這怎麼能提供防寒的保護。聶琳達告訴我，這是以鈮鎂合金編織而成。質感比較像是喀什米爾毛衣，而非金屬。

氣瓶簡直小巧到不可思議，沒有比學校的後背式書包大多少。而且我們不穿蛙鞋，反而穿上具有噴射推進力的靴子，那是受到烏賊的啓發（這還用說嗎）。

所有的裝備中，最令人不安的是潛水頭盔。透明的球形是用貌似玻璃的材質製成，與船橋的窗戶是一樣的。我套上自己的頭盔後，居然可以正常呼吸，而且視野很大。不過我覺得自己的頭好像伸進一個玻璃魚缸，聞起來的氣味很像……嗯，就是玻璃魚缸。

傑米站起來。他沒有帶著手槍皮套，看起來很怪，好像他的臀部突然間變窄了。「我可以嗎？」

他的聲音傳進我的立體聲玻璃魚缸，聽起來既嘹亮又清晰。我們檢查彼此的裝備，找找看有沒有裂口、鉤破、連接鬆脫之處。我們扛起聶琳達交付的工具包。最後，再也沒有其他理由能拖延了。

「好了，聶琳達，」我說：「讓水灌進氣閘艙吧。」

等待灌滿水的時間，剛好讓傑米哼唱一次〈像你這樣的人〉的副歌，他唱起來似乎沒有諷刺的意味。我們站在陰暗的綠色海水裡，等等看身上的裝備有沒有出現問題。最好是在這裡就發現，不要等到我們打開外側的閘門，暴露在十倍大氣壓的深海裡面才發現。

沒有滲漏。我可以正常呼吸。潛水衣感覺很溫暖、乾燥，而且舒適，害我好生氣以前竟然穿那些不舒服的合成塑膠潛水衣，訓練了那麼久的時間。

傑米對我做了一個「好了」的手勢，就是一般通用的潛水員暗號，意思是，你也猜得到，「好了」。

關鍵時刻來了。

「鸚鵡螺號，」我說：「我要離開這艘船一會兒。我們需要檢查船身。」

我有點期待她的回應像是溺愛子女的家長。「小姐，那麼你幾點會回家？」

我拉開門栓。外側門像虹膜一樣打開了，一點困難也沒有。

我幾乎沒有感覺到壓力平衡的問題：我的潛水衣布料縮緊，耳中有輕柔的啵啵聲。我彎曲腳趾，這招是聶琳達教我們的，於是噴射靴子「咻」地一下子就把我射進深海。

「喂，等一下！」傑米的聲音在我的頭盔裡面響起。

從我喉嚨發出的聲音，介於笑聲和搭乘雲霄飛車的尖叫聲之間。我已經潛水過數百次，但從來不曾這麼興奮。移動起來毫不費力。嘴裡不必塞著呼吸裝置。我轉身衝向四面八方，把一大群黑鮪魚嚇得四散奔逃。「這眞是太驚人了！」

傑米也笑起來。他從我的左邊射過去，頭盔閃閃發亮，很像一隻發出燐光的水母。他縮起膝蓋，翻著筋斗滾入黑暗中。

「好了，你們兩個，」聶琳達的聲音斥責道：「你們在外面有正事要做。」

「哎喲，可是呢，老媽……」傑米說。

「吐溫，不要惹我喔，」她警告說：「否則我會沒收你的西格紹爾手槍。好了，如果可以的話，拜託你們兩個前往潛艇的船尾。」

我們按照她的要求，但是叫我們不要光是漂浮在水中讚嘆鸚鵡螺號，實在是很困難啊。

從外面看，她眞是美得令人屏息：她的裝飾摺邊、鉤刺，以及宛如藤蔓般的金屬絲線，全都顯得優雅又高貴。只有百分之一的陽光能夠穿透到這麼深海的地方，而她的鈮鎂合金船身捕獲那樣的光線，將自己變成隱約的紫色，很搭配她那對巨大的半球形眼睛。鸚鵡螺號與戰斧形狀的阿隆納斯號不一樣，她看起來就像完全屬於這裡……溫和的巨人，深海的女王。我眞想知道，沿著她腹部那個奇怪的護套，是否眞的能像藍鯨張開大口一樣撈起磷蝦，把自己餵飽飽。

我們毫不困難就找到受損的導線管。根據我們的判斷，鸚鵡螺號還在湖底那個地點時，一定是倚靠在岩石上。她的船身自我修復功能無法完成自己的工作，因此過去一百五十年來，她逐漸產生一種褥瘡。我對那個區域敷上厚厚的修復膏藥，是由頭足人和虎鯨人一起調製出來的；傑米則拉了一段新的連線，繞過損壞的地方。

「我眞的很抱歉。」我對鸚鵡螺號說。我不知道她是否像人類一樣可以感覺到疼痛，但我與這艘潛水艇相處的時間愈久，就愈是爲她感到難過，有那麼漫長的時間那麼孤單、受傷、遭到棄置。如果是我，沉睡了那麼多年之後，有人把我叫醒，我可能也會發動猛烈攻擊吧。

完成修復工作後，我們漂浮著往後退，希望隔著一段安全距離，大約二十公尺。

「好了，聶琳達，」我說：「你想要測試看看嗎？」

「我們會進行兩項測試，」她告訴我：「首先，我們要讓船身充電。接著，如果進行得沒問題，我們會試驗萊頓弗羅斯特盾。準備好了嗎？」

整艘潛艇像是舉辦嘉年華會一樣亮起來。船身有一千個不同的地方發出亮光，原本的紫色再加上燦爛的白色、藍色和金色光點。搜尋的光束在水中劃出弧光，從船頭照到船尾，從頂部照到底部。

有一道光束剛好越過我臉上，害我一時什麼都看不見。

「哎喲！」我大喊。「聶琳達，應該會這樣嗎？」

「不會！」她說：「等一下……我沒有……船橋，有誰按錯了按鈕嗎？我們有什麼盛大開幕儀式嗎？沒人告訴我啊！是充電！不是探照燈！」

傑米在我旁邊吹口哨，滿是讚賞。「實在滿漂亮的。」

但是感覺有點不對勁。這樣在黑暗中也太耀眼了……鸚鵡螺號在幹嘛？

「各位，」我透過對講機說：「我眞的覺得你們應該要熄滅那些燈光。」

「我們在試了啦！」庫柏．鄧恩從船橋說：「我實在不懂。我們根本沒有……」

連線斷掉了，變成一陣混亂的靜電雜音，同時有好多喊叫聲。

「軌跡儀截獲目標！」庫柏大喊。

我的頭背寒毛直豎。「在哪裡？一艘船嗎？」

「不是，太巨大了……安娜，傑米，你們得要……」庫柏的聲音變成尖叫。「下面！」

我低下頭，看到一個龐大的暗影從深海浮升上來，展開的樣子彷彿一對死神的翅膀。

第四十九章

傑米撲向我，推著我從原地噴射出去，但那個生物對我們並不感興趣。

八條觸腕，每一條都像船橋的纜索那麼粗，全部纏繞著鸚鵡螺號。

潛水艇向船尾傾斜。我頭盔的對講機充滿組員的尖叫聲。隨著怪物的頭從黑暗中浮現出來（我不打算說謊），我那件很棒又很暖的鈮鏌合金潛水衣內部頭一回變得溼溼的，因爲我嚇得尿出來了。

我曾經在水中與大白鯊和殺人鯨同游，曾經近距離看過很多巨大又危險的海洋動物，而我從來不曾驚慌。但我們眼前的東西不應該存在啊，那是北太平洋巨型章魚，或者是近親；只不過眼前這一隻，竟然比我聽說過最巨大的樣本大了十倍有餘。整條觸腕完全伸長，一定長達五十公尺，是鸚鵡螺號的一半長度。牠的重量肯定接近一噸重。

一想到那些強有力的觸腕會怎麼對付我們的潛艇，我就無法動彈。在此同時，我卻又深深敬畏於章魚之美。

牠的頭圓鼓鼓的，看起來很像電影裡的超級大反派，有一顆過度發達的腦袋。牠的深色眼睛既警覺又好奇。牠呼吸時，臉部側邊的虹吸管膨脹起來，變成巨型噴射引擎的大小。每一條觸腕陣陣波動，上面附有許多白色的環狀吸盤。牠的皮膚肌理與岩石和珊瑚礁融合得很完美，但我無法想像有什麼珊瑚礁大到能夠容納這隻巨大的海獸。在黑暗的水中，牠呈現出灰暗的棕色，但是有潛艇的探照燈照到的地方，章魚的色調變成亮紅色。牠也顯現出很多斑點，彷彿試著用鸚鵡螺號的鮮豔亮光來偽裝自己。

最後，我的腦袋終於解凍了。「鸚鵡螺號，報告狀況！」

「章魚！」庫柏的聲音摻雜著靜電的劈啪聲。「在船上！」

如果我們活著挺過這段經驗，我一定要幫庫柏重新取個名字，叫他「代理船長這還用說嗎」。

聶琳達插嘴說：「牠擠壓我們。船身完整……我不知道會不會……」

「電力！」傑米大喊。「那個有關大王烏賊的故事！」

我知道他說的那個故事。在《海底兩萬里》書中，鸚鵡螺號對一隻脾氣暴躁的烏賊進行「休克療法」，讓牠放開船隻。一直以來，那段描述有某種因素讓我覺得不大對勁，但我還來不及說什麼，庫柏就下了指令：「船身充電！」

船身的盛大開幕燈火變暗了。一會兒之後，電光的綠色捲鬚閃過深海。電光跳動著越過章魚的皮膚，照亮了牠的外套膜，眼睛則是逆光。我料想這隻章魚會鬆開牠的觸腕。電成那樣一定很痛。然而，牠的觸腕對鸚鵡螺號纏繞得更緊。我看不到牠的口部，但我想像牠咬牙切齒，在船身的側邊拚命尋找抓握點。

「哎喲！」聶琳達喊道：「放開我們啦，你這討厭鬼！」

「庫柏，試著再充電一次！」傑米說：「電流更大……！」

「不要，等一下！」我的腦袋終於開始轉動。「庫柏，終止那個命令！」

在泡泡糖球機器頭盔裡，傑米的臉色呈現鬼魅般的紫色。「你有更好的主意嗎？」

他的語氣不是諷刺。他是真心希望有更好的主意。

「牠喜歡電流。」我說著，默默咒罵自己的愚蠢。

「她說得對，」伊絲特以最大的音量加入對話。「章魚是透過電流來溝通。牠可能覺得那樣超棒的。對『他』來說。」

他？

喔……對耶。現在我看到了，那隻章魚有一條觸腕的吸盤沒有一路分布到尖端，它的末端反而是扁平且深色的圓形構造，是這隻章魚的生殖腕㊺。

「他不是發動攻擊，」我終於明白了。「他是熱情如火。」

「哎哎哎喲喲喲喲！」船上有人尖叫。

「聶琳達！」我叫道：「我們需要告訴這位『羅密歐』，要尊重我們的個人空間。那個萊頓弗羅斯特盾……來個強力一擊吧。」

㊺ 雄章魚身體右側的第三隻腕稱為生殖腕，具有雄性交接器，有特化的吸盤和溝槽，可把精莢送入雌章魚體內，完成交配。

「可是……」她講到破音。「喔，我懂了。」

「好，」我說：「羅密歐需要來個冷水澡。」

一會兒後，氣溶水的白色水柱從船頭噴出來，裹住鸚鵡螺號，並灌進章魚的觸腕裡，很像雪崩。

羅密歐渾身顫抖。他那圓鼓鼓的頭部陣陣抖動，可能像是吃冰吃太快而頭痛。

「再一次！」我說。

又轟擊一次，羅密歐終於放開潛艇。他搖搖晃晃游開，噴出好大一團墨汁，把所有東西都吞沒了。我看不見傑米，看不見鸚鵡螺號，也看不見章魚。我頭盔裡的唯一聲音是自己粗嘎的呼吸聲。

「庫柏？」我叫道：「有誰在嗎？」

靜電雜音。

「我們在這裡，」庫柏終於說：「我們很好。剛才眞是緊張。」

「章魚走了嗎？」傑米問。

「呃……」庫柏遲疑半晌，也許正在查看他的軌跡儀顯影球。「其實呢，各位……？」

他還沒說完，墨汁團就消散掉，給了我答案。羅密歐沒有離開。他呢，事實上，剛好漂浮在我面前，他的巨大眼睛映照著我的整個人形，很像全身式的穿衣鏡。

也許是我的想像吧，不過他的眼神似乎很傷心，帶著敵意，彷彿心裡想著：「你爲什麼那樣對待我？」

「嘿，安娜？」傑米的聲音聽起來異常高亢。「我們千萬不要突然移動，好嗎？」

我試著保持冷靜。沒想到這很難辦到，因爲有隻一噸重的章魚在我面前啊。但如果羅密歐想要殺我，我可能早就死了。他只是看著我，彷彿在等待什麼事。我細想著先前的狀況，鸚鵡螺號才剛演出燈光秀，章魚就現身。我想著顏色、燈光，還有章魚用來溝通的電脈衝。

我突然想到一個點子，可能是我所想過最爛的點子。「伊絲特，你聽得到我說話嗎？」

「我在這裡，」她在我的頭盔裡說：「安娜，章魚眞的很靠近你喔。」

「我注意到了。你也穿上潛水衣跟我們會合，如何？」

「那是笑話嗎？」伊絲特問：「我不太會分辨你是不是說笑話。」

「不是，」我向她保證。「我需要我的動物專家。而且帶著鍵盤式合成器，好嗎？鸚鵡螺號爲什麼帶我們來這裡，我想我終於懂了。」

第五十章

我們等待時，我試著讓羅密歐有事可忙，忙著訂婚之類（哪壺不開提哪壺），於是對他比劃手語。我沒有期待他能理解，但章魚的智力很高，而且極富好奇心。我希望至少可以給他一點事情動動腦，別再向我們的潛艇求愛了。

在此同時，我也透過對講機說話，向組員解釋我的想法，也就是說不定呢，只是說不定啦，我們的潛水艇帶我們來到這裡，是要讓我們找到羅密歐。

傑米是我唯一能看到臉的人。他看起來沒有覺得信服。「安娜，這只是硬掰的吧。鸚鵡螺號怎麼可能知道羅密歐會在這裡？不管怎麼說，這種大小的章魚能活多久呢？」

這是個好問題。就我對巨型章魚的記憶，牠們只能活幾年。但話說回來，我們從來不曾發現這麼巨大的章魚啊。

「我不知道，」我坦白說：「羅密歐可能很古老，或者是一直生活在這裡的章魚的後代子孫……無論如何，我覺得鸚鵡螺號帶我們來這裡，不會只是要害我們送命。我覺得她是以自己的方式，想要幫助我們。」

羅密歐完全沒有對我顯露出他有什麼感受。他很容易就能把我掐扁，或者用血盆大口把我咬成兩半，但我試著不去想那種事。他依然全神貫注地看著我。我希望保持這樣。

「安—娜，」我第十次用手語表示。「我是安娜。」

我向他比劃自創的手語，用來表示「Romeo」（羅密歐）這個名字：字母R，伸出手掌，手指交叉；這個手語很容易就能用兩條觸腕比劃出來，如果他眞的選擇用這種方法，與他的巨怪章魚朋友進行社交的話。

傑米查看他的護腕上的古老顯示幕。「我們的空氣還剩下二十分鐘，如果我對這個顯示計的解讀是正確的。」

這可不是很棒的消息。在這樣的深度，使用不熟悉的裝備，我們很容易就會在無預警的狀況下，發現二十分鐘的空氣變成十分鐘，或者五分鐘，或者一點都不剩。我們應該立刻前往氣閘艙，但如果要測試我的理論，還有很多事要做，更別說有這隻巨型章魚緊盯著我。

最後，潛艇外側的虹膜式閘門打開了。伊絲特帶著肩背式鍵盤合成器衝進廣闊的大海，活像是準備彈奏搖滾史上最奇特的獨奏。她的兩隻靴子一定設定了不同的壓力，因爲最後她旋轉成頭上腳下。

「我恨死這個了。」她大聲說道。

「雙腳放鬆，」傑米建議說：「好了……現在呢，右靴和左靴同一時間，很快噴射一次。」

她依照傑米的指示，慢慢地，笨拙地，搖搖晃晃朝我們而來。她的表情比平常看起來更加驚嚇，漂浮在那個紫色玻璃魚缸裡面。

「噢，哇喔，」她說：「羅密歐好大。他真的很漂亮。」

她喜歡動物，連這麼巨大又駭人的動物也喜歡，真令人欣慰。我們不需要再多來一次膀胱爆炸事件了。

伊絲特漂得更近一點，將鍵盤合成器遞給我。「你覺得我可以摸摸他嗎？」她問。

「呃，我是想說……」

她伸手輕輕放到羅密歐的額頭上。他的皮膚抖動起來，變得蒼白，但肌肉似乎很放鬆。

「好吧。」我將鍵盤合成器揹到肩上。「伊絲特，我需要你看著羅密歐的反應。如果我做錯什麼事，幫我改變做法。」

「萬一情況變得真的很糟糕呢？」傑米問。

他的語氣讓我意識到他有多麼緊張。他沒有武器（謝天謝地），但看起來隨時準備要把我拉回潛艇，或者一拳打中章魚的眼睛，讓我有機會逃走。

「會有用的。」我說。

我從來沒想過領導的學問這麼高深。你驚慌失措時，還要聽起來很有自信。

事實上，我完全不知道自己的計畫會不會奏效。我不知道能不能在章魚與人類的溝通方面取得突破性進展，還是根本會觸怒這隻重達一噸、害了相思病的頭足類，牠大可把我當成小樹枝一樣一口咬斷啊。

「鸚鵡螺號，我需要你的協助，」我以邦德利語說：「我想，你帶我們來這裡，是要認識你的……你的朋友。如果真是這樣，請幫我跟他溝通。」

我向鸚鵡螺號解釋我想問羅密歐什麼事時，突然領悟到有很多事情可能搞砸。光是把一種語言翻譯成另一種語言就夠困難了。我用一種罕見的印度–亞利安語系方言，嘗試對維多利亞時代的人工智慧說話，希望她可以幫我把訊息精確地轉達給另一個物種的生物。但我非試不可。我是海豚人。只要參與者有智慧，很樂意學習了解彼此，我相信這樣的溝通可以解決任何問題。

我打開鍵盤合成器，試彈幾個音。如同伊絲特的猜想，這件樂器在水裡也能順利彈奏。透過對講機，我可以聽到那幾個音符在整艘船上迴盪。我也可以感受到船身向外傳遞出微微的震動，彷彿鸚鵡螺號成為一整個巨型的擴音器。

我轉動鍵盤合成器的色彩轉盤。羅密歐似乎覺得這很吸引人。他的深色大眼睛反射著燈光，很像透過雨水打溼的窗戶看著耶誕節的燈飾。

我彈奏一個C和弦。音符與潛艇的燈光同步發出，將黑暗的水域轉變成濃烈的靛藍色調。羅密歐的體色開始改變，變成搭配的藍色。聲音的震波很強大，讓我頭盔的密封處喀噠作響。

「有用嗎？」傑米問。

「等一下，」我告訴他：「我還在說哈囉。」

我彈奏一段愛黛兒的歌，只是要看看反應如何。鸚鵡螺號開始演出她的燈光秀。羅密歐看著我彈奏鍵盤的雙手，他的皮膚陣陣波動，呈現出各式各樣的色彩，彷彿試著吸收內容廣泛的新資訊。

「我覺得他喜歡困難的題目，」伊絲特終於說：「試試巴哈之類的複雜曲子。」

第四號管風琴奏鳴曲，大概是我所能彈奏最複雜的曲子了，但還不至於雙手打結。我轉動色彩轉盤，設定成比較明亮的色調，一般來說，在這樣的深海看不到這種顏色，然後我開始彈奏。鸚鵡螺號幫忙發出一陣陣的紅光和黃光，比較像是羅密歐的天然顏色。曲子大約彈了一半左右，鸚鵡螺號開始加入即興的合音。

羅密歐以他自己的獨特色彩加以回應，碩大的頭部陣陣跳動。也許我瘋了，不過我覺得鸚鵡螺號用我的曲子在傳遞訊息。

我希望那個訊息不是：「嗨，兄弟！我帶了午餐給你吃！」

「安娜，」傑米焦急地說：「我們的空氣快用完了。」

我把曲子彈完。潛艇的燈光漸漸淡去，剩下輕柔的紫色光暈。

我漂浮著，定睛直視著章魚的眼睛。我可以感覺到空氣開始變稀薄，漸漸聞到像是灼熱金屬的氣息。

最後，羅密歐的觸腕宛如波浪狀起伏。整個沒有骨頭的身軀緊緊壓扁，變成扁平的菱形，他這種大小的生物應該不大可能變得這麼小，但章魚確實辦得到。牠們是很神奇的生物。

我笑起來。他接收到我的訊息了。

「好了，」我對伊絲特和傑米說：「我們回去船上吧。」

我們射向潛艇時，羅密歐恢復成正常的形體。他漂浮在原地，顯然光是能待在鸚鵡螺號旁邊就很滿足了，雖然看起來還是有點失戀的樣子。

氣閘艙的水很快就排掉。好極了，畢竟我正從頭盔裡吸取最後幾個氧氣分子。謝天謝地，這件鈮鎂合金潛水衣具有自動調節的功能，因此我們不必花費好幾個小時進行減壓。

我才剛脫掉頭盔，聶琳達就打開內側門。她衝進來，多普跟在她後面。那隻狗嗅嗅我的潛水衣，讓我知道自己聞起來有股尿味。聶琳達氣呼呼瞪著我。「你瘋了嗎？像那樣讓自己去冒險？」

我給她來個溼答答的大擁抱。

「我愛頭足類，」我對她說：「你，你們頭足人小組的其他人，還有外面的巨大傢伙。你們全都棒極了。」

聶琳達氣呼呼地看著傑米。「她有氮醉狀況嗎？你把我的安娜弄壞了？」

「我想是沒有喔，」傑米說：「我找到她的時候就是這樣了。」

「那隻章魚好驚人。」伊絲特說。

多普汪汪叫起來。

「沒有像你那麼驚人啦。」伊絲特向狗狗保證。

「請所有組員集合，」我對聶琳達說：「我會說明我的計畫。然後我們要去打仗了。」

第五十一章

在軍事戰術的課堂上，我學過最重要的一課，其實不是來自海軍軍官。那是一句陸軍的諺語，出自第二次世界大戰的盟軍最高司令艾森豪將軍：「計畫本身無用，但規畫的過程最重要。」

我對組員發表談話時，內心正有這種感覺。我們設想了每一種可能的情節。我告訴他們，我認為戴夫會採取什麼行動。我們規畫出計畫A、B、C，心裡知道戰鬥一旦進入白熱化階段，可能會讓它們全部派上用場。但這番討論過程至少協助我們專注於目前面對的挑戰。這很重要。

最後，我說明自己最後備用的王牌策略，或者更精確地說，最後備用的王牌章魚。歷經一整個星期的瘋狂事件後，這個主意帶我們達到全新的超級瘋狂境界。

但組員都同意，這個方法值得一試。如果我們辦得到，而且沒有炸裂成一百萬個碎片，一切就好多了。

三小時後，我身在船橋。所有的控制台都有專人操縱。在缺乏碼頭設備的情況下，我們盡了最大努力修復各個系統，恢復運作的部分包括動態僞裝、可充電的船殼外板、萊頓弗羅斯特盾，還有一些表現情緒的燈光，那眞的很酷。船頭和船尾的萊頓大砲皆可運作，還有兩枚有點靠不住的魚雷。

最棒的是，我們的特殊貨物已經裝進潛艇腹部的護套裡。

伊絲特和羅比以目視檢查過後回到船橋，他們兩人的潛水衣都還溼答答滴著水。羅比一副極度疲憊驚嚇的樣子。「我從沒看過那麼恐怖的事。」

「你是要說驚奇的事吧。」伊絲特說。

我不敢相信那眞的行得通。我發現自己忍不住笑起來。

「還不要慶祝啦，」傑米警告說：「額外的重量可能會讓我們無法使用空蝕駕駛。」

「我聽到了喔，」聶琳達在引擎室說：「蜘蛛人，不要說我的引擎的壞話。它們會表現得很好。船長，等待你的命令。」

我在自己的椅子坐下。我把自己固定好，用的是剛裝好的替代品，頭足人稱之為「安全帶」（專利申請中）。

我打開整艘潛艇都聽得到的廣播系統。「所有人員，這裡是船長。」活像他們不知道我是誰。「我們努力工作就是爲了這一刻。你們全都對自己的工作瞭若指掌。我們一定辦得到。假如航線設定得很正確……」

「很正確。」哈莉瑪向我保證。

「我們的空蝕射程會進行兩小時四十六分鐘，結束的地方是林肯基地南南東方零點二公里處。請爲空蝕駕駛做好準備。各就戰鬥位置。我們必須有心理準備，一到達那裡，阿隆納斯號就會看到我們。」

「一定會啦，」傑米嘀咕說：「空蝕駕駛會讓我們像爆炸一樣亮得不得了。」

「不要講到爆炸好不好，」我說：「吐溫先生，一到達那裡，我會需要很快就認出目標。注意看那個軌跡儀。」

他對我淡淡一笑，接著把一個拳頭放在胸口，略微鞠躬。「欸，船長。」他轉身回到自己的控制台。

不久前，我會猜想傑米是在取笑我。而現在，我明白他是向我表達眞心的尊敬和服從。船橋的其他組員面帶微笑，依序看著我等待指令。該好好上工了。

我挺起胸膛。「舵輪，」我說：「設定航線。」

「航線設定好了，欸。」哈莉瑪說。

「引擎室。」我深吸一口氣。「用力捶下空蝕駕駛鍵。」

咻轟！

這一次我保持神智清醒，於是可以欣賞顯影球。空氣急流越過船頭，讓窗戶變得一片白，像是迎上一場暴風雪。額外的重力把我壓進自己的座位裡。光線昏暗。船殼劈啪作響、陣陣抖動，但潛艇保持完整。

「引擎室，狀況，」我咬緊牙關說：「有沒有損害？」

「狀況很標準，」聶琳達說：「下面這裡沒有損害。就跟你說她可以應付啦。」

接下來的等待才是最難熬的部分。將近三小時的沉重重力並不好玩，我覺得好像有隻海象坐在我的胸口。我們無法移動，大部分的事也都不能做，只能望著自己的控制面板。更糟的是，軌跡儀的顯影球在空蝕駕駛期間無法運作，因此我們基本上像是瞎子。

「陪在我身邊，」我對鸚鵡螺號輕聲說：「我們要給敵人好看，看看你有什麼樣的能耐。」

我必須相信鸚鵡螺號聽得懂。她現在適應我的聲音了。她準備大戰一場。我只希望她的軍械庫能拿出夠多的把戲，足以對抗那艘比她新潮很多的潛艇。我們需要拿出所有的優勢。

經過很長一段時間後，燕麥葡萄乾餅乾的香氣從廚房飄來。朱比特在這種時候怎麼做餅乾啊？而我爲什麼不能來一塊？

我在心裡默默記住，未來一定要在按下空蝕駕駛鍵之前，先把餅乾發給大家。接著，我開始思考幾種方法，設置牛奶杯的杯架……

最後，哈莉瑪告訴我等候已久的消息：「再過五分鐘到終點。」

「拜託可以不要那樣說嗎？」伊絲特問道。她坐在船橋後側，多普在她旁邊，躺在牠的狗窩裡，套著特殊的安全帶。

「目的地？」黎安建議說。

「很好，」伊絲特說：「目的地很好。」

多普重重嘆口氣，牠似乎也同意稱呼「目的地」比較好，因爲空蝕駕駛絕對比困在狗舍裡面痛苦多了。

我打開對講機。「所有組員，各就戰鬥位置。」

活像這種事我還需要叮嚀他們。大家早就困在自己的戰鬥位置上好幾個小時了啦。我只希望待會兒一脫離空蝕駕駛時，大家不會立刻跑到廁所前面大排長龍。

「一分鐘後到達……呃，目的地。」哈莉瑪說。

我的手指在扶手椅的控制器上噠噠敲打。我想像我們衝過了頭，沒有到達預定的目標，轟然撞上夏威夷的海岸，很像一隻另類科技小蟲撞上擋風玻璃。

「五，四……」哈莉瑪緊緊抓住她的控制器。「一。」

窗外的空氣暴風雪驟然消失，我望著蔚藍的海洋。

軌跡儀的全像球閃爍幾下，全部恢復運作。

「武器上線，」傑米說：「掃描目標。」

「迴避航線，」我說：「啓動僞裝。右舷三十度。設定深度……」

船身劇烈抖動，彷彿經過一處減速丘[46]。

「那是我們的『酬載』[47]正在部署。」黎安聽起來鬆了口氣。

「酬載還好嗎？」伊絲特問。

我了解她的憂慮。剛才有很長一段時間處於極大的重力之下，但我可以看到黎安的軌跡儀上有個大大的光點；他憑著自己的力量，以對角線斜斜往下降。我只希望這位搭便車的大朋友沒有暈車，沒有像之前談戀愛那樣暈船。

如果我們運氣好，阿隆納斯號會停泊在潟湖裡，或甚至在洞穴裡。那麼我們就有時間把酬載放出去，並離開空蝕駕駛的出口處，運用僞裝來隱藏我們的位置。

萬一運氣不好……

「截獲目標！」佛吉爾大喊。「距離一公里，十二點鐘方向，深度十公尺。是阿隆納斯號，他們就在我們和林肯基地之間。」

我咒罵一聲。即使過了一星期，我也沒有期待戴夫會放下戒心。然而，真正在傑米的戰術顯影球上看到那個可怕的紫色箭頭，我還是愣了一下。此外，還有第二個較小的光點不知從哪裡冒出來，就在我們船頭正前方。

「水中有魚雷！」傑米大叫。

我扯開嗓子大吼：「萊頓弗羅斯特……！」

鸚鵡螺號突然向前傾斜，差點把我的頭從脖子上扭斷。

㊻減速丘是指馬路上凸起十到十五公分的圓丘狀裝置，讓車輛經過時必須減速慢行，否則會彈跳過猛。

㊼酬載是指飛機、火箭、太空船、潛艇等載具所攜帶的物體，例如貨物、乘客、機組人員、燃料、設備、武器等。

第五十二章

「電力掛掉！」哈莉瑪大喊：「電磁脈衝爆炸！」

我眼冒金星，連忙眨眨眼。船橋一片黑暗。

戴夫的聲音透過我們的擴音器傳來：「鸚鵡螺號，歡迎回來。解除警戒狀態，準備接受登艦。」

他的聲音聽起來一副自鳴得意的樣子，真是討厭死了。他一定等了很久，就是要使出這一招「讓我們癱瘓」，接著不費一兵一卒就拿下我們。事實上，我也預期會有這樣的情節，但這樣想並沒讓心裡比較好過。我還是希望能再多爭取一點點時間，以便採取迴避戰術。而現在，我必須祈禱計畫C能夠執行成功。

「鸚鵡螺號，加油，」我喃喃說著：「引擎室，計畫C怎麼樣？」

「船長，下面這裡有點忙！」聶琳達說：「我盡力在撞上東西前按下緊急停止開關。反應器掛了，但希望我們的線路沒有炸掉。只要我們可以……啊哈！」

引擎嗡嗡作響。船橋的燈光閃爍幾下恢復明亮。軌跡儀的顯影球與控制台重新連線。

「好耶，querida[48]！」聶琳達笑起來。「我們有輔助電力！阿隆納斯號，吃煤吧！」

船橋的組員大吼大叫。計畫C是代表coal（煤）。我們的維多利亞時代備用發電機，產生的電力沒辦法像冷融合那麼多，但肯定比什麼都沒有要好多了。

「西爾瓦，」我說：「你絕對是傑出的頭足人！」

「嗯，我是頭足人，所以『傑出』是多餘的，不過船長，謝啦。現在呢，請容我告退，我們得要趕快鏟煤！」

背景傳來羅比．巴爾打噴嚏的聲音。「負責鏟煤的人是我，而我覺得我過敏了！」

傑米的雙手在控制台上飛舞。「船長，阿隆納斯號靜止不動，還是在正前方一公里處。不過我截獲第二個目標，一艘比較小的潛水艇。登艦小組，可能是吧。距離五百公尺，逐漸靠近。」

「跟預期一樣，」我說：「那麼傳送一個訊息給他們吧。準備魚雷一號。」

「魚雷一號準備好了。」

「目標是阿隆納斯號的船身中段。發射！」

我們的船身劇烈抖動，那枚古老的導彈加速射入深海。

「舵輪，左滿舵，全速前進！」我抓緊自己的扶手椅，因為這時船隻傾斜。「下潛，設定

---

[48] Querida是葡萄牙文的「甜心」或「寶貝」。

深度三十公尺！」

黎安和哈莉瑪根本還沒碰到她們的控制台，鸚鵡螺號似乎就執行我的命令。我們向下衝，轉變方向挺進林肯基地，讓敵人的小艇維持在我們和阿隆納斯號之間。在傑米的軌跡儀上，我們的魚雷炸開阿隆納斯號的左舷，產生漂亮的紫色爆炸亮光。

「他們沒料到！」佛吉爾說：「我逼得敵人在對講機上嘮叨個不停。」

他把那些對話用擴音器播放出來：戴夫大喊著一些命令，其他六到七個聲音全部同聲回應。我聽了一陣子，了解到戴夫在小艇上，要求阿隆納斯號的船橋報告狀況。然後，他們那一端有人切斷訊號傳輸。

我允許自己冷笑一下。戴夫太過自信了，他以爲能夠搭著小艇偷溜過來，接管我們這艘廢船。此刻，他困在我們和阿隆納斯號之間，而我們活得好好的。

我好愛他們的困惑，但也知道不會持續很久。

「魚雷二號準備好。」

「那是我們的最後一枚。」傑米提醒我。

「對，但他們不知道。舵輪，左舷三十度，全速前進。讓那艘小艇保持在我們和阿隆納斯號之間。」

「船長，盡量，」哈莉瑪說：「他們採取迴避動作。」

「小艇在大砲的射程範圍內。」傑米表示。

「不要。」儘管我現在痛恨我哥哥，但我可沒興趣把他在一個馬口鐵罐子裡面活生生煮熟。「繼續緊盯阿隆納斯號。如果我們能瞄準他們的推進……」

一陣「咚咚」聲響在走廊裡迴盪。船橋的燈光突然變暗。

「嘿，船長，」聶琳達的聲音插進來。「我們對古老的『噗噗』蒸汽火車引擎逼得太緊了。也許不要太執著於那些高超的控船技巧？」

「只要再撐一下下就好。」我對她說，希望真是如此。

我們最後備用的「王牌章魚」這張牌還沒打出去。到處都沒看到羅密歐。我很失望，但沒有很驚訝。我知道自己對於要打出去的這張牌並不熟悉。

在哈莉瑪的軌跡儀上，敵人的小艇遠離我們而去。阿隆納斯號的船頭轉朝我們的方向，試著讓我們維持在她的視野裡。她似乎移動得很遲緩，但說不定那只是我一廂情願的想法。

「船長，水中有魚雷！」傑米大喊。

「發射第二個砲管！嘗試做成深水炸彈！」

地板陣陣抖動，我們最後一枚可用的導彈離開砲管了。這一次，在船橋的窗戶外面，我可以確切看到白色的尾流劃破藍海。我屏住呼吸，看著傑米的軌跡儀上兩個紫色亮點，是我們的魚雷和他們的魚雷，朝向彼此激射而去。它們撞擊時，我不需要軌跡儀來告訴我。爆炸之勢讓鸚鵡螺號向右舷翻滾，她的船身吱嘎作響，活像是腸胃不適。幸好我有新設置的安全帶，才不至於飛出去撞上管風琴。

傑米回頭看了一眼，兩隻眼睛瞪得好大。「那是震波衝擊。如果擊中我們……」

他不需要把話說完。阿隆納斯號的船橋上有人氣炸了，也可能是驚慌失措。無論有沒有戴夫的允許，他們都想發射砲彈，致我們於死地。

我握緊拳頭。這一次，浮現心頭的軍事格言不是艾森豪說的，而是「孫子兵法」要傳達的概念：虛則實之，實則虛之。

「舵輪，讓我們回頭，」我說：「讓我們直接面對阿隆納斯號。」

哈莉瑪和黎安兩人都看著我，好像覺得自己聽錯了。

「船長……」哈莉瑪自己住口，顯然用力壓下內心的疑慮。「欸，船長。遵命。」

潛艇恢復平駛並轉向，結果發出更大的吱嘎聲響。

「引擎室，」聶琳達說：「船長，關於燃煤機的壓力……」

「聶琳達，我知道，」我說：「拜託，只要讓她再撐久一點點就好。武器室，啟動前方的萊頓大砲。萊頓弗羅斯特盾隨時待命。通訊，能打開一個頻道給阿隆納斯號和它的小艇嗎？」

「欸，船長。」佛吉爾說：「頻道打開。」

我的手緊緊按著扶手椅上的控制球，彷彿這樣可以讓我安心，保證自己的所作所爲符合尼莫的DNA。自從戴夫背叛學校後，這是我第一次對他講話。這是我第一次對我們的敵人親自發表公開談話。我的聲音不能發抖。

「阿隆納斯號，」我說：「我是鸚鵡螺號的安娜．達卡船長。解除戰鬥狀態，否則你們會遭到摧毀。」

一片靜默。

虛張聲勢實在很蠢，而最難受的部分是什麼呢？你的對手並不知道這是很蠢的虛張聲勢。阿隆納斯號已經看到我們從電磁脈衝爆炸中恢復了，也見識到我們發射兩枚魚雷。他們不會知道我們有沒有更多魚雷，不會知道我們可能有哪些其他能耐。

我也只能猜測，我們的第一枚魚雷對他們造成一些損害。我沒有期待他們會投降。戴夫絕對不會投降，但他有可能拖延時間，讓他的小艇有機會回去阿隆納斯號。我也會盡力爭取所有的時間，讓我們的冷融合反應器能夠恢復連線。

戴夫說話時，聲音聽起來快崩潰了。「老妹，這招厲害。不過現在，我是這裡唯一努力要讓你們活下去的人。下一次開火，不會只是搞成殘廢而已，那會把你們所有人送去葬身海底。鸚鵡螺號的組員，你們知道我是誰。我是達卡家族的資深成員。那艘潛艇是我的。解除戰鬥狀態。」

船橋的組員看著我。

「Gearr an líne.」我用愛爾蘭語對佛吉爾說，意思是「切斷連線」。

傑米轉過身。「他們正在打開前方的砲管。總共四個。」

我的一顆心沉到腹部。在這樣的距離，一字排開四枚魚雷……

「萊頓弗羅斯特盾，」我命令道：「向前發射萊頓大砲。舵輪，迴避戰術……」

但對那具古老的蒸汽引擎來說，這樣的要求實在太多了。一陣「匡噹」的聲響在整艘船上迴盪，活像我們斷了一根機軸。軌跡儀的顯影球閃閃爍爍，很像微風吹過的蠟燭火焰。

「舵輪沒有反應！」哈莉瑪說。

「萊頓弗羅斯特盾無法運作！」傑米補上一句。

「不行！」聶琳達在對講機裡出聲，精挑細選分享了幾句葡萄牙語的罵人粗話。「安娜，我跟你說過了！我需要更多時間！」

「我們需要更多電力！」我吼回去。

但是這兩方面，我們都沒有。

在傑米的顯影球上，阿隆納斯號的紫色三角形隱約逼近。戴夫的小艇在附近徘徊，距離我們的左舷大約幾百公尺。接著，出現一連串四個較小的亮點，離開阿隆納斯號的船頭。

我們即將葬身海底。一點都不誇張。

第五十三章

不得已的時候，我還有最後一招。我伸手猛捶扶手的控制器，大喊：「鸚鵡螺號，緊急下潛！前往噴氣口！」

潛艇一定是聽出我聲音的急迫意味。她擠出燃煤所產生的最後一點電力，接著從船頭噴出氣溶水，讓窗外變得一片白。

緊急下潛是潛水艇非常容易完成的事。就像投降和癱垮一樣，不用耗費太多能量。我們像石頭一樣往下沉。

在傑米的軌跡儀上，阿隆納斯號的四枚魚雷從我們頭頂上直直滑過，一大團氣泡害它們的導引系統搞糊塗了。

我正準備說「嘗試……」，就在這時，船尾後方一百公尺處發生了連環爆炸。

衝擊波把我震昏過去。

等到我的感官再次開始運作，船橋一片黑暗，只有佛吉爾的通訊台冒出電線走火的火光。軌跡儀的顯影球都熄滅了。空氣中飄蕩著辛辣的霧氣。多普氣得汪汪吠叫，依然困在牠的狗窩裡。伊絲特蹣跚而行，到處查看船橋組員的傷勢。佛吉爾暈頭轉向地坐在地板上，他的安全帶斷了，一縷白煙從他的頭髮裊裊升起。傑米的側臉掛了一道閃閃發亮的血痕。

「所有的武器都無法連線，」傑米說：「沒有防禦力。」

「無法操控舵輪。」哈莉瑪說。

「深度四十二公尺，」黎安報告說：「我只有類比的讀數，但是阿隆納斯號……噢。」她的聲音突然消失。「她在那裡。」

她沒有看著自己的控制台。她望向窗外。

這是第一次，我親眼見到敵人的潛艇。

大約距離五十公尺，隔著清澈的藍色海水，阿隆納斯號向我們逐漸靠近。她似乎比鸚鵡螺號小一點，但是邪惡多了，聲納完全偵測不到她那透露死亡氣息的黑色三角形。令人失望的是，我發現我們的魚雷對她的船身沒有造成半點損傷。我想，在他們眼中，我們絕對不像他們那麼完整或危險。

「通訊台，你可以救回什麼嗎？」我問。接著我才想起佛吉爾人在地上，而且他的控制台起火了。

反倒是鸚鵡螺號回應我的請求。擴音器劈啪作響。一些扭曲的聲音透過線路傳來：戴夫從小艇大聲吼叫；一名年輕女子的聲音從阿隆納斯號吼叫回應。戴夫顯然氣炸了，那名女子居然決定從這麼近的距離發射整組魚雷，而且採取近乎平射的方式。他的重要珍寶有可能遭到摧毀。他自己也有可能遭到摧毀。

我嘴裡的滋味好苦澀，很像舔舐烤肉爐的底部。戴夫沒有擔心我的性命，也沒有擔心鸚鵡螺號所有其他人的性命。他眞的是我不認識的人。

「引擎室，」我說：「聶琳達，狀況如何？」

沒有回答。我甚至不確定引擎室是否還保持完整。

戴夫對著阿隆納斯號的船橋夥伴厲聲咆哮，透過通訊系統傳送過來。「登船小組再次嘗試接近。凱倫，現在別插手！」

凱倫的憤怒嘆氣簡直可以點燃引信。「如果鸚鵡螺號再嘗試任何花招，我會把她炸成碎片，無論你有沒有在船上都一樣！」

我的船橋組員看著我，眼神夾雜著絕望和期盼。我一定得想出另一個辦法，打出另一張王牌。除非我想不出來。

我的心好像壓扁成一塊鈮鏌合金。「爲他們登艦做準備。只要有組員還願意戰鬥，而且也能夠戰鬥，就把萊頓槍發給大家。我們必須……」我凝視著窗外，「等待。」

「等待？」伊絲特問，顯得很困惑。

我摸索著解開自己的安全帶，跑向巨大的蟲眼圓窗，觀看正前方的景象，而就在這時，我們的「酬載」回來了，從深海浮現出來。

他爲何選在這個關鍵時刻突然現身，我實在是搞不懂，不過這隻巨型章魚處於求偶期，行爲模式本來就很神祕。羅密歐的巨大觸手纏繞著阿隆納斯號，把她拉入懷抱。我們的對講系統充滿了敵人潛艇傳來的尖叫聲，我想像她的全體組員滾向側邊，在右舷牆邊擠成一團。

羅密歐很興奮，圓鼓鼓的頭部陣陣波動，向他的新朋友表現一點情感。「我聽說過你所有的事喔，」他似乎這樣想著。「你需要一個擁抱。」

在此同時，鸚鵡螺號彷彿想要展現幽默感，我們的冷融合反應器決定恢復連線。船橋的紫色燈光亮起來。軌跡儀顯影球閃爍幾下，復活了。

聶琳達的聲音說：「抱歉，船長。還是沒有全部的電力，不過……」她有點結巴，可能正在查看那些顯示外部狀況的螢幕。「VIXE MARIA㊾那是什麼……？喔，寶貝，好耶！那是我的頭足類！」

歡呼的聲音響徹鸚鵡螺號的走廊。船橋組員聚集在我身邊，看著羅密歐把阿隆納斯號往下拖拉。

「我敢打賭，他們會試著讓船身充電，」傑米說：「大概就是這時候。」

阿隆納斯號沒有令人失望。綠色的電光跳躍著傳遍整個船身，讓羅密歐的眼裡充滿愛的光芒。我們的章魚朋友擠壓得更緊了。

「鸚鵡螺號，」我說：「打開一個頻道好嗎？」

她以愉悅的三角鐵「叮」的一聲回應了。她好像對自己很滿意的樣子。

「阿隆納斯號，我是安娜．達卡，」我朗聲說：「你們必須立刻棄船。」

「安娜！」戴夫尖叫著說：「那是什麼？你到底……？」

我覺得自己的肚子往內爆開。羅密歐把阿隆納斯號像薑餅一樣用力折斷。火焰和海水一起激烈翻攪。大團的銀色氣泡翻騰湧向水面，有些氣泡裡夾帶了人。羅密歐摧毀了潛水艇的核心部位。

我的組員大吼大叫，但我並沒有想要慶祝。如果取走更多人的性命，我們並沒有得到什麼勝利。

「伊絲特，」我說：「集合虎鯨人。穿上裝備，出去進行救援工作。看看你們能不能讓羅密歐放手退開。」

她點頭。「我可以處理。」

「他們是蘭德學院，」黎安指出。「那些人摧毀了我們整個學校耶。」

「是的，」我表示同意。「而我們要救他們，因爲我們不是蘭德學院。黎安，跟著他們去幫忙。」

她吞嚥口水。「欸，船長。」

他們離開時，扶著佛吉爾站起來，護送他離開船橋。哈莉瑪和傑米回到各自的控制台。

「船長，」哈莉瑪說：「敵人的小艇轉向離開了。」

「有沒有搭載生還者？」

「沒有……」哈莉瑪皺起眉頭。「他們前往水下通道的入口。」

我咒罵一聲。我一直注意阿隆納斯號，都忘了林肯基地。戴夫眼睜睜看著一隻怪物章魚壓碎他的潛艇，我希望他會震驚到決定投降，但他像平常一樣頑固。他一點都沒變。

由於熟知他的思考方式，我想像奧菲利亞、路卡、提亞、富蘭克林和休伊特老師依然被監禁在島上。戴夫親自衝回去管理他的人質，才能利用他們的性命作爲談判籌碼。

㊾ 在巴西的東北部，Vixe maria 的意思類似「喔天啊」。

我查看傑米的讀數。「我們可不可以讓他們無法……？」

「大砲依然沒有連上線，」傑米說：「況且，現在太遲了。」

小艇的紫色亮點消失在地道裡。

「我們的人員會受到嚴加看管，」哈莉瑪警告說：「戴夫到達時，他會準備要來個對峙。」

「就是因為這樣，我們現在要發動攻擊，」我終於說：「趁他還來不及重新集結人力。」

傑米皺起眉頭。「安娜，鸚鵡螺號的狀況不適合……」

「鸚鵡螺號留在這裡。」我伸手放到控制台上，繼續用邦德利語說：「鸚鵡螺號，我得嘗試去救我們的人員。如果我出事，請保護我的組員。無論是不是達卡家族的成員，他們現在都是你的家人。」

哈莉瑪挑起一邊眉毛。除了我以外，她是船上說起南亞語言最流利的海豚人，所以她也懂邦德利語。「你認為鸚鵡螺號會聽我們的嗎？」

「絕對會。」希望我的語氣比自己感覺到的更有自信。「哈莉瑪，你來指揮船橋。傑米，我們兩個要去搭乘小艇。我們要去追捕戴夫。我們要去解決這件事。把你能帶的所有槍枝全部帶著。」

傑米面帶微笑，讓我很高興他是站在我這邊的。「我還以為你絕對不會這樣要求。」

第五十四章

傑米行裝簡便。

他只帶了平常的手槍，一把萊頓手槍，一把萊頓步槍，還有一整條高科技手榴彈，不曉得他是在哪裡找到的。沒有火焰噴射器，也沒有把船頭的大砲拆下來拖著走，他覺得那樣會讓行動大大受限。

我只帶了一把萊頓手槍和潛水小刀。然而，小艇的空間很狹小，特別是我們穿著潛水衣又佩戴頭盔。我們不確定會面對什麼樣的狀況。小艇沒有武器或防禦能力，可能隨時需要準備棄船。我想，我們可以打開頂部，變成像敞篷車那樣，但眼前好像不是駕船兜風的好時機。

綁好安全帶，封閉艙門，我們讓海水湧入停泊艙。地板像虹膜一樣打開，我們掉進藍色大海。我把油門緩緩往前推。小艇的回應簡直像是瑪莎拉蒂跑車。（資訊充分披露：我從來沒駕駛過瑪莎拉蒂跑車。）我們高速衝向林肯基地，跟隨著軌跡儀顯影球導航系統的指示。

「他們有一個星期可以設置新的防禦措施，」傑米沉吟道：「可能是通道裡的觸發水雷。雷射。」

「或許吧，」我說：「但以戴夫衝過去的速度……」

「也對，」傑米表示同意。「戴夫比較喜歡玩攻擊遊戲。反正我們提高警覺就是了。」

我回頭看了一眼。我都忘了戴夫是傑米他們學舍的隊長。過去兩年來，他們在一起的時間，可能比我和戴夫相處的時間還多。

傑米側臉的血痕已經乾了，形成蛇狀彎曲的陰森線條。透過他那頂魚缸式頭盔的微弱光線，他的冷靜神情讓我聯想到我爸的青銅溼婆雕像，老爸把那座雕像放在我們家的祭壇上，顯得穩重而警戒，隨時準備不惜一切代價痛擊那些做壞事的人。也許我終究在傑米、戴夫和休伊特老師的身上看到一些共同點，他們全都擁有同樣的特質：潛意識會採取激烈的行動。

「等我們到達那裡，」我說：「優先事項是救出人質。」

「如果他們活著。」

「他們會活著啦。」我強迫自己相信這一點。「否則，戴夫不會飛奔回去基地。我們要盡一切努力把他們救出來，但是除非必要，我們不用致命的武力。」

傑米沉下臉。「請說明『必要』的定義。」

「傑米……」

「我開玩笑的啦。算是吧。」

我們衝進洞穴的入口。

這艘小艇操縱起來非常靈活，眞希望有更多時間好好體會。我可以駕駛這個東西出去大冒險！如果我駕駛這艘小艇，現身在蘇格拉底面前，給牠上個舞蹈課，再來一些烏賊點心，眞希望知道牠會怎麼想。

想到我的海豚朋友，把我拉回現實。蘇格拉底可能是林肯基地對所有人最不危險的吧。然而……我把控制球往前滾動，以更快的速度穿越通道。

我們才剛從熔岩隧道衝出去，軌跡儀的顯影球就閃爍幾下，亮了起來。

「彈射！」我大喊，其實根本沒時間了解自己爲何這樣喊。

戴夫的小艇等著我們。我在軌跡儀上發現它的那一瞬間，就用自己的雙眼看到了：一個黑色的楔形，密密麻麻林立著許多武器，很像刺河豚身上的硬刺。它在短短十五公尺外的地方面對著我們，而在正面透明的觀景窗後方，坐在駕駛員位置上的人，是我的哥哥。

也許是他的神情使然，或者只是出於我的直覺，我猛力捶下緊急彈射按鈕：同一時間我們引擎關閉、屋頂掀開，然後把我和傑米從座位上彈射出去。我們已經穿好潛水衣是正確的做法。我們向前飛出，受到動量和腳上噴射靴子的驅動，從戴夫的潛水艇頂上飛過去，只見他對我們剛拋棄的小艇發射一枚砲彈。銀色的魚叉刺入我不久前坐著的座位，炸出一大片不規則的藍色電光網。

我們飛越戴夫的船尾。戴夫還來不及轉過來面對我們，傑米就扛起他的萊頓步槍，對準潛艇的推進系統發射兩枚子彈。綠色閃光照亮了引擎的外殼。推進器停住了，動彈不得。由於喪失動力，戴夫的潛艇朝向左舷傾斜，開始下沉。

「我們該把船員拉出來嗎？」傑米問。

由於憤怒和腎上腺素的作用，我渾身發抖。有一部分的我很想撬開那個全副武裝的小小潛艇，把我哥哥從裡面拖出來，狠狠踹他的褲襠。我透過潛艇的窗戶看到戴夫時，他沒有穿潛水衣。他和他的登船小組要花一點時間才能恢復動力或準備棄船，但我很確定他們會活得好好的。戴夫很有辦法。

「人質比較重要，」我說：「我們繼續前進。」

我們噴射越過潟湖，途經之處攪起一團團發光的浮游植物。碼頭的支柱映入眼簾時，炮火從上方宛如雨點般落下，子彈射入水中鑽出白色的漏斗雲，但是阻力和密度讓它們很快就減速。

我們在水深五公尺的地方很安全，完全不受碼頭射來的所有普通彈藥的影響。然而，我們也同樣無法成功對他們開火。蘭德學院一定了解這點，他們只是要向我們傳達一個訊息：「我們在這裡，也知道你們在那裡，如果試著浮上水面，你們就死定了。」

「碼頭下方，」我提議說：「從他們背後上去。」

「了解。」傑米說。

但蘭德學院幫我們省了這樣的麻煩。他們顯然像是耶誕節早上的小孩子，我們是禮物，他們想要立刻就打開。砲火停止了。兩名潛水員以雙腳朝下的方式跳進水裡，就在我們的頭頂上方，產生的氣泡像是龍捲風般吞沒了我們。

第五十五章

在水底下，短兵相接的戰鬥是最糟的。

就像是穿上充氣服裝，假扮成相撲選手，然後企圖在打鬥中置對方於死地。你的行動速度很緩慢、很笨重，而且很可笑。你的肌肉無法完全支援出拳和踹踢。不過，既然我們無法在水底下近距離射倒敵人又不會射到自己，我和傑米也沒有太多選擇的餘地。

最靠近的潛水員揮刀刺我。

如果我穿的是普通的溼式潛水衣，那就死定了。看樣子，刀尖碰到鈮鏌合金織布會刺歪，但沒有讓我完全脫身。銳利的刀刃依然割破布料，擦過我的肋骨部位。

鹹鹹的海水和開放的傷口是痛苦的組合。我的左側無法動彈，眼裡有好多白點游離飄移。不過，我靠著靴子與攻擊者纏鬥，把他往後踹，撞上碼頭的一根支柱。他的氣瓶撞上柱子，發出悶悶的「匡」一聲。我抓住他的手腕，阻止刀刃刺向我的臉，只差兩、三公分就要刺到了。

在我的左邊，氣泡的聲音和憤怒的咕噥聲讓我得知，傑米正與第二名潛水員奮戰。我好想看他一眼，看看他怎麼樣了，但是不能冒這種險。

我的對手透過潛水面罩瞪著我，眼裡滿是恨意。我想，他聽說了阿隆納斯號遭到摧毀的事。他想要復仇。

我無法在力氣方面勝過他，尤其是左側痛苦難當的時候。距離這麼近，我的萊頓槍派不上用場，因此敵人專心想要刺我的臉時，我反而伸手摸索自己的刀子。潛水員還沒搞清楚發生什麼事，我就從刀鞘拔出自己的刀子，刺中他的浮力輔助背心。

我沒力氣把他刺成重傷，但那也不是我的目標。由於他背心的氣囊遭我刺穿，湧出的氣泡遮蔽了這位對手的視線。他開始往下沉，因此出於本能地放開我的手腕，揮動四肢想要保持平衡。他一路往下沉，我則額外奉送一記，伸腳踢中他的臉。

我覺得他會回來，但在這時，我趕緊轉身面對傑米。

儘管帶足了槍枝，吐溫先生還是有點陷入泥沼。蘭德學院的第二位潛水員顯然是從傑米的後面進入水中，想辦法用一隻手臂勒住他的脖子。潛水員現在企圖打開傑米的頭盔，以便拿下裡面的甜美獎品。傑米拚命想掙脫，用他的西格紹爾手槍開了一槍，擦過攻擊者的耳邊，但即使是傑米，想要射中後方勒住他的人也非易事。

我讓靴子產生噴射動力，朝向他們迅速移動。糟的是，我直接撞上潛水員的鋼鐵氣瓶，簡直痛死了，比氣瓶撞到他更痛。

至少我得到他的注意力。潛水員轉過來面對我。

我還來得及注意到他的一雙藍眼睛，以及臉龐周圍波浪狀的深色頭髮，然後他便消失了，活像是「咻」的一聲離開這個世界。一個巨大的銀色形影砸中他，力道之大，他幾乎是在一眨眼間就移位到二十公尺之外。

蘇格拉底又來參一腳了。牠還帶了朋友。牠用頭把那位藍眼潛水員撞得七葷八素，同時三隻本地的瓶鼻海豚朝著另外那個傢伙往下潛。那傢伙選擇重新現身的時機完全錯誤，三隻巨大的海洋動物全部一起跳到你面前，肯定是超級可怕的事。那些海豚歡迎他來到此地的方法，是用尾鰭超級用力巴下去。

傑米的聲音在我的頭盔裡說話。「我真的超愛這些海豚。」

「海豚最棒了，」我表示同意。「比鯊魚好多了。」

「我可沒有那樣說喔。」

我笑起來，這樣一來好像有熱辣辣的一堆針頭刺進我的身體側邊。

「你受傷了。」傑米注意到。

「我很好。」

「從你的潛水衣冒出來的那團鮮血可不是這樣說。」

「別擔心那個。我們得繼續前進。」我用手語匆匆向蘇格拉底比劃「謝謝你」。我無法判斷牠有沒有注意到，畢竟牠還在玩弄那個新來的潛水男孩。

我和傑米朝向碼頭後方噴射過去。我們小心翼翼浮上水面，仔細觀察上方的狀況，但就目前看來，沒有其他敵人等在那裡，似乎連蜻蜓無人機也對這個洞穴棄之不顧。我希望它們自己逃走了，沒有遭到扣留和摧毀。

傑米拔出他的萊頓槍。我爬上最靠近的階梯時，他保護我的安全。這樣施力非常痛，但我奮力爬到頂部，沒有昏過去或遭到攻擊。我示意要傑米跟上來。

等到他與我會合，我們脫下自己的頭盔。

「眞的需要包紮一下。」他說，指著我的肋骨處。

離開水裡，流血的狀況看起來嚴重多了。我不想知道傷勢到底有多嚴重。「沒有時間……」

「也沒有時間讓你在戰鬥時昏過去。」傑米把他上半身的潛水衣脫掉。

我的臉開始變得好燙。「傑米，你幹嘛……？」

「只要一下子就好。」他脫掉他的T恤。

「可是……」

他把T恤撕成兩半。「我們可以用這個包紮一下……」

「傑米，不是要吐槽你的『英勇騎士』人設還是什麼的，但那邊的櫃子裡有急救包喔。」

我指著路卡的眾多裝備儲藏櫃。

傑米對著他撕毀的T恤皺起眉頭。「我知道啦。」

我們在兩個儲藏櫃之間盡可能尋找掩蔽。我一邊警戒，傑米用紗布幫我包紮。傑米處理傷口時，我完全沒有因爲他裸著上半身而感到尷尬或分心。完全沒問題喔。一切照舊。

我的目光從潟湖的平靜水域瞥到碼頭末端的閥門。我等著戴夫那艘受損的小艇浮出水面，或者有更多的守衛從基地湧進碼頭。問題不在於是否有其他人會攻擊我們；問題在於他們會來得多快，以及從哪個方向前來。

「夠好了，」我終於對傑米說：「把繃帶固定好，我們走吧。」

第五十六章

瀉湖的閥門接受我的手印而打開了。我猜想，你不能把達卡家的好人拒於門外。也不能拒絕壞人，畢竟前一位使用過的人很可能是戴夫。

傑米拔出兩把手槍，探頭看看走廊。空無一人。走廊的另一端沒看到有人站崗，但這不代表什麼。敵人可能就等在裡面的房間裡。筆直的圓柱形走廊，會讓我們有足足十五公尺的距離沒有掩蔽。我們製造的所有聲音都會產生迴響。糟的是，從我們這裡看來，走廊是唯一能回到基地的途徑。

「拜託，在這裡等一下。」傑米輕聲說。

他像貓一樣蹲伏身子，以緩慢的速度進入走廊。他大約前進了五、六公尺，這時有兩名蘭德學院的學生跳出來，他們位於通道遠處的出口兩側，拿著萊頓槍準備開火。他們本來一定是躲在埋伏的地點，不過傑米有所準備。搶在那兩人扣下扳機前的電光火石之間，傑米舉起他的西格紹爾手槍，率先開槍。兩名守衛都像沙袋一樣癱倒在地。他們的迷你魚叉沿著走廊的牆壁飛掠而過，只有摩擦出火花，沒有造成傷害。

我得提醒自己要呼吸。我搞不清楚自己到底是鬆口氣或嚇壞了。難道傑米剛才……？不，那些不可能是致命的子彈。我瞥了背後一眼，但潟湖的洞穴依然空無一人。如果傑米的槍聲沒讓基地裡的每一位敵人都提高警覺，我很確定他們會注意到我的怦怦心跳聲。

傑米把身子壓得更低。他移向左側，眼睛繼續盯著遠處的出口。沒有其他人從房間裡冒出來。他向前爬行，到達對面那一端後，以槍枝瞄準器掃過整個區域，然後踢踢倒地的兩名守衛，確定他們不會造成威脅。

「清除障礙。」他對我叫道，聲音壓得很低。

我一拐一拐地沿走廊前進，側邊像是著了火。鮮血已經浸溼繃帶。我與傑米會合時，低頭看看守衛，他們兩人的額頭中央都有可怕的血痕。我忍不住說了某位拿撒勒木匠㊿的壞話。

「拜託不要講那種褻瀆神祇的話，」傑米不自覺地說：「我用橡膠子彈啦。等他們醒來，可能覺得頭痛到炸掉吧，但他們不會死。」

「你怎麼都不會嚇到？」我問。

「我已經驚嚇很多天了，」他輕聲說，接著指向下一條走廊。「監視設備是不是就在前面的房間？」

我們沒有進一步質疑，直接跑去他口中的監視器那邊。我實在不懂，監控室怎麼沒有派人看守？但猜想是因爲傑米剛才已經把守衛射倒在地。傑米站在門口警戒，我則瀏覽各個攝影機的畫面。

基地大部分空無一人……眞的是空蕩蕩的。武器室已經遭到掠奪一空。路卡的黃金等級箱子和另類科技實驗，全都從他的工作室消失了。在伺服器的機房裡，奧菲利亞的電腦要不是不見了，就是遭到拆卸，很有可能把硬碟拔走了。而在醫務室……

我的喉嚨好像卡了一顆冰塊。病床是空的。

「休伊特在哪裡？」我疑惑問道。

傑米嚇了一跳。「什麼？」

「等一下……」我切換更多攝影機，手指不停顫抖。如果我錯估人質的狀況，如果他們和休伊特老師其實都在阿隆納斯號船上……我切換到外面碼頭的畫面，肩膀終於放鬆了一點。

「他在那裡，」我對傑米說：「兩名敵人正把他的擔架抬上伐羅拿號。」

傑米皺起眉頭。「他們爲什麼會……？」

「預防措施吧，」我猜測說：「他們從基地把所有能夠掠奪的資訊和科技都拿走了。既然阿隆納斯號不見了，伐羅拿號就變成唯一能離開的途徑。」

傑米的神情很嚴峻。「而且有休伊特在船上，他們認爲我們比較不可能攻擊船隻。其他人質呢？」

「不確定……」我切換更多的即時影像。「喔。」冰塊滑進食道更深的地方。「餐廳。好消息是他們還活著……」

傑米冒險看了螢幕一眼。

㊿拿撒勒木匠指的是耶穌基督，這裡的意思是咒罵「天殺的」之類的話。

壞消息是，我們的朋友身在槍口的威脅下。在餐廳正中央，路卡、奧菲利亞、富蘭克林和提亞都跪著，雙手綁在背後。兩名敵人站在他們後面，拿著萊頓槍對準他們的頭。還有兩名敵人同樣配備著靈活的迷你魚叉，在房間裡不停走來走去，像是正在等待命令……

「人肉盾牌，」傑米咕噥說：「他們把休伊特帶到船上，再把其他人留在這裡嚴加看守。多加一道保險，讓伐羅拿號夠安全離開。我們得拿下餐廳，接著趕在船離開之前到達那邊。」

「可是如果我們衝去那裡……」

在我們頭頂上方，天花板的出風口發出咯咯聲，我嚇得差點從我的「烏賊靴子」裡跳出去。傑米拿槍瞄準那些移動的板子。一隻金屬小蟲探頭出來，發亮的眼睛很像法貝熱彩蛋。

我笑出來，鬆了口氣。「領航小蟲？」

我不確定它是不是幾天前引導我們的船進入潟湖的同一架無人機，但它噴濺出歡樂的電火花，似乎很高興看到我們。接著，它從躲藏的地方嗡嗡飛出，後面跟著六隻閃亮的祖母綠色昆蟲朋友。

「噢，你們這些漂亮的蟲蟲！」我伸出一根手指摸摸領航小蟲的背部，讓它的翅膀拍打個不停。「好高興喔，你們這些小傢伙很安全。」

那些小蟲用力咬住它們的上顎，噴濺出火花，讓我知道它們對於蘭德學院接管基地有什麼樣的感受。

傑米滿心驚訝地搖頭。「它們這整段時間一定都躲在空調管道裡。」

通風管耶。

有個點子開始在我的腦袋底部蠢蠢欲動。我看著那些小蟲，接著看監視器，然後看看空調的出風口。「傑米，你有沒有不會致命的手榴彈？」

「當然有，不過爲什麼……？」他眼神一亮。「喔，我懂你的意思。」他從彈藥帶上拿出一顆另類科技的小玩意兒。「領航小蟲，你可不可以帶著這個相當重的東西飛出去？」

領航小蟲嗡嗡拍打翅膀，顯得很憤慨。它伸出原本捲起的銅製舌頭，纏繞那顆手榴彈。

「太棒了，」傑米說：「一隻小蟲就能搬運；另一隻可以拉動插銷。那是短脈衝的電磁脈衝炸彈。不會傷人，但應該可以讓密閉房間內所有的電子製品完全失效。領航小蟲，你把它扔下去，一定要趕快離開那裡。」

「等一下，」我說：「那對他們的萊頓槍有效嗎？」

傑米歪著頭。「我想是會啦。通常只要有薄薄的金屬外殼就能保護電子製品。我們的萊頓子彈呢，是在鈮鏌合金的彈殼內塡滿了碳質炸藥。爆炸時，如果在房間外面，我們的武器可能沒事，但他們的……那些魚叉子彈的外側帶有電荷，電磁脈衝爆炸應該至少會造成短路，讓那些武器變得比較沒那麼危險。甚至可能完全失效。」

「只有『可能』喔。」

他雙手一攤。「我不敢保證。」

「那麼，我們需要的不只如此。要有某種東西讓守衛失去方向感……」這時候，我的側邊陣陣刺痛，腎上腺素又像電鑽打進我的太陽穴，但我回想起之前準備離開聖亞歷加德羅時，蘭德學院的突擊隊員如何攻擊伐羅拿號。「傑米，你該不會剛好有……」

他的思路顯然也想著同一件事。「尼莫版的閃光彈嗎？」他從彈藥帶拿出另一顆手榴彈，露出非常鯊魚人風格的咧嘴而笑。「嘿嘿，我有喔。用我最愛吃的點心來報答我吧。」

第五十七章

「我們投降！」我大喊。

這似乎是展開談判的好方法。

我和傑米分別緊貼著走廊的兩側牆壁，就在餐廳外面。門關著，也幸好我沒有站在門的正前方，畢竟我開口說話的那一刻，有一根萊頓魚叉的尖端刺穿木門而出。裡面的守衛一定也提心吊膽。奉命留在敵人的基地負責看管人質，於是他們的同學可以逃之夭夭，這對於激發他們的士氣可能沒什麼奇效吧。

「不要開火！」我喊道：「我是安娜．達卡！我想要投降！」

餐廳一片安靜。沒有魚叉再刺穿木門。

「Miei amici![51]」路卡從裡面喊道：「快跑！不要……」

「閉嘴！」另一個聲音大吼，接著是可怕的「啪」一聲。

「離我丈夫遠一點！」奧菲利亞大叫。

「嘿！」我大喊：「嘿，聽—聽我說！難道你不想活捉我，得到大功一件？」

守衛之間交換幾句緊張的談話。他們的畢業專題劇本顯然不曾描繪這樣的情境。

他們有一個人喊道：「慢慢打開門。讓我們看到你們的雙手。」

傑米迎上我的目光，點點頭。不是因爲他聽到守衛說的話。傑米和我不一樣，他的耳朵裡塞了急救用的棉球，因此聽不到太多聲音。但是經過的時間夠久了，我們的蜻蜓突擊隊應該已經就定位。

「好，我要打開門了！」我對那些守衛喊道：「不要殺我！我死了對你們沒好處！」

這部分是耍詐。嗯……其實整件事都是耍詐，但我希望守衛專心盯著我的盛大登場，而不要注意人質。我抓住門把，慢慢轉動，開始把門板拉向我。

「我現在要讓你們看到我的雙手！」我扯謊。「Chiudete gliocchi!」

我說後面這句話的語氣與其他句都一樣，聽起來只是我準備要做的其他讓步。就算蘭德學院的守衛會說義大利語，但我敢打賭，對他們來說，那句「閉上你們的眼睛」的命令，在整段話之中沒什麼特別的意思，不過路卡可能會得到訊息。而且，那些機器小蟲也會聽到我們事先說好的密碼語句。

事情發生得很快。我聽到房間內傳來「咚—咚」兩聲，是金屬物品撞擊地板的聲音，接著是一句充滿困惑的「搞什麼……？」，因爲在正常狀況下，手榴彈不會從通風管掉下去。接

51「Miei amici」是義大利文的「我的朋友」。

著，餐廳爆出一陣海嘯般的色彩與音浪風暴。

我以爲自己對另類科技的閃光彈已經有心理準備，但根本沒有。即使有半開的門板稍微遮擋，我還是覺得好像在一毫秒之內，耳朵內就塞滿了連唱三天的迷幻音樂節。彷彿有螢光色的水母在我眼裡跳躍。我剩下的鎮定只夠我搖搖晃晃往前走，這時傑米把我推開，衝進餐廳，他的手槍映射著光芒。

我踏著蹣跚步伐跟在他後面，手上舉著萊頓手槍，但房間裡沒剩下半個人需要開槍。我們的朋友還活著，不過看起來不太好。這時，他們蜷縮身子側躺在地上，又是呻吟又是皺眉。路卡瘀青著一隻眼睛。奧菲利亞的嘴唇被打破。提亞的左耳流著血。富蘭克林才剛吐完一輪。

四名敵人全都昏迷不醒，攤開四肢躺在地板上，臉上凝結著痴傻的笑容，彷彿傑米用塑膠子彈擊中他們的頭部之前，他們眞的很享受剛才那場歷時毫秒的音樂會。他們的萊頓魚叉槍全都燒焦冒煙。

「嗯，眞的有用耶。」我指出。

「什麼？」傑米問。

我指著他的耳朵，提醒他那裡塞了棉花。接著我衝過去，幫朋友們鬆綁。

「哈囉，」奧菲利亞咕噥著說：「很開心又見到你們。那些手榴彈眞是太感謝了。」

「眞是抱歉。」我拔出潛水刀，割斷她的束線帶。

「算是還好啦，」她向我保證。「鸚鵡螺號呢？組員呢？」

我向他們簡單提一下：阿隆納斯號已經遭到摧毀，鸚鵡螺號壞掉了但還好，而基地已經安全了（目前如此），多虧有我們的機器蜻蜓自由戰士。

路卡咯咯傻笑，語氣有點歇斯底里。「噢。Chiudete gliocchi! 現在我懂了！我以爲可能會瞎掉！」

「應該會恢復吧。」我對他說，希望自己說得對。

富蘭克林又乾嘔了。「我嘴裡好像還有藍綠色的味道。那樣正常嗎？」

「安娜，你還好嗎？」提亞問。「你的繃帶滲血耶。」

「你應該看看敵人那傢伙的下場。」我沒提起的是，提亞、富蘭克林、路卡和奧菲利亞看起來也很像遭到本地那幫海豚的痛毆。「很抱歉我們沒有早一點來這裡。」

「你是開玩笑的吧？」提亞忍不住瞇起眼睛，因爲我幫她割斷束帶。「我們都有心理準備，至少要撐一個月。」

「嗯，那我們可以晚一點再回來……」

「現在來很好啦。謝啦，船長。」

「我們得趕快去伐羅拿號那邊。」傑米說著，剪斷富蘭克林的束帶。

「對呀。」富蘭克林舔舔嘴唇，可能努力想清除膽汁和藍綠色的滋味。「他們把休伊特老師帶走了。他對治療的反應相當好，但絕對不能移動他。」

「他們也拿走我們最好的研究結果和科技，」奧菲利亞補充說。她沒有戴著鋼框眼鏡，看起來有點像鼴鼠，因爲從全黑的地道裡被拖出來而拚命眨眼、暈頭轉向。「一定要阻止他們！快走！」

「你們全都不成人形，沒辦法戰鬥，」我憂心忡忡地說：「而戴夫隨時都有可能會從潟湖進來。」

「你們的萊頓槍還能用嗎?」奧菲利亞問。「留幾把槍給我們。」

傑米把他的萊頓步槍交給提亞，萊頓手槍給富蘭克林，剩下的手榴彈則遞給路卡。

路卡見狀眉開眼笑。「我愛手榴彈!謝謝你!」

我把自己的手槍遞給奧菲利亞。我只剩下潛水刀，而傑米帶著他的兩把西格紹爾手槍，但是非這樣不可。

「我們這些朋友怎麼辦?」傑米指著那四位不省人事的守衛。

「喔，不用擔心。」提亞的雙眼帶著淘氣的神色。「我個人打算要用粉紅小鴨來對付他們。好了，快去吧!」

第五十八章

我和傑米衝過前面的走廊時，我試用乾式潛水衣領口的對講機裝置。「達卡呼叫鸚鵡螺號，你們收到嗎？」

線路斷斷作響。「這裡是鸚鵡螺號，」哈莉瑪說：「你還好嗎？」

「還好啦。敵人控制伐羅拿號。他們準備搭那艘船逃走。他們把休伊特老師抓去船上。我和傑米會試著攔截。你們收到嗎？」

「我們……再說一次……？」對講機斷線了。

「我的也掛掉。」傑米說。

想到今天我們的潛水衣所承受的諸多損害，我想不應該太驚訝吧。就算哈莉瑪掌握到我的訊息要點，鸚鵡螺號的狀況也不好，無法提供援助。我們要靠自己了。

我們衝上潟湖的碼頭。陽光好刺眼。我已經有一個多星期不曾待在外面的地表世界，天空太多，地平線太遼闊，各種色彩太過鮮亮。

一陣船隻引擎的運轉聲，讓我從呆立狀態驚醒過來。伐羅拿號正要離開碼頭。

傑米全速衝刺追趕它。他飛跳出去，落在船尾的橫板上。我的飛跳就沒有那麼優雅了。我猛力撞上船尾的欄杆，這樣絕對不會讓受傷的側邊大幅好轉。傑米抓住我的手臂，免得我跌落船外。

「謝啦。」我咕噥著說。

「拿著一把槍。」他將自己的一把西格紹爾手槍遞給我。我以前從沒看過他讓別人碰觸他的寶貝雙槍。

我開口要反對。「傑米……」

「拜託，」他說：「就當做是爲我好吧。」

我接過那把槍。

伐羅拿號逐漸加速，朝向北方行駛，那裡有阿隆納斯號的武器在環礁炸出來的寬闊新開口。從我們站立的地方，我看不到船上有其他人，希望這表示船上人員很少。我喜歡人數很少，像是一、兩個人就不錯。

「分頭前進？」傑米問，指著左舷和右舷。

「在電影裡面，那樣一定是錯的。」我說。

「有道理。」

我們兩人一起沿著左舷的甲板邊緣向前挺進，我在前，傑米護住我的六點鐘方向。

我們到達甲板中央，還是沒看到半個人。感覺很不對勁。引擎的怒吼聲震耳欲聾。我都忘了水面上的世界有多麼吵雜。

我轉過身……看到一個熟悉的身影逼近傑米身後，我想問他的問題也轉化爲一聲尖叫。

傑米連忙轉身，但太遲了。我哥哥拿著一支棘輪扳手，從側邊揮打他的頭。

傑米癱倒在地。戴夫把他的槍踢向甲板的另一端。

我往後退，心臟快要從喉嚨跳出來。傑米的第二把P226手槍在我手中抖動，很像一根占卜杖。

我哥哥氣沖沖地瞪著我。他的頭髮像平常一樣，前面有一小撮翹起來，但我再也不覺得那樣很可愛了，感覺好像有某種陰暗且險惡的東西，努力要從他的頭骨裡面衝出來。他不知用什麼辦法，一定是把小艇修好了，才能在中途攔截伐羅拿號。我完全不知道他那個登艦小組的其他成員在哪裡，但光是戴夫本人就夠難處理了。他穿著溼式潛水衣，黑色的橡膠布料滴著水。我們最後一次一起潛水的那天早上，他就是穿著同一件潛水衣，裝飾著哈潘學院鯊魚人隊長的標誌。我緊緊握住手上的槍。

戴夫冷笑一聲，把手上的扳手扔到旁邊去。「你眞的要開槍打我？請便。」

天啊，我好想開槍。我知道裡面的子彈不會致命。我好恨自己扣扳機的手指背叛我。但戴夫終究是我的哥哥。無論他做了什麼事，我都覺得很難在這麼近的距離對他開槍。

「我想也是，」他厲聲吼道：「愚蠢的小女孩，你毀了一切。」

然後他朝我撲過來。

第五十九章

我們兩人曾經接受相同的戰鬥訓練，但戴夫多練習了幾年。

他抓住我的手腕，拍掉我手上的槍，接著欺近幾步並扭轉身子，企圖對我來個過肩摔。我則是用上「軟趴趴幼兒」的防禦招數，渾身癱軟，於是我全身的重量施加在他身上。他手忙腳亂，失去平衡，我轉而來個後滾翻，把戴夫的抓握借力使力，拉著他跟我一起翻滾。他從我頭上飛過去，狠狠撞上右舷的甲板邊緣。

安娜得一分。

我側邊的傷口像是著了火，可以感覺到溫暖的鮮血沿著腹部往下滴。我掙扎著站起來。戴夫也爬起來，顯得很鎮定。

「你受傷了。」他注意到。

他眞無恥，語氣竟然很擔心。他先前說的那些話，依然像鹽酸一樣滴進我心裡。「愚蠢的小女孩。」

「戴夫，你已經輸了。」

「我可不這樣想。現在我們有足夠的科技和資料，能讓我們下一代的阿隆納斯號成爲鸚鵡螺號的殺手。而且我認爲你的朋友不會打擾這艘船，畢竟船上有那位病懨懨的可憐教授。」

他猛力揮拳攻擊我，迫使我後退到左舷的欄杆邊。

我揮擋、迴避、閃躲，但四肢愈來愈沉重。我的頭感覺好像飄浮在脖子上。

我往側邊跨步，卡住戴夫的手臂，希望能讓他的手肘脫臼。但他太熟悉那樣的動作。他一條腿往下蹲，來個掃堂腿，攻向我的雙腳。我連忙滾開，而且及時爬起來，擋住他的下一次踹踢。

他向後退，讓我有時間喘息。「安娜，我們不必打架。我們還是家人。」

我的虛弱讓他更冷靜、更親切。我痛恨他這樣。他喜歡我當他的什麼都不會的小妹妹，那個資淺的達卡家族成員。

「對，我們是家人。」我勉強站好，忍不住皺起眉頭。「也因爲這樣，你的背叛才會讓我那麼傷心。」

我從甲板的另一側對他發動攻擊，決心把他臉上自鳴得意的微笑抹除掉，但他輕輕鬆鬆就避開我的攻擊。

伐羅拿號快速駛過環礁的破口處。日正當中，陽光燒熾著我的雙肩。我的鈮鏌合金乾式潛水衣很輕又有彈性，但設計的目的不是用來進行地面上的肉搏戰。我喘不過氣，動作變慢，體力耗盡。戴夫看在眼裡。

憤怒給了我動力。

我假裝踏出一步試探一番，然後朝戴夫的腹部猛揮一拳。看到這一招，體育老師凱德一定會以我為榮。可惜的是，我的頭太暈了，沒辦法接連出拳。戴夫捧著疼痛的腹部時，我跌撞退開，氣喘吁吁。

「安娜，我不是叛徒，」他咬著牙說：「哈丁—潘克洛夫學院害我們爸媽被殺。哈潘學院大可用尼莫的科技拯救世界一百次，但他們沒有，反倒一直把那些東西鎖起來，還把我們趕開，不能接近我們要繼承的遺產。」

我瞥了傑米一眼，他依然臉朝下躺在甲板上。他的手指抽動著，但絕對無法馬上就做好戰鬥的準備。至少沒有蘭德學院高年級學生跑到甲板上來幫戴夫助拳。

只有我和我哥哥。如同往日時光。只不過情況完全不同。

「鸚鵡螺號不是我們的繼承物，」我說：「鸚鵡螺號屬於她自己。」

「她自己？」戴夫嘲笑說：「安娜，得了吧。那是達卡王子製造的機器。它屬於我們！」

他撲過來，嘗試以體格的優勢來個擒抱。我從他的路徑跳開，但我的「跳開」比較像是笨拙的跌撞。胸部的傷口陣陣刺痛，乾式潛水衣裡面沾滿了溫暖黏膩的鮮血。

「我曾經考慮要告訴你，」戴夫繼續說著，彷彿我們正在進行日常對話，「可是你沒有心理準備。你不知道另類科技的事。你不懂哈潘學院對我們家族做了什麼事。他們還在愚弄你。該醒過來了。」

我尖叫一聲往前衝。這不是最聰明之舉。我假裝揮出一拳，企圖以膝蓋用力頂他的鼠蹊部。但他料到了，擋住這一擊，接著把我拋到旁邊去，活像我是練習用的假人。我的屁股重重落地。疼痛沿著脊椎往上燒。

「投降吧，」戴夫厲聲說：「別蠢了。」

愚蠢的小女孩。

在我背後，我的手指頭摸到特定形狀的金屬物。是傑米的一把手槍。

「我得承認，我低估你了，」戴夫說：「那隻巨型章魚……」他搖搖頭。「你得好好解釋一下，到底要怎麼讓那東西放手。不過你再也不屬於哈潘學院了，跟我一樣。我們要一起登上鸚鵡螺號，而你要把指揮權交出來給我。我會接收我合法擁有的東西。」

不知怎的，我竟然站了起來。

戴夫皺起眉頭，看著我手上的槍。「安娜，得了吧，你本來有機會殺了我。你下不了手，記得吧？」

殺了他？

突然間，我終於明白戴夫爲何一直對傑米的武器不是很在乎。他以爲那些槍裝塡的是標準子彈。一陣笑意在我的喉嚨裡暗暗醞釀。戴夫並沒有想要殺掉我，而他知道我不會殺他，所以槍是沒用的。我哥哥從來沒想過要用不會致命的軍火。戴夫比較喜歡玩攻擊遊戲。

我歇斯底里傻笑起來，似乎害他不知所措。

「安娜，你失血太多。」他的語氣顯得很關心，很像手足友愛之情。「把那個放下……」

「戴夫，你根本不懂。」我舉起那把槍。「『你合法擁有的東西』不是潛艇。是你的家人，你的朋友，而你把它們全部毀掉了。」

我對他開了三槍。最後一顆橡膠子彈讓他的頭猛然向後仰，在他的雙眼之間留下醜陋的紅點。他往後倒下，重重摔在甲板上，躺成大字形。

我的歇斯底里轉變成絕望。我哭著放下手上的槍。

我不確定自己在哥哥的身邊哭了多久。他還活著，脈搏很強勁。然而……我好悲傷。我們之間有某種東西已經死了。

附近傳來傑米的咕噥聲。「安娜？」

我抹抹臉。「嗨……」我依然搖搖晃晃，掙扎著走到傑米旁邊。他顯得昏昏沉沉、兩眼無神，但是考慮到他才剛被一把棘輪扳手敲昏，狀況其實沒有太糟。

我舉起兩隻手指。「幾隻手指？」

他瞇起眼睛。「二十五？」

「對啦，你沒事的。」

「戴夫呢……？」

「處理好了，」我說，努力讓自己不要破音。「我用橡膠子彈射他。」

傑米瞪大雙眼。「安娜，不可能那麼簡單吧。你呢……？」

「我很好，」我說謊。「我會很好啦。」

我努力扶著他坐起來，但他呻吟一聲，再度躺下。「我想，也許我應該就……在這裡待一會兒好了。船爲什麼停下來？」

我根本沒注意到。引擎變得悄然無聲，我們在水裡動也不動。這表示有人讓船停下來。這表示還有更多敵人在船上。

「我會去看看船橋。」我說。

「你看起來好慘。」

「謝啦。別擔心，我有這把槍。」

「那是一把好槍，」傑米附和說：「小心一點。」

我踏著蹣跚的步伐離開。萬一必須打鬥，而對象如果比三歲小孩拿著游泳的浮力條更危險，我想自己一定會慘敗，但我非保護這艘船的安全不可。

到了船橋，我再次驚訝萬分。有個滿頭鬈髮的女孩身穿鈮鎂合金的潛水衣，手裡握著一把萊頓槍，站在一名不省人事的蘭德學院高年級學生身邊。

「伊絲特？」我啞著嗓子說。

她轉過身，看起來很不好意思。「所以我接到你的對講機訊息。原來通往你艙房那個水槽的滑道，不是只有海豚剛好能穿過去。」

「我現在眞的好愛你喔。」我說。

「我知道。我覺得你快要昏過去了。」

一如往常，伊絲特說對了。我的雙膝一軟。我倒下時，她連忙抓住我，而我的意識沉入自己的身體從未到達過的極度深處。

第六十章

我一直都比較擅長製造混亂，不擅長清理整齊。

我們在林肯基地有一堆大混亂要處理。

接下來的兩天，我無法工作。富蘭克林和伊絲特把我連接到鸚鵡螺號醫務室的機器上，他們對我說這樣會慢慢補充水分，增加血液的供應量，也能確保我的內臟不會爆掉。

我的室友是傑米，他頭部的傷勢慢慢復原；還有休伊特老師，他看起來確實比我原本的印象好多了。老師偶爾略微半昏半醒，嘴裡竟然嘀咕著他的學生考試成績不及格。我從來不想知道老師們作著什麼樣的夢。現在我知道了。

富蘭克林告訴我，鸚鵡螺號似乎有點知道要怎麼治療胰臟癌。他不確定醫務室的機器製造出來的化合物是什麼，但竟然慢慢把休伊特體內的癌細胞沖洗出來。

既然尼莫在一百五十年前就了解ＤＮＡ，我覺得好像不應該感到驚訝。不過我躺在床上時，有時間好好思考戴夫說的話，他提到哈潘學院可以怎麼樣運用尼莫的科技拯救世界超過一百次。

另一方面，我也見識到蘭德學院對於力量有多麼飢渴，那對我哥哥又產生了什麼樣的影響。人類實在還沒準備好接受尼莫的先進科技。我不知道蘭德學院的校訓是什麼，但我希望是「這是我們無法擁有美好事物的原因」。

至於傑米，他跟我一起待在醫務室的時間，可能比眞正需要留下的時間更久。即使富蘭克林要趕他去執行勤務，傑米也說：「也許我該在這裡休息久一點。頭部傷勢可能很棘手，對吧？」

富蘭克林皺起眉頭看著他，接著看看我。「對啦。當然。很棘手。」

我笑起來，害我身體側邊剛縫好的傷口痛得要命。「傑米，你再也不必執行保鑣的勤務了。我很好。」

他朝向走廊瞥了一眼，可能是我第一次看到他的目光沒有放在目標身上。「不當保鑣。也許我可以只是，你知道的，以朋友的身分待在這裡。」

我的胸口湧現一股溫暖的感受。我還記得幾天前在林肯基地的醫務室，傑米對我說：「我沒有很多親屬關係。所以，眞正有關係的人都很重要。」

我領悟到，現在我包含在只有少數幾人的重要關係之中，而我絕對不會後悔。

「當然好，」我說：「很樂意有你陪伴。」

富蘭克林出言抗議：「可是傑米的傷勢根本沒有……」

「富蘭克林。」我和傑米異口同聲說。

「好啦，」醫務員咕噥著說：「我要去拿點午餐。」

幸好戰鬥造成的傷者人數很少，雙方也都沒人死掉，這眞是奇蹟。多虧虎鯨人的迅速行動，阿隆納斯號的全體組員都獲救了。他們很多人都受了傷，有些人幾乎快要溺斃。大部分人的下半輩子會有章魚恐懼症吧，但他們全都會活得好好的。他們顯得非常憔悴又飽受驚嚇，因此我們組員把那些人趕進林肯基地臨時設置的監禁牢房時，他們完全沒有抵抗。

戰鬥之後第四天，我覺得狀況很好，可以去潛水了。

我找到我們的巨大朋友羅密歐，他躲在一個舒適的深洞裡，位於島嶼的正南端。我彈奏肩背式鍵盤合成器時，他現身打招呼。我盡全力傳達我們滿滿的感激。我也試著詢問他，是否希望我們把他載回原先遇到他的地方，但他似乎對於待在我們身邊感到很滿意。

接下來幾天，只要伊絲特和多普繞著僅剩的環礁悠閒散步，羅密歐就會浮出水面看著他們。多普見狀開心吠叫，做出「前腳壓低、彎曲身子」準備玩耍的姿勢。結果我作了好幾次惡夢，夢到羅密歐和那隻狗學著玩傳接球遊戲，扔著一顆球一路玩到斐濟群島，而多普努力游泳去追球。

至於蘇格拉底，牠似乎不知道該怎麼看待那隻巨型章魚。蘇格拉底喜歡小隻又美味的頭足類，不喜歡頭足類巨大到會吃掉牠。蘇格拉底和接納牠的海豚家族成員全都與羅密歐保持安全距離，但除此之外，那些海豚顯得很高興。我拿了很多美味的烏賊餵牠們吃，感謝牠們在戰鬥中的大力協助。

蘇格拉底問起我哥哥的事，牠的鰭肢輕揮幾下（我以前就知道那要翻譯成「戴夫」），我不知道要對牠說什麼。但至少我在水底下可以盡情大哭。海洋不會介意多加入幾滴鹹水的。

等到鸚鵡螺號恢復運轉，提亞．羅梅洛負責管理我們修復阿隆納斯號殘骸的工作。那要花好幾個星期才能完成，但我們需要了解蘭德學院的研究到底發展到什麼程度。此外，我們也不希望有那麼多垃圾亂扔在海底，那裡可是我們的前院啊。

到了第五天，我們釋放所有的俘虜，只有戴夫除外。這個決定並未獲得所有人的支持。他們仍是我們的敵人，他們的手沾染了太多鮮血，但我們原先並沒有規畫要設置一所永久的監獄，也沒有很簡單的方法能讓蘭德學院接受制裁，或者在任何法院審判他們的所作所爲。我最不得已的選擇是讓他們離開，明知這樣一來，總有一天要再次面對那些人。我把伐羅拿號交給他們，雖然這樣做讓我好心痛。我們在船上堆放了足夠的食物、飲水和燃料，可以讓船隻航行到加州海岸。我們移除了船上所有的危險物品和有價值的東西，包括武器、軌跡儀、動態僞裝，甚至把圖書室的書籍都搬走。

坦白說，那些人質不該抱怨。我們對他們這麼好，用朱比特烘焙的美味食物餵飽他們。每個人都胖了幾公斤吧，那些人絕對不會承認，但我猜想，他們會很想念紅毛猩猩千層蛋糕。

我把伐羅拿號的指揮權交給卡勒伯．索斯時，他顯得忿忿不平。「你爲什麼這樣做？你就讓我們離開喔。我們很清楚你們的基地在哪裡。」

「對啊，你們很清楚，」我說：「你們也很清楚之前試圖攻下我們時發生了什麼事。我們二十位高一新生打敗了你們高年級的整個班級，如果想再來一場複賽，那就回來吧。」

他的一隻眼睛抽動一下，但什麼話也沒說。幾分鐘後，我看著自己第一次指揮的船隻噗噗發動，駛出潟湖。

「像那樣刺激他，你覺得是聰明的做法嗎？」傑米問。

聶琳達做了個鬼臉。「剛好而已吧。如果他們敢回來就回來啊。」

我想，以她的作風，這多半只是虛張聲勢。我們不久前經歷的那些事，沒有人想要再來一次吧。不過聶琳達很有資格稍微吹噓一下。我們贏得一場艱苦的勝利，能夠完成這樣的壯舉，我所有的朋友都應該感到欣慰。

隔天，休伊特老師終於能在助步器的協助下稍微走動。我帶他去洞穴的碼頭，他還沒有親眼見過。我們讚嘆著頭頂上衝來衝去的發亮綠色機器小蟲，以及水中茂盛發光的浮游植物。最重要的是，我們讚嘆著鸚鵡螺號。

休伊特穿著老舊的藍色浴袍和睡衣，他的臉色依舊憔悴，滿頭白髮很像是從蘋果爆出來的滑溜棉花球。不過他活著，而且沒有發出惡臭，我把這兩個情形視爲病況進步的徵兆。

「安娜，你的表現比我想像中更好。」他告訴我。

我仔細端詳他的臉。他以前從來不曾叫我安娜。

「那是讚美嗎？」我小心翼翼地問。「我不確定在你的想像中，我能做到什麼樣的程度。」

他咻咻喘氣。「噢，拜託，不要害我笑。很痛哪。不對，達卡班長……船長。我一直都知道你能夠成就大事。很抱歉，我沒把這件事告訴你，也沒有表現出你應該得到的尊重。」

我瞇起眼睛。「可是？」

「沒有可是，」他向我保證。「沒錯，戴夫是每個人注意的焦點，包括我在內。我擔心他太衝動、太憤怒、太……嗯，太像我，而且太像我在蘭德學院教過的學生。正因爲這樣，我努力向他提出各種勸告。但我從來沒想過他會……」休伊特搖搖頭，顯得很難過。「無論如何，你才是我們應該好好培養指揮能力的人。儘管訓練得不夠充分，但是在巨大的悲劇當中，你看看自己達到什麼樣的成果。」他指著鸚鵡螺號。「我們接下來要怎麼做，你決定了嗎？」

我的雙腳好像黏在碼頭上。「我們？眞的要由我來決定？」

休伊特挑挑他那粗濃的眉毛。「噢，對呀，你現在是尼莫船長了。鸚鵡螺號已經接納你。剩下的學生已經接納你。還有教職員……剩下的我們幾位……我們已經見識到你的潛力。我們會協助你，如果你想要的話，協助你繼續訓練。不過要由你來設定我們的航道。無論你做什麼樣的決定，我們都在這裡協助你。」

聽到這番話，我很感激，但也覺得非常不自在。我不禁納悶，難道這就是成爲指揮官的意思嗎？而且疑慮眞的都消失了嗎？

「我得找伊絲特談談，」我對他說：「當然還有班上的其他人。不過，是沒錯，我想我知道接下來會發生什麼事……」

第六十一章

答案是晚餐。

答案永遠是晚餐。

首先，我去找伊絲特。她完全同意我的計畫。接著，我把自己的想法告訴傑米和聶琳達。他們兩人都在潛艇上。聶琳達唯一的評語是：「當然啦。不然咧？」

多普聽一聽，搖搖尾巴，這要不是表示牠很喜歡我的想法，就是牠想大吃一頓。

那天晚上，全體組員聚集在林肯基地大廳的餐桌周圍。背景播放著《大英烘焙大賽》，那是我們精心挑選的配樂，聽著令人安心。朱比特搖搖晃晃地走來走去，送來一盤盤弗羅倫斯薄餅。薄餅是用紫菜粉和吃起來像奶油的藻類油調製而成。內餡的「瑞可達乳酪加菠菜」，則是使用鹿角菜和苔蘚的抽取物，並加入海藻。醬汁呢……你知道嗎？我才不管那是什麼。反正我就吃了，因爲很好吃。

路卡對組員講一些故事當做餘興節目，是關於他在島上如何抵抗蘭德學院的攻擊。我們已經聽過十幾次了，但每一次都長出更多細節。奧菲利亞只是搖搖頭，露出得意的笑容，偶爾把她的丈夫拉過去親吻一下。

「我的結婚對象是優秀的人，同時也是白痴。」她若有所思地說：「怎麼可能會這樣呢？」

我們吃完主菜後，我請傑米把《大英烘焙大賽》節目的音量關小一點。我拿起一支叉子敲敲玻璃杯，吸引大家的注意。我站起來，因為這感覺像是我應該起身捍衛的事。

「鸚鵡螺號的組員，」我說：「哈丁—潘克洛夫學院的高一新生班級，我們今天能夠活著，唯一的原因是你們既優秀又勇敢。」

聶琳達舉起她的杯子。「敬大家都活著！」

這番話引來一些笑聲。大家杯觥交錯。

聲響漸漸平息後，我繼續說話。「現在我們要做一些選擇。我知道你們很多人……」我的聲音有點顫抖。「你們很多人都有家人在陸地上。你們會想讓他們知道自己還活著，可能想在暑假期間待在家裡。我們經歷了這麼瘋狂的事，你們有些人可能覺得自己受夠了，覺得想要有正常的高中生活體驗。」

「正常？」富蘭克林嘀咕著說，好像他再也想不出比這更侮辱人的話。

「如果是這樣，」我繼續說：「我支持你的選擇。你可以拿著自己從鸚鵡螺號的寶藏中分得的部分，走你自己的路，不用覺得不好意思。」

哈莉瑪的身子向前傾。「否則呢？」

除了瑪莉．貝利在背景裡熱情講解烤箱溫度，房間裡完全靜默無聲。

「否則我們就繼續一起工作，」我說：「我愛這個團隊，也知道蘭德學院還不死心，他們會繼續研究，建造一艘新的潛艇。他們會繼續來找鸚鵡螺號。他們會比以前更有決心，特別是如果認爲已經摧毀了唯一阻礙他們的學校。」

我的同學們喃喃嘀咕，神情變得嚴峻。每次有人提到蘭德學院就常這樣。

「所以我和伊絲特一直在討論，」我說：「我們考慮要展開……全新的一頁。大家都知道，哈丁—潘克洛夫學院並不完美。祕密太多。學生彼此之間信任太少。」

路卡咳嗽幾聲。「這很尷尬耶。」

「不過她說得對。」奧菲利亞補上一句。

「但是，」我說：「哈丁—潘克洛夫學院做了很多『正確』的事。尼莫選擇他們繼承他的遺產，我不想丟掉那段歷時一百五十年的傳統。況且，以後爲了不讓蘭德學院靠近，我們會需要一代代新生的協助，而那些學生需要訓練。此外，既然阿隆納斯號……既然戴夫在攻擊前對哈潘學院送出警告，可能有一些我們的同學和老師成功逃生。如果眞是這樣，他們有可能躲起來，害怕自己性命難保。我們得找到他們，伸出援手。而且我們有，嗯，幾乎無限多的資金。就是因爲這所有的一切……伊絲特？」

伊絲特站起來。她的臉紅得像番茄醬一樣。「我想要重建哈丁—潘克洛夫學院。」

「寶貝，你的音量。」聶琳達說。

「抱歉。」

「不是啦，」聶琳達笑起來。「我是說，講大聲一點！」

伊絲特驚訝得皺起眉頭，接著扯開喉嚨大聲尖叫：「我想要重建哈丁—潘克洛夫學院！」

組員高聲歡呼。好幾位鯊魚人握拳在桌上砰砰敲打，朱比特見狀很生氣，因為牠正要端上提拉米蘇。

「不會完全一樣。」伊絲特繼續大聲說。

「現在你可以降低音量了啦。」聶琳達建議道。

「我們會有比較好的防禦措施，」伊絲特說：「也許我們不會把房子蓋在那麼靠近懸崖的地方。」

許多人猛點頭。

「我們會實踐我家祖先的心願，」伊絲特說：「還有安娜家的祖先，這是當然的。我們的科技不能落入政府和企業之手。絕對不能落入蘭德學院的掌控。但是從現在開始，我們會用鸚鵡螺號進行訓練，也會使用林肯基地。現在很容易就能往返加州。」

提亞吹個口哨，表示讚賞。「二年級聽起來開始變有趣了。」

「我們持續訓練，」我說：「持續對抗蘭德學院。持續學習尼莫的科技。我們知道他至少有十幾個祕密基地，伊絲特認為還有更多的基地有待發現。誰知道會發現什麼樣的結果呢？而且，等到我們讓鸚鵡螺號恢復到原本的最佳狀態後，她到底有什麼樣的能耐，我們才剛學到皮毛而已。」我環顧周圍的所有組員。「我們會是哈潘學院的第一個班級，真正成為尼莫船長潛艇的船員。等到畢業時，你們能想像自己學習到什麼程度嗎？」

「足以把蘭德學院嚇到屁滾尿流。」聶琳達說。

「但是我不打算說謊，」我總結道：「迎接我們的，會是非常艱苦的三年時光。一切都要重建。永遠都要擔心背後出現另一次攻擊。有興趣留下來的人，也許舉個手讓我看一下……」

我希望大約有一半的人留下來。對我來說，還有對伊絲特來說，這其實不是一種選擇，這是我們的命運。但是對其他人來說……他們大可一走了之，擁有正常的人生，加上大量的財富，可以存進他們的大學學費戶頭。

然而，每一個人的手都舉起來了。

傑米裝模作樣地計算票數。「我想全體無異議通過喔。我唯一的問題是，船長，接下來要幹嘛？」

「敬哈丁—潘克洛夫學院！」聶琳達大喊。

「敬哈丁—潘克洛夫學院！」全體組員回應。「敬尼莫船長！」

我跟大家一起舉杯，一同歡笑。我對朋友們有滿滿的愛和感激之情。不過在內心深處，我也仔細思索著傑米提出的問題：「接下來要做什麼？」因為我還需要進行一場對話，那會是最困難的一場對話。

第六十二章

戴夫在他的牢房裡來回踱步，焦躁不安。

我覺得不能怪他。已經過了兩個星期。雖然這裡原本是客房，環境舒適，但他一定被關到快要發瘋。

他一看到我就停下腳步。他穿著卡其短褲，以及路卡的一件舊T恤，上面寫著「翁布里亞爵士音樂節[52]，二〇〇九」。他緊緊抓住自己的雙臂，可能覺得很冷吧，像平常一樣。

「你來了。」他努力顯得很生氣的樣子，但下唇微微顫抖。我看得出來，他快哭了。前幾次來看他，他對我大聲咒罵，現在這樣卻比之前更令人傷心。

---

[52] 翁布里亞（Umbria）是義大利中部的一個大區，首府是佩魯賈（Perugia）。翁布里亞爵士音樂節自從一九七三年開始舉辦，是世界上最重要的爵士音樂節之一。

他大步走向門口的格柵，用手指緊緊抓住格柵的頂端。他掛在那裡，簡直像是朱比特才會有的舉動。這個柵欄是頭足人用鈮鎂合金網線做成的，質輕又有彈性，但戴夫絕不可能穿越，特別是他的房間裡沒有什麼比較危險的東西，只有一顆枕頭和一捲衛生紙。

「你需要我，你也知道。」

我很期待他可能會說的一大堆事情，但不是這一件。「有嗎？」

「你會去追殺他們，對吧？如果你攻擊蘭德學院，你會需要有人很熟悉他們的校園、他們的保全、他們的人員。」

我瞪著他，努力想找到我以前認識的戴夫。「你是提議要幫我們？」

「總比永遠待在這裡好多了。」他搖晃柵欄。我從來不知道他有幽閉恐怖症，但現在我開始懷疑。他似乎很驚恐、迷失、害怕。「我們來談條件。我幫助你，你讓我走。你……再也不會看到我，我發誓。」

他的話壓碎我的心，但我努力不表現出來。我搖搖頭。「沒有條件可談。」

「安娜，拜託……我……你想要什麼？你讓其他人離開了。我不能永遠待在這個小空間。你沒有那麼殘酷。」

「也許沒有。不過如果你想要自由，就得做一些其他的事。」

他歪著頭，無疑認爲這是某種陷阱。「什麼事？」

我朝向走廊上的監視器揮揮手。柵欄滑開了。

「我有東西要給你看，」我對戴夫說：「來吧。」

他笑了笑，一臉懷疑。「你就這樣讓我從這裡走出去？」

「暫時而已。」我說。

「你的守衛在哪裡?」

「沒有守衛，」我說：「我要求所有人離開。只有我和你。」我挑起一邊眉毛。「如果你想要試試看能不能制伏我，那就請便。」

大部分的動物，包括人類在內，都可以察覺到恐懼。他們可以嗅出軟弱的氣息。我很害怕，這是當然的，但我猜自己隱藏得很好。戴夫小心翼翼跨出門檻，活像是我會攻擊他。

「往這邊走。」我轉過身，帶他沿著走廊前進。

我的肩胛骨感到陣陣刺痛。我可以感受到哥哥怒目瞪著我的背部，盤算著各種不同的方法，準備把我打到失去意識，然後逃走。我並沒有完全確定他不會嘗試。但我非這樣做不可。這樣做如果要行得通，我就必須表現得完全掌控情勢，即便心裡並不是這樣想。

走到通往潟湖的閘門前，我們停下來。

「來吧。」我指著門鎖。「它還是會對你的DNA有反應。」

他露出冷酷的目光。「現在我知道了，這是耍詐。你要讓我靠近鸚鵡螺號?你做了什麼事?設計這道門來嚇我?要幫我好好上一課?」

我覺得既沉重又悲傷，幾乎連搖頭的力氣都沒有。「不是耍詐。沒有要嚇你。戴夫，我們不是蘭德學院。你也不是。」

他皺起眉頭，接著伸手放在控制板上。內部的機械裝置發出喀噠聲，鬆開了。閘門擺動打開。

在洞穴裡面，綠色的金屬蜻蜓一副懶洋洋的樣子，在頭頂上方繞圈飛行。鸚鵡螺號停泊在碼頭旁邊，浸潤在一團團浮游植物的多彩光線中，顯得閃閃發亮，很像另類科技的海市蜃樓幻象。船身上的尖刺、線路和複雜的拼組圖案，對我來說再也不顯得奇異。她看起來就像是家。

戴夫猛然吸氣。他只在水下和遠處看過鸚鵡螺號，或者透過阿隆納斯號螢幕上的發光亮點。而現在，第一次近距離看著她……嗯，我還記得那是什麼樣的感受。

「她好美。」他喃喃說著，語氣混合著羨慕和驚嘆。

在我們腳邊，蘇格拉底從水面冒出來。牠很憤怒，對著戴夫吱吱喳喳。

「嗨，兄弟。」戴夫的聲音變得粗嘎，他在碼頭邊緣蹲下。

蘇格拉底繼續痛罵他。

戴夫怯生生看著我。「我猜得到牠在說什麼。」

「牠對你很不高興。」我表示同意。

戴夫愁眉苦臉，點點頭。至少，我相信他不會傷害蘇格拉底。就算他能說服自己摧毀我們整個學校，但是要故意傷害愛你的人，而且是面對面……那樣困難太多了。我們並不是戴夫仇恨的抽象事物。我們是他的家人。我需要他仔細看看兩者之間的差別，好好感受一番。

「蘇格拉底，我沒有什麼東西可以給你。」戴夫的神情顯得空洞，於是我猜想，他指的不只是食物。他指的是他沒有能夠站得住腳的解釋，或者道歉。

我打開最靠近的櫃子，把路卡的冰桶砰一聲打開，抓出一隻冷凍烏賊。我把它遞給戴夫。

他看著那隻乳光槍烏賊，活像是從另一個維度掉下來。我心想，他像我一樣，還記得上一次我們並肩而立，準備要餵東西給蘇格拉底吃。

他抛出烏賊。蘇格拉底立刻咬住，因爲無論海豚有多麼生氣都不會拒絕食物。蘇格拉底又以海豚的長篇大論辱罵痛斥一番，接著尾巴一甩就離開了，潛入水中時濺起水花，潑了我們兩人一身溼。

戴夫低下頭。「好吧。我懂了。這是懲罰。牢房好多了。」

「戴夫，不是的，」我說著，聲音變得嚴厲。「我們還沒完。我們要去鸚鵡螺號裡面。」

第六十三章

我們都還沒到達梯子底部，戴夫的雙手就抖個不停。

他站在入口的門廳裡，驚奇不已，不確定該把目光放在哪裡。

我用邦德利語對潛艇說話。「鸚鵡螺號，這位是戴夫。我對你說過他的事。」

潛艇嗡嗡響。燈光變亮了。

戴夫定睛看著我。到了這個節骨眼，我相當確定，他即使原本有任何一點想要攻擊我的念頭，這時也都煙消雲散。他覺得大受打擊，太受傷了。

「這艘船是用聲控的？」他問：「用邦德利語？」

「戴夫，不是的，」我冷靜地說：「她完全不受控制。她是活的。」

「活的……？不，那不是……」

鸚鵡螺號在我們腳下移動。那是一種細微的訊息。「小子，聽你妹妹的話。」

「來吧。」我對他說。

他跟著我到達船橋。

「我的天……」他伸手撫過船長座椅的椅背。他張大嘴巴，呆呆看著管風琴、巨大的眼窗，以及軌跡儀的顯影球在控制台上方散發光芒。「安娜，你爲什麼讓我看這個？這是給我的懲罰嗎？」

他聽起來很痛苦，是沒錯，但不只如此。我想，他漸漸明白自己失去了什麼……不只是鸚鵡螺號而已。他失去的是哈潘學院。他自己的未來。也許甚至是我的未來。

「我希望你來見見她，」我說：「而且想讓你看個東西。鸚鵡螺號聽說過你的事。你是達卡家族的成員，如果你想要的話，可以試試看給她一個指令。」

他以懷疑的眼神看著我，但是雙眼發亮，躍躍欲試。

「鸚鵡螺號，」他終於開口說。他的邦德利語比我生疏一點，但努力一試。「我是戴夫．達卡。我……本來應該是你的船長。你會爲了我而下潛嗎？深度設定爲五公尺。」

完全沒反應。

我覺得戴夫也料到了。然而，他的肩膀還是往下垮。「你讓我吃了閉門羹。」

「沒有，」我說：「鸚鵡螺號只是不信任你。你罵過她，還嘗試要奪取她。」

他皺起眉頭，顯得很氣餒。「安娜……我知道那件事。這艘潛艇殺了我們的爸媽。」

船橋的燈光變成某種紫色調。

「這艘潛艇，」我說：「遭到遺棄，躺在潟湖的湖底，足足一個半世紀。她很憤怒，而且只能發揮一半的功能。於是她突然暴怒，發動猛烈攻擊。現在她很悲傷，就像我們一樣。」

「悲傷……」戴夫的語氣好像努力回想這個字眼。「你眞的原諒這艘潛艇嗎？」

「我正在努力。」我說著，這是事實。戴夫和鸚鵡螺號該做的絕不只如此。我繼續定睛看著哥哥，同時給予潛艇一項指令；其實自從第一次登艦至今，我一直避免提起這件事：「鸚鵡螺號，請帶我們到潟湖的底部。帶我們去花園。」

突然間，引擎嗡嗡響起，繫泊裝置收回來，湖水輕輕拍打著大窗，我們下潛了。

我們慢慢往下沉，幾乎像是抱著虔敬的態度，沉入古老火山的黑暗中心。

「花園是什麼？」戴夫謹愼問道。

「馬上就會看到了。」我對他說。

我走向船頭，凝視著窗外。幾經遲疑後，戴夫走過來找我。

我們默默觀察著，直到鸚鵡螺號停下來，懸浮在深水處。她打亮了向前照射的燈光。我們的面前延伸出一片海景，包含了一千種各式各樣的海洋植物，包括在潛水艇的燈光下顯得橘波蕩漾的巨藻園，大片大片的濃密紫色苔蘚，還有一排排亮綠色的海葡萄植叢。有些植物似乎只是作爲裝飾，點綴著奇異的花朵，可能是銀蓮花，或是蘭花，或者來自另一個星球的其他花朵，煥發著紫色和紅色色調。

戴夫吞嚥口水。「好美。」

「這片花園就是我們的父母發現鸚鵡螺號的地方，」我說：「也是路卡和奧菲利亞撒下逝者骨灰的地方。達卡王子在這裡，媽媽和爸爸也是。」我看著哥哥。「我們從來沒有好好說再見。我覺得你可能會想要這樣做，我知道我很想。」

他顫抖得太厲害了，雙膝一軟，跪倒在地。他開始搖晃身子，嗚嗚哭泣，釋放出累積多年的憤怒和悲痛。我希望他也能把內心的一些痛苦釋放出來。我還記得某個夏日夜晚，有個小男孩拿著他的仙女棒蹦蹦跳跳地穿越植物花園。我還記得我父母並肩而坐，心滿意足地望著向日葵和粉蝶花。

我無法信任戴夫。不知道以後是否有可能信任他，但是我眞的很愛他。他依然是我的哥哥。也許他開始能夠體認到自己做了什麼樣的事，也體認到他得要努力往上爬了很遠很遠，才能回到我身邊。爲了他，我必須堅強，就像爲了我的組員一樣。我站在淚流滿面的他的身邊，望著海裡的繽紛花朵，它們在鸚鵡螺號的燈光下不斷變換色彩。

我向我的母親和父親說再見。

我唸了一段祈禱文，爲了我哥哥，也爲了未來。這兩方面，我都不會放棄。

致謝

我想要感謝幾位事先協助閱讀這本書的讀者：暢銷書【般度戰士】五部曲的作者洛希妮．查克西；敏感的讀者莉狄．卡瑪．巴雷奇（Riddhi Kamal Parekh）和莉茲．赫胥黎—瓊斯（Lizzie Huxley-Jones）；以及羅伯特．巴拉德博士（Dr. Robert Ballard），他是退休的美國海軍軍官和海洋學教授，目前是全職的深海探險家，他有許多驚人的水下眞實探險經歷，如果你想閱讀，請參考他的著作《進入深海：發現鐵達尼號的男人的回憶錄》（*Into the Deep: A Memoir from the Man Who Found the Titanic*）。

深海的女兒

文 / 雷克・萊爾頓　譯 / 王心瑩

主編 / 陳懿文
封面、內頁繪圖 / BARZ
封面設計 / 唐壽南
編輯協力 / 黃亮慈
行銷企劃 / 舒意雯
出版一部總編輯暨總監 / 王明雪

發行人 / 王榮文
出版發行 / 遠流出版事業股份有限公司　104005 台北市中山北路一段 11 號 13 樓
電話：(02)2571-0297　傳眞：(02)2571-0197　郵撥：0189456-1
著作權顧問 / 蕭雄淋律師
輸出印刷 / 中原造像股份有限公司
□ 2022 年 4 月 1 日 初版一刷

定價 / 新台幣 399 元（缺頁或破損的書，請寄回更換）

ISBN 978-957-32-9481-8
遠流博識網 http://www.ylib.com　E-mail:ylib@ylib.com
遠流雷克萊爾頓奇幻櫃 http://www.facebook.com/thekanefans

國家圖書館出版品預行編目（CIP）資料

深海的女兒／雷克・萊爾頓（Rick Riordan）著；
王心瑩譯 . -- 初版 . -- 臺北市：遠流出版事業股
份有限公司，2022.04
面；　公分
譯自：Daughter of the deep.
ISBN 978-957-32-9481-8（平裝）

874.59　　111002738